銀をつむぐ者

Spinning Silver

下 スターリクの王妃

ナオミ・ノヴィク

那波かおり 訳

静山社

銀をつむぐ者 下

スターリクの王妃

ナオミ・ノヴィク 著

那波かおり 訳

もくじ

登場人物

パヴィスの町

ミリエム・マンデルスタム……金貸しの娘《むすめ》
ヨーゼフ・マンデルスタム……ミリエムの父、金貸し
ラケル・マンデルスタム……ミリエムの母
ワンダ……貧しい農家の娘《むすめ》
ゴーレク……ワンダの父
セルゲイ……ワンダの上の弟
ステフォン……ワンダの下の弟
オレグ……御者《ぎょしゃ》
カイユス……酒屋の主人

ヴィスニアの街

イリーナ……公爵令嬢《こうしゃくれいじょう》

エルディヴィラス……イリーナの父、リトヴァス公爵《こうしゃく》
マグレータ……イリーナの乳母《うば》、付き添い《シャペロン》
ガリナ……イリーナの義母
モシェルの大旦那《おおだんな》……ミリエムの祖父、金貸し
バシア……ミリエムのいとこ
アイザック……宝石職人、バシアの婚約者《こんやくしゃ》

ウーリシュ公……イリーナの父の盟友
ヴァシリア……ウーリシュ公令嬢《れいじょう》　皇帝《こうてい》の花嫁《はなよめ》候補

リトヴァス皇国

ミルナティウス……リトヴァス皇国の若き皇帝《こうてい》

スターリク王国

スターリク王……異界の雪と氷の王国を統《す》べる王

15 モロテヒラキテ!

　イリーナが行ってしまうと、その小さな家の寒さが身にしみました。外の白い木々が窓に忍《しの》び寄ってくる、隙《すき》あらば枝を差し入れようとしている、わたくしにはそんな気がしてなりませんでした。毛皮の重い敷物《しきもの》を体に巻きつけ、椅子《いす》を煖炉《だんろ》のそばまで引きずり、わたくしはそこにすわって、震《ふる》えながら、またお粥《かゆ》を食べました。体の節々《ふしぶし》が痛み、骨と骨がこすれ合うのがわかるほどで、どんな小さな動きからも痛みが生まれます。でもいちばんつらいのは、こんな恐《おそ》ろしい冬のさなか、たったひとりきりでいることです。わたくしは新たな薪《まき》を煖炉《だんろ》にくべて、炎《ほのお》をかきたてました。火をわが友とすることで、なんの変化もない、寒くて暗い外の闇《やみ》を少しでも忘れたかったのです。

　ここは、疲《つか》れはてた老女にはつらい場所――。「森に近づいてはだめよ。スタークがあなたを捕《つか》まえるから。スターリクの王国から遠く離《はな》れていなさい」母は、幼いわたくしによく言ったものでした。そしていま、わたくしは彼《かれ》らの王国の片隅《かたすみ》に、ネズミのようにひそんでいます。薪《まき》だけは煖炉《だんろ》のかたわらにたくさんあるとはいえ、火が消えてしまったら、お粥《かゆ》が尽《つ》きてしまったら、いったいどうなってしまうのでしょうか。

この小さな家の住人は、とても変わったお方のようです。イリーナがあの風変わりなユダヤ人の娘《むすめ》と話しているあいだに、わたくしはイチゴと蜂蜜《はちみつ》とオーツ麦と、そして古い紡錘《ぼうすい》のかたわらに、六玉のまだ編まれていない毛糸を見つけました。毛糸は――かたまりだらけのお粥《かゆ》と同じように――撚《よ》り方にむらがあり、ちょっと雑な感じで、指に引っかかります。でも、もともとの羊毛は良質なもの。きっと梳《す》いたりならしたりする暇《ひま》もなく、急いで紡《つむ》いだからこうなったのです。わたくしの奥様《おくさま》、公爵《こうしゃく》夫人なら、わたくしがこのような荒《あら》い紡《つむ》ぎ方をすれば、小さな鞭《むち》でわたくしの手の甲《こう》をぴしりと打ったことでしょう。

公爵《こうしゃく》夫人というのはもちろん、先々代公爵《こうしゃく》婦人のことです。現公爵《こうしゃく》夫人のガリナさまは、屋敷《やしき》の切り盛りはお上手ですが、糸紡《つむ》ぎに興味はありません。先代公爵《こうしゃく》夫人、イリーナを生んだお方は、美しい雪花石膏《せっかせっこう》のようになめらかな、それはみごとな糸を紡《つむ》いだものでした。なのに、そのお方は窓の外をながめ、小さな声で歌いながら、手を動かすのです。自分の手もとも見ないのですから、他人の仕事ぶりなど目に入ろうはずもありません。しかし、先々代公爵《こうしゃく》夫人は、ちゃんと見ておられたのでした。

その先々代公爵《こうしゃく》夫人が修道院に行かれて、長い月日がたちました。亡くなったと聞いたのは十年前のこと。いまは神のみもとにおられます。最後にあの方の姿を見たのは、イリーナの父親と彼《かれ》の率いる兵団がヴィスニアの街の周壁《しゅうへき》を打ち壊《こわ》した日でした。その戦功で彼《かれ》は公爵《こうしゃく》の称号《しょうごう》を手にし、先帝《せんてい》を玉座に押《お》しあげるのに一役買いました。

そのとき、公爵邸《こうしゃくてい》の女性たちは身を寄せ合って、戦いの火の手が上がる方角を見つめていました。煙《けむり》は街に少しずつ近づいてきます。ついに公爵《こうしゃく》夫人が窓辺から振《ふ》り返り、「ついていらっしゃい」と、わたくしや若いメイドたちに言いました。こうしてわたくしと未婚《みこん》の娘《むすめ》六人は、屋《や》敷《しき》の地下にある小さな部屋に連れていかれました。部屋は地下の奥《おく》まったところにあり、入り口のドアが石壁《いしかべ》にうまく溶《と》けこんでいます。公爵《こうしゃく》夫人は、わたくしたちをそこに閉じこめました。そう、それが彼女《かのじょ》を見た最後になりました。

冷たくて暗くてせまい部屋でした。いまこうして、冬に押《お》しつぶされそうになりながら冷たく暗い小さな家のなかにいると、あのときのことが思い出されます。娘《むすめ》たちは互《たが》いにしがみつき、泣きながら震《ふる》えていました。そしてとうとう、兵士たちに見つかりました。彼《かれ》らは屋敷《やしき》のなかからあらゆるものを見つけ出しました――宝石も、家具調度も、アニアさまが熱病で亡くなる前によく奏でていた小さな美しい黄金の竪琴《たてごと》も。わたくしが見たとき、その竪琴《たてごと》は壊《こわ》されて広間に投げ出されていました。そこらじゅうに兵士がいました。彼《かれ》らは掃《は》き残されたお菓子《かし》のかけらを逃《のが》さず見つけだす蟻《あり》のようなものでした。

その小さな部屋のドアが打ち壊《こわ》されたのは、夜遅《よるおそ》くのことでした。おおかたの兵士はすでに眠《ねむ》りについており、そこに来たのは疲《つか》れきった数人の兵士でした。彼《かれ》らは偶然《ぐうぜん》、わたくしたちを見つけたわけではありません。わたくしたちはおびえきり、わずか数時間だというのに、閉じこめられて何日もたったような気がしていました。そんななか、ひとりの娘《むすめ》が、ここに閉じこめられたまま死んでしまうとわめきだしたのです。恐怖《きょうふ》は伝染します。ですから、ドアの外を会話の声が通り過ぎるのを聞いたとき、最初のひとりが声をあげると、あとはもう全員が助けを求める叫《さけ》びをあげていました。ですから、その部屋から出されると、娘《むすめ》たちは彼《かれ》らの腕《うで》に飛びこんで泣きじゃくりました。彼《かれ》らは親切でした。わたくしたちが喉《のど》の渇《かわ》きを訴《うった》えると、水をくれました。その兵士のなかに下士官がいて、わたくしたち六人を上へ連れていき、六人全員が地下室に閉じこめられていたことを、指揮官に説明しました。

その指揮官がエルディヴィラス。そう、現ヴィスニア公です。そのときはまだ男爵《だんしゃく》でしたが、彼《かれ》は早くも公爵《こうしゃく》の書斎《しょさい》に陣取《じんと》り、まるでわが家のようにふるまっていました。彼《かれ》の書いた証書や手紙が散乱し、下士官たちが出たり入ったりしています。公爵《こうしゃく》の書斎《しょさい》に入ったことはそれまで一度か二度でしたけれど、部屋の主が異なるだけで、あとは前とそれほど変わりないようにわたくしには思えました。わたくしは公爵《こうしゃく》からわざわざ呼ばれて用を頼《たの》まれるほど器量よしではなく、かといって、公爵《こうしゃく》夫人があえて夫への使いに選ぶほど器量が劣《おと》るわけでもありませんでした。

新しいこの屋敷《やしき》と公爵《こうしゃく》領を治める人は、前公爵《こうしゃく》より厳しい顔つきをしていました。しかし彼《かれ》はわたくしたちを見わたしたあとで言いました。「よかろう。こちらの娘《むすめ》さんたちを女性用の居室にお連れしろ。男たちには近づくなと言っておくように。いつもけだものになる必要はない。さあ、それぞれが自分にできる仕事で務めを果たしなさい」最後のことばは、わたくしたちに向けられたものでした。

わたくしはせいいっぱい働きました。自分にできる仕事がなくなると、奥様《おくさま》の部屋に残されていた紡《つむ》ぎ車で毛糸を紡《つむ》ぎました。こうしてわたくしがたくさんの糸をかせ［糸を輪にしてたばねたもの］にしているあいだ、街のあちこちで兵士らが戦闘《せんとう》のあとの火を消してまわっていました。事態が少し落ちつくと、わたくしはエルディヴィラスに屋敷《やしき》の使用人として雇《やと》われました。彼《かれ》は役に立たないものには温情をかけませんでした。

わたくしは雇《やと》われたことも、地下室から敵の兵士によって助け出されたことと同じように感謝しています。わたくしには夫もなく、持参金もなく、友人もいませんでした。父は、賭《か》け事で借金を重ねて小さな土地さえユダヤ人に売るしかなくなった貧しい騎士《きし》でしたが、十字軍の遠征《えんせい》に加わって命を落としました。そして母もこの世を去ると、公爵《こうしゃく》夫人が親切にもわたくしを侍女《じじょ》のひとりに迎《むか》えてくださったのです。母が亡くなった厳しい冬の年、母と同じ熱病で娘《むすめ》のアニアさまが亡くなり、公爵夫人《こうしゃく》は深くお嘆《なげ》きでした。そして、わたくしはアニアさまよりもわずかに年下だったのです。

しかしヴィスニアの街が陥落《かんらく》したときには、わたくしはもう若くはありませんでした。そして、わたくしが地下室から出てきたときには、奥様《おくさま》はもう修道院に向かわれていたのです。わたくしにはもうだれも残されてはいませんでした。母を亡くして以来、親族はいなくなりました。わたくしは天涯孤独《てんがいこどく》の身。屋敷《やしき》の女性用の居室で糸を紡《つむ》ぎつづけました。そして歳月《さいげつ》が流れ、いつしか、紡《つむ》ぎ仕事に根《こん》をつめると手が痛むようになり、裁縫《さいほう》の手もとも前ほどよく見えなくなりました。

ですから、イリーナの母親であるシルヴィアさまが死産してお亡くなりになったとき、わたくしは泣きくずれるけなげな女性たちのもとを離《はな》れ、遺《のこ》された子がひとりいる育児室にそっと足を踏《ふ》み入れました。その子はだれからも好かれていませんでした。その子の母親もそうでした。この親子には人から好かれようという気がないように思えました。イリーナは、どんなときも、静かすぎました。母親の不思議な瞳《ひとみ》の色こそ受け継《つ》いでいませんが、その瞳《ひとみ》の奥《おく》でいつも考えごとをめぐらしている感じがありました。

わたくしが育児室に入ったとき、イリーナはベッドの上で起きあがっていました。女たちの嘆《なげ》きの声に目を覚ましたのでしょうか。でも、泣いてはいませんでした。あの茶色の瞳《ひとみ》でわたくしを見あげただけ。わたくしは落ちつかない気持ちになりましたが、彼女《かのじょ》のとなりにすわり、歌を歌い、なにもかもうまくいきますから、と語りかけました。そこへエルディヴィラスが入ってきて、イリーナをあやしているわたくしを見つけ、これからずっと乳母《うば》として務めるように、とわたくしに命じたのでした。

わたくしは、ふたたび自分の居場所が確保されたことに感謝しました。イリーナはまだわたくしを、もの思わしげな目でじっと見ていました。なぜわたくしがこの部屋へ彼女《かのじょ》の世話をしにきたのか、そんなことはお見通しであるかのように。

それでもすぐに、わたくしはイリーナを愛するようになりました。それまでは、愛を注げる人はひとりもいなかったのです。わたくしは、彼女《かのじょ》を娘《むすめ》として借り受けるような気持ちでやってきました。でも彼女《かのじょ》のほうがわたくしをどう思っているかは、よくわからないままでした。小さな子どもというのは、乳母《うば》や母親が両手を開いていれば、その腕《うで》のなかに飛びこんで、抱《だ》きしめられ、キスをされようとするものです。でもイリーナに関して、そのようなことは一度もありませんでした。

それが彼女《かのじょ》のやり方なのだ、新雪のように冷たくて静かであることが、彼女《かのじょ》なりの身の処し方なのだ、わたくしはずっとそう自分に言い聞かせてきました。でも、心の底では、そんなことはない、いずれ心が通い合う日がくる、と思う自分もおりました。そしてとうとう、皇帝《こうてい》が使者を出し、公爵邸《こうしゃくてい》に置き去りにされたわたくしを呼び出し、イリーナに引き合わせたのです。たとえ魔物《まもの》に滅《ほろ》ぼされようとも、わたくしたちはふたたびいっしょになることができたのです。ああ、なんという数奇《すうき》な運命のもたらした幸せでしょうか。

イリーナは、この小さな家の寝台《しんだい》で、しばらくのあいだ眠《ねむ》りにつきました。わたくしは愛しい娘《むすめ》のために子守歌を歌い、これまでの月日と同じように煖炉《だんろ》のそばにすわっております。イリーナがほんとうの娘《むすめ》になったような気がいたします。もうむなしいひとときの借りものではありません。わたくしがこの家で見つけた毛糸は撚《よ》りがとてもゆるいので、わたくしの大きな手でも、たやすくほどくことができました。イリーナの母親の形見である銀の櫛《くし》とブラシを使って、ほどいた羊毛をそっと梳《と》かして、もう一度最初から紡《つむ》ぎ直し、毛糸のかせにしました。ひとつかせをつくるたび、新しい薪《まき》を一本、煖炉《だんろ》にくべました。そうやってイリーナが目覚めるまで、糸を紡《つむ》ぎつづけました。

けれどもイリーナは、そのあと皇帝《こうてい》のもとに、宮殿《きゅうでん》にひそむ恐《おそ》ろしい怪物《かいぶつ》、美しい仮面をかぶった、どす黒い魔物《まもの》のもとに帰ってしまいました。もし、あいつがイリーナを傷つけるようなことをしたら、イリーナの説得に耳を傾《かたむ》けなかったとしたら……。

ああ、心配してなんになるでしょう。わたくしにはなにもできません。わたくしは人生という長い河によってあちらこちらに運ばれ、ついにはこの奇妙《きみょう》な岸辺に打ち上げられました。ここでわたくしにできることは……？　あの子を愛し、せいいっぱいお世話すること。でも、男や兵士や悪魔《あくま》たちから守ることはできないのです。わたくしは彼女《かのじょ》の髪《かみ》を結い直し、頭に冠《かんむり》をのせ、送り出しました。そして、彼女《かのじょ》がいないあいだに、自分にできることをしました。ここにすわって待ちながら、糸を紡《つむ》ぎます。やがて手がだるくなったので、わたくしはしばらくのあいだ目を閉じ、ひざの上で両手を休めました。

そして、はっと目覚めました。最後に入れた薪《まき》が爆《は》ぜ、外でざくりと足音がしました。わたくしは恐《おそ》ろしさにわれを失い、ここがどこなのか、なぜこんなに寒いのかを必死に思い出さねばなりませんでした。ざくりざくりと足音が近づき、扉《とびら》があき、そこにイリーナが立っていました。一瞬《いっしゅん》、わたくしにはそれがイリーナだとはわかりませんでした。扉口《とびらぐち》に立った彼女《かのじょ》は奇妙《きみょう》な銀色の姿をしていました。頭に銀の冠《かんむり》をのせた彼女《かのじょ》は、顔はイリーナであるのに、背後から押《お》し寄せる冬の一部であるように見えました。一瞬《いっしゅん》ののち、彼女《かのじょ》は家のなかに入り、扉《とびら》を閉めました。が、動きを止め、その扉《とびら》を見つめて、「これ、あなたがやったの、マグレータ？」と、尋《たず》ねます。

「なにをですか？」わたくしにはなんのことだかわかりません。

「この扉《とびら》」と、イリーナは言います。「ぴたりと閉じるようになっているわ」

わたくしにはまだわかりません。いったい前はどんなだったのか……。「わたくし、ずっと糸紡《つむ》ぎをしておりました」そう言って、彼女《かのじょ》に糸かせを見せようとしました。でも、たくさんあったあの糸かせを、どこにおいたのか思い出せないのです。テーブルの上にはありません。でも、それはたいしたことではありません。わたくしは立ちあがってイリーナに近づき、その冷えきった手を取りました。彼女《かのじょ》はバスケットに食べ物を詰《つ》めて持ってきてくれました。「だいじょうぶですか、イリーナさま？　あいつにひどい目に遭《あ》わせられていませんね？」

いまはだいじょうぶ、つぎもだいじょうぶかもしれない、でもその先は……？　結局のところ、人生というのは、小さな時の連なりでしかないのです。

セルゲイとあたいは粥《かゆ》の鍋《なべ》をのぞきこんだ。ふたりともなにも言わず、家のなかを振《ふ》り返って、ぐるりと見わたした。そういえば、紡《つむ》いだ毛糸は、紡錘《ぼうすい》や編み針といっしょに棚《たな》にしまったんだ、と思い出した。その毛糸がなぜかテーブルの上にある。でもこれは、あたいが紡《つむ》いだ毛糸じゃない。テーブルの上の毛糸は、かせにまとめてあって、かせのひとつを手に取ると、はっきりわかった。糸がなめらかで、やわらかで、もっと細い。積みあげたかせのとなりに、銀の櫛《くし》があった。王女さまの持ち物みたいな銀のきれいな櫛《くし》。角の生えた鹿《しか》が雪の森にそりを引く絵が彫《ほ》ってある。

棚《たな》に自分の紡《つむ》いだ毛糸がないか調べてみたが、なくなっていた。なめらかな細い糸は、あたいが紡《つむ》いだ糸とおんなじ色。よく調べてみたけど、おんなじ羊毛だ。ただ紡《つむ》ぎ方がちがうだけ。なんだかお手本を見せられているみたいな気がした。

セルゲイが煖炉《だんろ》の横の薪《まき》箱をのぞくと、半分くらいに減っていた。あたいらは顔を見合わせた。きのうの夜はいちだんと寒かった。あたいらのどっちかが、寝床《ねどこ》にしてる煖炉《だんろ》の上からおりて、薪《まき》をくべたとしてもおかしくない。でも、それはあたいじゃないし、セルゲイの顔にも自分じゃないって書いてある。セルゲイが言った。「出かけてくる。リスかウサギぐらい狩《か》れるかもしれない。ついでに木も集めてくる」

セルゲイが洗ってくれた羊毛がまだたくさんあった。あたいはこんな細い糸に仕上げたことはなかったけど、もうちょっとうまく紡《つむ》げるようにがんばってみることにした。時間をかけて羊毛を銀の櫛《くし》で梳《と》かした。櫛《くし》の目をこぼさないように注意した。それを終えてようやく紡《つむ》ぎはじめると、母ちゃんが糸の撚《よ》りをもっと強くしろって言ってたことを思い出した。ほら、紡錘《ぼうすい》をもうちょっと早く回して、撚《よ》りを強くしてごらん、ワンダ――。それをすっかり忘れてた。母ちゃんが死んでから、ていねいに糸を紡《つむ》がなくなった。それにうちには、あたいより糸紡《つむ》ぎにくわしい人はいなかったんだ。

自分のスカートを見おろした。あたいが紡《つむ》いだこぶだらけの毛糸で、あたいが編んだスカート。

母ちゃんが生きてたころは、うちの山羊《やぎ》の毛を紡《つむ》いで大きな毛糸玉をつくってた。母ちゃんはそれを機織《はたお》り機をもってる三軒《げん》先の家まで持っていって、布に織りあげてもどってきた。だけど、あたいの紡《つむ》いだ毛糸じゃ機織《はたお》り機にかけられないから、家族の着るものはあたいが編むようになった。

長い時間をかけてていねいに紡《つむ》いで、やっと一個の毛糸玉にした。よい仕上がりだった。ちょうどそれが終わったとき、セルゲイがもどってきた。セルゲイは、茶色と灰色のまだらのウサギを一匹狩《びきか》ってきた。あたいは新しい粥《かゆ》をつくり、そのあいだにセルゲイがウサギの皮を剥《は》いだ。肉も骨もぜんぶ粥《かゆ》の鍋《なべ》に放りこんで、ニンジンも少し入れて煮込《にこ》んだ。鍋《なべ》いっぱいにつくれるだけつくった。ふたり分より多かったけど、それを見ても、セルゲイはなにも言わなかったし、あたいもなにも言わなかった。でも、ふたりともおんなじことを考えてた。あたいらの粥《かゆ》を食べて糸を紡《つむ》いだのがだれかわからないけど、あたいもセルゲイも、そのだれかさんを腹ぺこにしたくなかった。そのだれかさんが、この粥《かゆ》を食べないわけがないって思ったんだよ。

料理してるときから、頭のなかでは毛糸を編みはじめることを考えてた。紡《つむ》いである毛糸でどれくらいベッドを覆《おお》えるのかを知っておきたい。必要以上に羊毛を紡《つむ》いで時間を無駄《むだ》にしたくなかった。

仕上がりの横幅《はば》は、寝台《しんだい》の幅《はば》の倍は必要だ。だから最初は、寝台《しんだい》にあてがいながら充分《じゅうぶん》な長さになるように調節して編んだ。それから段を重ねていった。そんなに早くは進まなかった。おんなじ強さで、むらができないように気をつけたけど、あたいはていねいに編むことに慣れていなかった。ゆるくしすぎちゃだめだと何度も自分に言い聞かせた。そのあげくに、編み目のきついところを途中《とちゅう》でつくってしまった。編み針が通りにくくなって、それに気づいたんだ。だけどそこまでにきつい段をもう三段も編んでいた。つぎから直せばいいと思ったけど、前の段がきつすぎて、編み針がうまく通らない。ぬかるみに足を取られて、もがいてるみたいだ。とうとうあきらめて、三段ほどいてもう一度編み直した。

こうしてひとかせ分の毛糸を編んでしまうと、手を止めて、どれくらい編めたか確かめた。あたいの手のひらと中指を足した分の長さがあった。とてもうまく紡《つむ》いで巻いてあるから、思ってた以上にひとかせの量があった。寝台《しんだい》に自分の手を交互《こうご》において、仕上がりの縦の長さを決めた。手首から指先までの長さの十倍分。残っている毛糸は五かせと、きょうあたいが紡《つむ》いだ毛糸玉一個。ということは、あと三玉分を紡《つむ》げば、ちょうど足りることになる。あたいは編んだ分をそっとたたみ、棚《たな》にしまって、糸紡《つむ》ぎの仕事にもどった。

その午後は糸紡《つむ》ぎに精を出した。どんどん寒くなっていった。扉《とびら》や窓の隙間《すきま》から冷気が入りこみ、家のなかにも霜《しも》が侵入《しんにゅう》してきた。あたいの仕事を手伝えないセルゲイは、そのあいだに、ドアを取り付ける木製のちょうつがいをつくった。納屋の隅《すみ》で古い釘《くぎ》と少し錆《さ》びたのこぎりを見つけていたのだ。そのおかげで、戸口のまわりに木の枝を釘《くぎ》で打ち付け、入り口を扉《とびら》より小さくして風を防ぐようにすることができた。窓にもおんなじことをした。そのあとは、わらと土でしっくいをつくり、隙間《すきま》をふさいだ。こうして冷たい風が入ってこなくなると、家がぬくもって過ごしやすくなった。粥《かゆ》のいい匂《にお》いが家のなかに立ちこめた。この暖かで静かな場所にいて、食べ物にも困らないことが、不思議に思えた。そういうことに自分が慣れてしまったことが……。そう、慣れるのってわりとかんたんなんだよ。

あたいの糸紡《つむ》ぎが終わったところで、食事をするために、仕事をいったんやめた。「あと三日で終わらせられると思うよ」肉入りのうまい粥《かゆ》を食べながら、あたいはセルゲイに言った。鍋《なべ》のなかには粥《かゆ》がまだたくさん残ってる。

「おれたち、ここにどれくらい、いるんだっけ？」セルゲイが尋《たず》ねた。

あたいは食べる手を止めて、頭のなかで数えてみた。こうなったのは、市《いち》が立つ日からだ。あたいはその日の昼前に、市場で三枚のエプロンを売った。仕事を終えて家に帰ると、カイユスが待っていた。頭のなかの時間を早めて、そのあとに起きたことは急いでやり過ごした。でも、まだ最初の一日は終わらない。あたいらは森に逃《に》げ、歩きつづけるうちに夜になった。そしてこの家を見つけた。そう、市《いち》とおんなじ日に。すべてが一日のうちに起こった。信じられないけど、でもそうなんだ。「月曜日だ」と、あたいはようやく口を開いた。「きょうは月曜日だ。ということは、ここに五日いたってこと」

粥《かゆ》のボウルを前に、ふたりとも黙《だま》りこんでしまった。五日……。なんだか変な気がした。そんなに長くいたっけ、じゃなくて、まだそれだけ？　ずっと前からこの家で暮らしてるような気になっていた。

しばらくして、セルゲイが言った。「たぶん、ヴィスニアにもおれたちのことが手紙で伝わってるだろうな」

あたいは食べるのをやめて、弟を見あげた。だから、ヴィスニアには行かないほうがいい、ここにずっといたほうがいいってこと？

「この雪じゃ、手紙を届けるのも、むずかしいんじゃないかな」あたいはことばを選びながらゆっくり言った。ほんとは、ここを出ていきたくなかった。でも、この場所が——いろんなものがどこからともなくあらわれ、だれかさんが糸紡《つむ》ぎをやり直し、粥《かゆ》を食べ、薪《まき》をくべるこの場所が——怖《こわ》くもあった。ここにいてもだいじょうぶとは言いきれない。

外に出たら凍死《とうし》するから、あたいらはこの家にとどまるしかなかった。そして、食糧《しょくりょう》をもらったから、なにかお返しをしなきゃと考えて、椅子《いす》を直した。寝台《しんだい》も直そうとしてる。扉《とびら》と窓もきっちり閉じるようにした。だけど、ここはあたいらの家じゃない。ずっといるわけにはいかない。ここはだれかさんの建てた家で、そのだれかさんの正体があたいらにはわからない。ここにいつづけたとしても——ひょっとしたら、だれかさんがそうさせているのかもしれないけど——あたいらにはだれかさんの正体を尋《たず》ねることもできない。

「あと三日はここにいることになるんだな」セルゲイが言った。「三日たてば雪も溶《と》けるよ、たぶん」

「まあ、様子見だね」少しの間をおいて、あたいは言った。「もしかしたら編み物はそんなに長くかからないかもしれないよ」

ところが、テーブルの上を片づけて、棚《たな》から編んだものを取り出そうとしたら、それが消えていた。棚《たな》のおんなじ場所に、まだやわらかなパンの塊《かたまり》が半分だけあった。きれいで上等そうなナプキンを持ちあげると、ハムがひとかけ、円いチーズが一個、バターの塊《かたまり》があらわれた。どれもほんのちょっとずつ。それからお茶の大きな箱。糖蜜漬《とうみつづ》けのサクランボの入った壺《つぼ》。ミリエムが前に市場からおみやげに持ち帰ったやつだ。おまけに、そこにあるぜんぶをおさめるのにちょうどいいバスケットまであった。

あたいが立ったままぼうっと見てると、セルゲイがいぶかしげな顔で近づいてきた。そしてセルゲイも、おんなじものを見た。どうしたらいい？　これが現実に起きてることだなんて信じられないよ。この食べ物を見なかったことにはできない。だれかが家に入り、食べ物をおいてまた出ていった、と考えるのも無理。だって、あたいらは眠《ねむ》ってたわけじゃない。

もちろん、このおいしそうなものを食べてみたかった。あたいの口は、壺《つぼ》のなかのサクランボの味、濃《こ》くて甘《あま》い糖蜜《とうみつ》のなかにひそむ夏の匂《にお》いを覚えてた。だけど、怖《こわ》かった。オーツ麦や蜂蜜《はちみつ》を食べたときよりもずっと。今回棚《たな》に見つけた食べ物は、この家には似つかわしくなかった。それにあたいらは粥《かゆ》を食べたばかりで、腹は減ってない。

「これはとっておこうよ」あたいはしばらく考えたあとで言った。「いまはいらない」

セルゲイがうなずいて、斧《おの》を手に取った。「薪《まき》を割ってくる」外は暗かったけど、そう言って庭に出ていった。きょう一日、煖炉《だんろ》には新しい薪《まき》をくべていないのに、薪《まき》箱がほとんどからっぽだった。

そのあと、寝台《しんだい》のうえに、毛糸を編んだなにかがおかれているのを見つけた。広げてみると、あたいが編んだものとおんなじ大きさだった。でも、最初からきれいに編み直してある。それも、蔓《つる》と花が絡《から》み合いながらのぼっていく、すごくきれいな模様編みだ。編み地から模様が浮《う》きあがってるのを指で確かめた。こんないいものは市場で売られてるところしか見たことない。ううん、それだって、こんなにきれいじゃなかった。

どうやってこの模様をつくるのか一部をほどいて確かめようかと思ったけど、一度ほどいてしまったら、そのぜんぶを憶《おぼ》えてられるはずがなかった。なにしろ、それぞれの段の編み方がちがうし、ひとつの段でも編み方がつぎつぎに変わる。だから、ここは魔法《まほう》を使うしかないって思った。

あたいは、煖炉《だんろ》から炭になった枝を取り出し、インクをつくった。それが、ミリエムが教えてくれた魔法《まほう》を使う準備。最初は模様がはじまる一段目から取りかかった。まず一段がなん目あるかを数えて、その数を床《ゆか》に一から書いた。そしてなん目飛ばして先の目を拾ってるか、なん目もどって後ろの目を拾ってるかを調べ、床《ゆか》のそれぞれの数字の上に印をつけた。いろんな印を考える必要があった。いくつかの目が一度に編まれて目が減ることも、目が増やされることもあった。ミリエムの帳簿《ちょうぼ》に数字を書きこんでいたときみたいに細かくしるしていかなきゃならない。ひとつの模様を完成させるのに三十段を使ってた。その三十段の編み方がそれぞれちがう。そして三十段編んだところで、また最初にもどる。

模様のすべての目を調べると、あたいは床《ゆか》の上の印がつくる模様をながめた。それから、それを数字におきかえた。どんな編み方でなん目編むか、数字と印で一段ずつしるしていった。最初に床《ゆか》に描《えが》いた模様とはそれはぜんぜんちがうものができあがった。でもミリエムの帳簿《ちょうぼ》の小さな数字や印がどんなふうに金や銀になっていったかを、あたいはよく憶《おぼ》えてた。編み物を手に取り、新しい模様の一段目を編みはじめた。手を動かすようになると、もう床《ゆか》に描《えが》いた模様は見なくなった。数字を信じなきゃ。そう、あたいは数字を信じた。自分がしるした数字を追いながら編み進んだ。そして三十段が終わった。いったん手を止め、自分の仕事をながめた。すべての蔓《つる》と葉が前の模様とおんなじように、とてもきれいなかたちになってる。うまくいった。魔法《まほう》がちゃんと効いたんだ。

セルゲイがもどってきて、足を踏《ふ》みならし雪を落とした。肩《かた》が雪で真っ白だ。両腕《りょううで》にかかえた薪《まき》を、薪《まき》箱に入れる。でも、まだ箱の半分にしかならない。「もっと集めてこなきゃ。また雪になりそうだから」セルゲイはそう言って、また外に出ていった。

「暖かくしてるわね、ステフォン?」マンデルスタムの奥《おく》さんがおいらに尋《たず》ねた。おいらは、うん、暖かいよ、と答えた。ほんとうに暖かかったんだ。でも暖かくなくたって、そうは言えなかった。だって、このそりのなかでおいらはいちばん暖かい席に、マンデルスタムの奥《おく》さんと旦那《だんな》さんのあいだに、すっぽりと毛布と毛皮にくるまれて、すわらせてもらってるんだから。ところがそのうち、ほんとに寒くなってきた。はじめのうちは御者《ぎょしゃ》のアルギスがこっちをうかがう目つきにぞくっとするんだと思ってた。でも、そんなのは理由にならない。

その日の午後はどんどん寒くなった。空を見あげると、濃《こ》い灰色の雲が頭の上に集まっていた。ヴィスニアまでまだ半分も行ってないのに、雪が降りだした。はじめはちらつくだけだったけど、どんどん激しくなって、そのうち馬たちの首から先が見えなくなった。しばらくしてマンデルスタムの奥《おく》さんが言った。「つぎの村に着いたら、休んだほうがいいかもしれないわね。そこを今夜の宿にしましょう。急ぎすぎるのはよくないわ」

だけど、かなり長い時間走りつづけたのに、一軒《けん》の家も見つからなかった。「なあ、アルギス」とうとうマンデルスタムの旦那《だんな》さんが声をかけた。「街道を走っているのは確かかね？」

大きな外套《がいとう》のなかで体を小さく丸めて手綱《たづな》を握《にぎ》ってたアルギスが、ちらっと後ろを振《ふ》り向いた。なにも言わなかったけど、おびえた顔だった。そう、道をまちがえたことにアルギスはもう気づいてたんだ。少し前に、道がゆるく曲がるところがあった。きっとそこでまちがえたんだろう。馬たちは木々のあいだを走ってたけど、街道の両側に生えてる木とはちがってた。街道だったら右手と左手の木はもっと距離《きょり》が開いてるはずだ。雪で街道も茂《しげ》みも覆《おお》われていたから、道をまちがえても、すぐに気づかなかったんだろう。だからアルギスはそのままそりを走らせつづけたあげく、森のなかで道を見失ってしまったんだ。森はすごく大きくて、街道か川のそばじゃなきゃ家は建ってない。川から離《はな》れたところに家を建てると、すぐにスターリクに殺されてしまうから。

馬たちはもう走っていなかった。疲《つか》れたようすで、とぼとぼと歩いてる。大きな足が降ったばかりの雪にはまって、抜《ぬ》くのに苦労してる。そのうちにまったく動かなくなった。「おいらたち、どうなるの？」と、声をあげた。

アルギスがもう一度振《ふ》り返ったけど、手綱《たづな》を握《にぎ》ったまま肩《かた》を落としているだけだ。マンデルスタムの旦那《だんな》さんが、アルギスの背中を見つめてから言った。「だいじょうぶだよ、ステフォン。風が当たらないところにそりを停《と》めよう。馬たちに毛布をかけて、穀物をあたえよう。見つかるなら草も。そのあとは、馬たちのあいだに入って、毛布にくるまって暖かくしていればいい。いずれ雪も小降りになるだろう。日がのぼったら、どこにいるかもわかる。なあ、アルギス、どこかよい場所をさがしてくれ」

アルギスは黙《だま》ってたけど、しばらくすると馬の首を返して、大きな木の近くにそりを停《と》めた。もし森に迷いこんだと気づいてなくても、これで気づいたはずだ。こんなに大きな木は、街道近くには生えてない。もしこの木が切り倒《たお》して運び出せるほど街道の近くに生えていたら、だれかがとっくにそうしてた。木の幹は馬一頭が隠《かく》れるぐらい太くて、幹の横腹が腐《くさ》って、小さな洞《ほら》ができていた。

おいらと奥《おく》さんが馬を見ているあいだ、旦那《だんな》さんとアルギスが大きな木の下の雪を踏《ふ》み固め、平らになったまわりに雪の壁《かべ》をこしらえた。馬は山羊《やぎ》よりでかい。だから、おいらは馬がちょっと怖《こわ》いけど、手綱《たづな》を握《にぎ》っていなくちゃならなかった。でも馬たちはじっとして、山羊《やぎ》みたいに跳《は》ねたりしなかった。すごく疲《つか》れてたんだろうな。おいらはどうにか馬を引いて、雪をならした平地に連れていくことができた。そのあとは旦那《だんな》さんたちとそりからありったけの毛布を持ち出して、馬たちにかけた。旦那《だんな》さんは旅荷を入れた袋《ふくろ》をそりからおろし、木の洞《ほら》に入れた。それから奥《おく》さんがそりからおりるのを助けた。

旦那《だんな》さんは背すじを伸《の》ばすと、そりのそばにうなだれて立ってるアルギスを見つめた。アルギスは消え入りそうな声で言った。「バケツをいっぱいにしてくるのを忘れた」そのバケツっていうのは穀物を入れるバケツのことで、つまり、馬にやるえさがないってことだ。

旦那《だんな》さんはしばらく黙《だま》ってた。けっこう長い時間が流れて、やっと旦那《だんな》さんは言った。「真冬の雪じゃなくてよかったな。雪の下に若い草があるだろう。雪を掘《ほ》って草だろうがなんだろうが、とにかく馬が食べられるものを見つけなきゃならんな」

マンデルスタムの旦那《だんな》さんはやさしかった。でも、そんなにやさしい気持ちになってたわけじゃないだろう。だって、それからなんにもしゃべらなかった。きっと、頭のなかが心配でいっぱいだったんだ。だからおいらもすごく心配になって、雪を掘《ほ》るのを必死に手伝った。マンデルスタムの奥《おく》さんからもらった黒いブーツがあるから、雪を蹴《け》り飛ばすことだってできた。そうやって地面が見えるところまで掘《ほ》り返した。けれど、大きな古い木の下にあったのは、ほとんどが乾《かわ》いた松葉だった。みんなでべつのところをあちこち掘《ほ》った。

「この大きな木が見えないところに行ってはいけないよ」旦那《だんな》さんが言った。「雪が足跡《あしあと》を消して、もどれなくなってしまうから。十歩進むごとに、振《ふ》り返って、足跡《あしあと》を確かめなさい」

その木はほんとうに大きかったから、かなり離《はな》れたところからでも見えた。おいらは十歩進んでは足跡《あしあと》を確かめながら歩いていき、とうとう空がぽっかりと見えるところまで来た。雪の下に死んだ木があって、そこだけ盛りあがっていた。前はここに生えてたけど、倒《たお》れたんだろう。木が枝葉を伸《の》ばしてた広さだけ、開けた土地ができていた。おいらはブーツの足で雪を掘《ほ》り返した。木の折れた枝と、草が少しだけ雪のなかから出てきた。雪にやられていたけど、ぜんぶ枯《か》れてるわけじゃない。その下には乾《かわ》いた草もあった。

おいらは草をできるだけたくさん抜《ぬ》いた。たくさんと言える量にはならなかったけど、腹ぺこのときには、ちょっとだけ食べるほうがいいんだ。馬だってたぶん人間と同じだ。両腕《りょううで》に草をかかえて帰ると、マンデルスタムの奥《おく》さんが馬たちのそばにいた。馬の頭をなで、小さな声で歌を歌ってやっている。馬たちは首を低くおろしていた。奥《おく》さんは馬たちに水を少しだけやったみたいだ。雪じゃなくて水をどこで見つけたのかと思ったけど、奥《おく》さんがぶるぶる震《ふる》えてるのを見て気づいた。雪をバケツに入れて、それを抱《だ》きかかえて溶《と》かしてたんだ。

おいらは二頭の馬に草を半分ずつやった。馬たちはすぐには食べなかった。奥《おく》さんが草を手に取り、口まで運んでやった。そうするとやっと食べはじめ、ぜんぶ食べてしまった。マンデルスタムの旦那《だんな》さんとアルギスがもどってきたけど、草は見つけられなかったみたいだ。でも、アルギスがたきぎをかかえていて、それで焚《た》き火をしようとした。でも、木が湿《しめ》ってるから、うまくいかなそうだった。

「おいらが草をとってきたところに行けばいいよ」おいらは言った。

「おれ、この子といっしょに行くよ」アルギスが旦那《だんな》さんに言った。まだ目を上げようとしない。たぶん、バケツに穀物を入れるのを忘れてきたのが恥《は》ずかしいんだろうな。それであやまりたいと思ってるんだけど、まだあやまれないいんだ。おいらはべつに、アルギスをあやまらせたいわけじゃない。だけど、いっしょにあの平地に行きたくなかった。でもそれも言えなくて、結局、アルギスといっしょにあそこにもどった。

アルギスは外套《がいとう》を雪の上に広げた。それからふたりで草を掘《ほ》り出し、外套《がいとう》の上に草が山盛りになったところで、アルギスがそれを持ってもどった。おいらはそのあいだも草をもっと掘《ほ》り出した。アルギスがもどってきて、またおいらを手伝った。

おいらひとりより、アルギスがいたほうが仕事が早かった。アルギスはおいらより背が高くて、力もある。でも、ほんとは、セルゲイとワンダがいっしょだったらよかった。だって、ふたりともアルギスより背が高くて、力がある。ふたりがいたら、もっと草を掘《ほ》り出せるだろう。だいたい、ふたりなら、バケツに穀物を入れるのを忘れたりしない。穀物がないのに苦労してるから、あるのにそれを忘れるなんてことはぜったいにしないんだ。そして、アルギスみたいに、御者席《ぎょしゃせき》からこっちをちらちら見るようなこともしない。

おいらはぜんぜんやさしい気持ちになれなかった。みんなこのまま寒さで死ぬんじゃないかって思ってた。おいらたちが死ななくても、馬たちのほうが、たっぷりえさももらえずに無理やり働かされて死んでしまう。そして、森のなかで馬がなかったら、おいらたちはどこにも行けやしない。そうなったら、家を建てることになるんだろうな。でも、たぶんそこにスターリクがやってくる。おいらは、スターリクがセルゲイにしたことを、思い出したくないのに、夜に思い出すことがあった。そして、いまもあのときのことが頭から離《はな》れない。

とうとうアルギスといっしょに、採《と》れるだけの草はぜんぶ採《と》ってしまった。もう雪を蹴《け》ってどけても、おいらたちが草を引っこ抜《ぬ》いた跡《あと》ばかりだ。そこで大きな木のところまで引き返し、馬に草をやった。馬たちはその草もぜんぶ食べたけど、食べ終わるとまたうなだれた。まだ腹が減ってるにちがいない。火がないから、馬たちの体は冷たい。マンデルスタムの旦那《だんな》さんが何度か試したけど、木も木《こ》っ端《ぱ》も湿《しめ》っていて火を熾《おこ》せなかった。

マンデルスタムの奥《おく》さんがバスケットに詰《つ》めてきた食べ物がいくらかあった。奥《おく》さんだって、バケツに穀物を入れるのを忘れるような人じゃない。だけど奥《おく》さんは、アルギスにも食べ物を分けてやったし、それどころか、旦那《だんな》さんと同じ分だけ手渡《てわた》していた。

食べ終わったころ、二頭の馬のうちの一頭がすごく大きな息をついて、ゆっくりと脚《あし》を折り、地面にすわってしまった。地面はすごく冷えてるのに。でも、旦那《だんな》さんとアルギスが立ちあがらせようとしても、馬は疲《つか》れすぎてて立ちあがれなかった。

奥《おく》さんは、もう一頭の手綱《たづな》を握《にぎ》って、立ちつづけるように励《はげ》ましていたけど、しばらくすると、その馬も腰《こし》をついてしまった。二頭とも、前よりもっと首がさがってる。二頭とも死んじまうんじゃないかな。たとえおいらたちは死ななかったとしても、朝になったら、この森に馬なしで放り出されることになる。セルゲイとワンダみたいに。

でも、おいらたちはセルゲイやワンダのように強くない。ふたりはおいらを残していった。ふたりなら森を長く歩きつづけられるけど、おいらには無理だから。でももしかしたら、ふたりだって、もうだめかもしれない。森のどこかで動けなくなって、雪のなかで死んでるかもしれない。これからおいらたちも、そうなるのかもしれない。

おいらにできることはなにもない。おいらは手綱《たづな》を持って馬を引っ張りあげるには背丈《せたけ》が足りないんだ。旦那《だんな》さんとアルギスが馬を立たせるのをあきらめると、マンデルスタムの奥《おく》さんがおいらを馬の横腹にくっつくようにすわらせ、自分もとなりにすわった。それから毛布と毛皮をかぶった。馬の体が風を防いでくれた。大きな木もちょっとは風よけになった。それでもまだ寒いんだけど、これがいまできるせいいっぱいだ。マンデルスタムの旦那《だんな》さんとアルギスも、もう一頭の馬のそばに同じようにすわった。おいらはポケットに手を突《つ》っこんで、奥《おく》さんのとなりで体を丸めた。白い木の実は、まだおいらのポケットのなかにある。おいらはその実をぎゅーっと握《にぎ》りしめた。

スターリク王が出ていったあと、あたしは立ちあがり、となりの大きな保管室の仕事の進み具合を見にいった。とにかく銀貨の量が多いから、あまり期待はしていなかった。でも絶望するよりましだし、たとえ夫の手でこの身を始末されることになっても、ささやかな嫌《いや》がらせぐらいにはなるだろう、そう思っていた。

ところが、ソップとフレクとソーファはあたしが期待した以上に仕事を進めていた。確かにお金はつくるより投げ出すほうがかんたんだ。この仕事にはスターリクもちまえの腕力《わんりょく》も役立った。部屋のまんなかに、すでに大きな円形の空間ができている。そりには二回目の荷が、荷台の半分ほど積まれていた。袋《ふくろ》に入った銀貨のほとんどがすでに取りのぞかれ、あとに残っているのは、ばらばらの銀貨だ。ただし、このばらばらの銀貨の量がとんでもない。

あたしが部屋に入ると、三人が背すじを伸《の》ばした。魔法《まほう》のような腕力《わんりょく》とはいっても、見るからに疲《つか》れていた。スターリク王の銀貨を投げ捨てることにはなんの罪悪感もないけど、三人にここまで無理をさせていることを、最後までこの仕事に付き合わせてしまうことを申し訳《わけ》なく思った。

きょうと明日の昼と夜、そしてあさっての昼――最後の最後まで、結婚式《けっこんしき》のダンスが終わるまでに、どうにか作業を終わらせなくてはならない。バシアは街の娘《むすめ》だから、運がよければ、結婚式《けっこんしき》が遅《おそ》い時刻からはじまる可能性もある。それまで睡眠《すいみん》や休息をとらずにこの仕事をつづけることは、三人にとって、あたしと同じように意味のあることなんだろうか？　あたしが困っているからというほかに、彼《かれ》らにとってこの仕事をやる意味はあるんだろうか？

「食べ物と飲み物がほしいわ」あたしは言った。「あなたたちの分も持ってくるといいわ。そしてもし、あたしがこのあとも生きていたならだけど――」と前置きし、ひとつの提案をした。「あなたがたの貯めたお金でも借りたお金でもいいから、あたしのところに銀貨を持ってきて。そうしたら、こうして尽《つ》くしてくれたことへの感謝のしるしとして、その銀貨をすべて黄金に変えてあげるわ」

三人は押《お》し黙《だま》り、動かなかった。少し間をおいて、あたしが言ったことを確かめるように、視線を交わし合った。そしてソップが言った。「わたしたちは召使《めしつか》いですから」

「あたしを助けてくれるのには、それ以上の理由があるように思えるの」あたしは三人の表情をうかがった。でもなにもわからなかった。目の前の三人は、蛇《へび》がうじゃうじゃいる部屋に招かれたように不安げな顔をしている。フレクは両手を前でもみ合わせ、その手を見おろしていた。

突然《とつぜん》、ソーファがあたしに向かって言った。「モロテヒラキテ！」それは最初、なにかの名前のように聞こえた。「あなたがご自分のなさることをおわかりになっていないとしても、そのような交換《こうかん》を認めてくださるのなら、わたしはあなたとの契《ちぎ》りを受け入れ、この身をもって公正に報いることを誓《ちか》います」彼《かれ》はこぶしを握《にぎ》って自分の鎖骨《さこつ》にあてがい、一礼した。ソップもごくりと喉《のど》を鳴らし、「わたしもです」と、同じように一礼した。彼女《かのじょ》はフレクのほうを見た。フレクの顔がちょっとゆがんだ。わずかな間をおいて、フレクは小さな声で言った。「わたくしもです」両手を胸の前で重ねて一礼した。

そう、ソーファの言うことはまちがっていない。あたしは自分がなにをしたのかわからなかった。でも、あたしがなにかをしたことは確実で、それは三人にとって価値のあることなのだ。

「わかったわ」あたしは言った。フレクが食べ物を取りにいくために部屋から走り出ていった。ソップとソーファが最後に残った銀貨の袋《ふくろ》をそりに積みはじめた。そこに、あたしの命だけでなく、自分たちの命までかかっているかのように。ひょっとすると、ほんとうにそうなのかもしれない。だとしたら、銀貨を黄金に変えることは、その報いとして充分《じゅうぶん》ではないように思える。でも、彼《かれ》らがそれを是《よ》しとするなら、あたしからなにか言うのはやめよう。

「鹿《しか》を交替《こうたい》させなければなりません」ソーファがあたしにそう言ったとき、フレクがもどってきた。あたしと三人はいちばん大きな保管室で食事をした。食べ物をあわただしくおなかにおさめ、冷たい水を飲むと、二番目の部屋に引き返し、仕事を再開した。

その夜は一度か二度、眠《ねむ》りに落ちた。そんなに長くじゃない。すわっていると体がいつのまにか傾《かたむ》き、ちょっとだけうとうとした。でもすぐに、ひづめの鳴る音が聞こえて、はっと目覚めた。新たな荷をトンネルのなかに放り出すために、そりがとなりの部屋から出ていったのだ。目が疲《つか》れてひりひりし、背中と肩《かた》が痛かった。テーブルクロスに広げた銀貨の上でゆっくりと片手を動かし、金貨に変えてざあっとあけた。それのくり返し。

時がたつのが引き延ばされる感覚と、飛ぶように過ぎていく感覚が交互《こうご》にやってきた。それがつらくて、この苦しみを早く終わらせたいと思った。でも時の鏡のなかに朝日が差しはじめると、心臓がどきどきした。二層になった銀貨でも変えられるようになってから作業に勢いがつき、すでに三つ目の棚《たな》をかなり片づけていた。それでもまだ三つの棚《たな》が残っている。この速度をどうにか最後まで保たなければならない。でも食べて飲むあいだは作業が止まる。ソップがわずかな食べ物と水を運んできた。コップをつかむと、手が震《ふる》えて、水をこぼしそうになった。食べ物を味わうこともなく呑《の》みくだし、終わりの見えないつらい作業にもどった。

わが夫は、鏡のなかで夕暮れの残照が消えると、すぐにあらわれた。あたしは床《ゆか》にすわったまま、手の甲《こう》でひたいをこすった。汗《あせ》はかいていないけど、かいているような気がしてならない。彼《かれ》は冷ややかにつまらなそうに部屋を見わたし、作業の進み具合を確認した。まもなく四つ目の棚《たな》を終えるところだ。でも残された時間は今夜と明日の昼。彼《かれ》にしてみれば、さらに巨大《きょだい》な部屋がまるまる手つかずになっている。

「あなた方の世界では、だれかに贈《おく》り物をすることには、どんな意味があるの？」あたしは最初の質問をした。自分が召使《めしつか》い三人になにをしたのか、知りたくてたまらなかった。

彼《かれ》は怪訝《けげん》そうに眉根《まゆね》を寄せた。「贈《おく》り物だと？　見返りも求めず、あたえられるもののことか？」彼《かれ》は不愉快《ふゆかい》そうに、贈《おく》り物ということばを口にした。

ええっと……あたしがしたことを説明するには、どう言えばいいんだろう？「求めに応じてくれたことへの感謝としてあたえるもののこと」

それでも、彼《かれ》の見くだすような顔つきは変わらなかった。「そんなのはろくでなしのすることだ。見返りがないなどとは、ありえないことだ」

あたしがうるさいことを言いだす前は、つまり見返りを求めずに彼《かれ》のために銀貨を金に変えていたときは、すごくうれしそうだったくせに。でも、それを指摘《してき》するのはやめた。「あなたは、見返りを求めずに、あたしにいろいろあたえてくれたでしょ」

彼《かれ》の銀色の目が驚《おどろ》いたように見開いた。「わたしがあなたにあたえたのは、それがあなたの権利であり、それをあなたが求めたからだ。それだけだ」彼《かれ》は早口に言った。そうすれば、あたしの反撃《はんげき》をさえぎれるとでも思っているように。「あなたはすでにわたしの妻だ。あなたをわたしの〈きずなのしもべ〉にすることはありえない」

どういうこと？　見返りを求めないのが贈《おく》り物なのに、それにも見返りがなくちゃいけないの……？　「だいたい、〈きずなのしもべ〉ってなに？」

彼《かれ》はぴたりと動きを止め、そんなことも知らないのかという顔をした。「運命を共にする者だ」彼《かれ》は、小さな子どもに言い含《ふく》めるように、ゆっくりと言った。

「まだわからない」とげとげしい言い方になった。

彼《かれ》がいらだって両手を振《ふ》りあげた。「だから、運命を共にする者だ！〈あるじ〉が栄えれば、〈きずなのしもべ〉も栄える。〈あるじ〉が衰《おとろ》えれば、〈きずなのしもべ〉も衰《おとろ》える。〈あるじ〉が汚《けが》れるとき、〈きずなのしもべ〉も汚《けが》れる。そして〈あるじ〉と同じように、〈きずなのしもべ〉もその血で名を浄《きよ》めねばならない」

あたしは、まばたきも忘れて彼《かれ》を見つめた。胃がむかむかした。しくじれば、自分ばかりでなく、フレクとソップとソーファの命にまで危険が及《およ》ぶ。そのことを、あたしはそこまで本気に考えていなかった。でも、彼《かれ》から直接聞かされることで真実味が増した。汚《けが》されるということばで、白い布に広がるしみを思い浮《う》かべた。汚《けが》されてしまったものは、血で赤く染めあげるしかない……？「恐《おそ》ろしい結びつきのように思えるわ」あたしは喉《のど》からしぼり出すように言った。彼《かれ》からもっと訊《き》きたかった。もしかしたら、誤解しているのかもしれない。「そんなものに同意するなんて想像もつかない」

彼《かれ》は腕《うで》を組んだ。「想像力の欠如《けつじょ》につまずくのはあなたの勝手だ。わたしの答えにまちがいがあるわけではない」

あたしは唇《くちびる》をぎゅっと結んだ。あまりに真正面から近づきすぎたようだ。最後の質問はもっと慎重《しんちょう》にことばを選ばなければ。「わかったわ。では、〈きずなのしもべ〉になることを受け入れるか拒《こば》むかは、なにによって決まるの？」

「受け入れる理由は、もちろん、位《くらい》を上げることだ」彼《かれ》はすぐに答えた。「〈きずなのしもべ〉はつねに、その〈あるじ〉より一階級下位におかれる。その子どもは、〈きずなのしもべ〉の資格も階級も受け継《つ》ぐ。だが、その子どもの子どもは階級のみを受け継《つ》ぐ。生まれついていかなる状態にあろうとも、そのきずなを自身の権利として継承《けいしょう》する。拒《こば》む場合について言うなら、すでに高い階級にあるか、きずなを求める〈あるじ〉が落ちぶれることを疑うかだ。つまり、愚《おろ》か者だけが益なくしておのれの運命を縛《しば》る」彼《かれ》はとくとくとしゃべったが、ふいにためらい、警戒《けいかい》を示した。「なぜあなたはそこまで〈きずなのしもべ〉のことを気にする？」彼《かれ》のほうから尋《たず》ねる。

「あたしにはあなたに答える義務があるのかしら？」巧妙《こうみょう》に質問のかたちにして、せいいっぱい甘《あま》ったるい声をつくって言ってみた。彼《かれ》は一瞬《いっしゅん》、口をあけたが、すぐに閉じて、あたしをにらみつけた。そして、なにも言わずに部屋をあとにした。結局、ただでは答えられないということか。

彼《かれ》が去ったあと、すぐには仕事にもどらず、しばらくそこにひとりですわっていた。あたしは自分がソーファとソップとフレクになにをしたのかわからなかった。でも、とにかくなにかをしたのだ。そう思うしかない。あたしは三人に、ひとつの申し出をした。三人はそれを受け入れる選択《せんたく》をした。それによって自分の身に危険が及《およ》ぶかもしれないことを、あたし以上にわかっていながら。

あの結婚《けっこん》の儀式《ぎしき》のとき、あたしたちを囲んでいたスターリクたちの幾重《いくえ》もの輪を思い出さずにはいられなかった。灰色の衣をまとった召使《めしつか》いたちは中心からうんと離《はな》れた外側の輪に黙《だま》って頭《こうべ》を垂れて立っていた。あたしは三人に富を約束しただけではなかった。あの外側の輪から貴族階級という最高位まで、一気に突《つ》き進む黄金の道も約束したのだ。まるで片手には毒の果実を、もう一方の手には夢を叶《かな》える魔法《まほう》の杖《つえ》を持った妖精《ようせい》のように。たとえ人生をかけても、そんなチャンスにだれが飛びつかずにいられるだろう？　ふいに、背すじに冷たいものが走った。フレク……。そういえばあのとき、フレクだけがためらった。ソーファとソップはひるんだけれど、すぐに決断した。でもフレクはほんとうに迷っていた。

それがなぜかを知りたくなかった。それについて考えたくなかった。彼女《かのじょ》はあたしの質問に答えられないのだから、考えたってしょうがない――それを言いわけにしようとしたけど、銀貨の上に突《つ》き出した両手は震《ふる》えていて、銀貨は金に変わろうとしなかった。とうとう、あたしは立ちあがって、となりの部屋につづく扉《とびら》を開いた。ソーファとソップとフレクがそりに銀貨を積んでいた。スターリク特有の鋭《するど》い顔立ちが疲労《ひろう》でどんよりとし、青い氷のような目が息を吹《ふ》きかけたガラスのように曇《くも》っていた。彼《かれ》らはせいいっぱいの速さでやっている。すでに部屋の半分以上がからになっていた。

まだチャンスはある。あたしにとってのチャンス……三人の強さと勇気に賭《か》けるチャンスが。三人が仕事の手を止めて、あたしのほうを見た。いまなにか言いたくなかった。気づかいたくなかった。あたしは胸を締《し》めつけられるような感覚と闘《たたか》いながら言った。「もしあなたがたに子どもがいるなら、何人いるか教えて」

ソップとソーファは黙《だま》っていたが、そろってフレクのほうを見た。フレクはあたしの顔を見ようとしなかったけれど、ささやくように言った。「わたくしには娘《むすめ》がいます。ひとり娘《むすめ》です」ほんとうに小さな声だった。それから彼女《かのじょ》はさっと背を向け、銀貨をシャベルですくう作業にもどった。シャベルから床《ゆか》にこぼれ落ちる銀貨が、金属の雨のようなけたたましい音をたてた。

16 あなたが真《まこと》を尽《つ》くしたのなら

目覚めたくなかった。だけど、母ちゃんがおいらを呼ぶ声が聞こえた。鐘《かね》を鳴らすような声だった。だから、おいらは目をあけた。馬の背中に雪が積もり、おいらとマンデルスタムの奥《おく》さんをくるんだ毛皮のくぼみにも雪がたまってた。奥《おく》さんもほかのふたりも、みんな眠《ねむ》ってる。みんなを起こしたほうがいいのかなって考えた。でもまだ雪は降ってるし、ものすごく寒い。たぶん、おいらたちは朝まで生きていられないだろう。だからいま目を覚ましても、いいことなんかなにもない。起きたって、怖《こわ》くなるだけさ。そうだよ、おいらは怖《こわ》かった。

だけどそのとき、また音が聞こえた。同じ音だ。おいらを起こした鐘《かね》のような音。そんなに遠くない場所からだ。勇気を奮《ふる》い起こして、毛皮の下から抜《ぬ》け出した。すごく寒くて、ぶるぶる震《ふる》えたけど、おいらはその鐘《かね》の音がするほうに向かった。近づくと、それは鐘《かね》じゃなくて、斧《おの》の音だとわかった。おいらは立ち止まった。だれかが木を切ってる。こんな雪の降る森で、真夜中に……。だれが木を切ってるかなんて、考えたくもなかった。だって、すごく変じゃないか。でも、それがほんとうに木を切る音なら、それはたぶん煖炉《だんろ》を焚《た》くために薪《まき》を必要としてるってことだ。もし、そのだれかのうちに煖炉《だんろ》があるなら、おいらたちを家に入れて、煖炉《だんろ》のそばにすわらせてくれるかもしれない。それなら、おいらたちは死ななくてすむ。

だから、音のするほうに進みつづけた。音がしだいに大きくなって、木を切っている男の姿が見えてきた。最初、セルゲイじゃないかと思った。でも、そんなわけないじゃないか。ただセルゲイのように見えただけだ。でも、おいらはつい口に出した。「セルゲイなの？」

男が振《ふ》り返った。それがなんとなんと、ほんとうに、セルゲイなんだよ。おいらは駆《か》けていった。一瞬《いっしゅん》、みんな死んじゃって、天国なんじゃないかと思った。父ちゃんに連れられて教会に行ったとき、そんな話を聞いたんだ。父ちゃんもずっと以前は、神父さんに町で声をかけられると、教会に行くことがあった。だけど、おいらは、ここが天国なら、寒くもないし腹もすかないんじゃないかって考えた。ああ、父ちゃんを殺した罪で地獄《じごく》へやられたんじゃありませんように。

「いいや、生きてるったら！」セルゲイが言った。「ステフォン、おまえ、どこから来た？」

おいらはセルゲイの手を取って、大きな木のところまで引っ張っていって、そこに眠《ねむ》っている全員を指さした。「でもね、こいつは見張りだよ」指さした先にいるのはアルギスだ。「町の男たちがこいつに、兄ちゃんを見つけたら知らせろって言ったんだよ」

セルゲイは、ちょっと考えたこんだあと、肩《かた》をすくめた。こいつが見張りだろうと、このまま放り出したら凍《こご》え死ぬぞって言いたいんだろう。見張りのうえに、バケツに穀物を入れ忘れて、おまけに道に迷うやつなんだけど。でも、このままなら死んじまうのも確かだ。それに、アルギスが道に迷わなきゃ、セルゲイを見つけられなかったんだから、もうこいつに怒《おこ》るのはよそうと思った。

おいらとセルゲイで、マンデルスタムの旦那《だんな》さんと奥《おく》さん、アルギスを起こした。セルゲイを見てみんな驚《おどろ》いたけど、もちろん、大喜《おおよろこ》びだ。アルギスだけはおびえたけど、暖かいところに行けるのはうれしそうだった。セルゲイは馬たちに近づいた。一頭はもう死んでいた。もう一頭は立ちあがるのをいやがった。でもセルゲイが馬の前脚《まえあし》の下に両腕《りょううで》を差しこんで押《お》しあげて、アルギスが手綱《たづな》を引き、マンデルスタムの奥《おく》さんと旦那《だんな》さんとおいらとで下から腹を押《お》しあげると、馬はようやく立ちあがった。

セルゲイはおいらたちを引き連れ、森のなかを通って、さっき木を切ってた場所にもどった。そしてそこからほんのちょっと歩いただけで、行く手に明かりが見えた。それを見たら全員の足が、馬の足でさえ速まった。煙突《えんとつ》のある小さな家と、わらを積みあげた大きな納屋。セルゲイが馬を納屋に入れると、馬はすぐにわらを食べはじめた。「粥《かゆ》もあるから、なかに入って」セルゲイが言った。

家のなかにいたワンダが、おいらたちの足音を聞きつけ、ドアを開いた。マンデルスタムの奥《おく》さんは、ワンダを見ると、大きな声をあげて駆《か》け寄り、ワンダを抱《だ》きしめ、ほおにキスをした。ワンダがとまどってるのがおいらにはわかったけど、うれしそうだった。「なかに入って」とワンダに言われて、全員が家のなかに入った。なかはとても暖かくて、粥《かゆ》のいい匂《にお》いがした。椅子《いす》が一脚《きゃく》と、椅子《いす》代わりの切り株が一個。寝台《しんだい》がひとつ、それから大きな煖炉《だんろ》の上にわらを敷《し》いた寝床《ねどこ》があった。

みんながマンデルスタムの奥《おく》さんに煖炉《だんろ》のそばの椅子《いす》をゆずり、ワンダは奥《おく》さんの肩《かた》に毛布をかけた。旦那《だんな》さんがそのとなりの切り株に腰《こし》をおろした。アルギスは煖炉《だんろ》に近い床《ゆか》にすわって、体を丸めた。ワンダがおいらに、煖炉《だんろ》の上の寝床《ねどこ》にいくようにいった。言うとおりにした。そこはとても暖かかった。

「お茶をいれるわ」ワンダが言った。えっ、どうしてここにお茶があるんだ？　だいたい、この家ってだれのもの？　そんな疑いが頭をかすめたけど、ああ、熱いお茶が飲めるなんてすごいぞ、っていう考えがほかのすべてをなぎ払《はら》った。だけど結局、おいらはお茶の準備ができる前に眠《ねむ》ってしまった。そして、夜明け近くに目覚めた。木と木がこすれ合う音が聞こえて、冷たい風が顔に吹《ふ》きつけてきた。それで、おいらは頭を上げた。まだ煖炉《だんろ》の上にいて、マンデルスタムの旦那《だんな》さんと奥《おく》さんがおいらの両側で眠《ねむ》ってた。ワンダとセルゲイは、煖炉《だんろ》の前の床《ゆか》で眠《ねむ》ってた。

おいらが聞いたのは、扉《とびら》がきしりながら開く音だった。アルギスが雪のなかに出ていこうとしてる。おいらはさっと頭をさげた。でもまたすぐに頭をもたげて、「セルゲイ！」と叫《さけ》んだ。でも遅《おそ》かった。おいらたちが外へ出たときには、アルギスの姿はもうどこにもなかった。馬に乗っていったんだ。おいらたちがオーツ麦を食べさせ、脚《あし》をこすり、お湯を飲ませたから、馬はかなり回復してたんだろう。そりを引くくらいだから、もともと大きくて強い馬だ。アルギスを背に乗せて、速く走ってるんだろうな。馬にまかせておけば、馬はきっともとの馬小屋にもどる。そしてどうせ、アルギスはおいらたちのいる場所を町じゅうに言いふらすんだ。

「雪が溶《と》ける前に、ヴィスニアにたどり着かなければならないわ」みんなでテーブルを囲むと、マンデルスタムの奥《おく》さんが言った。ワンダがお茶をいれてくれた。そしていまは、ここを発《た》つ前に食べる粥《かゆ》をつくってる。セルゲイとマンデルスタムの旦那《だんな》さんは、切り株を運び入れて、それを椅子《いす》代わりにした。「幸いなことに食べ物も、暖かい外套《がいとう》もあるわ。街道に出れば、街まで乗せていってくれる人が見つかると思うの。ユダヤ人街のなかなら、だれもわたしたちを密告しないわ。地下金庫にはお金もある。役人にお金を渡《わた》して、過去の名前を消せるかもしれない。父がだれのところに行けばいいか、教えてくれるはずよ」

「ここを発《た》つ前に、終わらせなきゃならない仕事があって……」ワンダがそう言って、編みかけの毛布を持ってきた。よく見ると、それは毛布じゃなくて、寝台《しんだい》のマットレスのカバーだった。

葉っぱのすてきな模様が入ってる、とてもきれいなカバーだ。

「ワンダ、すばらしいできだわ」マンデルスタムの奥《おく》さんが、そのカバーに触《ふ》れた。「ここを出ていくとき、持っていくといいわね」

ワンダが首を横に振《ふ》る。「これでベッドを修理しなきゃ」

どういうことだか、おいらにはわからない。だけど、ワンダがそうしなきゃならないって言うんだから、そうなんだろう。おいらは寝台《しんだい》とマットレスを見て言った。「もうすぐできあがりだよね。この寝台《しんだい》にぴったりだの大きさだ」

ワンダはカバーを持ちあげてみせた。カバーの端《はし》をつかんだ両手を高く上げる。カバーの裾《すそ》がもう少しで床《ゆか》につく長さだった。ワンダはまたカバーをおろした。この仕事を終わらせたいと思ってるんだけど、同時に終わらせることをちょっと怖《こわ》がっているようにも見える。「そうよ。早く終わらせてしまうわ」

「なあ、ワンダ」マンデルスタムの旦那《だんな》さんが、なにか尋《たず》ねたそうにゆっくりと切り出した。でも、ワンダはきっぱりと首を横に振《ふ》った。たぶん、なにを尋《たず》ねられるかわかってて、それについては話したくないんだ。旦那《だんな》さんはとても話し好きなんだけど、ワンダがいやがっているのを察して、口をつぐんだ。

「いいのよ、ワンダ」しばらくして、奥《おく》さんが言った。「やらなきゃならないことをやりなさい。

お粥《かゆ》を見るのは、わたしが引き受けるわ」

ワンダは手早く仕事を進めた。カバーのふたつの開いた端《はし》を縫《ぬ》い合わせ、袋《ふくろ》のようなかたちにした。そこに羊毛の大きな塊《かたまり》を詰《つ》めこみ、残ったひとつの端《はし》も縫《ぬ》い合わせた、マットレスの完成だ。ワンダはそれを引っ張っていって、寝台《しんだい》にのせた。マットレスがのると、寝台《しんだい》はとてもすてきになった。そのあいだ、旦那《だんな》さんとおいらは、セルゲイが庭や納屋を片づけるのを手伝った。ひと晩のうちにほとんどからになってた薪箱《まき》を、またいっぱいにした。どうしてあの煖炉《だんろ》にそんなにたくさんの薪《まき》がいるのか、おいらにはよくわからない。でも、夜中の森でセルゲイが木を切ってた理由がわかったし、そうしておいてよかったってことも納得した。奥《おく》さんから長い枝を持ってきてと頼《たの》まれた。その一方の端《はし》にわらをゆわえてほうきをつくり、奥《おく》さんはそれで家のなかを掃《は》いた。

粥《かゆ》ができあがり、みんなで食べた。そのあと皿を持って外に出た。セルゲイが切り倒《たお》した木からつくった何枚かの皿。それを雪でこすってきれいにして、また家のなかの棚《たな》にしまった。新しい粥《かゆ》を仕込《しこ》んで、おいらたちが立ち去っても粥《かゆ》が煮《に》えるように、煖炉《だんろ》の灰のなかに鍋《なべ》をおいた。ワンダが煖炉《だんろ》の扉《とびら》を閉め、みんなで家のなかを見わたした。よく片づいて、すごくいい感じだ。前に住んでた家と同じくらいの大きさだけど、おいらはこっちの家のほうが好きだ。板壁《いたかべ》にすきまが少ないし、煖炉《だんろ》が頑丈《がんじょう》だし、屋根もしっかり葺《ふ》いてある。ここを離《はな》れるのが残念だった。セルゲイとワンダも出ていくのをすごく残念がってるだろうな。

「あたいらをかくまってくれて、ありがとう」ワンダはそこに人がいるみたいにお礼を言うと、バスケットを持って外に出た。全員がワンダのあとにつづいた。

時間が刻一刻と過ぎていく。あたしの指のあいだから、金貨と同じように、時間がこぼれ落ちていく。奥《おく》の扉《とびら》の近くまで作業が進み、向こうの部屋から銀貨をシャベルですくう音がかすかに聞こえてくるようになった。あたしと同じように、命のかかった最終期限に向かって、作業を少しでも速くしようと奮闘《ふんとう》している三人の姿が目に浮《う》かぶ。でも、となりの部屋まで行って、それを確かめている余裕《よゆう》はない。その夜、あたしたちは休むことなく働きつづけた。首に吊《つ》るした鏡から朝日が差すようになっても、あたしはただひたすら銀を金に変えつづけた。どれだけたったのかわからないけど、ようやく目を上げたとき、頭がくらくらし、吐《は》き気に襲《おそ》われた。もっと進んでいると思っていたのに、目の前にはまだ手つかずの棚《たな》がまるまるひとつ。恐怖《きょうふ》に突《つ》き動かされ、最後の収納箱《チェスト》を半狂乱《はんきょうらん》でひっくり返し、こぼれた銀貨のすべてを一気に黄金に変えてしまった。そのあとはしばらく、目を閉じ手を握《にぎ》りしめたまま、息をつくほかはなにもできなかった。

時間が惜《お》しくて朝食も食べなかった。作業の進み具合を確かめるためにわが夫が朝にやってくることがなくてよかった、とぼんやり思った。ぶちのめされたように体じゅうが痛い。でも恐《おそ》ろしさが、仕事を続行させた。手を動かしながら、しくじったらあたしや三人はどうなるんだろうと考えた。小さな子に短剣《たんけん》を持たせて、それで喉《のど》を突《つ》けと言うのだろうか。それとも、おとなが子を手にかけるのだろうか。幼い子を先に、それから母親を？　それとも、逆の順番？　ああ、子どもがいるフレクはどうなるんだろう？　なんであろうが、ひどいことになるのはまちがいない。そして自分が死んでしまっては、フレクたちの親切に報いることもできなくなる。

まんなかの保管室で、あたしはつぎつぎに収納箱《チェスト》をひっくり返し、その中身を金貨に変えていった。そしてとうとう最後の一個。あたしは、テーブルクロスの上の金貨をざあっと落とし、ふらつく足で立ちあがった。時の鏡のなかの青い空が翳《かげ》りはじめ、日暮れが近づいていた。最終期限まで、あと一時間ぐらいだろう。あたしはテーブルクロスを引きずりながら、となりの部屋につづく扉《とびら》を押《お》しあけた。

三番目の保管室は、ほとんどからっぽだった。もう一方の遠い出口にそりが停《と》まり、その荷が満杯《まんぱい》になっている。トンネル内できらめく銀は、氷で覆《おお》われた壁《かべ》の天井《てんじょう》近くまで積みあげられていた。フレクとソップは、凍《こお》った川をはさんでソーファとは反対側の岸近くで立ち働いている。あたしはふたりに近づき、「彼《かれ》を助けて！」と頼《たの》んだ。フレクとソップはうなずく手間さえ惜《お》しんで、すぐに対岸のソーファのもとに走った。あたしはその場にテーブルクロスを広げ、残った銀貨を両手でその上に押《お》しやり、すべてを金貨に変えた。この部屋の金貨は、この小さな山ひとつだけ。巨大《きょだい》な空間と比べると、いかにもわびしい。食べ物が尽《つ》きたとき、からっぽの壺《つぼ》からこそげ落とす蜂蜜《はちみつ》のようだ。でもこの部屋が大きな壺《つぼ》なら、こそげ落とした蜂蜜《はちみつ》は、すべて銀ではなく金でなくてはならない。

最後の銀貨を金に変えたとき、あたしの両手はぶるぶる震《ふる》えていた。銀貨で満杯《まんぱい》になったソーファのそりがトンネルに消えていった。そのあいだにフレクとソップは、部屋の最後の隅《すみ》から銀貨をシャベルでかき集め、川岸に小さな山を築いた。ソップがそりの荷をからにしてもどってくると、三人がかりで最後の銀貨の山を荷台に積んだ。あたしはその仕事を三人にまかせ、部屋をひとめぐりして、部屋の隅《すみ》に銀貨が残されていないか確認した。時の鏡のなかでは、ほぼ日が落ちていた。

部屋のどこにも銀は落ちていなかった。ただ一個だけ、壁《かべ》から突《つ》き出た小さな岩棚《いわだな》に銀貨が見つかった。鹿《しか》のひずめが氷を掻《か》く音が背後から聞こえた。ソーファが、荷台の底に最後の銀貨の小さな山をのせたそりを返すところだ。トンネル内の入り口近くはすでに銀貨で満杯《まんぱい》なので、最後の銀貨の置き場所を求めて、そりを進めなければならない。仕事を終えたフレクとソップがあたしのほうに近づいてきた。あたしは一個だけ残った銀貨をつまんだ。親指と人さし指のあいだで銀貨が黄金に変わりつつあるさなか、わが夫が部屋に入ってきた。

苦虫を嚙《か》みつぶしたような顔が、部屋のなかを見た瞬間《しゅんかん》、打って変わった。彼《かれ》はぽかんと口をあけて立ち止まると、からっぽの保管室を見わたした。あたしの体は、疲労《ひろう》とこれから起きることへの恐怖《きょうふ》で震《ふる》えていたけれど、どうにか背すじを伸《の》ばし、かすれた声で宣言した。「ほら、あなたの三つの保管室にある銀貨は、すべて黄金に変えたわ」

彼《かれ》がさっと振《ふ》り返り、あたしを見つめた。怒《いか》りが爆発《ばくはつ》するのではないかと思った。でもそうはならなかった。彼《かれ》はこの事態を、そしてあたしを、どう理解すればよいのか困惑《こんわく》していた。彼《かれ》の首がゆっくりとめぐり、トンネルの口から見える銀の山に視線がとまった。そこにはぐったりと首をうなだれ、鹿《しか》の頭を抱《だ》いて立つソーファがいた。フレクとソップは、強風にあおられる柳《やなぎ》の若木のように揺《ゆ》れていた。彼《かれ》の視線があたしにもどる。彼《かれ》はゆっくりと歩いて、あたしに近づくと、指にはさんだ金貨を奪《うば》い、それをじっと見つめ、指の力だけでまっぷたつに割った。

「三つの部屋にあるのは金貨だけよ！」あたしは声を張りあげた。

「いかにも」彼《かれ》はあっさりと認め、まだしばらく突《つ》っ立っていた。その後ようやく放心から解かれたように頭をもたげ、金貨の破片を小さな岩棚《いわだな》におき、あたしに向かって一礼した。とてもていねいなお辞儀《じぎ》だった。「あなたは、わたしがあたえた課題をなしとげた。約束どおり、日の照る世界に連れていこう。いとこの結婚式《けっこんしき》でダンスを踊《おど》るがいい。では、今夜の質問を、わが妃《きさき》よ」

闘志満々《とうしまんまん》だったあたしは、その改まった態度に面食らい、彼《かれ》を見つめた。どんな質問も浮《う》かんでこなかった。少し考えてから尋《たず》ねた。「お風呂《ふろ》に浸《つ》かる時間はある？」三日間、一心不乱に銀貨と格闘《かくとう》して、ひどいありさまだった。

「お望みどおりに。あなたが求めるだけ時間をかけていい」彼《かれ》の言ったことは答えになっていないように思われた。そんなことができるの？　でも彼《かれ》がそう言うのなら、逆らってもしょうがない。「二番目の質問は？」と彼《かれ》が尋《たず》ねた。

あたしはフレクとソップとソーファのほうを見た。「この三人に、もしあたしを助けてくれるなら、三人の持っている銀貨をすべて黄金に変えると約束したの。三人はそれを受け入れ、身を捧《ささ》げて報いてくれたわ。三人はあたしの〈きずなのしもべ〉？」

「いかにも」彼《かれ》は三人のほうを向いて頭をさげた。彼《かれ》らを貴族階級として迎《むか》え入れることに、なんの抵抗《ていこう》も感じていないように見える。むしろ三人のほうがとまどい、上流階級式の礼を試みたものの、頭を深くさげすぎて、途中《とちゅう》で止めた。フレクは頭を上げると、務めを果たし苦難を乗り越《こ》えたことをようやく実感したらしく、さっと体を返し、両手で顔を覆《おお》って泣きだした。苦しみと安堵《あんど》が交じり合ったような嗚咽《おえつ》だった。

あたしもうずくまって泣きたくなった。「三人の銀を金に変える時間もとれる？」できるなら、ここにはもうもどりたくなかった。

「あなたはもう、それについて尋《たず》ねた。つぎの質問を」

これが最後の質問だと思っていたので、ことばに詰《つ》まった。「どういうこと？　お風呂《ふろ》に浸《つ》かることと、三人の銀貨を金に変えることが、どうして同じになるの？」

彼《かれ》は眉根《まゆね》を寄せた。「あなたが真《まこと》を尽《つ》くしたのなら、わたしも真《まこと》を尽《つ》くす、いささかも劣《おと》ることなく」少し怒《おこ》っているように言う。「必要なら、わたしが時の流れに手を加えよう。あなたは、好きなだけ時間をかければいい。気がすむまで支度《したく》をしてくれ。そのあと出発しよう」

そこで彼《かれ》は口をつぐみ、保管室のなかをふたたび見まわした。あたしは彼《かれ》の話についていけず、ぽかんとしてしまったが、はっと気づいて、声を張りあげた。「じゃあ、最初から間に合うとわかってたんじゃないの！　最初からできたくせに！」時すでに遅《おそ》く、あたしは閉じた扉《とびら》に向かって叫《さけ》んでいた。もちろん、扉《とびら》はなにも応えない。

扉口《とびらぐち》をにらみつけているあたしに、ソップがおずおずと言った。「いいえ、最初からではなかったはずです」

「どういうこと？」

ソップは片手を横に動かし、保管室全体を示した。「あなたはこの大仕事をみごとやりとげました。だからいま、王はそれに報いようとしています。高位魔法《まほう》にはかならず対価がつくものです」

「彼《かれ》のお宝の半分以上をトンネルに移して、どうして、みごとにやりとげたことになるの？」わけがわからず、いらいらしてしまった。

「あなたはご自分の能力の限界を超《こ》えることへの挑戦《ちょうせん》を求められ、それを真《まこと》にする道を見つけたのですから」ソップが言った。

「あらら」と、あたし。「質問に答えてるわよ！　二度も！」

「わたしは、あなたの〈きずなのしもべ〉です。モロテヒラキテ！」ソップは少し驚《おどろ》いているように見えた。「もうわたしと取引する必要はありません」

「つまり、これからもあたしの質問に答えてくれるっていうこと？」あたしがなんとか理解しようと尋《たず》ねると、三人が同時にうなずいた。でも、こういうときにかぎって、質問がなにも出てこない。あるいは、たくさんありすぎる。それも、こんな状況《じょうきょう》で口に出すことが賢《かし》いとは思えない質問が。スターリク王を倒《たお》すにはどうしたらいいの？　彼《かれ》はどんな魔法《まほう》を使うの？　魔物《まもの》と戦って、もし彼《かれ》が勝ってしまったらどうなるの？　もちろん、そんなことはおくびにも出さず、あたしは言った。「時間がたっぷりあるなら、まずお風呂《ふろ》に浸《つ》かりたい。それから出発する前に、あなたたちの銀を金に変えましょう」

結局、わたしがウーリシュ公とカジミール公に宛《あ》てて手紙を書き、ミルナティウスが署名した。そのあと、彼《かれ》はしっかりと身支度《みじたく》をととのえ、しぶしぶながら、わたしを晩餐《ばんさん》の席に連れ出すことに同意した。

「それは二日前と同じだな」わたしが着替《きが》え用の小部屋から出ていくと、彼《かれ》がそう言った。とうとうスターリク銀の装身具に気づかれたのかと思い、どきりとした。でもすぐに、彼《かれ》は薄灰色《うすはいいろ》のドレスについて言ったのだと気づいた。わたしは、義母おかかえのお針子たちが丹精《たんせい》こめて仕立てたドレスをとくになにも考えず着ていた。大公妃《たいこうひ》たちでさえ、毎日ドレスを取っかえ引っかえするような贅沢《ぜいたく》はしないものだ。

でもどうやら、彼《かれ》は毎日新しい服の組み合わせを楽しみたいらしい。その驕奢《きょうしゃ》を味わうために、皇帝《こうてい》の勘定書《かんじょうがき》を見るたびに騒《さわ》ぎたてる顧問団《こもんだん》を魔法《まほう》で黙《だま》らせてきたにちがいない。そしていまは、わたしにまでその驕奢《きょうしゃ》を求めている。「あなたは税金の使い道についてもっと考えるべきだわ」わたしは言った。

けれども彼《かれ》は、わたしの嫁入《よめい》り支度《じたく》の収納箱《チェスト》をのぞいて、渋《しぶ》い顔になった。わたしの手持ちのドレスは――そう彼《かれ》にとってはわずか――三着で、もうすでにお披露目《ひろめ》をすませていた。何度も同じものを着るのは妃《きさき》としてふさわしくないと、彼《かれ》は言いたいのだろう。

ミルナティウスは身を起こし、わたしをじろりと見やると、いきなり両手をわたしの肩《かた》においた。彼《かれ》の手の下でわたしのドレスが、薄灰色《うすはいいろ》のさなぎがあでやかな蝶《ちょう》に変身するように、みるみる緑のベルベットと薄青《うすあお》の錦織《にしきおり》のドレスに変わった。長い袖《そで》には床《ゆか》までとどく銀の房飾《ふさかざ》りがついている。ミルナティウスが薄青《うすあお》の上着に濃《こ》い緑の縁取《ふちど》りのあるマントをはおっているので、ふたりいっしょに出ていくにはお揃《そろ》いのいでたちになった。それでも彼《かれ》はまだわたしの見栄《みば》えに不満らしく、「せめてその髪《かみ》にもっとつやがあればな」とぐちりながら、複雑に編みこまれたわたしの三つ編みを見おろした。彼《かれ》は、自分の女性の趣味《しゅみ》を冷笑されるのではないかと心配しているのかもしれない。

わたしにとって首都コロンは四年ぶりだったが、宮廷《きゅうてい》への批判は父の主催《しゅさい》する晩餐《ばんさん》の席でたっぷりと聞かされていたので、おおよそ想像はついていた。ミルナティウスは彼《かれ》の力の及《およ》ぶかぎり、宮廷《きゅうてい》を自分の色に染めあげていた。リトヴァス皇国の有力な貴族の多くはコロンにも屋敷《やしき》を持ち、宮廷《きゅうてい》においてもっとも重要な地位を占《し》めている。だがそれ以外の廷臣《ていしん》や取り巻きたちは、ミルナティウスの覚えめでたくそこにいるだけで、ひとり残らず美しくきらびやかな装いに身を包んでいた。女性の半分は、外が雪景色であろうが、肩《かた》をあらわにしたドレスを着て、男性たちはミルナティウスと同じように、乗馬には不向きな絹とベルベットで服を仕立てていた。ただし、彼《かれ》らには、君主のようにそれらをきれいなままに保ったり、完全につくり変えたりするような魔法《まほう》は使えない。彼《かれ》らは飢《う》えた狼《おおかみ》のような目で他人の粗探《あらさが》しに余念がなく、どんなに見目うるわしい娘《むすめ》であっても、ミルナティウスが選んだというだけで、批判の血祭りに上げられることは確実だった。

けれども、スターリク銀の装身具が彼《かれ》らの厳しい批評の眼をくらましてくれた。ミルナティウスとわたしが謁見室《えっけんしつ》に登場すると、彼《かれ》らは広間のあちこちから目を鋭《するど》く細めてわたしを見た。薄《うす》笑《わら》いを浮《う》かべ、もう一度はっと見つめ、困惑《こんわく》の表情を浮《う》かべ、そののち、呆《ほ》けたように、きょとんとした顔でわたしを見つめつづけた。そのあいだ、会話することさえ忘れてしまった。男性たちのなかには、ぎらぎらした目でわたしを見つめる者もいて、ミルナティウスと話すときでさえ、彼《かれ》らの視線はわたしに釘付《くぎづ》けになった。四番目に挨拶《あいさつ》にきた男性は、わたしを見つめすぎて、謁《えっ》見用《けん》の高座から足をすべらせた。ミルナティウスが不思議そうにわたしを見た。

「きみは彼《かれ》らに魔法《まほう》をかけているのか？」挨拶《あいさつ》に来る人の波がわずかに途切《とぎ》れたとき、ミルナティウスが尋《たず》ねた。等位の男性貴族ふたりが、お触《ふ》れ役を相手に、どちらが先にわたしに紹介《しょうかい》されるかで言い争っていた。

自分を美しく見せるためにどんな手段を用いているか、その真実は彼《かれ》に知られたくなかった。

わたしは、思わせぶりに彼《かれ》に体を寄せて、ささやいた。「魔力《まりょく》をもつわたしの生みの母親が、亡くなる前に、三つの祝福をわたしに授けてくれたの」彼《かれ》はそのつづきを聞こうとして、自然とわたしのほうに体を傾《かたむ》けた。「ひとつ目の祝福は知恵《ちえ》、ふたつ目の祝福は美しさ、そして三つ目の祝福は……そのどちらも愚《おろ》か者には見えないようにしたこと」

ミルナティウスのほおが紅潮した。「この宮廷《きゅうてい》にいるのは愚《おろ》か者ばかりだ。きみの母上のことばとは逆ではないのか？」

わたしは肩《かた》をすくめた。「ねえ、あなたもわたしも、やっていることはそんなにちがわないのでは？　魔女《まじょ》といえども、魔力《まりょく》が衰《おとろ》えれば、見栄《みば》えも悪くなるものよ。魔女《まじょ》の美貌《びぼう》が衰《おとろ》えないとしたら、それは魔力《まりょく》でごまかしているからではなくて？」

彼《かれ》の目がかっと見開いた。「ぼくはごかましてないぞ！」しかし、わたしの見かけが自分以外の人々にはちがって見えることに考えが及《およ》んだのか、彼《かれ》は指先でそっと自分のほおをなでた。その美しい顔の下に醜《みにく》いなにかがひそんでいるのを恐《おそ》れるかのように。それは彼《かれ》にとって、ぜったいにあってはならないことなのだ。

「あの殿方《とのがた》のなかで、あなたの親族は何人いるの？」わたしは、まだ悶々《もんもん》としているミルナティウスに尋《たず》ねた。彼《かれ》はわずらわしそうに、六人のいとこを指さした。彼《かれ》らの大半には先代皇帝《こうてい》の特《とく》徴《ちょう》があった。大きな体、りっぱなあごひげと汚《よご》れたブーツ、宮廷《きゅうてい》の上品な作法にしぶしぶ合わせているような雰囲気《ふんいき》。ミルナティウスは先代皇帝《こうてい》の二番目の妻の子なので、当然ながら、いとこたち全員が彼《かれ》より年上だった。けれども、そのなかにひとりだけ、ふくれっ面をしていても美しい青年がいた。

その青年は、煖炉《だんろ》のそばの椅子《いす》でうとうとする老婦人のそばに立っていた。青年の母である老婦人はミルナティウスの伯母《おば》にあたる人で、みごとな錦織《にしきおり》のドレスに身を包んでいた。青年は遅《おそ》くに生まれ、甘《あま》やかされて育った子にちがいなかった。長身で、肩幅《かたはば》が広く、ミルナティウスほどの美貌《びぼう》ではないが、服装については皇帝《こうてい》でありいとこでもあるミルナティウスをまねようとしているのがよくわかる。「あの青年は結婚《けっこん》しているの？」

「イーリアスが？　さて、どうだったかな」ミルナティウスの記憶《きおく》はあいまいだった。けれども彼《かれ》にしては気を利かせ、わたしを連れて伯母《おば》にところまで行き、紹介《しょうかい》してくれた。その伯母《おば》と少し会話するだけで、わたしの疑問は解消した。

「あなたのお父上はどなた？」耳が遠いのか、彼女《かのじょ》は大きな声で尋《たず》ねた。「エルディヴィラスですって？　エルディヴィラス……はてさて。ああ、ヴィスニア公？」彼女《かのじょ》は、ちらりとわたしを見た。大公ではなく公爵《こうしゃく》であるという確認を求めるように。それでもしばらくなにか考えたあとで言った。「それはそれは、おめでたいことね。ミルナティウス、あなたはとっくに結婚《けっこん》していてもよかったのですよ。そして、つぎの結婚《けっこん》は、この老いた母を喜ばせるものでありますように」指輪が燦然《さんぜん》と輝《かがや》く手で、いやそうな顔をするイーリアスを小突《こづ》いた。イーリアスは、わたしの銀の目くらましに惑《まど》わされることもなく、このうえない冷ややかさで、わたしの手を取ってお辞儀《じぎ》をした。彼《かれ》はむしろ、ミルナティウスのほうに熱いまなざしを向けた。だがミルナティウスは、イーリアスの上着のほうに興味があった。二羽の孔雀《くじゃく》が刺繍《ししゅう》され、その目玉として輝《かがや》く小さな宝石が縫《ぬ》いつけてある。「すばらしい……」という褒《ほ》めことばにイーリアスはほおを染め、猛々《たけだけ》しい嫉妬《しっと》のまなざしをわたしに向けた。

「彼《かれ》は少なくとも、あなたには忠実よ」席にもどりつつ、わたしはミルナティウスに言った。もちろん、それがわたしに利するところはないが、あの狡猾《こうかつ》な目をした母親はべつだった。この場にいるあらゆる貴族が、彼女《かのじょ》のそばを通るときには、立ち止まって敬意を表していたし、ミルナティウスが指さしたいとこのうちのほぼ半数が彼女《かのじょ》の息子だった。イーリアスはミルナティウスの凋落《ちょうらく》を喜ばないかもしれないが、あの母親なら愛する息子を――その息子自身は気に入らないとしても――ヴァシリアと結婚《けっこん》させることを喜んで受け入れるだろう。そして、彼女《かのじょ》の甥《おい》が落ぶれたとしても、息子が出世するなら、それでよいと考えるはずだ。

「きみはなぜそう思う?」ミルナティウスが苦々《にがにが》しげに尋《たず》ねた。「ここにいるやつらの忠義など儚《はかな》いものだ。移り気で、すぐに興味がほかへ移る」

「でも、彼《かれ》、あなたに興味があるみたい」わたしはさりげなく言ってみた。

わたしは彼《かれ》が怒《おこ》りだすかと思ったが、ただもどかしげに天を仰《あお》いだだけだった。「ここにいる連中は、みんな、あれに興味があるんだ」そう言って、冷ややかに笑った。どこか奇妙《きみょう》な反応だった。

もちろんわたしだって、艶事《つやごと》を匂《にお》わせる話はこれまで何度も耳にした。それはつねに女性の口から、それもほとんどは使用人たちの口から洩《も》れてきた。わたしが近道の裏階段を使って自分の部屋に上がるとき、裏階段のそばにある戸棚《とだな》の銀器を磨《みが》きながら、若いメイドたちがひそひそと交わす話。どこかの舞踏会《ぶとうかい》で、べつの付き添い《シャペロン》や、美しいけれど父親が有力者ではない娘《むすめ》をもつ母親が、マグレータにそっと打ち明ける話。しかしミルナティウスの言い方には、彼《かれ》の地位にふさわしくない屈託《くったく》が感じられた。まるで彼《かれ》に向けられる欲望の視線と、それを警戒《けいかい》しなければならないことを重荷に感じているかのように。

ミルナティウスの母は、彼《かれ》がまだ幼いときに、魔術《まじゅつ》で悪事をはたらいた罪で処刑《しょけい》された。その当時は彼《かれ》の異母兄がまだ生きていて、宮廷《きゅうてい》ではその兄こそが将来の皇帝《こうてい》と見なされていた。うっすらと記憶《きおく》しているかぎり、兄はこの大広間のあちこちにいる大柄《おおがら》でたくましい男性たちによく似ていた。一方、ミルナティウスは宮廷《きゅうてい》内の嫌《きら》われ者。罪を犯した女が産み落とした美しすぎる子どもとして、みなから疎《うと》まれていた。そう、父である皇帝《こうてい》と異母兄があいついで熱病で亡くなり、彼《かれ》自身が皇帝《こうてい》の座につくまでは。彼《かれ》があの炎《ほのお》の魔物《まもの》と契約《けいやく》を結んだことには、ただ欲深いだけではない、複雑な事情があったのかもしれない。おそらく彼《かれ》は皇帝《こうてい》の玉座と引き替《か》えに、みずからの体をあの魔物《まもの》に明け渡《わた》したのだろう。

もしそうだとしたら、わたしはミルナティウスに少しだけ同情する。ほんとうに、少しだけ。彼《かれ》自身の父も、義兄も、摂政《せっしょう》をつとめたドミティア大公も、魔物《まもの》の気まぐれから餌食《えじき》にされたわけではない。ミルナティウスはみずからの意志で、彼《かれ》らの死を、皇帝《こうてい》の座を、それがもたらす驕《きょう》奢《しゃ》と安楽を購《あがな》った。その対価として何年ものあいだ、名もなき多くの人をあの魔物《まもの》に差し出してきたにちがいない——あの魔物《まもの》が彼《かれ》の喉《のど》を通って入りこみ、腹のなかに棲《す》みつくようになって以来ずっと。わたしにはそれについて冷ややかな確信がある。ミルナティウスがあの煖炉《だんろ》のなかで荒《あ》れ狂《くる》っていた魔物《まもの》の果てしない渇《かわ》きと飢《う》えを満たすために提供する生《い》け贄《にえ》は、けっしてこのわたしが初めてではないはずだ。

わたしが席を立ったとき、舞踏室《ぶとうしつ》ではまだダンスがつづいていた。窓から見える空はどんよりとして、いつ日没《にちぼつ》が訪れるのかはっきりしない。わたしは魔物《まもの》のつぎの餌食《えじき》になりたくなかった。ミルナティウスはわたしの計画を受け入れているけれど、わたし自信が直接、魔物《まもの》と交渉《こうしょう》したわけではない。わたしはミルナティウスも魔物《まもの》も信用していなかった。「眠《ねむ》る前に、召使《めしつか》いたちに挨拶《あいさつ》しておきたいの。まさか、わたしをまた寝室《しんしつ》に閉じこめるようなまねはなさらないでしょうね？」そんなことは子どもじみた愚《おろ》かなまねだという非難を匂《にお》わせた。

「ああ、けっこう」ワインの杯《さかずき》に気をとられていたためか、彼《かれ》は短く答えた。それから、わたしの肩越《かたご》しに、舞踏室《ぶとうしつ》の豪華《ごうか》な、高さのあるガラス窓の外を見た。また降りはじめた雪が、白く凍《こお》りついた地面へと落ちていく。

わたしは厨房《ちゅうぼう》に入り、食べ物を詰《つ》めたバスケットを用意させた。使用人たちはいささかとまどいつつも、すなおに従った。わたしはバスケットを持って、謁見室《えっけんしつ》に引き返した。そこにはもう人けがなく、謁見《えっけん》を待つ人々のために用意されたベルベットの長椅子《ながいす》のあいだに、一台の竪琴《たてごと》がおかれていた。そして、壁《かべ》には金の額縁《がくぶち》におさまった一枚の鏡。鏡をのぞくと、庭を囲む低い石塀《べい》とその向こうの暗い森が見えた。わたしが前に立ち去ったあの場所だ。わたしは腕《うで》に重いバスケットをかかえたまま鏡をくぐり抜《ぬ》け、あの小さな家に向かった。

いまはやんでいるが、わたしが立ち去ったあとにまた雪が降ったようだった。もしかしたら、この冬の国とリトヴァス皇国の降雪はつながっているのかもしれない。小さな家の壁面《へきめん》を這《は》いあがるように新雪が積もっていた。硬《かた》く凍《こお》りついた雪を足で砕《くだ》きながら進み、うらさびしい庭の薄《はく》明《めい》のへりで立ち止まった。その境界線は家をまっぷたつに分けて伸《の》びていた。わたしはふと、バスケットからパンのひと切れを取り、細かくちぎって雪の上にまいた。もしかしたら、ここに生き物がいるかもしれない。いたとしても、リトヴァス皇国のリスたちほど食べるものを見つけられないだろう。

　わたしが家に入っていくまで、マグレータは椅子《いす》でうたた寝《ね》をしていたようだ。彼女《かのじょ》の老いた顔には深いしわが刻まれ、髪《かみ》にはいくすじもの銀色の流れがあった。手仕事を途中《とちゅう》でだれかに取りあげられたかのように、なにも持っていない両手がひざにのっている。煖炉《だんろ》の火が小さくなっていたが、幸いにも薪《まき》箱は満杯《まんぱい》だった。わたしは新しい薪《まき》をくべ、火かき棒でかきまわした。マグレータがぶつぶつと言った。「イリーナさま、まだ外は暗うございますよ。もどってお休みなさいまし」まだ幼いころ、明け方近くにベッドから起き出すと、彼女《かのじょ》は同じことを言ったものだ。目覚めたマグレータは、火から離《はな》れているようにとわたしに小言を言い、お湯を沸《わ》かしてお茶をいれるのも、ハムとチーズを切り分けるのも自分がやると言い張った。昔からわたしが火に近づくのをいやがり、ナイフで指を切らないように気づかってくれた。

　わたしはまだ暗いあいだの数時間、寝台《しんだい》で眠《ねむ》りについた。煖炉《だんろ》の火が明かりになって、編み針を動かすマグレータの手もとがよく見えた。あの小さな屋根裏の部屋で、幼いころに慣れ親しんだ光景そのままだった。冬は寒くて、夏は息苦しい部屋。あの生まれ育った家の窓枠《まどわく》や軒下《のきした》から寒さが入りこんできたように、この小さな家にもスターリク王国の冷気が押《お》し寄せてきた。でもわたしには、皇帝《こうてい》の宮殿《きゅうでん》の暖かさよりもこの寒さのほうが心地よく感じられた。

17 ヴィスニアを目ざして

　ぼくのたいせつな妃《きさき》が、晩餐《ばんさん》のあと、また姿を消した。厨房《ちゅうぼう》と寝室《しんしつ》のあいだのどこかで、忽然《こつぜん》といなくなった。しかし今度はそれほど驚《おどろ》かず、腹も立たなかった。むしろ腹立たしいのは、この何年か、早く花嫁《はなよめ》を選べ、選ぶときにはこれこれに注意しろ、とさんざん説教をくり返してきた顧問団《こもんだん》の老いぼれどもが、今夜はわれ先にと争って、結婚《けっこん》を祝福しに近づいてきたことだ。ぼくの結婚相手は、彼らが望んでいたような政治的価値も持参金ももっていない。なのに、いったいどうしてしまったのか、さらには宮廷《きゅうてい》の若き役立たずどもまで、結婚《けっこん》の祝いを述べにきた。わが灰色のネズミちゃんの驚嘆《きょうたん》すべき美しさを褒《ほ》めあげるために。

　もっとも信頼《しんらい》できる冷笑家のレイノルド卿《きょう》でさえ、今夜はようすがおかしかった。ぼくは、彼《かれ》が新妻について——当然、彼《かれ》らしいばかていねいな口調で——こけにできる欠点をさがそうと意地悪く目を光らせていることに金貨千枚を賭《か》けてもよかった。ところが夜も更《ふ》けてから、彼《かれ》はわが玉座にふらふらと近づき、あなたは賢《かしこ》くも予想外の選択《せんたく》をしたと、気どった調子で言った。それからあたりをきょろきょろと見まわし、ときに彼女《かのじょ》はどこへ？　と尋《たず》ねた。その尋《たず》ね方が巧妙《こうみょう》になんの興味もないふうを装っていたので、かえって彼《かれ》が妻にいたく熱い興味をもっているのがまるわかりで、いらいらさせられた。

そんなこんなで、彼女《かのじょ》が母親から魔力《まりょく》を祝福として授けられたというのは、ほんとうなのかもしれないと思えてきた。ただし、愚《おろ》か者には美しさを見えなくさせるというのは、貴族階級におけるばかの多さを考え合わせると、祝福というより、むしろ呪《のろ》いなのではないか。だがぼくの経験からも充分《じゅうぶん》わかることだが、母親というのはかならずしも祝福をあたえる存在ではない。祝福と見せかけて、実は呪《のろ》いだったというのも珍《めずら》しい話ではないのだ。

フェリツィア伯母《おば》について言うなら、彼女《かのじょ》はけっしてばかではない。彼女《かのじょ》の決意を揺《ゆ》さぶるには甚大《じんだい》な魔力《まりょく》を使わねばならないことを、ぼくは経験上知っていた。その伯母《おば》が去りぎわに、イーリアスに支えられてぼくのところまで来て、あきらめを含《ふく》んだ口調で言った。「あなたも多くの男と同じように、美女を求めて、結婚《けっこん》したのね。でも、結婚《けっこん》した以上はそれをやりとげなさい。来年のうちには、赤《あか》ん坊《ぼう》の洗礼式を迎《むか》えられるようにすることね」

となりで聞いていたイーリアスが泣きそうな顔になった。この青年があの手この手でぼくのベッドに忍《しの》びこもうとしていたころ、ぼくに大量に送りつけてきた恋《こい》の詩たるや、目もあてられないひどいしろものだったと思い出す。

　ぼくは立ちあがって叫《さけ》びたい衝動《しょうどう》と戦った。ぼくの妻はとびきりの美女でもなければ、きみたちを喜ばせる醜女《しゅうじょ》でもないぞ。彼女《かのじょ》の会話はたいがいが侮辱《ぶじょく》か忠告か、うんざりするようなお説教だが、ぼくはそれを聞き流せない。でも、冴《さ》えない、垢抜《あかぬ》けない、長い顔のガミガミ女に恋《こい》をしたとはなんと女の趣味《しゅみ》が悪い、と思うやつがいたとしたら、そいつは大ばか者だと言ってやる。本心をぶちまけたいという誘惑《ゆうわく》に屈《くっ》しなかったのは、そんなことをしたら、なぜ彼女《かのじょ》と結婚《けっこん》したのかを説明しなければならないからだ。「わが魔物《まもの》がそうしろと言ったから」などという理由は、たとえ頭に冠《かんむり》がのった男であろうが、許されるわけがない。こんなことになるのなら、もっと反対しておくべきだった、といまになって思う。

　これまでのやり方なら、わが友は、みずから獲物《えもの》を見つけた。仕留めるのに手間はかからなかった。ぼくは悲鳴が聞こえなくなるまで、頭をかかえてうずくまっていればよかった。それから惨劇《さんげき》の後始末をし、必要ならば、償《つぐな》いとなる金銭をしかるべき者に送った。ときに魔物《まもの》は、貴族やら小さな子のいる親やら、後始末がいささか面倒《めんどう》な人々に牙《きば》を剝《む》くことがあり、そのことであいつと言い争ったこともあった。でもそんなことになるのは、あいつが残忍《ざんにん》なのではなく、獲《え》物《もの》を選ばなかったというだけのこと。

　ぼくはうっかりと下働きのメイドや美しい従者に――真っ昼間で、たんなる承認の意味でしかないとしても——にっこり笑いかけないように注意した。もしそんなことで彼らを勘違いさせようものなら、それから数日後の夜、寝室《しんしつ》にこっそり忍《しの》び入った彼《かれ》らが魔物《まもの》の犠牲《ぎせい》となり、目を見開いた死体となって転がっているところを見つけるはめになるからだ。

ではなぜ、それを避《さ》けるために、ウーリシュ公令嬢《れいじょう》と結婚《けっこん》しなかったのか？　まったくだ。ただあの魔物《まもの》は、夜のお楽しみと朝のご褒美《ほうび》を目当てにぼくのベッドにやってくる愚《おろ》か者たちという予期せぬ贈《おく》り物をことのほか喜んだ。ぼくは、イーリアスがいつか押《お》しの強さと買収とでぼくの寝室《しんしつ》に忍《しの》びこむのに成功する夜を恐《おそ》れていた。伯母《おば》が嘆《なげ》き悲しむことはまちがいない。ウーリシュ公令嬢《れいじょう》について言うなら、たとえ顧問団《こもんだん》の連中が強引に結婚《けっこん》を決めて、彼女《かのじょ》をぼくの寝室《しんしつ》に送りこんだとしても、その翌朝、結婚《けっこん》の解消になりかねない大騒《おおさわ》ぎが彼女《かのじょ》から持ちあがったことだろう。たとえ、その前夜まで文句ひとつ出なかったとしても。

けれども、清らかにして愛らしいイリーナは、どうやら炎《ほのお》の魔物《まもの》を見ても怖《こわ》がりそうにない。いまにして思えば、彼女《かのじょ》が宮廷《きゅうてい》のなかでいびられるというのは、ぼくの取り越《こ》し苦労だった。彼《かの》女《じょ》を貪《むさぼ》り食おうとする魔物《まもの》とさえ堂々《どうどう》と取引できる女が、レイノルド卿《きょう》ごときにおびえるはずがないではないか。さらに言うなら、夫にさえも。

ぼくにはすでに、ぞっとする未来が見えている。ぼくは彼女《かのじょ》から離《はな》れられなくなるだろう。あのいまいましい魔物《まもの》は、彼女《かのじょ》の提案に小躍《こおど》りして飛びつくはずだ。フェリツィア伯母《おば》はイーリアスを、宮廷《きゅうてい》においても美女の誉《ほま》れ高い、裕福《ゆうふく》な有力者の令嬢《れいじょう》と結婚《けっこん》させるチャンスにほくほくするだろう。わが顧問団《こもんだん》も、いずれは、わが妻に一目おくようになるはずだ。なにしろ彼女《かのじょ》なら、顧問団《こもんだん》の税に関する長広舌《ちょうこうぜつ》にも耳を傾《かたむ》けるだろうし、そのあとは顧問団《こもんだん》に代わって、ぼくの前で熱弁を振《ふ》るうことになるのだから。そしてやがては、だれもが彼女《かのじょ》を敬愛するようになるだろう。ぼくは一度として廷臣《ていしん》たちから敬愛されたことなどないというのに……。

ああ、今夜のぼくは、部屋にもどれば、彼女《かのじょ》が夫婦の契《ちぎ》りを求めてくるのだろうと思っていた。臣民の期待に応えて、ひとりかふたりは跡継《あとつ》ぎをつくりましょう、と宣言するものだと思っていた。もしそんな展開だったら、翌朝、ぼくの背中にナイフが突《つ》き立っていてもおかしくなかった。当然の結果だとしても、考えるだけで寒気がする。ぼくの人生は、さまざまな魔物《まもの》があらわれては気まぐれにぼくをもてあそぶ、そのくり返しだった。前の魔物《まもの》が去り、つぎの魔物《まもの》が荒《あ》れ狂《くる》うまで、ぼくは正気にもどる。

そしていまも、一匹《ぴき》の魔物《まもの》に取り憑《つ》かれている。ブランデーの瓶《びん》を半分あけたころには、舞踏《ぶとう》室《しつ》の窓から朝日が差していた。ぼくはまだ半分残った瓶《びん》をかかえて寝室《しんしつ》にもどり、イリーナがまた消えたことを知った。でも今回は、召使《めしつか》いたちが怪《あや》しむかもしれないなどとはつゆ考えず、心配もしなかった。イリーナだって召使《めしつか》いたちのあいだにうわさが立つことを心配するなら、最初からこんなことをするはずがない。

もしうわさが立つなら、それはぼくを悪者にするうわさであるにちがいない。ぼくは、無垢《むく》でいたいけな妻を衣裳《いしょう》だんすかどこかに閉じこめる鬼《おに》のような夫にされるだろうし、彼女《かのじょ》が跡継《あとつ》ぎをつくると決めたときに夫婦の交わりを拒《こば》めば、こんな美しい女性はいないとだれもが認める妻とのあいだに子をもうけられない、哀《あわ》れな不能者にされてしまうだろう。

すでに酔《よ》いが回っていたが、寝室《しんしつ》でひとりきりになると、瓶《びん》に残った最後のブランデーを飲み干した。そのとたん、頭蓋《ずがい》の奥《おく》でめらめらと炎《ほのお》が燃えて、あやつり人形が糸を引かれたように、ぼくの背すじが勝手に伸《の》びた。「アノムスメヲ　ドコニヤッタ？」魔物《まもの》がぼくの喉《のど》と舌を使って低い声を発した。魔物《まもの》はぼくの頭のなかをひとめぐりし、イリーナがまた消えたことを知ると、怒《いか》りの雄叫《おたけ》びとともに飛び出してきた。ぼくのまわりで炎《ほのお》の魔物《まもの》が逆巻いた。

「ナゼ　アノムスメヲ　ニガシタ？」うなるような声で尋《たず》ねたが、最初からぼくの答えなど求めていなかった。魔物《まもの》は、燃えるたいまつをぼくの口に突《つ》っこんだ。悲鳴は声になる前に喉《のど》の奥《おく》で焼失した。ぼくは床《ゆか》にたたきつけられ、炎《ほのお》の鞭《むち》を浴びた。ひと打ちごとに切り裂《さ》かれるような鮮《せん》烈《れつ》な痛みが走ったが、なすすべもなく耐《た》えた。あお向けに倒《たお》れていたので、天井《てんじょう》のへりをうねうねとめぐる金色の模様を目で追いつづけ、痛みからなんとか気をそらそうとした。今夜の魔物《まもの》にはカがみなぎっている。模様を五周したところで、ようやく炎《ほのお》の鞭《むち》がやんだ。魔物《まもの》はつまらなそうにぼくの体を煖炉《だんろ》の前に投げ捨て、自分は炉《ろ》のなかでぱちぱち爆《は》ぜる火と一体になった。「ド

ンナ　トリヒキダッテ？」魔物《まもの》はぼくの頭のなかから話の大筋は取り出していたようだ。だがそれでも、いつものいたぶりを省略する気にはなれなかったというわけだ。

　ちょっとでも動けば痛みが走り、喉《のど》は割れガラスを呑《の》んだようにズキズキした。しかし実際に傷を負っているわけではないのだ。魔物《まもの》はどんな状況《じょうきょう》だろうと、ぼくが美しさと皇帝《こうてい》の座と魔力《まりょく》を求めたときの取引条件を守った。ぼくの体を傷痕《きずあと》だらけにするのは、その条件に見合わないと感じている。ただし魔物《まもの》のほうも、どんな傷も痣《あざ》も残さずに長引く苦痛をあたえるやり方が、歳《さい》月《げつ》とともにうまくなった。

「スターリク王を餌食《えじき》にするんだ……彼女《かのじょ》と引き替《か》えに」ぼくの声はまったく正常だった。声が震《ふる》えないように苦労したが、涙《なみだ》とみじめさが大好物な魔物《まもの》をこれ以上喜ばせたくなかったので我《が》慢《まん》した。近頃《ちかごろ》のぼくはやつにとってわくわくさせる玩具《がんぐ》ではなく、退屈《たいくつ》な道具になりさがっている。やつを楽しませる隷属《れいぞく》と激怒《げきど》させる挑発《ちょうはつ》のあいだを、ぼくが慎重《しんちょう》に選びとるようになったからだ。およそ一年前からだろうか、やつはぼくをいたぶるのも億劫《おっくう》がるようになった。しかし、そこにかわいいイリーナがあらわれて、状況《じょうきょう》が一変した。あいつが猛《たけ》り狂《くる》えば、必然的にぼくがいちばん手近な標的となる。それに対して打つ手はない。

　だから、あえてこれ以上やつを刺激《しげき》するのは避《さ》けたかったのだが、イリーナの提案には驚《おどろ》くべき効果があった。火の魔物《まもの》は煖炉《だんろ》からするりと出てきて、ごきげんな猫《ねこ》のようにぼくのまわりを回りはじめた。ぼくの肌《はだ》を炎《ほのお》が舐《な》めたが、それはたまたまかすっただけで、ぼくを痛めつけるつもりではないようだ。

しかし、ぼくには熱い炎《ほのお》の舌から身を守るものがなかった。服はすでにずたずただった。これこそが、ぼくが同じ服を二度と着ない理由なのだが、ぼくが同じドレスを着るなと言ったとき、イリーナはそれを鼻であしらった。ドレスに金を使うより、貧乏人《びんぼうにん》に施《ほどこ》しをばらまくか、どこぞの修道院でのらくらしている坊主《ぼうず》どもに寄進したほうがいいと思っているのだろう。いかにも信心深くてお説教好きな彼女《かのじょ》の考えそうなことだ。

だがぼくは、皇帝《こうてい》が同じ服を二度と着ないことを人々に知らしめるために、どんな苦労も惜《お》しまなかった。ぼくが三日前に身につけていたお気に入りのズボンが、高価な乗馬靴《ぐつ》がその後どうなったのかと、だれからも勘《かん》ぐられてはならなかった。魔物《まもの》と契約《けいやく》した魔法使《まほうつか》いだと疑われるくらいなら、浮《う》かれた浪費家《ろうひか》だと思われていたほうがいい。そして、もし妃《きさき》にも皇帝《こうてい》と釣《つ》り合うよう贅沢《ぜいたく》な装いをぼくが求めないとしたら、それこそ変な話ではないか。

「ドウヤッテ？」魔物《まもの》の息がぼくの耳にかかった。炎《ほのお》のかぎ爪《づめ》が両肩《りょうかた》をくるりと包み、肉に食いこんだ。背中に激痛が走る。ぼくは歯を食いしばり、悲鳴を噛《か》み殺した。反応しなければ、やつは興味を失って、すぐに手を引くからだ。「アノムスメハ　ドウヤッテ　スターリクオウヲ　ツレテクルツモリダ？」

「細かいところまでは聞いてない」どうにか声をしぼり出した。「彼女《かのじょ》が言うには、スターリク王が冬を長引かせているのだそうだ」

魔物《まもの》は低いうなりを喉《のど》の奥《おく》から発して、またぼくから離《はな》れ、絨毯《じゅうたん》の上に煙《けむり》の尾《お》をたなびかせ、煖炉《だんろ》にもどった。ぼくは目を閉じ、力を奮い起こすために、何度か深呼吸《しんこきゅう》した。「彼女《かのじょ》の言うことには、嘘《うそ》もいくつか混じっているかもしれない。でもとにかく、いまはどこかに隠《かく》れている」ぼくは話しつづけた。「今年は暦《こよみ》の上では春になっても、猛吹雪《もうふぶき》が二回もあった。でもそのおかげで、スターリク王を襲《おそ》えるチャンスが増えた」

「イカニモイカニモ」魔物《まもの》はパチパチと爆《は》ぜながら、けだるげに薪《まき》をかじった。「スターリクオウノセイデ　ミンナ　ユキニ　トジコメラレタ。アノムスメハ　オレニハ　タドリツケナイトコロニ　ニゲタ。ナノニ　スターリクオウヲ　ツレテ　オレノトコロニ　モドル　トイウノカ？」

ぼくはしだいに、驚《おどろ》くほど頭が切れるイリーナの説明を信じたいと思うようになっていた。もちろん、彼女《かのじょ》がぼくの幸福など、これっぽっちも考えていないことはわかっている。それでも、彼女《かのじょ》のことばには強い説得力があった。「もし彼女《かのじょ》がスターリク王を連れてこられなくても、ぼくらが損するわけじゃないさ」ぼくは言った。「ところで、うまく連れてこられたらの話だが、きみにはスターリク王を打ち負かせる自信があるのか？」

魔物《まもの》はバチバチと弾《はじ》けながら大笑いした。「ハッハッハー。スターリクオウナンカ　ノミホシ

テヤルヨ　ググーットナ」声を低めて言った。「ウゴケナクシテヤルサ！　ギンノクサリデ　シバリアゲ　ホノオノワデ　シメアゲル。ソシテ　マリョクヲ　ウバウ……サア　ツレテコイ！」ぼくに向かってシューッと熱い息を吐《は》いた。「ツレテコイ。アトハ　オレニ　マカセロ！」

「彼女《かのじょ》はきみの誓約《せいやく》をほしがっている、当然ながら」ぼくは言った。イリーナは、あんなに知恵《ちえ》がはたらき信心深いのに、俗悪《ぞくあく》な魔物《まもの》と約束を交わしたがっていた。だが、こうも考えられる。彼女《かのじょ》はおそらく、ぼくが皇帝《こうてい》の座を得るために魔物《まもの》と契約《けいやく》を結んだことを、その契約《けいやく》が公正に守られていることを見抜《みぬ》いているのだ。だからこそ、自分もそれに倣《なら》って、魔物《まもの》と契約《けいやく》を取り付けようとしているのだろう。

「イカニモイカニモ」魔物《まもの》は言った。「アノムスメノアタマニ　オウゴンノカンムリヲノセテ　オンナコウテイニ　シテヤル。アノムスメノ　ノゾムモノ　ナンデモ　アタエテヤル。スターリクオウヲ　オレノトコロニ　ツレテキタラナ！」

ああ、やっぱりそうか。ぼくは生涯《しょうがい》、愛しいイリーナと離《はな》れられなくなるだろう。なにがなんでも彼女《かのじょ》にくっついていくだろう。そう、ぼくはもう、抜《ぬ》き差しならないほどに、この件に深く関わっていた。

　イリーナはその朝、あの魔物《まもの》のいる宮殿《きゅうでん》にもどりました。わたくしは夜通し、せっせと編み物をつづけました。編んでいるときにはなんでもなかったのですが、イリーナが出ていったあと、編み目をととのえようとして両手が震《ふる》えているのに気づきました。わたくしが編んだのは、新婚《しんこん》のベッドにふさわしい、花と蔓《つる》の模様を編みこんだカバーでした。目を閉じると、その花と蔓《つる》が編むよりも速く先へ先へと伸《の》びていくようすがまぶたの裏に浮《う》かびます。カバーの重みをひざに感じながら、煖炉《だんろ》のそばでうたた寝《ね》をしました。やがて扉《とびら》が閉まる音がして、わたくしの肩《かた》に手がかかりました。「驚《おどろ》かさないでくださいまし、イリーナさま。もう夜になったのですか？」

「いいえ、マグレータ。契約《けいやく》が成立したのよ。皇帝《こうてい》はわたしをひとりにしてくれたわ。スターリク王を連れ出すという条件で。さあ、すぐに出発するわよ。ヴィスニアに行きましょう。二日後には、そこにいなくてはならないの」

　わたくしは編んだカバーをベッドの上において、小さな家を出ました。いずれどなたかが役立ててくださることでしょう。わたくしはイリーナの言うとおりにしました。そのときのイリーナの顔には——本人は気づいていませんが——彼女《かのじょ》のお父上、エルディヴィラスの面影《おもかげ》がありました。そんなときには、なにを言っても無駄《むだ》です。エルディヴィラスが前公爵《こうしゃく》の部屋を占拠《せんきょ》したとき、あるいは皇帝《こうてい》と結婚《けっこん》させるために教会までイリーナを連れていったときと同じです。目的に向かってひたむきに突《つ》き進むときのあの表情が、いまはイリーナの顔に宿っています。

　わたくしとしては、ヴィスニアにもどる道中が、ヴィスニアのあの公爵邸《こうしゃくてい》――輝《かがや》く鏡と沈黙《ちんもく》で埋《う》めつくされた、だれも弾《ひ》かない竪琴《たてごと》がおいてあるあの広間――が、これ以上寒くないことを祈《いの》るばかりです。でも外は窓の高さまで雪が積もっています。あの最上階の暗い部屋には、わたくしの手を暖める火はありません。日当たりのよい部屋をあてがわれることもないでしょう。わたくしたちが公爵邸《こうしゃくてい》を出てくるとき、屋敷《やしき》のなかは大騒《おおさわ》ぎになって、召使《めしつか》いたちが通路を小走りに行き交っておりました。それでも彼《かれ》らはイリーナを見かけると、かならず立ち止まり、お辞儀《じぎ》をしました。イリーナは召使《めしつか》いに名前を尋《たず》ね、召使《めしつか》いが行ってしまうと、その名を記憶《きおく》するために口のなかで三回唱えました。イリーナのお父上も、新しい兵士が軍隊に加わるときには、同じことをしたものです。けれど、召使《めしつか》いと兵士はちがいます。悪魔《あくま》のような若者と恐《おそ》ろしい魔物《まもの》がイリーナのそばにいるというのに、台所メイドや従者たちがどんな助けになるというのでしょうか。

　結婚式《けっこんしき》を終えて新婚《しんこん》夫婦が公爵邸《こうしゃくてい》から出発する夜、わたくしはイリーナのあとにつづいて中庭に出ました。そこには金メッキの装飾《そうしょく》をほどこし、おそらくはその朝に白く塗《ぬ》ったばかりの、皇《こう》帝《てい》用の大きなそりが停《と》まっていました。皇帝《こうてい》ミルナティウスは、そりのかたわらに立っていました。金の房飾《ふさかざ》りのついた黒い毛皮の外套《がいとう》。赤い毛織り布に黒い毛皮をあしらった手袋《てぶくろ》。見るからに浮《うわ》ついた、頭のからっぽな若者です。彼《かれ》はわたくしのたいせつなイリーナを見つめていました。わたくしにはもうこの男の目からイリーナを隠《かく》しつづけることはできないと悟《さと》りました。

「ねえ、マグレータ。皇帝《こうてい》は魔法使《まほうつか》いよ」イリーナの口からその言葉を聞いたのは、彼女《かのじょ》がまだ十歳《さい》のときでした。わたくしは銀の櫛《くし》で、豊かに波打つ彼女《かのじょ》の褐色《かっしょく》の髪《かみ》を梳《す》いていました。首都コロンの宮殿《きゅうでん》のなかにあった小さな部屋の煖炉《だんろ》の前でした。

「皇帝《こうてい》は魔法使《まほうつか》いよ」彼女《かのじょ》はそれを平然と口にしました。だれでもどこでも、はばかることなく口にできる事柄《ことがら》であるかのように。わたくしは不安に駆《か》られました。廷臣《ていしん》たちが顔を揃《そろ》えた晩餐《ばんさん》の席で、イリーナは、浴槽《よくそう》のなかからこのマグレータだけに話しかけるときのような気安さで、同じことを言ってしまうのではないか。そのときの彼女《かのじょ》は年端《としは》もゆかぬ少女。ちょうど公爵《こうしゃく》が新しい妻を迎《むか》え、その妻の大きなおなかが目立ちはじめたころでした。

　ところがさらにまずいことに、そんなことは言ってはなりませんと諫《いさ》めるわたくしをまっすぐに見つめて、イリーナは言いました。「でも、ほんとうよ」真実こそたいせつと言わんばかりです。「あの人、わたしに見せつけるように、お庭にリスの死骸《しがい》を残していくのよ」

　その日から、コロンに滞在《たいざい》しているあいだ、わたくしはイリーナを庭園に行かせないようにしました。彼女《かのじょ》の肌《はだ》はますます青白くなっていきましたが、しかたありません。一日じゅう煖炉《だんろ》のそばにすわって、わたくしの糸紡《つむ》ぎを手伝わされるのにあきあきしているようでした。わたくしは、そうやって紡《つむ》いだ毛糸で、わたくしたちの部屋の床《ゆか》を磨《みが》いている娘《むすめ》を買収し、毎日、皇帝《こうてい》が食事の間《ま》からいつ離《はな》れたかを報告させるようにしました。その娘《むすめ》には二歳《さい》ちがいの姉がいて、その姉は給仕メイドだったので、皇帝《こうてい》の皿を片づけるとすぐに階段を上がって妹に伝え、妹がそれをわたくしたちに知らせてくれました。その知らせを聞いてようやく、イリーナとわたくしは食事の間におりていき、片づけられる寸前の冷えた料理にありついたのです。

それはもう苦しい七週間でした。皇帝《こうてい》はいつも遅《おそ》い時刻に食事の間《ま》にあらわれ、ぐずぐずと長居をします。それでも毎朝、空腹と寒さにさいなまれ、イリーナの髪《かみ》をブラシで梳《と》かしながら、皇帝《こうてい》が席を離《はな》れたという知らせが来るのを待ちました。毎晩、イリーナの退屈《たいくつ》をまぎらわせるために糸紡《つむ》ぎ用に羊毛を梳《す》かせ、安全が確認できると、こっそり階下におりて、残りものを食べるのでした。

そしてある朝ついに、イリーナは椅子《いす》から弾《はじ》かれたように立ちあがり、窓辺に駆《か》け寄りました。冷たい風が窓から吹《ふ》きこんできます。その年初めて霜《しも》がおりた日でした。「もうすぐ冬が来るわ。ああ、お外に出たい！」イリーナはそう叫《さけ》ぶと、しくしくと泣きだしました。わたくしは胸がつぶれる思いでしたが、ドアをしっかりと閉ざし、イリーナを外に出すことはありませんでした。その晩、お父上である公爵《こうしゃく》の従者が、部屋にやってきました。わたくしたちがちっとも食事の間《ま》におりてこないので、お父上はしびれを切らして従者に伝言を託《たく》したのです。道が硬《かた》く凍《こお》ったので、翌朝にはここを出発する、という伝言でした。わたくしは従者が去ったあと、神に感謝の祈《いの》りを捧《ささ》げました。

それから七年はなにごともなく過ぎました。わたくしは、コロンに滞在《たいざい》したあの七週間と同じように、懸命《けんめい》にイリーナを守りつづけました。しかし、公爵邸《こうしゃくてい》の中庭に停《と》まったそりのかたわらに立つ皇帝《こうてい》が、石のように冷たい目をイリーナに向けるのを見たとき、この七年間の苦労はなんだったのかと思わずにいられませんでした。七年間の努力が儚《はかな》く消え、イリーナを守るドアがこじあけられたのです。皇帝《こうてい》が手袋《てぶくろ》の手を差し出すと、イリーナはわたくしの腕《うで》から離《はな》れていきました。

森の小さな家から出るとき、イリーナがわたくしに耳打ちしました。「マグレータ、あなたはあのそりに、衛兵といっしょに乗って。彼《かれ》らがあなたの面倒《めんどう》を見てくれるわ」

彼《かれ》らは若い兵士でしたが、確かによくしてくれました。わたくしは白髪《はくはつ》の老女、わたくしの愛しいイリーナは、いまや彼《かれ》らが仕える皇后《こうごう》です。若者たちはわたくしがそりに乗るのを助け、わたくしに毛布をかけ、足もとには暖房《だんぼう》器をおいてくれました。でも、それ以外には、わたくしにはなんの関心も払《はら》いませんでした。若者たちだけで、ヴィスニアで酒を飲みにいくならどこがいいかとか、公爵邸《こうしゃくてい》の厨房係《ちゅうぼうがかり》はしみったれなのでなかなか酒にありつけないとか、そんな話をしていました。そして、わたくしがうたた寝《ね》をしていると見るや、話題はあちこちの娘《むすめ》のことへと移りました。

そのうち、周囲が小突《こづ》いて話を促《うなが》しても、なにもしゃべらない若者がいるのに気づきました。口ひげをたくわえた、頑健《がんけん》そうな若者です。ある者が笑って言いました。「おいおい、ティムールにかまうな。彼《かれ》の心はどこにあるか、おれは知ってるぜ。皇后《こうごう》さまの宝石箱だよ」どっと笑いが起こりました。でも、ティムールと呼ばれた若者へのからかいは、それっきりでした。

わたくしは身を起こし、若者たちに眠《ねむ》っていたと信じこませるために、あくびをひとつしてから、ティムールと呼ばれた若者を自分の目で確認しました。目のきわに弓矢で射られたような傷《きず》痕《あと》がありました。ティムールは御者《ぎょしゃ》の背中越《ご》しに、はるか前方を行く白いそりを見つめていました。白い毛皮の帽子《ぼうし》からこぼれ落ちるイリーナの褐色《かっしょく》の髪《かみ》が、わたくしの目にもはっきりと見えました。

ミルナティウスは気むずかしい顔で、旅支度《たびじたく》が必要だな、と言った。いますぐヴィスニアに発《た》たなければ、とわたしが言うと、「きみの好きにすればいい」と返した。「それでいつ、スターリク王は姿をあらわすんだ？　きみも知ってのとおり、ぼくの忍耐心《にんたいしん》は長持ちしない」

「明日の夜には、ヴィスニアに姿をあらわすはずよ」

彼《かれ》は顔をしかめたものの、なにも言い返さなかった。そりに乗りこむとき、わたしをとなりにすわらせたが、道中は、そっぽを向いていた。そのうち休憩《きゅうけい》のために、とある貴族の館《やかた》に立ち寄ることになり、皇帝《こうてい》一行は外に出てきた人々に出迎《でむか》えられた。この館の主《あるじ》、ガブリエリウス公は、先帝《せんてい》に仕えて戦功をあげた人物で、威厳《いげん》のある白髪《はくはつ》の老人だった。いっときはその孫娘《まごむすめ》がミルナティウスの花嫁《はなよめ》候補のひとりと見なされており、それもあってか、最初は冷ややかな反感をちらつかせた。しかしわたしの手をとると、みるみる表情がほどけ、しばし立ちつくしてわたしを見つめたあと、低い声で「皇后《こうごう》陛下」とつぶやき、深く頭《こうべ》を垂れた。

ミルナティウスは、食事のあいだ、いらいらしながらわたしを見つめていた。自分以外の人々の目にわたしがどう映るのか――それを考えているうちに頭が混乱してきたようだ。「いや、今夜はここには泊《と》まらない」彼《かれ》は非礼にもガブリエリウス公にそう言い放つと、わたしを引きずるように、そりに乗りこんだ。彼《かれ》の心のなかで嫉妬《しっと》がくすぶっていたらしい。厳しい顔つきでどさりと腰《こし》を落とし、御者《ぎょしゃ》に向かって、早くそりを出せ、と声を荒《あら》らげた。馬たちが走りはじめると、彼《かれ》はけっして本意ではないというようすで、わたしのほうをちらちらと見た。自分には見えないわたしの神秘的な美しさが、彼《かれ》のまなざしから逃《のが》れていく寸前に、捕《と》らえられるのではないかと期待するように。

走りだしてほどなく、ミルナティウスは森のなかでそりを停《と》め、従者に絵描《えか》き道具箱を持ってくるよう命じた。それは象嵌《ぞうがん》細工と黄金を組み合わせた美しい道具箱で、ふたをあけると小さなイーゼルとして使うことができ、箱のなかには上等な紙をとじたスケッチブックまで入っていた。

彼《かれ》はそりを走らせるように手で合図を送ると、スケッチブックのページをめくりはじめた。わたしはそこに描《えが》かれているものを横目でながめた。服の意匠《いしょう》や模様、あるいは、こちらを見つめ返す顔。彼《かれ》のきらびやかな宮廷《きゅうてい》にいる、見覚えある美しい人々の顔もあった。だがあるページに一瞬《いっしゅん》だけ、それらとはまったく異質の、恐《おそ》ろしい顔が見えた。いや、顔とさえ言えない。紙のあちこちから立ちのぼる煙《けむり》のような影《かげ》によって、荒々《あらあら》しくかたちづくられたなにか……でも、恐怖《きょうふ》を目に焼きつけて余りあるもの。

ミルナティウスは、終わりのほうに白いページが出てきたところで、手を止めた。「背すじを伸《の》ばして、こちらを見てくれ」鋭《するど》い口調で言う。わたしは言われるままにした。ほんのちょっと興味が湧《わ》いた。絵になったわたしにも、まだ魔力《まりょく》は残っているだろうか。彼《かれ》は、すばやく巧《たく》みに手を動かした。わたしよりも紙を見ている時間のほうが長かった。そりが飛ぶように走るあいだに、わたしの顔が紙の上にかたちをなしていった。描《えが》き終えると、彼《かれ》はそのページをじっと見つめたのち、破きとって、わたしのほうに突《つ》き出した。「いったい、他人はきみになにを見ている？」強い口調で尋《たず》ねる。

紙を受け取ると、そこには冠《かんむり》を頭にのせたわたしの顔があった。それほど密に描《えが》かれているわけではないのに、これまで鏡のなかに見てきた自分よりも自分らしかった。手心を加えて美しく描《えが》こうとはしていない。かといって、意地悪でもない。彼《かれ》はそれぞれの顔の部位を正確に拾い、わたしの顔をつくりあげていた。薄《うす》い唇《くちびる》、細い顔、太い眉《まゆ》、父のように戦いで二度も折れてはいないが、父ゆずりの長い鼻。目は、右目が左目よりわずかに上にある。鎖骨《さこつ》のくぼみにかかる首飾《くびかざ》り、頭上の冠《かんむり》。二本の太い三つ編みが肩《かた》にのり、その重みやつややかさまで表現されている。たいして美しくもない、どこにでもありそうな顔。でも、これがわたし。わずかな線で描《えが》かれているだけなのに、ほかのだれでもない、まぎれもなくわたしの顔だった。

「わたしだわ……」そう言って絵を返そうとしたが、彼《かれ》は受け取らなかった。彼《かれ》はわたしをじっと見つめていた。沈《しず》みゆく夕日がその瞳《ひとみ》を赤く染めている。日がさらに傾《かたむ》くと、彼《かれ》の上体ががくんと前に倒《たお》れ、その口からくぐもった声が流れてきた。「**ソウダ　イリーナ。ソレガ　ミテノトオリノ　オマエダ。コオリノヨウニ　ツメタク　ソシテ　アマイ**」愛撫《あいぶ》のように耳をかすめる声にぞくりとした。「**ケイヤクヲ　マモルツモリダロウナ？　オレノトコロニ　フユノオウヲ　ツレテコイ。ソシタラ　オマエヲ　ナツノ　ジョオウニ　シテヤル**」

思わずこぶしを握《にぎ》りしめたので、持っていた紙がしわくちゃになった。声がうわずらないように、気を落ちつけて言った。「わたしが、あなたをスターリク王のところに連れていく。そして、彼《かれ》をあなたにゆだねるわ。だから、そのあとは、わたしと、わたしの愛する人たちに手出しをしないと誓《ちか》ってほしい」

「イカニモイカニモ」魔物《まもの》がもどかしそうに言う。「オマエニ八　ウツクシサ　マリョク　トミ　ヲヤル。ミッツトモ　アタエテヤル。オウゴンノカンムリト　ミゴトナキュウデンモ。フユノオウヲ　ツレテキタラ　オマエノホシイモノ　ナンデモヤルゾ」

「いらないわ、そんな約束も贈《おく》り物も。それに冠《かんむり》と宮殿《きゅうでん》を、わたしはもうもっているもの。スターリク王をあなたのところに連れてくるのは、冬を終わらせるためよ。そう、リトヴァス皇国のためだわ。わたしの望みは、あなたが去ったあとに、わたし自身が、わたし自身の手で叶《かな》えるつもりよ」

魔物《まもの》はそれが気に入らなかったようだ。スケッチブックから一瞬《いっしゅん》わたしをにらんだ恐《おそ》ろしい目、その恐怖《きょうふ》の影《かげ》が、いまはミルナティウスの顔にのりうつり、わたしをにらんでいる。体を引かないように懸命《けんめい》にこらえた。「ソレナラ　オマエ八　ナニヲトル？　ミカエリニ　ナニが　ホシイ？」魔物《まもの》は執念《しゅうねん》深く言った。「エイエンノ　ワカサ？　ホノオノ　マジュツ？　ソレトモ　オトコタチヲ　タブラカシ　イノママニ　アヤツル　マリョクカ？」

「いらないわ。何度言わせるの？　あなたからの贈《おく》り物はいりません。それのどこが悪いの？」

魔物《まもの》はわたしにシューッと熱い息を吐《は》いた。ミルナティウスの体がさらに不自然に丸まった。座席の上で脚《あし》をかかえこむ。頭が薪《まき》のまわりで踊《おど》る炎《ほのお》のように揺《ゆ》れた。魔物《まもの》がぶつぶつと低い声で言った。「フユノオウ　ツレテクル……フユノオウ　ツレテクル……」顔をさっと上げ、わたしを赤い目でにらみつけて、鋭《するど》い声を発した。「ワカッタ！　モウイイ！　ダガナ　フユノオウヲ　ツレテコナケレバ　オマエガ　オレノ　エジキニナル。オマエト　オマエノアイスルモノタチガ！」

「脅《おど》しはもうけっこう。もう一度わたしを脅《おど》したら、わたしはみんなを連れて、スターリク王国へ行くわよ。そこで、みんないっしょに暮らせばいいのだから」わたしはせいいっぱい虚勢《きょせい》を張った。「そして、あなたは永遠に、冬のなかで飢《う》えることになるの。あなたのごちそうは消えてなくなり、あなたの炎《ほのお》はしだいに衰《おとろ》え、最後はただの熾火《おきび》と灰になる。いい？　明日の夜、あなたはスターリク王と会うことになる。だから、それまで出てこないで。あなたといっしょにいたくない、ミルナティウスといるよりもずっと。もうこれだけ言えば、充分《じゅうぶん》でしょう？」

魔物《まもの》はシュッと息を洩《も》らした。わたしのほうも、思いつきの脅《おど》しを使ってやった。魔物《まもの》はそれが気に入らなかったか、あるいは、わたしといるのがいやになったのだろう。火花が消えてなくなるように、ミルナティウスの体の奥《おく》にすうっと引っこんだ。目の赤い輝《かがや》きもいつしか消えている。

ミルナティウスはうめきとともに座席の背に体をあずけ、目をつぶって息をととのえた。それからわたしのほうに首をめぐらし、いまにも癇癪《かんしゃく》を起こしそうな声で言った。「彼《かれ》の申し出を拒《こば》んだな、なんということを……」

「魔物《まもの》からの贈《おく》り物を受け取るほど、わたしは愚《おろ》かではないわ。あいつがどこから魔力《まりょく》を得ていると思うの？　代償《だいしょう》なしに得られるものなどないのよ」

ミルナティウスは突然《とつぜん》、笑いだした。ちょっと甲高《かんだか》くて、耳障りな声で。「そうか、そういうことだな。きみがなにかを得れば、きみに代わってだれかが代償《だいしょう》を払《はら》う」彼《かれ》はそう言うと、御者《ぎょしゃ》に向かって叫《さけ》んだ。「今夜泊《と》まれる家をさがせ！」それからふたたび座席に沈《しず》みこみ、片手で顔を覆《おお》った。

わたしが、じっくり考える余裕《よゆう》もなく魔物《まもの》に尊大な口をきいたように、ミルナティウスも後先考えずガブリエリウス公の館《やかた》から飛び出してしまったようだ。ようやく見つかった今夜の宿は、ガブリエリウス邸《てい》とは比べものにならないほど小さな、中流のボヤールの家だった。

いたしかたなく、ボヤール自身の寝室《しんしつ》が皇帝《こうてい》と皇后《こうごう》に明け渡《わた》され、カーテンで囲まれたベッドとはいえ、何人かの従者がわたしたちと同じ部屋の床《ゆか》で眠《ねむ》ることになった。寒さがいちだんと厳しくなって野宿もできず、馬や家畜《かちく》も屋根の下に入れるしかなく、家畜《かちく》小屋にこれ以上人を入れる余地がなかったのだ。同じ部屋にこんなに人がいては、わたしはここから逃《に》げることもできない。魔物《まもの》は出てこないとはいえ、そのうえ、夫がそばにいる。

わたしの新婚《しんこん》初夜は、この世のものとは思えぬ不思議に満ちた恐《おそ》ろしくも長い一夜だったので、ごくふつうの、夫となる人と同じベッドに横たわるという初夜の恐《おそ》ろしさを、わたしはすっかり忘れていた。心を落ちつけようと、自分に言い聞かした。少なくとも、彼《かれ》はわたしを求めていない。どんなに不快《ふかい》だろうと、ただいっしょに横たわるだけ……。

召使《めしつか》いたちがミルナティウスの服を脱《ぬ》がせた。彼《かれ》はわたしがまだいるのに気づき、どこかあきらめの漂《ただよ》う暗い表情でベッドを見つめた。ろうそくの明かりが消されたあと、わたしたちはお互《たが》いに堅苦《かたくる》しく、カーテンで囲まれたベッドにならんで横たわった。家は板壁《いたかべ》に守られて煖炉《だんろ》もあったが、それでもカーテンの隙間《すきま》から冷気が忍《しの》びこんでくる。ミルナティウスが荒々《あらあら》しく息をつき、わたしのほうに寝返《ねがえ》りを打った。口もとがこわばり、まるで監獄《かんごく》へもどされる囚人《しゅうじん》のような顔をしている。

わたしは、これ以上近づかないでと警告する代わりに、両手を彼《かれ》の胸におき、彼《かれ》を見つめた。突然《とつぜん》、心臓が激しく打ちはじめた。「ははん、きみはぼくの愛する妻だろう？」ミルナティウスがなじるように言ったが、あたりをはばからぬ声だったので、彼《かれ》が同じ部屋にいる者たちを意識して、新婚《しんこん》の夫を演じているのだろうと察しがついた。

もしや、彼《かれ》はここで夫婦の契《ちぎ》りを結ぶつもりなのだろうか？　まさか……そんなことが。頭のなかが真っ白になった。カーテンの外には四人の召使《めしつか》いがいて、おそらくは聞き耳を立てている。もし、わたしがいやだと言ったら、いやだと言うのを彼《かれ》らに聞かれてしまったら……。ミルナティウスの片手がわたしのドレスの裾《すそ》と、その下の薄物《うすもの》をももまで引き上げ、彼《かれ》の指が肌《はだ》をわずかにかすめた。

体がびくんと跳《は》ねた。震《ふる》えが走り、ほおがかっと熱くなる。わたしも声を大きくして言った。「ああ、愛するあなた……」同時に、両手で思いっきり彼《かれ》の胸を突《つ》いた。まさかの反撃《はんげき》を受けて、ミルナティウスが後ろにひっくり返った。死刑宣告《しけい》を受けた男のような顔でわたしに覆《おお》いかぶさってきたくせに、今度は怒《おこ》りだす気だ。彼《かれ》が上体を起こした。わたしは彼《かれ》に身を寄せ、声を抑《おさ》えて、でも強い口調で言った。「ベッドを揺《ゆ》らすのよ！」

彼《かれ》は驚《おどろ》いたようにわたしを見つめ返した。わたしは、ベッドの上で体を弾《はず》ませてみせた。ほら、こうするのよ、と目で訴《うった》えながら。古いベッドの木枠《きわく》がきしみをあげた。ちょっととまどった目をしたあと、彼《かれ》も同じことをはじめた。こうしてふたりでひとしきりベッドを揺《ゆ》らしたあと、わたしは小さな叫《さけ》びをひと声あげてみせた――もちろん、聞き耳を立てている人たちのために。ミルナティウスがいきなり枕《まくら》をつかみ、そこに顔をうずめ、背中を激しく震《ふる》わせはじめた。あまりにも激しく震《ふる》えるので、最初はなにかの発作を起こしたのではないかと疑った。でもそうではなかった。声を出さずに大笑いしているのだ。

それからまたいきなり、彼《かれ》は泣きはじめた。枕《まくら》で声を殺して泣くので、カーテンの内側にいるわたしにも嗚咽《おえつ》は聞こえなかった。息を継《つ》ぐときだけ、彼《かれ》は苦悶《くもん》のなかから一瞬《いっしゅん》浮上《ふじょう》するように枕《まくら》から顔を上げた。たとえカーテンの外に声が洩《も》れたとしても、息継《いきつ》ぎのときの小さなあえぎだけなので、わたしたちのお芝居《しばい》が疑われることはなかった。あとはどんな音も聞こえなかった。

わたしはしばらく、人形のようにぼんやりとすわっていた。どうしたらいいかわからなかった。気持ちをかき乱されたくなかった。とにかく、彼《かれ》が泣くことが腹立たしかった。わたしの前で泣くなんて、やめて。自分にはやさしさを求める権利があるみたいに……。わたしは、こんなふうにだれかが泣くのを見たことがなかった。これまで恐《おそ》ろしいことも経験したし、傷つくことも、悲しむこともあった。でも、わたしはこんなふうに泣かない。心のなかでも泣き声をあげない。もし彼《かれ》の手引きであの魔物《まもの》の餌食《えじき》にされていたら、わたしもこんなふうに泣いていただろうか。いまのいま、魔物《まもの》にむさぼられつつある彼《かれ》のように。

あなたのせいよ、自業自得《じごうじとく》だわ。わたしはそう言ってやってもよかった。何度も胸の内でそうつぶやいた。そのうち彼《かれ》の体から雪が溶《と》けるように力が抜《ぬ》けた。疲《つか》れきり、ぐったりとして、沈黙《ちんもく》に沈《しず》んだ。はからずも、わたしは彼《かれ》をかわいそうに思った。彼《かれ》の魔法《まほう》がわたしの心の底から同情を引き出したのだろうか。わたしは、ドレスの下で両膝《りょうひざ》を立て、両腕《りょううで》でしっかりと脚《あし》をかかえて、じっとしていた。そのうち彼《かれ》が眠《ねむ》ったような気がしたので、背中のほうから、おそるおそる顔をのぞきこんだ。目はあいていたが、焦点《しょうてん》が定まっていなかった。血走った赤さは消えていた。

やがて彼《かれ》は目を閉じ、頭をかすかに動かし、枕《まくら》に顔を寄せた。

18 この世界にいる狼《おおかみ》

ステファンとミリエムの母さんにとって、歩きつづけるのはつらいんじゃないかって心配した。あたいらは小さな家を出て、白一色の森のなかを歩きつづけた。積もった雪の表面が固く凍《こお》っていたから、その上を歩いた。体の重いセルゲイだけが硬《かた》い雪面を二度踏《ふ》み抜《ぬ》いた。雪まみれになったセルゲイからみんなで雪をはたき落とした。そのまま雪が服に凍《こお》りつくと、体が冷えきってしまうからだ。

それでも、そんなに長いあいだは森のなかを歩かなくてすんだ。突然《とつぜん》、セルゲイが「道が見えたような気がする」と言った。そのとおりだった。木立を抜《ぬ》けたところに、凍《こお》りついた川と、それとならんで街道があった。街道の雪面には、すでにそりの走った跡《あと》がついていた。

その日はずっと歩きつづけた。街道ぞいには家が立ちならぶ集落がぽつぽつとあった。集落と集落のあいだが短くなっているのはヴィスニアに近づいてる証拠《しょうこ》だって、ミリエムの母さんが言った。こんなにたくさんの家がこんな近くにあったなんて、信じられない。なぜって、あたいらは街道からはずれて森の奥深《おくぶか》くまで入って、そこであの小さな家を見つけたはずだ。人の声なんかぜんぜん聞こえなかったし、セルゲイはたきぎを集めるためにそこらを歩いたけど、人っ子ひとりいなかったって言った。

なんだか変な感じだけど、家も集落も幻《まぼろし》じゃなかった。あたいは人と目が合うのが、少し怖《こわ》かった。でも、だれも、あたいらに関心なんか示さなかった。日が暮れかかると、ミリエムの父さんが、ここで待っているようにとみんなに言って、道の先に見える農家までひとりで歩いていき、お金を払《はら》って家畜《かちく》を入れた納屋の二階で眠《ねむ》れるように交渉《こうしょう》してくれた。朝が来ると、みんなでまたヴィスニアを目ざして歩いた。ヴィスニアに着いたのは、歩きはじめて数時間後のことだった。

あたいはそれまで、ヴィスニアっていうのはたくさん家のある大きな街なんだろうって思ってた。でもこの目で見たヴィスニアは、それじたいがひとつの建物のようだった。右にも左にも見えるかぎりどこまでもつづく壁《かべ》。うんと高く積みあげた赤煉瓦《あかれんが》の壁《かべ》だから、その向こうはまったく見えないし、壁《かべ》より高い建物もない。壁《かべ》には窓がなくて、てっぺんに近いところに細長い隙間《すきま》がならんでいる。そこから外をのぞこうとすれば、顔を斜《なな》めにして片目だけで見るしかないだろう。

街道の行き止まりにある門が、街のただひとつの入口らしかった。羊毛を山積みにした四頭立てのそりが通れるくらい、大きな門だった。街道以外に、この壁《かべ》と門に近づく道はない。壁《かべ》の周囲には大きな堀《ほり》がめぐらしてある。堀《ほり》にも雪が積もってるけど、そこだけ雪面が低くなって、丸太を尖《とが》らせた太い杭《くい》が何本も突《つ》き出ていた。だから、そこに堀《ほり》があるんだってわかった。見るからに、だれにも入ってきてほしくないって感じだ。

それでも、門のなかに入りたい人たちが門の扉《とびら》の前におおぜい押《お》し寄せていた。こんなにたくさんの人をいっぺんに見るのは初めてだ。みんな、ひなどりのように列をつくってる。もっと近づくと、街の壁《かべ》と列にならぶ人たちがもっとよく見えるようになった。あたいはセルゲイのそばに寄った。ステファンがあたいの手のなかに手をすべりこませ、ぐいっと引いた。顔をのぞきこむと、ステファンは小さな声であたいの耳にささやいた。「ねえ、あの家にもどるのは、もう無理なの？」

でもミリエムの父さんと母さんは、なにも心配していなかった。「きょうは長く待たされそうね」と、マンデルスタムの奥《おく》さんは言った。「きっと、どこかのえらい人が、ヴィスニア公に会いにきたのよ。その一行が到着《とうちゃく》するまで、門を閉じておくのでしょうね」

「皇帝《こうてい》が来るんだそうよ」列の前にいた女の人が振《ふ》り返って言った。上等な茶色の毛織物で仕立てた刺繡《ししゅう》のあるドレスを着て、大きな赤いショールを頭からかぶり、バスケットを持っている。

その息子は長身のもの静かな青年で、マンデルスタムの旦那《だんな》さんみたいに、もみあげを長く伸《の》ばしていた。この親子もユダヤ人なんだろう。

「まあ、皇帝《こうてい》が！」マンデルスタムの奥《おく》さんが言った。

赤いショールの女の人がうなずいた。「先週、皇帝《こうてい》がヴィスニア公の娘《むすめ》と結婚《けっこん》したのよ。たった一週間で、お里帰りですって！ 悪いことじゃなきゃいいけど」

「かわいそうに。きっとお嬢《じょう》さんはおうちが恋《こい》しくなったのよ」マンデルスタムの奥《おく》さんが言う。

「いくつなの？」

「まあ結婚《けっこん》できる年齢《ねんれい》じゃないの」ショールの女の人が言う。「去年のことだけど、そのお嬢《じょう》さんが街を歩いてるところを妹が見つけて、そっと教えてくれたの。お付きの人と歩いてたわ。はっきり言って、たいした器量じゃなかった。それが、皇帝《こうてい》はひと目で恋《こい》に落ちたんだって。わかんないものねえ」

「つまり、心の目で、ほしいものを選びとったのね」マンデルスタムの奥《おく》さんが言った。

あたいは奥《おく》さんがこんなふうにだれかとしゃべるところを初めて見た。きっとお互《たが》いをよく知ってる人なんだって最初は思ったけど、少したってから奥《おく》さんが尋《たず》ねた。「あなたは、この街に家族がいるの？」

「妹が旦那《だんな》といっしょに住んでるよ。あたしたちはハムスクの農園から来たの。あんたは？」

「パヴィスよ」マンデルスタムの奥《おく》さんが答える。「一日がかりだったわ。ヴィスニアには、結《けっ》婚式《こんしき》に出るために来たのよ。姪《めい》っ子のバシアのね」

ショールの女の人がうれしそうに叫《さけ》んで、奥《おく》さんの肩《かた》に抱《だ》きついた。「じゃあ、相手は、あたしの甥《おい》っ子のアイザックだね！」ふたりはお互《たが》いのほおにキスをして、抱《だ》き合って、あたいの知らない人たちの名前をつぎつぎにあげた。人と人って、こんなにかんたんに友だちになれるものなんだ。こんなにたくさんの人がならんでる長い列のなかで、どうしてお互《たが》いにこんなに仲良くなれる相手を見つけることができたんだろう？　まるで魔法《まほう》みたいだよ。

あたいらは長いこと待った。歩いているより立ってるほうが楽だと思うかもしれないけど、それはちがう。ショールの女の人が、バスケットに入れてきた食べ物を、あたいらにも勧《すす》めてくれた。あたいのバスケットにもまだ食べ物があったから、みんなで分け合って食べることにした。道ばたの切り株や大きな石の雪を払《はら》って、ほんのしばらくだけ、そこに腰《こし》をおろすことができた。

そうやって食べてるとき、遠くから太鼓《たいこ》の音が地響《じひび》きのように聞こえてきた。しばらくすると、かすかな鈴《すず》の音がそれに混じった。兵士らが街の門から出てきて、もっとさがれと言いながら道にならんでいる人たちをぐいぐい押《お》した。兵士らはあたいらのところまで来ると、そんなところにすわってないで、早く頭をさげろと声を張りあげた。兵士らは腰《こし》に剣《けん》を差している。おもちゃじゃない、ほんものの剣《けん》だ。

あたいらは立ちあがってからも、かなり待たされた。それでも鈴《すず》の音は少しずつ近づいて、突《とっ》然《ぜん》、あたいらのすぐそばで鳴った。最初に金と赤の飾《かざ》りをつけた黒い馬たち、つぎに彫刻《ちょうこく》された長くてほっそりした金色のそりが、頭に銀の冠《かんむり》をのせた若い娘《むすめ》を乗せて、目の前を通りすぎた。あたいに見えたのは、それだけ。そりがすごく速いから、あっという間のできごとだった。大きなそりは、速度をゆるめることなく扉《とびら》が開かれた門をくぐり、壁《かべ》の内側に消えた。

「皇后《こうごう》さまだ！　皇后《こうごう》さまだ！」あちこちから叫《さけ》びがあがった。声をあげた人たちは、あたいとおんなじように、お辞儀《じぎ》するのを忘れた人だ。あわてて頭をさげたけど、べつに問題なかった。だって、みんなまだ頭をさげてたから。そのあと、荷物や箱や人間を乗せたそりが何台か通り過ぎた。あたいらの村の集落の住人を合わせたよりたくさんの人が乗っていた。みんな皇帝《こうてい》の召使《めしつか》いなんだろう。結局、皇帝《こうてい》っていうのは、ひとりの生身の人間というより、ああやっていっぱい人が集まってできたなにかなんだろうね。

皇帝《こうてい》一行が街のなかに入ってしまうと、兵士らはやっと、道にならんでる人たちをなかに入れはじめた。ぜんぜん待たずになかに入れる皇帝《こうてい》一行のために、あたいらはさんざん待たされたってわけだ。あたいらの前にも、あたいらの後ろにも、人がたくさんいた。それでも門を抜《ぬ》ける人の流れができると、あたいらもようやく門までたどり着くことができた。

皇帝《こうてい》を待つあいだに長い時間が過ぎていた。もう待つのはうんざりだった。あたいは早く門を抜《ぬ》けたくてたまらなかった。なのにステフォンときたら、あたいらの後ろに人がつかえてしまうほど歩みがのろい。後ろの人たちがいらいらしてる。ステフォンは街の門をじっと見つめ、「ねえ、あそこから出られなくなったらどうする？」と、あたいに尋《たず》ねた。

どんな答えも頭に浮《う》かばなかった。さらに門に近づくと、たくさんの人がそこを歩いて通過していくのが見えた。剣《けん》を差した兵士らが通過する人々になにか質問して、それを書きとめている。あたいは突然《とつぜん》、怖《こわ》くなった。あの兵士らに、おまえらはどこのだれで、なんでここに来たのかって尋《たず》ねられたら、なんて答えればいい？

マンデルスタムの奥《おく》さんが近づいてきて、あたいの手を――ステフォンとつないでいない方の手を――ぎゅっとつかみ、「なにも言わなくていいから」と低い声でささやいた。門にたどり着くと、マンデルスタムの旦那《だんな》さんが兵士のひとりに話しかけた。旦那《だんな》さんがその兵士に銀貨一枚を渡《わた》すのが見えた。兵士は「よし、けっこう！」と言って手を振《ふ》り、あたいらに進むよう促《うなが》した。

あまりにうれしくてほっとしたので、ほとんどなにも考えずに前に進んだ。街の壁《かべ》はものすごく大きくて厚くて、入口から出口まで二十歩は歩いた。出口に近づくにつれて、街のなかの音がわんわんと響《ひび》いてきた。壁《かべ》を抜《ぬ》けきると、頭上に空が開け、たくさんの建物が目の前にあらわれた。まるで街が、その腹のなかに建物も人もいっしょくたに呑《の》みこんでたみたいだ。

ステフォンが立ち止まり、両手で耳をふさいで、一歩も動かなくなった。背中に触《ふ》れると、ぶるぶる震《ふる》えてた。マンデルスタムの奥《おく》さんが言った。「いらっしゃい、ステフォン。この騒《さわ》がしい大通りを抜《ぬ》ければ、もっと静かなところに行けるから」それでも、ステフォンはぜんぜん動こうとしない。

セルゲイがとうとう言った。「来いよ、ステフォン。おぶってやるからさ」セルゲイはもう長いあいだ、幼いころのようにステフォンをおぶっていなかった。ステフォンはおぶわれるには大きすぎて、マンデルスタムの奥《おく》さんからもらったブーツをはいた両足が、セルゲイの背中から長く下に垂れ、一歩進むごとにぶらんぶらんと揺《ゆ》れた。でもステフォンは顔をセルゲイの肩《かた》に伏《ふ》せて、上げようとしなかった。

通りを歩くのは楽じゃなかった。街のなかは雪だらけで、通りを歩けるように雪がどけられてたから、道の両側に雪の大きな壁《かべ》ができていた。その壁《かべ》にぽつぽつと穴があいて、それぞれの家の玄関《げんかん》に通じてた。でもそんなに通りは広くないし、きのう雪が降ったばかりで雪の壁《かべ》はおとなの背丈《せたけ》より高い。道にもまだ雪が残って、土で汚《よご》れてる。半ば凍《こお》りついた雪に、何度も足をすべらせそうになった。

街には大きな家がそこらじゅうにあった。家と家が押《お》し合いへし合いするみたいに建っている。高さもあるから、通りを歩くと、建物それじたいに見おろされているような感じがした。どこに目をやっても人がいて、だれもいないところを見つけるほうがむずかしかった。

マンデルスタムの奥《おく》さんがみんなの先頭を歩いた。奥《おく》さんは行き先までの道のりをちゃんとわかっているようだった。どうしてそれがわかるのか不思議でしょうがない。あたいには、どの通りの角もおんなじに見えた。でも奥《おく》さんは迷うことなく歩いて、道を曲がった。ほとんど考えてもいないみたいに。それでまちがっていなかった。あたいらはとうとう、またべつの大きな壁《かべ》にたどり着いた。最初の壁《かべ》ほど大きくないけど、ここにも門と扉《とびら》があって、剣《けん》を差した兵士が何人か立っていた。マンデルスタムの旦那《だんな》さんがさっきとおんなじようにお金を渡《わた》し、おんなじように門からなかに通された。この門から街を出ていくのかと思ったけど、そうじゃなくて、壁《かべ》の向こう側にまたもうひとつの街があった。ただしこっちの街は、どっちを向いてもユダヤ人ばかりだった。

あたいはそれまで、ミリエムの一家と、門の前の列にいたショールの女の人とその息子のほかには、ユダヤ人に会ったことがなかった。でもここにいるのはユダヤ人ばかり。奇妙《きみょう》な感じがした。スターリク王国に連れていかれたミリエムも、いまはこんな感じなのかな、と考えた。突然《とつぜん》まわりの人たちがみんなおんなじになって、自分だけがちがう……。あ、でも、と考え直した。ミリエムは、もともとこんな感じだったのかもしれない。あの町で金貸しをしながら、彼女《かのじょ》はずっとこんなふうに感じてたのかもしれない。だから、いまスターリク王国にいても、そんなに奇妙《きみょう》な気持ちにはなっていないかも……。

あたいはそんなふうにミリエムのことを思い出し、いまどうしてるだろうかと考えた。そして突然《とつぜん》、マンデルスタムの奥《おく》さんがここに来たのはミリエムのためだって、はっと気づいた。思わず足が止まった。あたいは、奥《おく》さんにも旦那《だんな》さんにも、なぜここに来たのか尋《たず》ねていなかった。森のなかでふたりとステフォンに再会できて、うれしさでいっぱいになって、疑問の入りこむ余地なんかなかったんだ。でももちろん、このヴィスニアの街に来たのには理由がある。奥《おく》さんは、きっと、ミリエムをさがしてるんだ。でもこの街をさがしたって、ミリエムは見つけられない。

マンデルスタムの奥《おく》さんがさらに先へと急ぐので、ついていくしかなかった。もし迷子になったら、セルゲイとステフォンとあたいだけでは手も足も出ない。この街からどうやって出ればいいかもわからない。ここはまるで千の部屋がある、それもまったくおんなじドアばかりがならぶ一軒家《いっけんや》のようだ。奥《おく》さんのあとについて、大きな広場でたくさんの人が騒《さわ》がしく物を売り買いしている市場を抜《ぬ》けて、一本の通りを進んだ。うるさい市場のあとだから静かに感じたけど、森と比べたらうんと騒《さわ》がしい。しばらく歩くと、通りはさらに静かになり、建ちならぶ家も大きくなった。その一帯はきれいに雪かきされて、どの家も雪が積もった路肩《ろかた》から家の玄関《げんかん》まで短い階段が伸《の》びていた。あたいらはとうとう、アーチ形の門のある一軒《けん》の大きな屋敷《やしき》にたどり着いた。門の横に前庭があって、人々がせわしなく立ち働き、何頭かの馬の背に荷を積んでいた。

マンデルスタムの奥《おく》さんが屋敷《やしき》の階段の前で立ち止まり、旦那《だんな》さんの腕《うで》に自分の腕《うで》をからめた。

旦那《だんな》さんは玄関扉《げんかんとびら》をじっと見あげた。きっと旦那《だんな》さんはなかに入りたくないんだろうな。でも奥《おく》さんと旦那《だんな》さんは、いっしょに階段をのぼっていった。奥《おく》さんが振《ふ》り返って、手招きした。だから、あたいらもあとについて階段をのぼり、屋敷《やしき》のなかに入った。

「ラケル！」と奥《おく》さんの名を呼ぶ声がして、ひとりの女の人が出てきた。その人の髪《かみ》は銀と白と灰色で、顔だちが奥《おく》さんに似ていた。奥《おく》さんとその人はお互《たが》いにキスをした。そうか、この女の人は、ミリエムのおばあさんなんだ。ミリエムの母さんにも母さんがいて、その人はまだ生きてるんだ。「まあ、ヨーゼフまで！　おひさしぶりね。なかへどうぞ。荷物をおろして」おばあさんはそう言って、マンデルスタムの旦那《だんな》さんのほおにもキスをした。

あたいは、マンデルスタムの奥《おく》さんがすぐにミリエムのことをおばあさんに尋《たず》ねやしないかと心配した。でも奥《おく》さんは尋《たず》ねなかった。おおぜいの女の人たちが台所から出てきて、挨拶《あいさつ》とおしゃべりの声がいちだんと騒《さわ》がしくなった。初めはあまりに早口だから聞きとれないのかって思ったけど、そのうち、あたいの知らないことばを混ぜながらしゃべってるんだって気づいた。それを聞いてたら、ふいにここから出ていきたい、あの森の小さな家にもどりたいって気持ちが込《こ》みあげた。

あたいは、マンデルスタム家のテーブルについて、ミリエムの皿でミリエムの母さんの料理を食べてるうちに、心の片隅《かたすみ》で——本気で願ってたわけじゃないんだけど——自分がミリエムの場所にするっと入りこめたような気になっていた。でも、ミリエムの場所なんて、ほんとうは知らなかった。あたいはそのほんの一部を見てただけ。そう、ここもミリエムの場所だ。あたいにはぜったいに入りこめない場所。ここにはいたくない……。

どこへ行けばいいかわかるのなら、すぐに出ていきたかった。セルゲイがとなりにいた。ステフォンは彼《かれ》の背中からおりてあたいに身を寄せ、あたいのエプロンで顔を覆《おお》ってた。ふたりの弟もきっと、出ていくのに賛成するだろう。でも、あたいらには道がわからない。ふいにどこから か自分の名前が聞こえた。マンデルスタムの奥《おく》さんが騒《さわ》がしい会話の輪から母親を連れ出し、部屋の片隅《かたすみ》であたいのことを、あたいらのことを、声を落としてなにか話していた。彼女《かのじょ》の母親がそれを聞きながら、心配そうにこっちを見ている。なにをしゃべってるんだろう？　なんで心配そうな顔になるんだろう？　この家にあたいらを泊《と》めたくないって言われたら、どうしたらいいんだろう？　あたいらは厄介事《やっかいごと》を背負ってるし、おばあさんの知り合いでもない。おばあさんは、マンデルスタムの奥《おく》さんになにか言った。それから、マンデルスタムの奥《おく》さんがにこにこしながら、まるでなにもかもだいじょうぶって顔で、こちらにやってきた。でも、ほんとうにだいじょうぶなんだろうか？

あたいらはマンデルスタムの奥《おく》さんのあとについて、その大きな屋敷《やしき》の奥《おく》へと入った。導かれるままに階段をのぼると、絨毯《じゅうたん》が敷《し》かれた広い廊下《ろうか》があった。そしてまた階段が、さらにもうひとつ手すりのない階段があり、それをのぼると、絨毯《じゅうたん》が敷《し》かれていない、質素な板敷《いたじ》きの廊下《ろうか》があった。廊下《ろうか》の左右にドアがひとつずつ。廊下《ろうか》の天井《てんじょう》にも出入り口がひとつあって、そこからひもがさがってる。マンデルスタムの奥《おく》さんは左のドアを開いて、あたいら三人を部屋のなかに入れた。その部屋は、あの森の小さな家とおんなじぐらいの広さだった。つまり、この屋敷《やしき》がどんなに大きいかってことだ。階段をのぼってのぼって、またのぼったところに、一軒家《いっけんや》くらい広い部屋がある。それは、この街がどんなに大きいかってことでもある。この街には、これと見分けがつかないくらいそっくりな、大きな家がものすごくたくさん建ってるんだから。

ただ、広さはあるけど、この部屋に窓は一個きりだった。それはドアの反対側の壁《かべ》にあった。ステフォンがあたいの手を振《ふ》り払《はら》って、窓辺に駆《か》け寄り、叫《さけ》びをあげて窓ガラスに顔を押《お》しつけた。どうかなっちまったのかと心配したけど、弟は言った。「鳥だよ、鳥！　ワンダ、セルゲイ、ここから見て。鳥になったみたいだよ」あたいはおっかなびっくり近づいて、ガラスに顔を寄せた。

ステフォンの言うとおりだ。屋敷《やしき》のいちばん高いところにあるこの部屋からは、ほかの家々《いえいえ》の屋根や通りが見おろせた。通りを目でたどると、ここに来る途中《とちゅう》で通り過ぎた市場が見えた。その市場がいまは、窓に手をかざしたら、手のひらで包んでしまえるほど小さく見える。ヴィスニアの街の壁《かべ》も見えるけど、細い線になって、まるでオレンジ色の一匹《びき》の蛇《へび》が街に巻きついてるみたい。オレンジ色の蛇《へび》は、背中に雪をのせている。

そして街の壁《かべ》の向こうは、果てしない森。すべての木々がひとつの大きな黒い塊《かたまり》になって、その上に白い厚手の毛布のように雪がのっていた。一面の雪を見てると、目がちくちくと痛くなる。家々《いえいえ》の屋根にも雪が積もってる。道だけが黒く汚《よご》れてるけれど、この高さから見おろすと、そんなに悪いながめじゃない。

「さあ、腰《こし》をおろして休んで」マンデルスタムの奥《おく》さんが言った。それでようやく、あたいは初めて部屋のなかを見まわした。三つのベッドがあった。木でつくられたほんもののベッド。マットレスがのってるし、毛布と枕《まくら》もある。小さな煖炉《だんろ》に火は焚《た》かれてないけど、この部屋は火の気がなくても暖かい。窓辺に小ぶりの円いテーブル、椅子《いす》が一脚《きゃく》。煖炉《だんろ》の前にも椅子《いす》が二脚《きゃく》。こっちの椅子《いす》はクッション付きだけど、少しだけ生地がすり切れていた。「おなかがすいているでしょうね。あとで食べ物を持ってくるわ。こんな上の階の、こんなところで申し訳《わけ》ないわね。ここは使用人の部屋で、階下の寝室《しんしつ》はもうお客様でいっぱいなの。結婚式《けっこんしき》がすんで、明日になれば、何人かのお客が引きあげるでしょうから、どこかの寝室《しんしつ》があくはずよ」

あたいもたぶん弟たちも、なんて返せばいいのかわからなくて、黙《だま》ってた。マンデルスタムの奥《おく》さんはあたいらを残して部屋を出ていき、あたいらは三つのベッドに分かれてすわり、部屋を見まわした。ミリエムのおばあさんが金持ちだってことは、前から知っていた。でも、金持ちがどんなものかってことを、あたいは知らなかった。金持ちっていうのは、この部屋――ベッドが三つあって椅子《いす》もテーブルもあってガラスをはめた窓のある部屋――に人を泊《と》めるとき、こんなところで申し訳《わけ》ないって言う人たちなんだ。ベッドにすわって低い位置からながめると、料理道具も薪《まき》の山も鍋《なべ》も斧《おの》も壁《かべ》にかけたほうきもない部屋がよけいに大きく見えた。あたいのすわったベッドの脇《わき》の壁《かべ》には、一枚の絵がかかってた。だれかが、ここの窓からながめた街を描《えが》いたんだろう。春の絵だ。木々が青々《あおあお》として、鳥が空を飛んでるから。

しばらくすると、マンデルスタムの奥《おく》さんが若い娘《むすめ》を連れてもどってきた。背が高くて、がっしりしていて、髪《かみ》をスカーフにたくしこみ、食事をのせた大きな重そうなトレーを持っている。彼女《かのじょ》はトレーをテーブルにおくと、奥《おく》さんに小さくお辞儀《じぎ》して部屋を出ていった。あたいは彼女《かのじょ》の背中を見送りながら、あの娘《むすめ》はあたいだって思った。あたいだってなにかを運んだり持ってきたりできるけど、ここにあたいの仕事はない。この屋敷《やしき》の仕事は、どんな持ち場だろうと、もうだれかがそこにおさまってるんだ。

セルゲイとステフォンはすぐに料理を食べようとしたけど、あたいは腹が減ってる感じがしなかった。腹ぺこのはずなんだけど、食べ物を見ると、胃が痛くなった。あたいはマンデルスタムの奥《おく》さんに言った。「ここまでしてもらうようなこと、あたいらはなにもしてないから……」それだけ言うのがせいいっぱい。ほんとうは出ていかなきゃいけない。でも、出ていけない。どこへも行くところがないから。鳥になって空を飛べるんならべつだけどさ。

マンデルスタムの奥《おく》さんが驚《おどろ》いた顔であたいを見た。「ワンダ！　あなたは、あんなにわたしたちを助けてくれたじゃない。なのにいまになって、〝この娘《むすめ》といてなんの得がある？〟なんて、わたしたちに言えると思う？」彼女《かのじょ》は両手を伸《の》ばし、あたいのほおを包んで軽く揺《ゆ》すった。「あなたはよき心をもった、よき娘《むすめ》よ。愚痴《ぐち》ひとつこぼさず、たくさん働いてきたわ。あなたがうちに通うようになって、わたしはすごく楽になった。わたしがなにかしようと思い立つことは、もうあなたがぜんぶすませていた。わたしは病気もちだったけど、あなたが来てくれたおかげで、また元気になれた。あなたは、こちらがあなたの手に押《お》しつける以上のものを、なにも求めなかった。だからいまこうするのは、当然のことなのよ」

「奥《おく》さんたちがくれたものは、あたいにとって、ものすごく大きくて、ものすごくたくさんだったんだよ！」あたいは言った。奥《おく》さんのことばに胸が痛んだ。だって、真実じゃないから。まるであたいがよい娘《むすめ》だから、あの家に通って、奥《おく》さんを助けたみたい。あたいはただ銀貨と身の安全がほしかっただけなのに……。

「それでも、あなたはまだ充分《じゅうぶん》にもっていない。わたしは必要以上にもっているわ」奥《おく》さんは言った。「もうなにも言わないで、いとしい子。あなたにはもうお母さんはいないけど、少しのあいだだけ、これはあなたのお母さんの声だと思って聞いてほしい。いいこと？　ステフォンが、あなたのうちでなにが起きたか話してくれたわ。世の中にはね、自分のなかに狼《おおかみ》がいて、まわりの人を食べつくし、その腹におさめてしまおうとする人間がいるの。ときには、その人間が家族だってこともある。それがあなたの家で、あなたの身に、あなたの人生に起きたことなの。

でもあなたには弟たちがついている。あなたは狼《おおかみ》に食べられていないし、あなたのなかに狼《おおかみ》はいない。あなたたちきょうだいは、お互《たが》いを食べさせてきた。そして、狼《おおかみ》から離《はな》れようとした。この世界でわたしたちがお互《たが》いのためにできるのは、狼《おおかみ》を近づかせないようにすることだけ。そして、わたしの家にあなたに分けられる食べ物があるなら、わたしはうれしい。心からうれしい。そして、それがこれからもありますようにと祈《いの》るの。

ああ、泣かないで」奥《おく》さんはそう言って、親指であたいの涙《なみだ》をぬぐった。でも奥《おく》さんがぬぐうそばから、また涙《なみだ》が噴《ふ》き出した。「あなたの心が不安と心配でいっぱいなのはわかるわ。でも、きょうは結婚式《けっこんしき》。お祝いをする日。きょうだけは、この家に悲しみをもちこむのはやめましょうね。さあ、すわって、食べなさい。しばらく休んでいてもいいのよ。でも疲《つか》れていないなら、下におりて、わたしたちを手伝って。まだ仕事はいっぱいあるわ。とても楽しい仕事よ。花嫁《はなよめ》と花《はな》婿《むこ》のために柱を立てて、布を張って、天蓋《てんがい》をつくるの。それから料理をテーブルにならべて……。あとは、みんなで料理を食べて、ダンスを踊《おど》る。狼《おおかみ》が入ってくることはない。そして、あしたのことは、あした考えればいいわ」

あたいはなにも言わずにうなずいた。なにも言えなかった。マンデルスタムの奥《おく》さんはにっこり笑って、あふれる涙《なみだ》をまたぬぐってくれた。でもすぐにぬぐうのをあきらめて、ポケットからハンカチを取り出して、渡《わた》してくれた。そしてもう一度だけ、あたいのほおに触《ふ》れて、部屋から出ていった。セルゲイとステフォンがテーブルについて食べ物を見つめていた。スープとパンと卵料理。あたいも円いテーブルにつくと、ステフォンが言った。「食べ物って、だれかの魔法《まほう》だね。姉ちゃんが食べ物をうちに持ち帰ってきてくれたころ、おいらは気づいてなかった。ただ腹に入れることだけ考えてた」

あたいは、ふたりの弟に手を差し出した。片方の手をセルゲイに、もう片方の手をステフォンに。ふたりが握《にぎ》り返してきた。弟たちもお互《たが》いに手をつないだ。三人で輪をつくり、お互《たが》いの手をぎゅーっと握《にぎ》りしめた。あたえられた食べ物を囲んで、あたいと弟ふたり、三人のきょうだい。

この部屋に狼《おおかみ》はいない。

朝になって、ミルナティウスがベッドのカーテンを勢いよくあけると、召使《めしつか》いたちがすぐさま動きはじめた。わたしはまだベッドの上に起きあがってもいなかった。召使《めしつか》いが熱いお茶をトレーにのせて運んできた。それと温かいパン、バターとジャム、べつの皿には厚く切ったハムとチーズ。農家の食事をほんのちょっとましにした程度だが、この家でできるせいいっぱいのもてなしにちがいなかった。ミルナティウスは顔をしかめ、ろくに口をつけなかった。わたしは食欲がなかったけれど、無理して食べた。贅沢《ぜいたく》な刺繡《ししゅう》入りのガウンをはおった彼《かれ》の姿を、その手や口もとを見てしまわないように、目を伏《ふ》せていた。煖炉《だんろ》の火が片側のほおに熱かった。でももう片方も同じくらい熱かった。わたしのふとももに触《ふ》れた彼《かれ》の指の感触《かんしょく》が何度もよみがえった。銀の指輪も体のほてりを鎮《しず》めてはくれなかった。

ミルナティウスが沐浴《もくよく》を求め、煖炉《だんろ》の前に浴槽《よくそう》が運ばれ、ふたりの若い娘《むすめ》が彼《かれ》の体を洗いはじめても、わたしは耐《た》えた。娘《むすめ》たちの手が彼《かれ》の体の上で動くのを見つめないように、胸の内に湧《わ》きあがる嫉妬《しっと》とおぼしきものを追いはらおうと努めた。

彼《かれ》を恨《うら》めしく思ったわけではなく、彼《かれ》がわたしの胸にかきたてるものが恨《うら》めしかった。これは、わたしが触《ふ》れることを許す男性に、わたしを心から求める男性に、つまりほんとうの夫になりうる人に対して覚えるべき感情ではないだろうか。脚《あし》に触《ふ》れられるのなら、予期せぬ贈《おく》り物をあたえられる喜びの震《ふる》えを感じたかった。湯浴《ゆあ》みする人を見てほおを赤らめ、それをうれしいと感じたかった。でもわたしは彼《かれ》から目をそらす。それは、今夜みずから望んで、この人をスターリク王との戦いに投げこむからだ。そして、スターリク王もろとも葬《ほうむ》り、そのあとは自分の父親ほども歳《とし》の離《はな》れた、粗野《そや》な男と結婚《けっこん》しようともくろんでいるからだ。

マグレータが果敢《かかん》にも、櫛《くし》とブラシを持って部屋に入ってきた。わたしの肩《かた》に置かれた彼女《かのじょ》の両手が震《ふる》えていた。わたしには答えにくいことを尋《たず》ねたいのかもしれない。ずっと以前、彼女《かのじょ》は男女のあいだで行われる行為《こうい》について、手短にたんたんと教えてくれた。そのころはまだ幼くて、なんだかばかげたこと言うと思ったし、言われたとおり、結婚《けっこん》まで男の人とはそんなことはしないと素直に誓《ちか》うこともできた。そのあとマグレータは、「どんな男性であろうと、ふたりきりになってはいけませんよ、イリーナさま」と、わたしの髪《かみ》をなでながら言った。きっとマグレータも遠い昔にだれかから教えられ、それをわたしにくり返しているのだろうと思った。彼女《かのじょ》は、その教えにずっと従ってきたのだろう、と。

それからまた何年かたって、わたしが公爵令嬢《こうしゃくれいじょう》にとっての結婚《けっこん》がどういうものかを――なぜ男性とふたりきりになって道を踏《ふ》みはずすことが許されないのかを――理解できるほどおとなに近づいたころ、マグレータは、まるで慰《なぐさ》めのように、またべつの教えを授けてくれた。それは一種の務めであり、そんなに悪いものではなく、ほんのつかの間で終わる、そんなには痛くはない、痛いのは最初だけなのだ、と。

慰《なぐさ》めのように言われたことを真に受けるほどわたしはもう子どもではなかったので、きっと彼《かの》女《じょ》は嘘《うそ》をついている、嘘《うそ》をついているという自覚もなく嘘《うそ》をついているのだと理解した。ひょっとしたら、それは毎回痛いか、とんでもなく痛いか、あるいは何年にもわたって痛いか……いやな予測がつぎつぎに頭に浮《う》かんだ。なぜそれを知っているの？　とマグレータに尋《たず》ねると、彼女《かのじょ》はほおを染めてうろたえながら言った。「だれでも知っていることですよ、イリーナさま。そうですとも、だれでも知っています」つまりそれは、彼女《かのじょ》が直接知っているとはかぎらないということだった。

でもいまになって、なぜマグレータがどんな男性ともふたりきりにならないことをわたしに誓《ちか》わせたのか、わたしが公爵令嬢《こうしゃくれいじょう》だからというほかにも理由があったのではないか、そんなことを考えはじめている。彼女《かのじょ》もこんな飢《う》えを感じたことがあったのではないだろうか。もしそうなら、この飢《う》えをどうやって癒《い》やしたのだろう？　口にパンの塊《かたまり》を無理やり押《お》しこんで、災厄《さいやく》の種を呑《の》みこむことを避《さ》けたのだろうか。

椅子《いす》にすわったわたしの髪《かみ》を、マグレータの手がていねいに三つ編みに編んでいった。わたしは両手をひざの上で握《にぎ》りしめた。煖炉《だんろ》の炎《ほのお》の明かりで、銀の指輪が黄金色に輝《かがや》いている――わたしの夫の肌《はだ》のように。しずくを垂らしながら浴槽《よくそう》から出てきたミルナティウスの体は、琥珀色《こはくいろ》に輝《かがや》いていた。

彼《かれ》は大きな煖炉《だんろ》の前に彫像《ちょうぞう》のように立っていた。わたしの目の前で、娘《むすめ》たちがやわらかな布で彼《かれ》の濡《ぬ》れた体をふいた。そのちょっと情のこもった手つきを、わたしは気にしないようにした。

ふたりの娘《むすめ》はどちらも美しい。皇帝《こうてい》の目を楽しませるために、美しい娘《むすめ》が選ばれているのだ。にもかかわらず、ミルナティウスは、馬が身震《みぶる》いでハエを追いはらうように肩《かた》をふるわせ、いらだった声で「早く服を」と言った。娘《むすめ》たちがさっと手を引くと、宮廷《きゅうてい》からついてきた従者が彼女《かのじょ》らをしっしっと追いはらった。従者が両手にかかえた服は、シルクとベルベットを重ねており、わたしの父の鎧《よろい》を思わせた。父は鎧《よろい》にどんなしわもゆがみも出ないように、つねに厳しく目を光らせていたものだ。

わたしはすでにドレスを着ていた。ミルナティウスが退去を命じ、召使《めしつか》いたちが彼《かれ》に頭をさげた。ミルナティウスがわたしのほうに向き直ったのは、マグレータが三つ編みに結った頭の上に銀の冠《かんむり》をのせたときだった。召使《めしつか》いたちはしばし言葉もなく立ちつくしてわたしを見つめ、それから全員で深々《ふかぶか》と頭をさげた。ふたりの娘《むすめ》はひざを折る丁重《ていちょう》なお辞儀《じぎ》をすると、布や石けんを入れたバスケットを手に、名残惜《なごりお》しげに去っていった。

ミルナティウスはそんな使用人たちを、納得いかない憤慨《ふんがい》の面もちで見ていたが、壁《かべ》に寄せてあった荷物のなかからいきなりスケッチブックを取り出すと、椅子《いす》に腰《こし》をおろすこともなく、わたしの顔をふたたび怒《いか》りにまかせて、あっという間に描《えが》きあげた。彼《かれ》は、浴槽《よくそう》からバケツで湯を汲《く》み出そうとしている召使《めしつか》いのひとりを捕《つか》まえて詰問《きつもん》した。「これを見ろ！　これは美しい顔か？」哀《あわ》れな召使《めしつか》いはたいそう驚《おどろ》いて絵を見たが、当然ながら、皇帝《こうてい》の意向にかなう答えをさぐろうと必死になった。彼《かれ》は絵をじっと見つめて言った。「皇后《こうごう》さまですね？」わたしをさっと見あげ、また絵に視線をもどし、最後はすがるように皇帝《こうてい》を見つめた。

「どうなんだ？」ミルナティウスが問いつめる。「美しいのか、そうでないのか？」

「は、はい……お美しいかと」召使《めしつか》いは蚊《か》の鳴くような声で言った。

ミルナティウスが歯ぎしりした。「なぜだ？　どこが美しい？　よく見て、答えろ。ぼくの求める答えなんか、いちいち考えるな！」

召使《めしつか》いはつばをごくりと呑《の》んだ。すっかりおびえきっていた。「皇后《こうごう》さまのお顔そのままではありませんか？」

「そう、なのか？」と、ミルナティウス。

「は？　はい、まったくそのままです」ミルナティウスが彼《かれ》のほうに一歩《いっぽ》踏《ふ》み出すと、あわてて断定する。「ですが、わたしには判定などくだせません。皇帝《こうてい》陛下、どうぞお許しください！」あとは頭をさげるばかりだ。

「彼《かれ》を解放してあげて」わたしは、彼《かれ》がかわいそうになって、口をはさんだ。「代わりに、あのボヤールに訊《き》いてみてはどう？」

ミルナティウスはわたしをにらみつけたが、手を払《はら》って召使《めしつか》いをさがらせた。その後、彼《かれ》は玄《げん》関口《かんぐち》で、この家の主人であるボヤールに、同じ絵を両手で突《つ》き出した。すでに皇帝《こうてい》一行のそりがならび、お付きの者たちが集まっていた。ボヤールとその奥方《おくがた》は絵を見つめ、奥方《おくがた》が絵に触《ふ》れながら言った。「なんという お美しさでしょう」

「なぜだ？」ミルナティウスは彼女《かのじょ》をきっとにらんだ。「どこがそんなにいい？　どんなところが？」

奥方《おくがた》は驚《おどろ》いたようにミルナティウスを見つめ、また絵を見て言った。「どこが……とても言いきれません。でもこうして見ると、まさしく皇后《こうごう》陛下のお顔です」ほほえんでつづけた。「あなたのお目に映るとおりです」彼女《かのじょ》はやさしさと善意から言ったにちがいない。だがミルナティウスは、奥方《おくがた》の手に絵を残したまま、怒《いか》りで息を荒《あら》らげながらそりに乗りこんだ。

旅の道中、彼《かれ》は十数回もわたしを絵に描《か》いた。ひとつ描《えが》いてはつぎを描《えが》き、角度を変えてまた描《えが》いた。かりかりしながら、わたしのあごをつかんであっちを向かせこっちを向かせ、あらゆる角度から描《えが》こうとした。わたしは彼《かれ》のなすがままになった。望んだわけではないが、ミルナティウスの声を殺した慟哭《どうこく》を何度も思い出した。スケッチブックが絵で埋《う》まると、彼《かれ》はそれを従者や、その午前中に休憩《きゅうけい》のために立ち寄った館《やかた》のボヤールに見せた。ヴィスニアに着いたのは、正午を少し過ぎたころだった。そりがわたしの父の屋敷《やしき》の玄関《げんかん》階段に近づくと、ミルナティウスは、そりが停《と》まるのも待たずに飛びおり、挨拶《あいさつ》もせず、父に向かってスケッチブックを突《つ》き出し、荒々《あらあら》しく言った。「どうだ？」

父はゆっくりと絵をながめた。剣《けん》の握《にぎ》りダコのある太い指でページをめくるうちに、その顔に奇妙《きみょう》な表情が浮《う》かんだ。わたしは召使《めしつか》いの手を借りて、そりからおりた。義母ガリナが両手を開いてわたしを出迎《でむか》え、わたしたちはお互《たが》いのほおにキスをした。身を起こすと、父がスケッチブックの最後のページの絵に見入っていた。その絵は、雪をかぶった森の木々を見つめるわたしの横顔を、まつげと、くちびるの半分と、髪《かみ》の流れだけの線描《せんびょう》でとらえ、背景としてそりのふちの曲線と木々も描《えが》かれていた。父が言った。「娘《むすめ》には彼女《かのじょ》の亡き母の面影《おもかげ》が出てきたようです」そう言ってスケッチブックを皇帝《こうてい》に返すと、唇《くちびる》を引き結び、わたしのほうを向いて両ほおにキスをした。

皇帝《こうてい》とわたしは、この屋敷《やしき》のいちばん大きな寝室《しんしつ》をあてがわれた。それまでこの寝室《しんしつ》で眠《ねむ》ったことはなかった。ただ、子どものころはお客がいないときだけ、そっとなかをのぞき見るのをマグレータが許してくれた。いつ見ても、とにかく大きくて印象的な部屋だった。窓台が彫刻《ちょうこく》をほどこされた石でかたちづくられ、一カ所は森と川に臨むバルコニーになっていた。「ここは、前公爵《こうしゃく》夫人のお部屋だったのですよ」以前にマグレータが教えてくれた。壁《かべ》にタペストリーが飾《かざ》られており、マグレータはその修繕《しゅうぜん》を手伝っていた。幼いわたしの裁縫《さいほう》の技術ではそこに加われなかったけれど、ベッドにおかれたベルベットの枕《まくら》に小さな刺繍《ししゅう》をしたことならあった。ベッドを支える、大きなかぎ爪《づめ》のついた脚《あし》のかたちがお気に入りだった。先代公爵《こうしゃく》の紋章《もんしょう》にクマが使われていたので、脚《あし》にもクマのかぎ爪《づめ》を彫刻《ちょうこく》した家具がいくつか残されていたのだ。けれどもその部屋が、皇帝《こうてい》の壮麗《そうれい》な宮殿《きゅうでん》を見たあとでは、急にせまく小さく、息苦しく感じられた。召使《めしつか》いたちが荷物を部屋に運びこんでいるあいだ、わたしはバルコニーに出た。冷たい風がほおに心地よかった。すでに昼下がりだった。マグレータが、収納箱《チェスト》を運ぶ召使《めしつか》いたちに小言を言いながら、部屋に入ってきた。彼女《かのじょ》は静かにわたしの前に立つと、わたしの片手をとり、両手ではさんで甲《こう》をなでた。

召使《めしつか》いたちが出ていくと、わたしたちはつかの間、ふたりきりになった。わたしは声をひそめて言った。「モシェル氏の家をさがしてくれる召使《めしつか》いをだれか見つけて。ユダヤ人街のどこかよ。そこで今夜、結婚式《けっこんしき》の祝宴《しゅくえん》があるの。御者《ぎょしゃ》に道を教えなければならないわ。それから、結婚式《けっこんしき》の贈《おく》り物をみつくろっておいて」

「はい、イリーナさま」マグレータも、不安をにじませながら、声を落として言った。わたしの片手を自分のほおに引き寄せてキスをすると、頼《たの》んだことを手配するために部屋を出ていった。

ミルナティウスの衛兵のひとりが入ってきた。コロンの宮殿《きゅうでん》からついてきた兵士のひとりで、彼《かれ》にとってわたしは公爵《こうしゃく》の娘《むすめ》ではなく、皇后《こうごう》だ。わたしが視線を向けると、彼《かれ》は深く一礼したのち、その場でわたしの命令を待った。「父のところへ行って、わたしが会いたがっているとつたえてほしいの」

「はい、ただちに」弦《げん》を鳴らすような深い響《ひび》きをもつ声で答えると、彼《かれ》は部屋を出ていった。

父はわたしのいる部屋までみずから足を運んだ。扉《とびら》のそばに立つ父を、わたしはバルコニーから振《ふ》り返り、背すじを伸《の》ばして見つめた。父の視線もわたしに注がれていた。あのいつもの、娘《むすめ》の価値を厳しく見定めようとするまなざしだった。父は部屋を横切って、冷たい石のバルコニーの上に立つわたしのところまでやってきた。ここからは、ほぼ切れ目なくつづく白一色の森と、雪に覆《おお》われた田園地帯にゆるい曲線を描《えが》く、凍《こお》りついた川が見える。「今年の収穫《しゅうかく》は期待できそうにありませんね」わたしは言った。

父が呼び出されたことにいらだち、辛辣《しんらつ》なことばを返してくるのではないかと思った。たとえ予想外に有用だったとしても、わたしはいまも父にとって戦略上のコマのひとつに過ぎないし、娘《むすめ》をそう見なす父にわたしのほうから一矢《いっし》報いようとも思っていない。だが意外にも父は「ああ、畑のライ麦が枯《か》れはじめているようだ」と言っただけだった。

「出費が増えて申し訳ないのですが……わたしと皇帝《こうてい》がここにいるあいだに、一組の結婚式《けっこんしき》をあげさせたいのです」わたしは用件を切り出した。「ウーリシュ公令嬢《れいじょう》ヴァシリアと、ミルナティウスのいとこのイーリアスを結婚《けっこん》させようと考えています」

父は沈黙《ちんもく》し、わたしを見すえながら頭のなかで考えをめぐらしたのち、ゆっくりと言った。

「なんとかしよう。ヴァシリアがここに着いてから、どのくらいの時間をおいて？」

「着くやいなや」わたしは答えた。わたしと父はお互《たが》いを見つめた。父がわたしの計画を完全に理解しているのがわかった。

父は片手で口もとをさすりながら、しきりと考えている。「司祭には伝えておく。教会に待機し、ウーリシュ公一行が街の門を通過するのを待つようにと。この屋敷《やしき》は客で満杯《まんぱい》になるだろうが、わたしたちの寝室《しんしつ》を彼《かれ》らに譲《ゆず》ろう。妻は二階の女たちの部屋で眠《ねむ》ればいいし、わたしは続きの間《ま》を甥《おい》のダリウスと分け合えばよい。皇帝《こうてい》の随行者《ずいこうしゃ》たちにも、いくらか不便な思いをさせるかもしれないが」

わたしはうなずいた。ウーリシュ公が貴重なひとり娘《むすめ》を結婚《けっこん》させまいと逃《に》がすことは、これでまず心配しなくていいだろう。

「カジミール公も訪ねてくるのか？」父が少し間をおいて尋《たず》ねた。父の目がまだわたしを見つめ、反応をうかがっている。

「カジミール公の到着《とうちゃく》は、残念ながら、結婚式《けっこんしき》の翌日になるそうです」わたしは言った。「手紙を託《たく》した使者の馬に不都合があり、コロンを発《た》つのが遅《おく》れたので」

父の視線が部屋のなかにふたたび向いた。召使《めしつか》いたちはまだ仕事をしているが、バルコニーの近くにはだれもいない。「夫君の健康はどうだ？」

「まずまず良好です。ただし彼《かれ》には……気の病があって。おそらくは、母親の悲惨《ひさん》な最期が尾《お》を引いているのでしょう」

父は押し黙《だま》り、眉根《まゆね》をきつく寄せた。「つまり世継《よつ》ぎは……望めそうにないと？」

「これまでのところは」と、答える。

父は長く沈黙《ちんもく》した。が、意を決したように言った。「カジミール公が到着《とうちゃく》したら、彼《かれ》と内密に話をつけよう。あの男は愚《おろ》か者ではない。分別もある、よき軍人だ」

「うれしく思います。彼《かれ》のことをお父さまがそのように評価してくださるのなら」

父が片手を差し出し、わたしのほおに触《ふ》れた。まったく予期せぬことだったので、わたしはただ驚《おどろ》き、動かずじっとしていた。父は声を抑《おさ》えて、しかしきっぱりと言った。「イリーナ、わたしは、おまえを誇《ほこ》りに思う」父の手が離《はな》れていった。「おまえと、おまえの夫君は、今夜の晩餐《ばんさん》に出席するのか？」

「いいえ、今夜は」わたしは一拍《ぱく》おいて答えた。言葉に詰《つ》まった。父に、わたしを誇《ほこ》りに思ってほしいなんて、考えたこともなかった。そんなことがありうるとも思わなかったし、それが自分にとって重要なことだとも見なしていなかった。わたしは、どうにか話をつづけた。「もうひとつの件があって……それは、まったくべつのことなのですが」

父はわたしの顔を見つめながら、うなずいた。「話してみなさい」

わたしは沈黙《ちんもく》し、召使《めしつか》い全員が部屋からいなくなる短い時間を待った。そして言った。「この終わらない冬は、スターリクがつくり出しています。彼《かれ》らはわたしたちすべてを凍《こお》りつかせようとしています」父が身を堅《かた》くするのがわかった。父の人さし指がわたしの銀の冠《かんむり》からさがる細い鎖《くさり》に向かって伸《の》びた。その目は冠《かんむり》を見つめている。「スターリクの王は、この夏もずっと雪を降らせるつもりです」

父の険しいまなざしがわたしを射った。「なぜ?」

わたしは首を振《ふ》った。「わかりません。でも、それを止める方法はあります」このふたりきりの短い時間に、わたしは今夜の計画を手短に打ち明けた。政治の話なら、あからさまなことばを使わなくても、父とは理解し合えたし、父が誤解しているのではないかと案ずることもなかった。けれど、冬の王と炎《ほのお》の魔物《まもの》のことを話すとなるとべつだった。この世ならざる者たちは、災いの種をまくためにこの世界を通り過ぎていくときと同じように、わたしのことばのあいだもやすやすとすり抜《ぬ》けた。説明を急いだのは、盗《ぬす》み聞きを恐《おそ》れたからだけではなく、わたし自身が急いで終わらせてしまいたかったからだ。バルコニーから見える街を守る石壁《いしかべ》、矢狭間《やはざま》や石落としなどの堅固《けんご》な守り、石壁《いしかべ》のいただきを覆《おお》うまぶしい雪、この確かな現実を前にして、自分の話はばかげているように聞こえてしまうのではないかと不安だった。

けれども父は熱心に耳を傾《かたむ》け、ばかを言うなとも、ありえない話だとも言わなかった。話し終えたわたしに、父は言った。「街の周壁《しゅうへき》の南の端《はし》に、かつて塔《とう》があった。ユダヤ人街の近くだ。

この街を攻め落とすとき、われわれはその塔《とう》を破壊《はかい》した。その後、壁《かべ》をつくり直し、地下室と塔《とう》の外側の土台だけ残し、土で覆《おお》いつくした。そして腹心の部下ふたりとわたしとで、この屋敷《やしき》の地下室から塔《とう》の地下室につながる地下通路を掘《ほ》った。まだ街のあちこちで戦いの火が燃えているころだった」わたしは父にうなずいた。父は、敵に街を包囲されたときの逃《に》げ道をつくろうとしたのだ。先代公爵《こうしゃく》はそれを用意していなかった。「一年に一度、わたしは夜半にその地下通路を歩いて塔《とう》の地下室まで行き、またもどってくる。今夜、わたしはその地下通路をひとりで行き、そこでおまえを待とう。壁《かべ》の外側で。銀の鎖《くさり》は持っているか？」

「はい」と、答える。「わたしの宝石箱のなかにすでにおさめてあります。炎《ほのお》の輪をつくるための、大きなろうそくも十二本」

父がうなずく。先刻よりおおぜいの召使《めしつか》いが部屋に入ってきて、わたしたちはまた沈黙《ちんもく》した。そのあいだに、新たなふたつの箱が荷解きされた。箱のなかからベルベット、絹、錦織《にしきおり》などの贅《ぜい》をこらした服がつぎつぎとあらわれた。父の視線はその作業に向いているが、ほんとうに見ているわけではない。父は、頭のなかで絡《から》み合った糸を、周到《しゅうとう》な注意深さと根気強さをもって、ひとつのもつれからつぎのもつれへと糸をたどりながら、ゆっくりとほどいている。わたしにはそれがわかる。召使《めしつか》いたちが引きあげたところで、父に尋《たず》ねた。「なにをお考えでしたか？」

少し間をおいて、父が言った。「いいか、イリーナ。人はこの土地に長く住みつづけてきた。

わたしの曾祖父《そうそふ》は、この街に近い土地で農園を営んでいた。スターリクは森を支配し、黄金に強欲だった。冬の猛吹雪《もうふぶき》とともにスターリクの騎士《きし》たちがあらわれ、黄金を奪《うば》った。しかし彼《かれ》らはけっして春の到来《とうらい》をじゃましようとはしなかった」父が冷ややかな澄《す》んだ目でわたしを見つめた。わたしになにかを警告しようとしている。「それがなぜかを、知っておくべきだろうな」

スターリク王と約束を交わしはしたが、まだ気を抜《ぬ》いてはいけないと思っていた。あの保管室で味わった焦《あせ》りと恐怖《きょうふ》がまだ残っていた。それでも疲《つか》れきっていたので、浴槽《よくそう》につかるとすぐに眠《ねむ》りに落ちた。眠《ねむ》りたいだけ眠《ねむ》ってもかまわないはずなのに、うとうとしながら見た浅い夢のなかで、あたしは祖父の屋敷《やしき》の広間の入口に茫然《ぼうぜん》と立っていた。広間はからっぽ。明かりも薄暗《うすぐら》く、あたしのかたわらでスターリク王が嘲《あざけ》るように言った――「日付をまちがえたようだな」。

あたしは戦慄《せんりつ》し、がばっと起きあがった。すっかり目覚め、心臓がどきどきしている。一瞬《いっしゅん》、頭が混乱して、目の前にある壁《かべ》を見た。しかし、それはもう透《す》きとおっていなかった。のっぺりとした白だ。あたしは浴槽《よくそう》から出て、よろよろと歩き、体にシーツを巻きつけた。よく見れば、変化したのは壁《かべ》ではなかった。世界がことごとく白くなっていたのだ。森は深く雪にうずもれ、松は小さな尖端《せんたん》だけをのぞかせているが、濃緑色《のうりょくしょく》の針葉を茂《しげ》らす枝はどこをさがしても見つからない。川もまた白い毛布の下に完全に隠《かく》れてしまった。頭上にほとんど真珠《しんじゅ》のような白さの空が広がっている。

あたしはしばらく、シーツを胸の前でかき合わせたまま、その光景を見つめた。きっと故郷の町にもヴィスニアにも、雪が降っているだろう。ふいに背後から召使《めしつか》いのひとりが声をかけた。

「お召《め》しものを用意いたしました」

フレクもソップもソーファもいなかった。身のまわりの世話をするのは、いまからは三人より位《くらい》の低い召使《めしつか》いの仕事なのだ。それでも、三人は出ていく前に必要なことをすべて手配してくれた。ソーファはほかの御者《ぎょしゃ》に、旅のためのそりを用意させた。おおぜいの召使《めしつか》いが集められ、これまでとは異なる静けさと迅速《じんそく》さで、あたしのために動いてくれた。なんらかのささやきやうわさが、すでにこの王国のなかをひとめぐりして、あたしに対する見方が変わったかのように。

召使《めしつか》いが、厚手の白い絹で仕立てたドレスと白の錦織《にしきおり》の地に銀糸で刺繍《ししゅう》した上着をもってきた。上着には銀のレースの高襟《たかえり》がつき、肩《かた》まわりに透明《とうめい》な宝石がちりばめられている。そして、頭には金の冠《かんむり》がのせられた。なんとも取り合わせが悪い。でも鏡をのぞくと、銀の糸がつぎつぎに金に変わっていき、ついにはドレスの裾《すそ》の刺繍《ししゅう》まで金糸に変わっていくのが見えた。まわりにいた女性たちがドレスから手を引き、あたしの顔から目をそらす。

しかしこれでも、バシアの結婚式《けっこんしき》ではものすごく浮《う》くことになるだろう。どこかのだれかさんが金に糸目をつけず、おのれの趣味《しゅみ》を全開にした風変わりなお人形のよう。でも、召使《めしつか》いにほかのドレスにしてとは言わなかった。あたしはスターリク王を結婚式《けっこんしき》の客として連れていき、その祝宴《しゅくえん》のさなかに命を奪《うば》おうとしている。なにを着ているかなんて、どうでもいいことだ。そして幸運にも今夜、生きたまま、ドレスも無傷のままで逃《に》げのびることができたなら、ドレスをどこかの貴族に売って、そのお金を自分のほんとうの結婚《けっこん》の持参金にしよう。日の照る世界でも銀を金に変える魔法《まほう》が使えるとは思えないけれど、それでもこのドレス一式があれば、あたしはお金持ちになれる。

冠《かんむり》の重さに負けないように首をしっかり保って、ゆっくりと歩いた。そのおかげで堂々《どうどう》とした歩き方になった。寝室《しんしつ》から出ると、ソップとソーファが待っていた。それぞれが銀でいっぱいになった箱を持っている。多くは小さな装身具、盃《さかずき》がひとつかふたつ、フォークやナイフ、皿、銀貨もある。ふたりは服も淡《あわ》い象牙色《ぞうげいろ》のものに替《か》えていた。ソップは以前の服の金ボタンを新しい服に付け替《か》えていた。ほかの召使《めしつか》いたちがふたりにお辞儀《じぎ》すると同時に、ちらりと横目を使った。

遅《おく》れてフレクがあらわれた。先のふたりと同じように象牙色《ぞうげいろ》の服を着て、箱をもっている。そして彼女《かのじょ》のかたわらには幼い少女がいた。スターリクの少女だ。あたしはここへ来て初めて子どもを見た。あたしの目には、おとなのスターリク以上に子どものほうが奇妙《きみょう》に見えた。ほっそりとして、氷のようで、ほとんど透明《とうめい》と言ってもいいほどだ。濃《こ》い青の血管や影《かげ》が、氷の層のように薄《うす》い皮膚《ひふ》の下に透《す》けて見える。まわりにいるスターリクのおとなたちが雪の丘《おか》だとすれば、少女はまだ降雪を知らない氷の芯《しん》のようだ。その子はなにも言わないけれど、好奇心《こうきしん》で目を見開いて、あたしを見あげた。

「モロテヒラキテ。わたくしの娘《むすめ》です。この子もあなたの〈きずなのしもべ〉です」フレクがおだやかに言い、娘《むすめ》の肩《かた》に触《ふ》れた。その子は上体をていねいに傾《かたむ》けてお辞儀《じぎ》をした。手には小さな美しい銀の首飾《くびかざ》りを持っている。特別な愛着があって、ほかの銀といっしょに箱に入れられなかったのだろう。あたしはいちばん先に、その首飾《くびかざ》りに手を伸《の》ばした。

ほんの少し意識を込《こ》めるだけで、暖かな金色が首飾《くびかざ》りに広がった。少女は鈴《すず》の鳴るような喜びのため息を洩《も》らした。そのため息の音色のほうが、あたしにはよっぽど魔法《まほう》のように思えた。そのあとゆっくりと、フレクの箱の銀の小さな山に取りかかった。筋肉をわずかに動かすくらいの労力で、たちまちすべての銀が炎《ほのお》のような黄金色に変わった。いまなら、あんな策を弄《ろう》しなくても、三つの保管室の銀貨を一気に金に変えられそうな気がした。ソップとソーファの銀も金に変えた。ふたりとも、こんなにたやすくできてしまうことに、とくに驚《おどろ》いてはいなかった。あたしは三人に尋《たず》ねた。「ここでは、ありがとうと言うのは許されないこと？　それとも無作法なこと？」

「あなたがあたえてくださるものを、わたしたちが拒《こば》むことはありません」三人で顔を見合わせたあとに、ソップが少し思い悩《なや》むように言った。「ただ、日の照る世界のことはこんなふうに聞かされてきました。そこでは、見返りをあたえられない空虚《くうきょ》さを埋《う》め合わせるために、お互《たが》いに感謝を伝え合うのだと。あなたはすでに、わたしたちが生涯《しょうがい》あなたに仕えて返すしかないほど大きなものをあたえています。あなたの声でわたしたちに名前をあたえ、わたしたちを高い位《くらい》に引きあげ、わたしたちの手を黄金で満たしました。そのうえどうして感謝を伝えようとなさるのですか？」

あたしは、彼《かれ》らに名前をつけたことが贈《おく》り物だなんて、これっぽっちも思っていなかったけど、ソップに問われて、自分にとって感謝を伝える意味はなんなのだろうと考えた。たんなる礼儀作法《れいぎさほう》ではないはずだ。悪い夢から抜《ぬ》けきれないまだ羊毛が詰《つ》まっているみたいな頭で答えをしぼり出そうとした。「ええと……お礼を言うのは、そう、お礼というのが信用貸しみたいなものなの」

あたしはふいに祖父の商売を思い出してつづけた。「贈《おく》り物をもらえば、お礼を言う。つまり、だれかが自分にあたえられるものをあたえてくれるから、それを受け取って、いつか自分にあたえられるものが必要とされるときには、それでお返しをする。もちろん、ずるい人も、借金を返さない人もいるわ。でも、多くの人は利息をつけて借りたものを返す。その場ですぐに返さないかわりに、ちょっとだけ足して返そうとする。ありがとうには、いつかそうしますよ、という気持ちが込《こ》められているの」そして、また付け加えた。「だって、あなたたちは危険を承知でわたしを助けてくれた。だから、たとえあなたたちが貸し借りの勘定《かんじょう》はぴったり合っていると見なしたとしても、あたしはあなたたちが助けてくれたことを忘れないし、あたしにできることがあるなら、喜んでそれをしたいと思っているわ」

三人がまじまじとあたしを見た。フレクが手を伸《の》ばし、娘《むすめ》の頭に添《そ》えて言った。「では、お願いがあります。もしあなたへの借りを越《こ》えていないならですが、この子に真《まこと》の名を授けてくださいませんか？」あたしの心のなかのとまどいが、そのまま顔に出ていたにちがいない。フレクは目を伏《ふ》せた。「父親にあたる男は、この子が生まれたとき、その責任を引き受けませんでした。ですから、この子にはいまだ名前がありません」彼女《かのじょ》は小さな声で言った。「いまなら頼《たの》めば、同意するでしょうけれど、彼《かれ》にはその見返りをわたくしに求める権利はありません。わたくしがもうあたえることを望んでいないのですから」

スターリク王国の法律で結婚《けっこん》がどうなっているのかは知らないけれど、父親であっても父親の役割を放棄《ほうき》する男がいるということは、あたしも知っている。あたしだって、そんな男は願いさげだ。「いいわよ、喜んで。どうすればいい？」と、フレクに尋《たず》ね、彼女《かのじょ》がそれに答えたあと、あたしは幼い少女を手招きした。少女はわたしといっしょに、外を見わたせる透明《とうめい》な壁《かべ》までいっしょに歩いた。そこでわたしは身をかがめ、少女の耳もとでささやいた。「あなたの名前は、リベカ・バト・フレク」〔ヘブライ語で「フレクの娘《むすめ》のリベカ」〕、旧約聖書に由来するユダヤ人らしい名前〕スターリクにとっては、当て推量ではまずたどり着けない名前だろう。

少女の全身が喜びで輝《かがや》いた。体の内側に明かりが灯されたみたいだった。彼女《かのじょ》はフレクのところに駆《か》けもどって言った。「お母さん、お母さん！　あたし、名前があるよ！　名前があるよ！　教えてあげるね！」フレクが床《ゆか》にひざをつき、娘《むすめ》を両腕《りょううで》で抱《だ》きとめ、キスをして言った。「今夜だけは心にしまったまま、あなたの名前といっしょに眠《ねむ》りなさい、小雪ちゃん。あしたの朝になったら、教えもらうわね」

母と子の喜びようを見ているだけで、うれしかった。昼夜を分かたず身を粉にして働いて恐《おそ》ろしい運命をともに生き延びてくれたことに、ちゃんとお返しができたと思えた。もしこの先二度と会えなくなっても、彼《かれ》らが彼《かれ》らの力で幸せに生きていってくれることを心から願った。

彼《かれ》らに対する罪悪感が胸の奥《おく》でうずいていた。あたしの計画が成功したとき、この王国はどうなるんだろう？　王位がからになれば、だれかがまた王位を主張するのだろうか？　あたしが王《おう》妃《ひ》でなくなれば、フレクたちの位もさがってしまうのだろうか？　ああ、どうか最悪でも、貴族のなかで低い位に落ちるだけですみますように。とにかくいまは、日の照る世界に生きる人々のために、覚悟《かくご》を決めて挑《いど》まなければならない。この窓の外に降りしきる雪のなかに、生きながら埋《う》められてしまわないように。

あたしは深く息を吸いこんだ。「そろそろ、行くわ」そう言うのとほぼ同時に壁《かべ》が開き、わが夫が部屋に入ってきた。わが夫……あたしはその人の命を奪《うば》おうとしているのだ。やむにやまれぬ事情だと思おうとしても、心が痛み、彼《かれ》の顔をまともに見られなかった。以前なら、彼《かれ》から目をそむけるのは、その姿がぎらりと光るつららの化身のようで恐《おそ》ろしいからだった。でも、いまはちがう。彼《かれ》が突然《とつぜん》、これまで出会ってきただれかに、そうあまりにも人間のように見えてきたから、目をそむけてしまうのだ。

あたしはさっきまで、あの氷の人形のような少女の手を握《にぎ》っていた。あたしは彼女《かのじょ》の……日の照る世界で言えば名づけ親かそれに近い存在になった。フレク、ソップ、ソーファ。三人の顔も、彼《かれ》らの足もとにおかれた黄金に照らされて、温かみを宿していた。三人の友。あたしを助けてくれた友だち。これからも——それができるなら——あたしを助けてくれる友だち。彼《かれ》らの話し方は杓子定規《しゃくしじょうぎ》で親切じゃないかもしれない。でもどこに問題がある？　彼《かれ》らは親切を行動で示してくれる。それで充分《じゅうぶん》だ。

そんなことを考えていたら、スターリク王の顔に冬の厳しさだけを見ることもむずかしくなった。彼《かれ》は恐《おそ》ろしい異界の魔物《まもの》。あたしの友だちじゃない。日の照る世界を呑《の》みこもうとする一方、氷の刃《やいば》のようにあたしを切り裂《さ》き、あたしのなかから黄金を奪《うば》いつくそうとする。でもいまこの瞬間《しゅんかん》、彼《かれ》は満たされた魔物《まもの》だ。わたしが自分を切り開いて、保管室ふたつ分の金貨で彼《かれ》を満たした。彼《かれ》の誇《ほこ》り高い性格は、その達成にふさわしい見返りをあたえずにはいられない。だから、彼《かれ》はあたしと揃《そろ》いの正装であらわれたのだろう。

スターリク王は、あたしがまるで本物の王妃《おうひ》であるかのように、深く頭《こうべ》を垂れてお辞儀《じぎ》をした。

「それでは、あなたを結婚式《けっこんしき》にお連れしましょう」いきなりていねいな扱《あつか》いを受けて面食らった。冷ややかに、しぶしぶと、恨《うら》みがましく接してくれたほうがずっとましだ。だけど、驚《おどろ》くほどのことでもない。なぜって、契約《けいやく》をとりつける以外、彼《かれ》があたしの望みどおりにしてくれたことなんか一度だってないのだから。

あたしは最後に、わが友人たちを見つめた。身を寄せて別れを告げ、スターリク王のほうに向かった。彼《かれ》といっしょに歩いて、内庭に出た。純白の毛皮が座席にふんわりと山をなすそりが待っていた。ドレスも冠《かんむり》もずっしりと重くて、そりに乗りこむのもひと苦労になるはずだった。ところが、そりのふちをまたごうとするわたしの腰《こし》を、彼《かれ》が後ろからひょいともちあげ、そりに乗せた。

御者《ぎょしゃ》の鞭《むち》のひと振《ふ》りで鹿《しか》たちが勢いよく走りだし、ガラス山の出口を目ざした。ほおに当たる風が強いけれど心地よく、そんなに冷たくもない。たちまち銀の門をくぐり抜《ぬ》け、ガラス山の外に出た。そりの滑走部《かっそうぶ》が道と触《ふ》れ合って生まれる、ささやきのような音。鹿《しか》たちのひづめが打ち鳴らす小気味よいリズム。気づくと、森はすぐ先だった。そりも鹿《しか》たちも新雪の上にかすかな跡《あと》しか残さず、飛ぶように進んだ。半ば雪に埋《う》もれて奇妙《きみょう》に小さくなった木々を縫《ぬ》って、そりは走りつづけた。

スターリク王が日の照る世界への入口を開くために、どんな魔法《まほう》を使うのか、どんな呪文《じゅもん》を唱えるのか、ぜったいに見逃《みのが》すまいと、あたしは彼《かれ》のようすを観察した。しかし、彼《かれ》は首をめぐらし、間近からあたしを見つめた。あたしのほうが魔法《まほう》をくりだすのではないかと怪《あや》しむような目で。そして、出し抜《ぬ》けに言った。「今夜は、あなたの質問には答えられない」

「えっ、なんですって？」ぎくりとして、声がうわずった。一瞬《いっしゅん》、勘《かん》づかれたのかと思った。つまり、あたしの計画を――結婚式《けっこんしき》に行くのは処刑場《しょけいじょう》に行くのも同然だということを――彼《かれ》が知ってしまったのではないかと疑った。でもすぐに、彼《かれ》は思うままを言っただけだと考え直した。

「答えるのが契約《けいやく》だったでしょ！」あたしは言った。

「それは、答えをあなたの権利と交換《こうかん》する場合にかぎる。だがあなたは、答えと交換《こうかん》できるだけのものを、わたしにあたえていない。となれば契約《けいやく》は成立しない。まちがった契約《けいやく》など――」ふいに彼《かれ》が口をつぐみ、顔を前方に向け、ゆっくりと言った。「それともあなたは、わたしへの意《い》趣返《しゅがえ》しのつもりで、あなたの愚《おろ》かしい質問に答えさせていたのか？　わたしの侮辱《ぶじょく》に対する報復として」

彼《かれ》はしばし沈黙《ちんもく》したが、わたしがなにか言い返す前に、突然《とつぜん》、笑いはじめた。雪の上でいっせいにさまざまな鐘《かね》を打ち鳴らすような不思議な笑い声だった。彼《かれ》が笑うなんて思ってもみなかった。あたしは、開きかけた口を閉じた。驚《おどろ》きと怒《いか》りが心のなかで渦巻《うずま》いた。彼《かれ》がいきなりわたしのほうを見て、あたしの手を捕《と》らえ、甲《こう》にキスをした。彼《かれ》のくちびるの感触《かんしょく》が、霜《しも》の張ったガラスに吹《ふ》きかけられる息のように、あたしの手をさっとかすめていった。

いきなりだったので、ことばも出てこなかったし、手を引き抜《ぬ》くことさえ忘れていた。彼《かれ》はきっぱりと言った。「今夜は、あなたに償《つぐな》いをしよう。あなたにどれほど高い価値があるかを、わたしは思い知った。それをあなたに示そう。それをこれからも忘れないし、二度と同じあやまちはくり返さない」彼《かれ》は、もう片方の腕《うで》をそりの外に伸《の》ばし、ひと振《ふ》りした。たちまち、あたりの景色が雪にけぶるように白一色になった。

いったい、なにが起きたの？　彼《かれ》はなにを言いたいの？　あたしたちのまわりにはなにもない、なにも見えない。ただ深い、深い冬があるだけだった。百年の冬。夏の一日に一気に押《お》し寄せる百年の冬。夏がくるたび、スターリクたちはガラス山の奥《おく》に引きこもり、ふたたび冬が訪れるのを待った。でも、こんなふうに長いあいだ春の訪れをじゃますることなど、以前にはできなかったはず……。

百年つづく冬、夏の一日に押《お》し寄せる百年の冬……。口を開こうとすると、胸が苦しくなった。それでも、あたしはしぼり出すように言った。「この冬をつくり出したのは、あなたじゃなかったのね？」

「いかにも」彼《かれ》はまだあたしを見つめていた。汚《よご》れた飼い葉桶《おけ》のなかに宝物を見つけた男の、いかにも満足げな表情で。スタ―リクたちが執着《しゅうちゃく》しつづけてきた宝……黄金の宝。スタ―リクの騎《き》士《し》の襲来《しゅうらい》が増え、彼《かれ》らがますます黄金を奪《うば》っていくようになった……その時期はまさしく、冬が長く厳しくなった時期と重なっていた。そして……そしていまは、大きな保管室ふたつが黄金で満たされている。そこに黄金が山をなし、太陽のように暖かい輝《かがや》きを放っている。スタ―リク王が彼《かれ》の壁《かべ》の奥深《おくふか》くに秘蔵する、冷たい金属のなかに閉じこめられた夏の太陽……。彼《かれ》はそうやって夏を閉じこめる一方、あたしたちの世界を冬という壁《かべ》で囲み、あたしたちの故郷を、家を、雪のなかに埋《う》もれさせようとしている。

彼《かれ》は、まだあたしの手を握《にぎ》ったまま、あたしにほほえむと、御者《ぎょしゃ》のほうを向き、「行け！」と声を張りあげた。そりががくんと傾《かたむ》き、つぎの瞬間《しゅんかん》、あたしたちは白い道に出ていた。ソーファが言っていった〝王の道〟。あたしたちが生まれたときからずっと、暗い森のなかにきらめくことを知っていたスタ―リクの道だ。以前からずっとそこにあったかのように、道は前方につづいていた。振《ふ》り返れば後方にもずっと、見えるかぎり、果てしなく、どこまでもつづいていた。

この世のものとは思えぬ、あの奇妙《きみょう》な白い木々が道の両側にならんでいる。白い葉を茂《しげ》らせ、透明《とうめい》な氷のしずくをたらす大枝。路面は曇《くも》り空のような白と青の入り交じった、なめらかな氷だ。

そりはその上を飛ぶように走りつづけた。ふいに松葉と樹液の香《かお》りが、生きようともがく命の躍動《やくどう》のような香《かお》りが鼻を突《つ》いた。

そして、頭上の白い枝がつくり出す天蓋《てんがい》から透《す》かし見る空に変化があらわれた。灰色の雲が空の青みとともにゆっくりと片側に流れ、もう一方の側から黄金とオレンジ色が、夏の夕空が、冬の森の上に広がっていった。そう、スターリク王国から抜《ぬ》け出し、あたし自身の世界にもどってきたのだ。

スターリク王は、まだあたしの手を握《にぎ》っていた。あたしはあえて、そのままにした。甘《あま》い声で歌って、ホルフェルネス〔旧約聖書外典『ユディト書』で、街を救おうとする寡婦《かふ》ユディトによって首を切り落とされたアッシリアの将軍〕を酔《よ》いつぶしてみせたユディトのことを考えた。ユディトは敵将を討ち取るために耐《た》えるしかなかった。あたしだって我慢《がまん》できる。

あたしはすごく怒《おこ》っていたから、いくらでも冷酷《れいこく》になれた。彼《かれ》には、あたしを手に入れたと、いともかんたんにあたしの心をつかんだと思わせておけばいい。あたしが彼《かれ》のかたわらに王妃《おうひ》として立つ栄誉《えいよ》に目がくらみ、故郷の人々を、家族を裏切ったと思わせておけばいい。なんなら、この道中ずっとあたしの手を握《にぎ》っていてもかまわない。彼《かれ》がわたしにくれた贈《おく》り物——そして、あたしが彼《かれ》に求めた、ただひとつのこと——に対する公正な見返りとして。あたしはもう、彼《かれ》の命を奪《うば》うことに良心の呵責《かしゃく》を感じていなかった。

19 結婚式《けっこんしき》の夜

ユダヤ人街に行ったことのある召使《めしつか》いが、公爵邸《こうしゃくてい》には何人かいました。公爵《こうしゃく》夫人ガリナの侍女《じじょ》、パルミラは、女主人の求めに応じてユダヤ人の宝石店へ装飾品《そうしょくひん》をさがしにいくことがありました。以前のパルミラは、わたくしよりも使用人として位が上でした。わたくしが仕えるイリーナは、公爵《こうしゃく》の亡き前妻から生まれた場所ふさぎの娘《むすめ》にすぎませんでしたから、パルミラときたら、それはもう高飛車な態度でわたくしに接したものでした。

お屋敷《やしき》の営みにとって重要な駆《か》け引きのダンスは、たいていは大広間か寝室《しんしつ》で行われます。わたくしども使用人がそんなダンスを踊《おど》るのは、たいていは狭《せま》い廊下《ろうか》です。けれども、いまのわたくしは皇后《こうごう》にお仕えする身。公爵《こうしゃく》夫人寝室《しんしつ》のつづきの間を訪ねると、宝飾品《ほうしょくひん》を磨《みが》いていたパルミラは、椅子《いす》から立ちあがってわたくしに近づき、両ほおへのキスで出迎《でむか》えました。それから、旅の疲《つか》れは出ていないかと尋《たず》ね、自分の椅子《いす》を壁《かべ》ぎわに寄せて、わたくしをすわらせようとしました。壁《かべ》の反対側に公爵《こうしゃく》夫人の寝室《しんしつ》の煖炉《だんろ》があるので、そこはとても暖かいのです。パルミラが下働きのメイドにお茶を持ってこさせ、わたくしは喜んでその暖かな場所でお茶をいただきました。まあなんと疲《つか》れていたことでしょう。

「あら、銀行家の？」わたくしがモシェル氏の名を出すと、パルミラはすぐに尋《たず》ね返してきました。「どこに住んでいるかまではわからないわ。でも、執事《しつじ》のノリウスなら知ってるはずだわ」そう言って、またメイドに用を言いつけました。「揚《あ》げ菓子《がし》と糖蜜《とうみつ》漬けのサクランボを持ってきて。それから、ノリウスさんに言ってちょうだい。〝親愛なるマグレータがここにいて、あなたをお茶にお誘《さそ》いしてる、長旅のあとのマグレータをわざわざ歩かせるわけにはいかない〟って」

わたくしには、パルミラが頭のなかで駆《か》け引きのダンスをはじめたのがわかりました。彼女《かのじょ》は執事《しつじ》をここまで呼び寄せたい。でも、執事《しつじ》はしぶる。だから、わたくしをだしに、ちょっとした優越感《ゆうえつかん》を味わおうというわけです。わたくしは、そんな使用人どうしのダンスに加わるには年を取りすぎていますから、温かい壁《かべ》を背に椅子《いす》にすわって、熱いお茶を飲んでいました。そしてお替《か》わりの一杯《ぱい》には糖蜜《とうみつ》漬けのサクランボを入れて、甘《あま》いお菓子《かし》も味わいながら、ここまで足を運んでお茶をごいっしょしてくださる執事《しつじ》さまにお礼を申しあげたというわけです。

「モシェル氏の屋敷《やしき》は、ヴァレンカ通りの四軒《けん》目です」ノリウスはわたくしの質問に対して、冷ややかにしゃちこばって答えました。「皇后《こうごう》陛下が、融資《ゆうし》をお求めになっているのなら、わたしが喜んでお役に立たせていただきます」

「融資《ゆうし》？　皇后陛下《こうごう》が、ですか？」わたくしは面食らって尋《たず》ね返しました。イリーナから聞いていたのは、ユダヤ人街に住む人物ということだけだったのです。モシェル氏がユダヤ人の金貸し……？　わたくしの頭に浮《う》かんだのは、小さな店で、小さな丸眼鏡越《まるめがねご》しに、どこかの娘《むすめ》が持ちこんだ母の形見だという銀の指輪をためつすがめつする老人でした。指輪と引き替《か》えに娘《むすめ》に渡《わた》されるのは、その指輪のほんとうの価値に比べたら、はした金ですが、それは娘《むすめ》にとってどうしても要り用なお金です。なぜなら、その金貸しの薄暗《うすぐら》い部屋で自分の順番を静かに待っていた娘《むすめ》は、とある兵士と秘密の逢瀬《おうせ》を重ねたあげくに、闇《やみ》医者にかかるためのお金がどうしても必要になったのです。そう、わたくしが想像したのは、そんなユダヤ人の金貸しでした。そんな金貸しと、この屋敷《やしき》の公爵《こうしゃく》も、もちろん皇后《こうごう》も、取引をするはずがありません。

　ノリウスは、わたくしがものを知った人間であるとは思いたくないようでした。皇后《こうごう》に仕える身となろうが、わたくしは世迷い言で頭がいっぱいの愚《おろ》かなおばあさんで、自分は公爵邸《こうしゃくてい》の信頼《しんらい》厚い執事《しつじ》であると思いたいのです。彼《かれ》は背すじを立て、お菓子《かし》をひと口かじり、わたくしに向かって訳《わけ》知り顔で言いました。「いやいやいや、モシェル氏は銀行家です。実直で、評判もすこぶるよい。戦争のあと、街の壁《かべ》を再建するために融資《ゆうし》を行い、力を尽《つ》くしました。公爵《こうしゃく》閣下も、仕事の件で彼《かれ》を八回ほどこの屋敷《やしき》に招いておられます。そのたびに丁重《ていちょう》におもてなしするように仰《おお》せつかりました。しかしながら、モシェル氏はけっして驕《おご》ることがありません。いつもユダヤ人街から、馬車ではなく、歩いてこられます。家の女性たちも地味な身なりですし、つつましやかな暮らしぶりです。街に貢献《こうけん》しながら、見返りになにかを求めることもありません」

これまでわたくしは、街の壁《かべ》はお金ではなく兵士らがつくったものだとばかり思っていました。しかし考えてみれば、石にも煉瓦《れんが》にも漆喰《しっくい》にも、壁《かべ》をつくる人たちの食事や服にもお金はかかります。でもこれまでなら、そんなお金がいるとしても、どこかの金庫室から——公爵《こうしゃく》かともすれば皇帝《こうてい》の財宝箱から——出てくるのだろう、くらいのことしか考えていませんでした。まさかそれが質素な身なりで、馬車にも乗らない男のふところから出ていたなんて……。

ノリウスは、彼《かれ》にとっての重要人物だけが知る、特別な事柄《ことがら》について話しているのだと印象づけるように身を乗り出し、たいそう意味ありげにこう付け加えました。「もしも身を隠《かく》したいのなら、しかるべき方法があることを、モシェル氏は公爵《こうしゃく》から伝えられているのですよ」また身を起こし、ノリウスは肩《かた》をすぼめ両手を開いてみせました。「しかし、モシェル氏からそのような頼《たの》みごとは、一度としてありません。公爵《こうしゃく》閣下はそれにも満足しておられます。公爵《こうしゃく》閣下はこうおっしゃいました。〝重要な仕事をまかせるのなら、飢《う》えた男より満たされた男のほうがいい。危険を冒《おか》すのは戦場だけで充分《じゅうぶん》だ〟。ですから、皇后《こうごう》陛下がお金を用立てることをお求めならば、わたくしも自信をもってモシェル氏をお勧《すす》めいたします」

「いいえ、そうではありません」わたくしは言いました。「まったくちがう用件、そう、これは女性の用件です。モシェル氏の孫娘《まごむすめ》が以前、イリーナさまに贈《おく》り物をしました。イリーナさまはそれをたいそう気に入られました。ですからこのたび、その方が結婚《けっこん》することになったので、贈《おく》り物のお返しをしたいと考えておられます。わたくしは、その贈《おく》り物を見つくろう役目を仰《おお》せつかったのです」

ノリウスがとまどった顔で、パルミラのほうをちらりと見ました。ふたりとも、わたくしが話を取りちがえていると思ったのでしょう。ええ、わたくしが話をまちがって伝えることがあるのは、よくわかっています。でも、こういう話にしておけばいいと、心のなかで思いました。なんだかもう奇妙《きみょう》なことばかり起きているのですから、これでいいのです。「そう、これから結婚《けっこん》する女性に届ける贈《おく》り物です」少しでも変に思われないように、こう付け加えました。

パルミラの返事は、「はあ、なるほど」と控《ひか》えめなものでした。パルミラもノリウスも、わたくしを問いただすのは遠慮《えんりょ》したようです。以前とはずいぶんちがいます。かつては廊下《ろうか》ですれちがうときでさえ、ふたりの態度は無礼でした。イリーナとわたくしが、公爵令嬢《こうしゃくれいじょう》にはふさわしくない屋敷《やしき》の最上階の、狭《せま》くて寒いつづき部屋に暮らしていた日々、もしそんなときに、ひとりのユダヤ人の娘《むすめ》が、それがなんであろうがイリーナの喜ぶような贈《おく》り物をしたのだとすれば、そのの娘《むすめ》は先見の明があったということです。目の前にいるふたりよりもずっと、ユダヤ人の娘《むすめ》のほうが賢《かしこ》いと言えるでしょう。その娘《むすめ》はやがて花を咲《さ》かせる感謝という種をイリーナの心に植えたのですから。

「では、よいものをさがさなければなりませんね」ノリウスが力を込《こ》めて言いました。それはそうでしょう。イリーナさまの真価をわかっていた者は報われ、無視していたものは罰《ばつ》を受けるのですから。「もちろん、宝石は向かない。お金もよろしくない。もしかすると、家で使えるようななにかが……」

「エディタに相談してみるべきだわ」パルミラが家政婦長の名を出しました。いつも彼女《かのじょ》に頭が上がらないノリウスは、エディタを呼びつけることになってうれしそうでした。そして数分後、エディタが部屋にあらわれました。彼女《かのじょ》は糖蜜漬《とうみつづ》けのサクランボを入れたお茶を飲みつつ、皇帝《こうてい》の宮殿《きゅうでん》のようすをわたくしに尋《たず》ねました。

「老いた女には寒すぎるところですよ」わたくしは言いました。「大きな窓がそこらじゅうにあって！　この壁《かべ》の二倍くらいの高さがあるのです」手で壁《かべ》の端《はし》から端《はし》までを示してつづけます。「このお屋敷《やしき》の大広間のような寝室《しんしつ》があります。六つある煖炉《だんろ》に火を焚《た》かないと、生きたまま凍《こお》ってしまいます。なにもかも黄金でできていて、そう、窓枠《まどわく》も、テーブルの脚《あし》も、浴槽《よくそう》も、なにもかも。メイドが六人がかりで、その部屋を掃除《そうじ》するのです」

聞いていた三人がため息を洩《も》らし、エディタがノリウスに言いました。「だれかは存じあげないけど、その宮殿《きゅうでん》のいっさいがっさいを切りまわす人を、あたくしはうらやましいなんて思わないわ！　なんとまあ手間のかかることかしら！」ノリウスも大真面目な顔でエディタのことばにうなずきます。もちろん、ふたりともうらやましくてしかたないのです。でもそれを認めたくないから、自分たちがお屋敷《やしき》をりっぱに切りまわし、ほかの人間にはその苦労などわからないことをうれしげに確かめ合い、いまの境遇《きょうぐう》に満足したいのです。

でも、このようなおしゃべりもけっして無駄《むだ》ではありません。そのおかげでわたくしたちは、この部屋に長くとどまり、そのあいだ休んでいられます。壁《かべ》の裏側に煖炉《だんろ》があるので部屋はほかほかと暖かく、わたくしたち四人は椅子《いす》を寄せ合って熱いお茶を飲みました。協議しなければならない用件があることは、けっして仕事をさぼっているわけではないという言い訳《わけ》になります。仕事をさぼるような悪い使用人を、公爵《こうしゃく》夫人はお許しになりませんから。

エディタがお茶をちびりと飲んで、記憶《きおく》の糸をたぐるように、わたくしに言いました。「親愛なるマグレータ、テーブルクロスはどうかしら。憶《おぼ》えてる？　ボヤールの娘《むすめ》に届けるはずだった贈《おく》り物のこと。結局、無駄《むだ》に終わったような気がするのだけど。あれはすばらしい手仕事だったわね」

憶《おぼ》えていますとも。そのボヤールは公爵《こうしゃく》のもとで戦った軍人でしたので、りっぱな品物を用意するようにとのお達しでした。そしてあのころは、公爵《こうしゃく》夫人とそのまわりの女性たちは日々の仕事で手いっぱいでした。わたくしは、イリーナが大きくなるにつれ、年月をかけて少しずつ慎重《しんちょう》に、屋敷《やしき》の仕事から手を引くようにしておりました。わたくしはよくこんなふうに言ったものでした。あらあら、申し訳ございません、イリーナさまのお召《め》しものはすべてわたくしが縫《ぬ》わなければならないものですから。そして、エディタからまわされる針仕事を彼女《かのじょ》の期待より少しだけ遅《おく》らせて仕上げるようにしました。すると、仕事の割り当てが少しだけ減りました。

ところが、イリーナが十四歳《さい》になった年、わたくしたちの小さな部屋に、絹の繭《けん》糸《し》を詰《つ》めたバスケットが運びこまれたのでした。エディタがにこにこしながら言いました。イリーナさまにもそろそろ手仕事を覚えていただかなければ。あなたには先生になってもらうわ。一ヵ月以内に仕事をすませるようにお願いしますね、親愛なるマグレータ。

結局、エディタは、わたくしがじょじょに減らそうとしていた仕事を、以前と同じにもどしてしまいました。わたくしはイリーナが眠《ねむ》ったあと、夜更《よふ》けにひとり、指と目を痛めながら絹糸を紡《つむ》ぎました。なぜなら、そのころにはもう、わたくしはイリーナが器量よしではないと気づいていましたから。細くて青白い顔、とがった鼻……。そのうえ、火のそばで眠《ねむ》る時間を削《けず》って糸紡《つむ》ぎをさせて、目を細めたり猫背《ねこぜ》になったりするくせがついては、よけいに器量が落ちるのではないかと心配したのでした。

イリーナにはすばらしい結婚《けっこん》は望めそうにない、と、わたくしはそう思っていました。せめて、どこかのお屋敷《やしき》に嫁《とつ》げないものだろうか。彼女《かのじょ》に苦労をかけさせないなら、うんと年の離《はな》れた男でもいい。高くない階に寝室《しんしつ》があって、イリーナがその家の女主人になれて、そして、わたくしのために小さな部屋もあって。そんなお屋敷《やしき》で、イリーナに子が生まれ、ゆりかごを揺《ゆ》すりながら、赤ちゃんの小さな衣類を編んで余生を過ごせたらどんなにいいだろう……。

わたくしは絹糸を紡《つむ》ぐと、つぎはその細い糸で編み物をはじめました。いちばん細いかぎ針を使って、公爵《こうしゃく》の紋章《もんしょう》に使われている蔓《つる》や花を編みこんでいきます。晩餐《ばんさん》をとる人たちが、そのテーブルクロスを見て、その贈《おく》り主であり彼《かれ》らの庇護《ひご》者でもある公爵《こうしゃく》を思い出してくださるように。けれども、そう、その仕事は無駄《むだ》になりました。熱病のせいです。そのボヤールの娘《むすめ》は、結《けっ》婚式《こんしき》を前にして、熱病で亡くなったのでした。その後、娘《むすめ》の下の弟は公爵《こうしゃく》とはつながりの薄《うす》い家の娘《むすめ》と結婚《けっこん》しましたので、わたくしの手間ひまかけた労作は、紙に包まれて公爵《こうしゃく》夫人の戸棚《とだな》の奥《おく》にしまわれました。そのうち、このような贈《おく》り物が必要になる機会が来るかもしれない、と。

「それはありがたいわ、エディタ。あのテーブルクロスを都合してくれるなら」わたくしは言いました。エディタの申し出は親切であり、同時に贖罪《しょくざい》です。なぜなら、かつてのエディタはわたくしを少しだけ助けるとか、いっそふたりの仕事としてやりとげるとか、そういった知恵《ちえ》をはたらかせようとしませんでした。ですから、つぎに公爵《こうしゃく》夫人がすばらしい贈《おく》り物を必要としたとき、完成したテーブルクロスはもうここにはありません。そのとき贈《おく》り物を差配するのはエディタ。

そして、上の階にいて好き放題にこきつかえる器用な手の持ち主は、もういないのです。

こうしてイリーナは、結婚《けっこん》のお祝いにぴったりの、よい贈《おく》り物を手に入れることができました。彼女《かのじょ》の器量を落とさないよう努めたわたくしの苦労は報われ、彼女《かのじょ》は二階に永遠にとどまって義弟がやがて迎《むか》える妻のための便利な手とならずにすみました。そして父親たる公爵《こうしゃく》は、わたくしが磨《みが》きをかけたつややかな褐色《かっしょく》の髪《かみ》に冠《かんむり》をのせて、彼女《かのじょ》を皇帝《こうてい》のもとへ送りこんだのです。ただ、そこで待ち受けているのが魔物《まもの》だったとは、公爵《こうしゃく》でさえ知るよしもないことでした。

「もちろんよ、マグレータ。あれはあなたの苦労のたまものですもの」わたくしが贖罪《しょくざい》を受け入れたことで、エディタの口はますますなめらかになりました。三人がほほえみかけてきます。ほっとしたのでしょう。ここでまた駆《か》け引きのダンスを踊《おど》るには、わたくしは年を取りすぎ、疲《つか》れきっておりました。それに、わたくしは皇后《こうごう》に仕える身なのですから、堂々《どうどう》としていればよいのです。この屋敷《やしき》の使用人たちの昔のわたくしへの借りなど、もうがつっと回収しなくていい。いや、回収のしようもないでしょう。ああ、かつてイリーナと過ごしたあの最上階の小さな部屋に行けたらどんなにいいか。自分の硬《かた》い椅子《いす》を小さな煖炉《だんろ》に近づけ、ドアをぴったりと閉じられたら……。でも、そんな夢はもうかないません。

お茶の時間が終わると、エディタがくだんのテーブルクロスを出してきましたし、ノリウスはモシェル氏の家に行くためのかんたんな地図を描《か》いてくれました。わたくしはそれらを持って、階段を上がりました。大きな客間にもどると、公爵《こうしゃく》とイリーナがバルコニーに出ていました。ふたりはお互《たが》いを見つめ合っています。灰色の空を背景にした黒っぽい横顔のシルエットが、鏡に映したようにそっくりでした。編み物の模様にも、左右から向き合うように同じかたちを組み合わせるものがあるのですが、それを思い出しました。

ふたりは背の高さも同じくらい。鼻のかたちも同じ……。わたくしは部屋の片隅《かたすみ》で頭《こうべ》を垂れたまま、公爵《こうしゃく》が部屋から出ていくのを待ちました。

「ありがとう、マグレータ」バルコニーからもどってきたイリーナはどこかうわの空で、ベッドの上の紙包みから半ばこぼれたテーブルクロスを見やると、木製の宝石箱を取り出し、ふたを開きました。そのなかには、重々《おもおも》しい銀の鎖《くさり》と十二本のずんぐりしたろうそくが入っています。イリーナはそれらの上に、テーブルクロスもおさめました。テーブルクロスに指先で触《ふ》れていますが、見ているわけでもないようです。

彼女《かのじょ》の頭のなかにあるのは、テーブルクロスのことでも、その絹糸のことでも、わたくしたちがあの最上階の小さな部屋で過ごした日々のことでもありません。ええ、思い出すはずもないでしょう。わたくしがこの手仕事をするあいだは、イリーナを眠《ねむ》らせていたのですから。いま、彼《か》女《じょ》が考えているのは、銀の冠《かんむり》のこと、皇后《こうごう》としての立場のこと、そして魔物《まもの》のこと。彼女《かのじょ》はそれを考えなければなりません。それこそ、彼女《かのじょ》の生死に関わる問題なのです。

皇帝《こうてい》が召使《めしつか》いたちを引き連れて部屋にもどってくると、イリーナは宝石箱のふたをそっと閉じました。皇帝《こうてい》がもどってきたのは、着替《きが》えをするためです。彼《かれ》はイリーナを冷ややかに見つめて、「ほかに着るものはないのか?」ときつい調子で尋《たず》ねると、椅子《いす》にどさりと腰《こし》を落としました。両足を宙に突《つ》き出し、ブーツを脱《ぬ》ぐのはふたりの召使《めしつか》いにまかせます。それから彼《かれ》は部屋のまんなかに立ち、自分はなにもせず、身につけたものを、上着、ベルト、シャツ、ズボン、なにもかも脱《ぬ》がされるままになりました。

「青いドレスがございますよ」わたくしはイリーナにささやきました。彼女《かのじょ》のために縫《ぬ》ったドレスです。花嫁《はなよめ》用の収納箱《チェスト》に入れるつもりでしたが、なにしろ結婚《けっこん》が決まってからがあわただしかったので、ぎりぎりで完成が間に合いませんでした。そもそもは皇后《こうごう》のためのドレスではなく、公爵邸《こうしゃくてい》の晩餐会《ばんさんかい》に出るときのために仕立てたドレスで、三つ編みにした髪《かみ》の豊かさがきわだち、彼女《かのじょ》の肌《はだ》に少しでも美しく映えるように、青い色を選んだのでした。

けれども、結婚式《けっこんしき》を終えたイリーナは彼女《かのじょ》の収納箱《チェスト》をそりに積みこみ、皇帝《こうてい》とともに去っていき、わたくしはあの寒い部屋に取り残されました。いずれは部屋をほかのメイドと分け合わなければならないだろうと覚悟《かくご》しました。それどころか、この屋敷《やしき》から放り出されてしまうかもしれません。そうならないために、わたくしは一計を案じて、手を痛めながらもドレスを縫《ぬ》いつづけました。公爵《こうしゃく》婦人に着てもらえればいい。仕上がったドレスを階下へ持っていき、公爵《こうしゃく》夫人の目に触《ふ》れるようにパルミラに頼《たの》もう。そう、公爵《こうしゃく》夫人のドレスの仕立て人としてここにおいてもらう算段だったのです。その青いドレスがもう完成しておりました。

イリーナがわたくしにうなずきました。わたくしは廊下《ろうか》を通りかかったメイドのひとりに頼《たの》んで、あの寒い部屋からドレスを取ってきてもらうことにしました。彼女《かのじょ》はすなおに従いました。わたくしはいまやこの屋敷《やしき》において、パルミラやノリウスやエディタとたっぷりとお茶の時間をもつような、権威《けんい》ある立場なのですから。

わたくしが部屋にもどると、イリーナはまたバルコニーに出て、森を見つめていました。一方、皇帝《こうてい》は煖炉《だんろ》の前で裸《はだか》になり、この上着、あのシャツ、このベストと、つぎつぎに差し出される服を取っかえ引っかえしています。わたくしやほかのメイドのことなど眼中にありません。でも、それはわたくしたちが使用人だからというわけでもないでしょう。公爵《こうしゃく》も公爵《こうしゃく》夫人も、服を選ぶために、皇帝《こうてい》のように恥《は》ずかしげもなく鏡の前に裸《はだか》で立つことはありません。鏡の前に立つ皇帝《こうてい》には、そのまま外に出ていきかねない雰囲気《ふんいき》がありました。服を着ているときと同じように気安く、半裸《はんら》の姿を衆目にさらすかもしれない。いかに美しく服をまとうかに心を砕《くだ》くあまり、満足のいく装いができなければ、裸《はだか》のまま外に出ていってしまうかもしれない。そして、それを見た人々が思わず目をそらすか、皇帝《こうてい》がまるで服を着ているかのようにふるまわねばならなくなるのです。

わたくしはイリーナのために、衝立《ついたて》を開いて部屋の片隅《かたすみ》に小さな着替《きが》えの場をつくりました。そこへメイドが上の階から取ってきた青いドレスを運びこみ、そのせまくて暗い片隅《かたすみ》で、わたくしといっしょにイリーナの着替《きが》えを手伝いました。着替《きが》えが終わってふたたび衝立《ついたて》を閉じると、皇帝《こうてい》のほうもやっと着るものが決まった、いいえ、決まりそうになっていました。赤いベルベットの上着、赤に銀糸の刺繍《ししゅう》をあしらったベスト、赤い宝石をきらびやかにならべた美しい靴《くつ》。

皇帝《こうてい》はイリーナを振《ふ》り返り、冷ややかな不満を顔に浮《う》かべて、召使《めしつか》いたちに「退出せよ」と命じました。そう言われては、わたくしも出ていくしかありません。扉口《とびらぐち》で一瞬《いっしゅん》振《ふ》り返ってみましたが、イリーナはちっとも怖《こわ》がっているように見えませんでした。つねに冷静でもの静かなわたくしの若き女主人は、心の内を顔に出さないすべを心得ているのです。

しばらくして皇帝《こうてい》とイリーナが部屋から出てきたとき、イリーナの青いドレスはまったく様変わりしていました。よりたっぷりとしたかたちになり、青も一色ではなく、腰《こし》あたりの濃《こ》い藍色《あいいろ》から、裾《すそ》の淡《あわ》い青灰色へとじょじょに変化していきます。そして裾《すそ》からは、まるで滝《たき》のようなペチコートがこぼれています。ドレスの襟《えり》や袖《そで》には銀糸の刺繍《ししゅう》がほどこされ、その刺繍《ししゅう》のなかの赤い宝石が、まるでわたくしに意味ありげな目配せを送っているかのようでした。わたくしはそんな宝石など縫《ぬ》いつけた覚えはいっさいないのです。

イリーナはあの宝石箱を両腕《りょううで》でかかえていました。長い袖《そで》の生地は夏用の薄物《うすもの》に変わっており、複雑な曲線を描《えが》いて赤い宝石がならんでいます。まるで皇帝《こうてい》の赤い上着の胸もとから流れた血が、ドレスの袖《そで》に飛び散っているかのようです。わたくしは、ふたりが通り過ぎるとき、両手を握《にぎ》り合わせ、ドレスを見ないように目を伏《ふ》せました。

わたくしはあのテーブルクロスを編むのと同じようにドレスを仕立てました。手や指を痛めながらそこに注ぎこんだ手間と長い時間……。ですから、あのテーブルクロスも青いドレスも、どれほど価値のあるものかはわかっております。けれども皇帝《こうてい》がイリーナに着せたあのドレスは……いったい、どれほどの手間と時間とお金がかかっているのでしょうか。わたくしにはその途方《とほう》もない価値がわかります。それを手に入れるためにどんな対価が支払《しはら》われたのか、それについては考えたくもありませんでした。

ワンダとセルゲイは、結婚式《けっこんしき》の準備を手伝うために、一階におりていった。「来ないか、ステフォン？」とセルゲイに言われても、おいらはまだぶるぶる震《ふる》えてた。いろんな部屋に、家に、通りに、人間がぎゅーっと詰《つ》まっているところを思い出しちまう。この世界には、おいらの知らない人間がこんなにいっぱいいいる。「やだ、やだ、やだ！」と、おいらは言った。ワンダとセルゲイは無理強《むりじ》いはしなかったけど、おいらをひとりおいて出ていった。

そのうち日が沈《しず》みはじめた。暗くなるってときに、ひとりきりでいたくない。だれもいない。山羊《やぎ》もいない。ワンダーとセルゲイは、もどってこない。ああ、ふたりがまたほんとに行っちまったのだったら、どうしよう？　だれかに捕《つか》まりそうになって、また逃《に》げたのだとしたら？　おいらは窓をあけ、首を突《つ》き出し、下を見おろした。うんと離《はな》れた地上から、いろんな音が聞こえてきた。家の外にもたくさんの人間と、たくさんの馬がいる。窓には日が差してるけど、地面のあたりはもう暗い。だから、人の顔が見分けられない。ワンダとセルゲイを見たって、わからないかもしれない。黄色い髪《かみ》の女の人が見えるけど、あれがワンダかどうかもわからない。

頭を引っこめたけど、家のなかも人が増えて、前より騒《さわ》がしくなっていた。だから、窓を閉めてもうるさかった。煖炉《だんろ》の壁《かべ》から、扉《とびら》の下のすきまから、音が入ってきた。その音はどんどん大きくなって、そのうちに音楽がはじまった。騒《さわ》がしい音楽に合わせて、おおぜいの人がダンスを踊《おど》ってた。耳だけじゃなく、足でもわかる。床《ゆか》が震《ふる》えてるんだ。おいらはベッドにすわって、耳をふさいだ。それでもうるさい音は、屋敷《やしき》のなかを通って、ここまでやってくる。

日はすっかり暮れた。ワンダとセルゲイだって、こんなにずっと、あんなうるさい音のなかにいられるわけがない。もしかしたら、ふたりになにかまずいことが起きてるんじゃないか？　そう考えたら、ますます怖《こわ》くなって、おいらはひざに顔を押《お》しつけ、両手で頭をかかえこんだ。

そのとき、部屋の扉《とびら》をたたく音がした。返事はしなかったけど、マンデルスタムの奥《おく》さんが入ってきた。「ステフォン、あなた、だいじょうぶなの？」奥《おく》さんが言った。でも本気で心配してるわけじゃないって、なんとなくだけどわかった。奥《おく》さんはべつのことを考えてるなって。でも、おいらがなにも言わないし顔も上げないから、今度こそ本気で心配しはじめた。奥《おく》さんは持ってきたろうそくをテーブルにおくと、ろうそくからろうの大きな塊《かたまり》をふたつ取って、それにふーふーと息を吹《ふ》きかけた。「ほら、ステフォン、このろうを耳に詰《つ》めなさい」

おいらは試してみた。手をちょっとだけ伸《の》ばし、ろうの塊《かたまり》を受け取った。まだ温かくてやわらかい。おいらはそいつを右の耳に突《つ》っこみ、せまいくぼみに押《お》しこんだ。温かさは消えていったけど、右耳だけ音が小さくなった。体でまだ音を感じるけど、耳にはそんなにうるさくない。これはいいぞと思って、もう一方の耳にもろうを詰《つ》めた。すると、もっとましになった。

マンデルスタムの奥《おく》さんが、おいらの頭をなぜてくれた。すごくいい気分だった。でも奥《おく》さんはまた、ほかのことを考えはじめた。なにかをさがすように、なにかを心配するように、部屋を見まわしている。「あの、ワンダとセルゲイはだいじょうぶ？」おいらは尋《たず》ねた。うるさい音がましになったことがうれしくて、あっという間に忘れちまったけど、その前はふたりのことを心配してたんだった。

「ええ、ふたりなら下にいるわよ」と、マンデルスタムの奥《おく》さんが答えた。耳にろうを詰《つ》めてると、奥《おく》さんの声が遠くでだれかが話してるへんてこな感じに聞こえる。でも言ってることはわかった。
ワンダとセルゲイが下にいるって聞いて、それでおいらの心配は消えたんだけど、奥《おく》さんはま
だ心配してるようだった。だから、尋《たず》ねてみた。「なにをさがしてるの？」
立ちあがって部屋を見まわしてた奥《おく》さんが、ぼくのほうを見た。「それがね、忘れてしまった
のよ。ばかみたいでしょう？」にっこり笑ったけど、笑いたかったわけじゃないと思う。それは
本物の笑いじゃなかったから。「ねえ、いっしょに下におりて、マカロンを食べるっていうのは
どう？」奥《おく》さんが言った。
おいらはマカロンがどんなものか知らなかったけど、あんなうるさいところに行ってまで食べ
る価値があるのなら、それはとんでもなくうまいにちがいない。奥《おく》さんが忘れてしまったものを
いっしょにさがしてあげられないのは残念だけど……。「試してみるよ」と、おいらは答えた。
奥《おく》さんが片手を出したので、おいらはその手を握《にぎ》って、いっしょに階段をおりた。音がどんど
ん大きくなっていったけど、怖《こわ》くはなかった。音に近づいても、もう体は震《ふる》えなかった。音楽が
聞こえたし、みんなが歌ってるのもわかった。歌のことばまではわからないけど、なんだかみん
な幸せそうだ。
マンデルスタムの奥《おく》さんは、おいらを大きな部屋に連れていってくれた。男たちがいっぱいいい

る大きな部屋だ。おいらはまた怖《こわ》くなった。赤ら顔で声がでかくて酒臭《さけくさ》い男が何人もいた。でも、その人たちは怒《おこ》ってなかった。みんなにこにこして、大笑いして、ダンスを踊《おど》ってた。手をつないで、輪になって……でも、ほんとの輪じゃなくて、ぐじゃぐじゃの輪だ。大きい部屋といっても、人は押《お》し合いへし合いで、互《たが》いに足を踏《ふ》み合っている。でもぜんぜん気にしてない。天国でワンダとセルゲイと手をつないで踊《おど》ってる自分を想像した。まあ、そんな感じなんだよ。セルゲイはその部屋のなかにいた。踊《おど》りの輪のまんなかにひとりの若い男がいて、ほかのみんなはかわりばんこにまんなかへ行って、その男と踊《おど》った。

おいらと奥《おく》さんは、そのあと、つづきの部屋へ行った。そこではおおぜいの女の人が踊《おど》ってた。赤いドレスを着た女の人が輪のまんなかにいた。赤にきらきらした銀の模様があるドレスで、床《ゆか》まで届きそうなベールをかぶって、笑い声が大きくて、とてもきれいな女の人だった。

マンデルスタムの奥《おく》さんに連れられて、おいらは壁《かべ》ぎわのテーブルまで行った。だれもすわってない椅子《いす》があって、その横のテーブルには、お菓子《かし》を山盛りにした皿がのっている。奥《おく》さんがそれをひとつくれた。甘《あま》くて、さくさくで、雲を焼いたみたいなお菓子《かし》だった。それから、つぎつぎに料理が目の前に出された。厚切りのやわらかな肉は、牛の肉だって聞いた。牛の肉なんて食べたこともないや。それから焼いた鶏《とり》、魚、イモ、ニンジン、団子、小さな緑の野菜。黄色くて甘《あま》くてふわふわのパン。おいらはそこにすわって、つぎつぎに料理を腹におさめた。

みんなが幸せで、おいらも幸せだった。でも、おいらのとなりにすわったマンデルスタムの奥《おく》さんは幸せそうじゃない。なにをさがそうとしてるのかはわからないけど、奥《おく》さんはさっきと同じように部屋を見まわしていた。でも、さがしものは、ここにはないようだ。人がやってきて奥《おく》さんに話しかけると、ちょっとのあいだ気をとられ、さがしてることを忘れてしまう。でも人が行ってしまうと、また思い出して、さがしはじめる。

「ワンダはどこ？」と、おいらは奥《おく》さんに尋《たず》ねた。

「ワンダなら、台所にいるわよ。料理を運ぶのを手伝ってくれてるわ」マンデルスタムの奥《おく》さんが台所のほうを指さした。つまり、奥《おく》さんがさがしてるのはワンダじゃないってことだ。奥《おく》さんはまんなかで踊《おど》ってる花嫁《はなよめ》をまた見つめた。ほほえもうとしてる。でも、無理してるのがわかる。

みんなが手をたたきはじめ、男たちがとなりの部屋から、花婿《はなむこ》を先頭に入ってきた。みんなが立ちあがって、椅子《いす》とテーブルをぜんぶ部屋の壁《かべ》ぎわに寄せた。男たちも踊《おど》りの輪をつくれるように、女たちが場所をあけた。ひとりの男が椅子《いす》を持ってきて、男たちの輪のまんなかにおき、そこに花婿《はなむこ》がすわった。女たちの輪のなかにも椅子《いす》がおかれ、そこに花嫁《はなよめ》がすわった。なにをするんだろう？　おいらはなにかが起きるのを待った。でも、みんななにもしない。動きが止まってた。突然《とつぜん》響《ひび》いたノックの音のせいだった。

さっきまで家のなかはすごくうるさかった。みんな、歌ったり笑ったりおしゃべりしたり、すごく大きな声を出していた。そうしないと、となりにいる人の声も聞こえないからだ。そのうえ音楽の演奏まであった。なのに、ノックの音はそのぜんぶの音よりずっと大きかったんだ。あまりに強烈《きょうれつ》な音だから、ろうを詰《つ》めたおいらの耳にもしっかり聞こえたし、音が聞こえた瞬間《しゅんかん》、ろうの塊《かたまり》がふたつとも耳からぽろりとこぼれて、床《ゆか》に転がった。でももう、うるさい音に苦しまなくてもすんだ。ノックのあとは、しんと静かになったから。だれも話さず、音楽の調べもやんでいた。

部屋の壁《かべ》に大きな両開きの扉《とびら》があって、その向こうは中庭だった。ノックの音は、その扉《とびら》から聞こえてきた。しばらくすると、またノック。二回目のノックは、上の階にいて一階で演奏される音楽を聞いてるときのような、濁《にご》ってるけど、骨に響《ひび》く音だった。おいらはぞくりとした。

突然《とつぜん》、マンデルスタムの奥《おく》さんが立ちあがって、部屋のなかを走りはじめた。みんなをかき分けながら、部屋を横切っていく。マンデルスタムの旦那《だんな》さんも、まわりの人たちを押《お》しのけながら動いていた。ふたりは扉《とびら》にたどり着き、とってをつかんで、扉《とびら》を左右にあけた。だれも止められなかった。だめだめだめだめ！　おいらは心のなかで叫《さけ》んだけど、声にならなかった。目をつぶりたかった。でも待てよ。おいらはいつも、起きることよりもっと悪いことを想像するんじゃなかったっけ。

だけど、今度ばかりは、おいらの想像をはるかに超《こ》えていた。そこにいたのは、スターリクだったんだ。

セルゲイとワンダが、おいらのとなりにいた。あのノックの音を聞いて、おいらのところに走ってきたんだ。セルゲイは、おいらがさっきまですわってた椅子《いす》の背を握《にぎ》ってた。セルゲイは背が高いから、みんなの頭越《ご》しに扉《とびら》のほうがよく見えた。すうっと息を吸いこむ音がしたから、セルゲイがすごくおびえてるのがわかった。おいらも怖《こわ》かった。みんな、おびえてた。だって、そこにいるのはスターリクだ。それもふたり。どっちも、頭に冠《かんむり》をのせていた。そう、スターリクの王と王妃《おうひ》だ。ふたりは手をつないでた。スターリク王は、セルゲイと同じくらいの背丈《せたけ》。王妃《おうひ》はそんなに高くないけど、その分、黄金の冠《かんむり》が上に高く伸《の》びていた。王妃《おうひ》のドレスも白と黄金だ。ふたりは扉口《とびらぐち》に立ったままだし、部屋のなかにいる人はだれひとり動こうとしなかった。

そのとき、ひとりの男が、人だかりのなかからあらわれた。白いひげと白い髪《かみ》の老人だった。老人はスターリク王の前に進み出て言った。「わたしは、アロン・モシェル。この家の主《あるじ》です。どのようなご用件でいらっしゃったのですか?」

老人が名のると、スターリク王は一歩しりぞき、老人を見おろした。ああ、なんかまずいことになりそうだ。スターリク王が指で触《ふ》れるだけで、老人は倒《たお》れてしまうんじゃないか? 森のなかでセルゲイがやられたときみたいに、魂《たましい》を抜《ぬ》かれちまうんじゃないか?

だけどそうはならず、スターリク王は老人に答えて言った。「わたしたちは、招待を受けて、真《まこと》の約束を果たすためにここへ来た。わが王妃《おうひ》のいとこの結婚式《けっこんしき》でダンスを踊《おど》るために」

スターリク王の声は氷で覆《おお》われた木の幹がきしむ音を思わせた。王は首をめぐらし、王妃《おうひ》を見つめた。そのとき、マンデルスタムの奥《おく》さんが声を張りあげたので、王妃《おうひ》が声のほうを振《ふ》り返った。そのときおいらは初めて、王妃《おうひ》がスターリクの女じゃないのに気づいた。スターリク王のように冠《かんむり》を頭にのせてるけれど、人間の若い女だ。そして泣いている。マンデルスタムの奥《おく》さんも、泣いている。ああ、そうか。その若い女は、奥《おく》さんの娘《むすめ》だ。おいらはとうとうぜんぶ思い出した。マンデルスタムの奥《おく》さんには娘《むすめ》がいて、その娘《むすめ》の名前は、ミリエムだ！

部屋はまだしんとしてた。この屋敷《やしき》の主、モシェルさんが言った。「ではどうぞ、お入りください。わたしたちといっしょに祝ってください」おいらはもう一度、だめだめだめだめ！　と叫《さけ》びそうになった。でも、ここはおいらの家じゃない。モシェルさんの家だ。

スターリク王が、ミリエムといっしょに屋敷《やしき》のなかに入ってきた。ダンスを正面から見られるところに椅子《いす》が二脚《きゃく》あったので、ふたりはそこにすわった。それでもまだ、だれも動こうとしなかった。モシェルさんが楽師たちを振《ふ》り返って言った。「さあさ、結婚式《けっこんしき》だ、音楽を奏でてくれ！　さあ、にぎやかな曲を！」強いきっぱりとした言い方だった。楽師たちがおそるおそる演奏をはじめた。モシェルさんが音楽に合わせて手拍子《てびょうし》を打った。部屋にいるみんなのほうを見て、ほら、ほら、という感じで手を打ってみせる。ほかの人たちも、ひとりまたひとりと手拍子《てびょうし》を打ち、足《あし》踏《ぶ》みをはじめた。あの扉《とびら》がノックされたときの音に負けないような大きな音を、みんなで出そうとしてるみたいに。

　でも、そんなの無理だっておいらは思った。だって、おいらたちはただの人間なんだから。でも楽師たちの奏でる音がだんだん大きくなり、みんなが歌いだし、歌声もどんどん大きくなった。まわりのみんなが立ちあがって、すでに立っている人たちに加わった。となりの人と手を取り合い、ダンスがまたはじまった。全員のダンスだ。おいらよりちっちゃな子も立ちあがって踊《おど》りだした。うんと年を取った人も踊《おど》りだした。踊《おど》れない人は、壁《かべ》ぎわで手拍子《てびょうし》を打ったけど、踊《おど》れる人はみんな踊《おど》りの輪に加わって、手足を目まぐるしく動かすダンスを踊《おど》った。ひとつは男の輪で、もうひとつは女の輪で、それぞれの輪のまんなかに花婿《はなむこ》と花嫁《はなよめ》がいる。みんなで花婿《はなむこ》と花嫁《はなよめ》を守ってるみたいだ。

　輪をつくってる全員がまんなかに押《お》し寄せ、いっせいに両手を上げる。そしてまだもどる。なにもしてないのは、おいらとワンダとセルゲイだけだ。おいらたちは踊《おど》りを見ながら、びくびくしてた。踊《おど》りの輪の向こう側には、スターリク王とミリエムがいて、おいらたちと同じように踊《おど》りを見つめてた。スターリク王は、まだミリエムの手を握《にぎ》ってる。踊《おど》りの輪がぐるぐる動き、知らない人たちがおいらの目の前を通り過ぎる。そのうち、マンデルスタムの奥《おく》さんが踊《おど》りながらこっちに近づいてきた。奥《おく》さんはとなりの女の人の手を放し、手を伸《の》ばしてきた。ワンダがその手を取った。

つぎは、男たちの輪のなかにいるマンデルスタムの旦那《だんな》さんが近づいてきた。おいらは輪のなかに入りたくなかった。頭を低くして這《は》っていって、テーブルの下に隠《かく》れたかった。でもさっき、マンデルスタムの奥《おく》さんは、おいらたちに助けを求めてた。この踊《おど》りの輪をつくるのを手伝って——奥《おく》さんの目がそう言った。そのときおいらは腰《こし》が引けたけど、ワンダは勇気を出して輪のなかに入った。だから、ワンダをひとりで行かせるわけにはいかない。マンデルスタムの旦那《だんな》さんが差し出した手を、おいらは握《にぎ》った。そして、セルゲイの手を取った。おいらとセルゲイは、いっしょに踊《おど》りの輪に加わった。

この家にいる人みんながみんな踊《おど》ってた。踊《おど》ってないのは、あとはもうスターリク王とミリエムだけだ。踊《おど》りの輪は回りつづけ、とうとうマンデルスタムの奥《おく》さんがミリエムに手を差し出した。そんなこととしてほしくなかった。スターリクの王と王妃《おうひ》といっしょに踊《おど》るなんていやだ。王《おう》妃《ひ》がたとえマンデルスタムの奥《おく》さんの娘《むすめ》でも。だけどミリエムは差し出された手を取って、引っ張られるように輪のなかに加わった。スターリク王はミリエムの手を放さなかったので、王も立ちあがって、踊《おど》りの輪に加わった。

スターリク王が踊《おど》りはじめると、不思議なことが起こった。それまではふたつの輪だったのに、それがひとつになり、全員がそこに加わった。おいらはワンダの手を取った。でも、もう片方の手はマンデルスタムの旦那《だんな》さんの手を握《にぎ》ってた。踊《おど》りの輪はぐるぐる回り、輪の外にいた老人たちも加わった。背丈《せたけ》がおいらの腰《こし》までしかないちびっ子もダンスを踊《おど》った。

人がいっぱいだったけど、きゅうくつじゃなかった。おいらたちはもう、家のなかにはいなかったんだ。頭の上から天井《てんじょう》が消えていた。おいらたちがいるのは外、雪の積もった空き地だ。まわりに白い木の森があった。母ちゃんの木と同じ白い木だ。頭の上にあるのは、灰色の大きなまんまるい空。夜なのか昼なのかもわからなかった。ダンスの動きがあまりに激しいから、寒さも恐《おそ》ろしさも忘れた。踊《おど》り方もわからないし、歌だって知らないけど、そんなのは、ぜんぜん大事なことじゃなかった。輪のなかにいるみんながおいらを助け、おいらを引っ張ってくれた。大事なのは、ここにいようってみんなで決めたことなんだ。

花嫁《はなよめ》と花婿《はなむこ》は、輪のまんなかで、それぞれの椅子《いす》にすわってた。ふたりはしっかりと手を握《にぎ》り合っている。みんなでまんなかに押《お》し寄せ、また遠ざかる。何人かの男が輪のなかから出てきて、腰《こし》をかがめて花嫁《はなよめ》と花婿《はなむこ》ごと椅子《いす》を持ちあげ、いっしょに運びはじめた。椅子《いす》を上げたり下げたりしながら歌いつづける。みんながすごく大きな声で歌うから、もうスターリク王のノックの音より大きくなっていた。すごく大きな音がおいらの体のなかを通り抜《ぬ》けていく。なのに、もうこの音が怖《こわ》くない。さっきまで、うるさい音があんなに怖《こわ》かったのに。いまは、自分の体のなかに音がある。音楽といっしょに心臓が打つ。息もつけないくらいだけど、楽しい。みんな踊《おど》ってる。

木々も踊《おど》ってる。枝が揺《ゆ》れ、葉っぱが歌うような音を奏でる。

おいらたちは踊《おど》りつづけた。踊《おど》りの動きがますます激しくなったけど、疲《つか》れなかった。花嫁《はなよめ》と花婿《はなむこ》の椅子《いす》をかつぐ男たちが疲《つか》れると、べつの男たちが替《か》わり、輪のなかをあっちこっちに運んだ。セルゲイも一度助けに入った。セルゲイが出ていくのともどってくるのを見た。みんながみんな踊《おど》りつづけ、だれもやめようとしなかった。灰色の空の下で踊《おど》りながら、もうこのまま永遠に踊《おど》ってるのかもしれない、なんて考えた。でもそのうち、空が暗くなってきた。

でもその暗さは、日が落ちるときのような暗さじゃない。冬の夜空から雲が引いていくときの暗さだった。最初は少しだけ雲が流れ、澄《す》んだ夜空がちらりと見えた。それからは雲がどんどん流れていって、とうとう頭の上に大きな澄《す》みきった夜空があらわれた。空にはたくさんの星がまたたいてるけど、そこにあるのはいまの春の星座じゃなくて、冬の星座……。それは冬の夜空で、星がまぶしく輝《かがや》き、足もとの雪も、まわりの木々の白い花も、星の光に照らされてきらきら輝《かがや》いていた。

おいらたちはダンスをやめて、みんなでいっしょに夜空の星を見あげた。すると突然《とつぜん》、また景色が変わった。おいらたちはまた家のなかにもどってた。みんなで大笑いして、拍手《はくしゅ》した。だって、おいらたちはひとつの歌をつくった。スターリク王が来ても、たとえ冬でも、おいらたちはひとつの歌をつくった。これは誇《ほこ》っていいことだ。

だけどそのとき、教会の鐘《かね》のような大きな音が響《ひび》いた。うんと近くから扉《とびら》を通して聞こえてきた。いっせいに笑いが引いた。真夜中に鳴る鐘《かね》の音。この一日が終わったしるし。一日が終わり、歌もおしまい。楽師たちも演奏をやめた。結婚《けっこん》のお祝いは終わった。でもまだスターリク王はここにいる。おいらたちは王に負けないような歌をつくったけど、王を追っぱらうことはできなかった。スターリク王は部屋のまんなかに立ち、まだミリエムの手をつかんでいた。

王はミリエムのほうを向いて行った。「さあ、行こう、わが妃《きさき》よ。踊《おど》りは終わった」王が口を開くと、まわりの人たちが後ずさった。この部屋のなかにいても王からできるだけ遠ざかれるように。おいらとセルゲイもそうしたかった。けれど、後ずさろうとして止まった。ワンダがおいらたちの手を引っ張って、動けないようにしたんだ。

マンデルスタムの奥《おく》さんも、ミリエムの片手を握《にぎ》りしめたまま動こうとしなかった。ミリエムをぜったいに行かせまいという覚悟《かくご》が見える。マンデルスタムの旦那《だんな》さんは、ミリエムの体を捕《つか》まえた。ミリエムもここから立ち去りたくないのがよくわかった。スターリク王は、引きさがろうとしない人たちをじろりとにらみ、眉根《まゆね》を寄せた。ぎらぎら光るつららのような眉《まゆ》どころか、顔がぜんぶゆがんだ。「やめておけ、人間ども。引きとめるな。彼女《かのじょ》と取引したのは、一夜の踊《おど》りだけ。おまえたちに彼女《かのじょ》を引きとめる権利はない。彼女《かのじょ》はわが妃《きさき》。もはや、日の照る世界に暮らす者ではない」スターリク王が言った。

だけど、マンデルスタムの旦那《だんな》さんはミリエムを放そうとしなかった。奥《おく》さんもだ。奥《おく》さんはスターリク王をにらみつけていた。顔は真っ青だったけど、彼女《かのじょ》はなにも言わず、ただ首をかすかに横に振《ふ》った。スターリク王が片手を上げた。

「やめて！」ミリエムが叫《さけ》び、マンデルスタムの奥《おく》さんの手から自分の手を引き抜《ぬ》こうとした。でも奥《おく》さんは放そうとしない。

そのとき突然《とつぜん》、扉《とびら》があいた。さっきと同じ扉《とびら》だ。あまりの強い勢いに、扉《とびら》のそばにいた人たちが驚《おどろ》いて跳《と》びすさった。二枚の扉《とびら》が左右の壁《かべ》に大きな音をたててぶつかった。

そこにいたのは、またべつの王と王妃《おうひ》で、王妃《おうひ》だけが冠《かんむり》をつけていた。でも、その王がだれか、おいらにはわかった。あの皇帝《こうてい》だ。そう、皇帝《こうてい》と皇后《こうごう》だ。この屋敷《やしき》に来る前、街の門の前でえんえんと待たされたとき、おいらたちの前を駆《か》け抜《ぬ》けていったそりに乗ってた皇帝《こうてい》と皇后《こうごう》だ。

皇帝《こうてい》は部屋のなかをのぞきこみ、スターリク王を見つけると、大きな声をあげて笑いだした。火がバチバチと爆《は》ぜるような笑い声だった。スターリク王はまったく動じなかった。

「イリーナ、イリーナ！」皇帝《こうてい》が言った。「約束を守ってくれたな。やつがここにいるぞ！　ぼくに鎖《くさり》を取ってくれ！」

皇后《こうごう》が箱を開いて、銀の鎖《くさり》を取り出し、皇帝《こうてい》に手渡《てわた》した。皇帝《こうてい》は鎖《くさり》を両手で持ち、歯を剝《む》き出して笑いながら、部屋のなかに入ってきた。部屋にいた人たちは皇帝《こうてい》のために道をあけた。できるだけ皇帝《こうてい》から遠ざかろうと、みんなが壁《かべ》ぎわに寄った。

でもスターリク王だけは、強い口調で言った。「このわたしを、たやすく捕《つか》まえられると思うのか？　この強欲なる者め、おまえの顔は初めて見るが、名前はわかる。おまえは、チェルノボグだな」王は前方へひらりと跳《と》んで、銀の鎖《くさり》のまんなかを両手でつかんだ。その両手からみるみる氷が広がって、あっという間に鎖《くさり》全体を氷の結晶《けっしょう》で覆《おお》ってしまった。冬の猛吹雪《もうふぶき》が一度に襲《おそ》ってきたような勢いで、長くとがったつららが鎖《くさり》から突《つ》き出し、氷は皇帝《こうてい》の両手にも広がって、腕《うで》を這《は》いあがった。皇帝《こうてい》が叫《さけ》びをあげて、鎖《くさり》を放した。スターリク王が鎖《くさり》を背中の後ろに放り投げ、鎖《くさり》は大きな音をたてて床《ゆか》に落ちた。王は手の甲《こう》で払《はら》い飛ばすように、皇帝《こうてい》の顔を殴《なぐ》った。

おいらも、父ちゃんにそうやってぶたれたことがある。ワンダも、セルゲイもだ。父ちゃんはでかくて強かった。おいらたちは床《ゆか》に転がった。でもスターリク王に殴《なぐ》られた皇帝《こうてい》は、わら人形みたいに吹《ふ》っ飛んだ。体が宙に浮《う》き、床《ゆか》に落ちた。落ちたあとも部屋を横切るように床《ゆか》をすべって、楽師たちの演台にぶつかった。ひっくり返った楽器の弦《げん》が、ビィ〜ンと不気味な音を響《ひび》かせた。

皇帝《こうてい》は死んだにちがいないって、おいらは思った。そういう殴《なぐ》り方だった。父ちゃんが火かき棒をつかんだときも、おいらはこのままじゃワンダが殺されるって思ったけど、父ちゃんだって火かき棒で体が吹《ふ》っ飛ぶような殴《なぐ》り方はできなかったはずだ。でもそんなすごい勢いで飛ばされても、皇帝《こうてい》は死んでいなかった。床《ゆか》に転がったまま生きてることを喜ぶのでもなく、また殴《なぐ》られないように這《は》って逃《に》げるのでもなく、皇帝《こうてい》は立ちあがった。それもふつうの立ち方じゃなく、体をねじりながらふわりと立ちあがった。口から血が流れ、歯が真っ赤に染まってた。その口からシュ一ッと怒《いか》りの息が吐《は》き出された。赤い血が煙《けむり》を上げ、火となって皇帝《こうてい》の口を燃やした。口ばかりか、目まで真っ赤になっている。

「逃《に》げて！」突然《とつぜん》、皇后《こうごう》が叫《さけ》んだ。「みなさん、この家から出て！　早く！」

皇后《こうごう》は、みんなをここから逃《に》がそうとしてた。だれもがその部屋から出ていこうとした。皇后《こうごう》の横を通り過ぎて開かれた扉《とびら》から中庭に逃《に》げようとする人、男たちが踊《おど》ってた部屋に行こうとする人、台所に向かう扉《とびら》のほうに逃《に》げ出す人。花嫁《はなよめ》と花婿《はなむこ》は手に手を取って逃《に》げた。子どもたちは抱《だ》きかかえられ、老人たちは支えられ、みんなで逃《に》げていく。

おいらたちも逃《に》げなきゃ……。でも、ワンダが動こうとしない。ミリエムは、マンデルスタムの奥《おく》さんを、ほかの人たちといっしょに逃《に》がそうとしてた。でも、奥《おく》さんも動こうとしない。両手でミリエムの片手をがっしりとつかんで、放そうとしないんだ。

「父さん、お願い、逃《に》げて！　母さん！　ここにいたら殺されるわ！」ミリエムが叫《さけ》ぶ。

「逃《に》げるくらいなら、ここで死んだほうがましよ！」奥《おく》さんが叫《さけ》び返す。

「いや、ミリエム、おまえが逃《に》げろ」旦那《だんな》さんが娘《むすめ》に言いながら、奥《おく》さんの体に腕《うで》をまわす。

ミリエムが首を振《ふ》り、こっちを見て声を張りあげた。「ワンダ！　ワンダ、あたしを助けて！」
これでセルゲイとおいらは逃《に》げられなくなった。ワンダがすぐにミリエムのもとへ駆《か》けつけたからだ。ミリエムは、マンデルスタムの奥《おく》さんの体をワンダのほうに押《お》しやって言った。「ワンダ、お願い、母さんを逃《に》がして！」

「いやよ！」奥《おく》さんは、ミリエムにしがみつく。

　ワンダは、どうすればいいかわからなくなった。ミリエムの言うとおりにしたいし、マンデルスタムの奥《おく》さんの言うとおりにもしたい。どっちにも決められず、この部屋から動けないんだ。そしてもちろん、ワンダとセルゲイがここに残ったなら、おいらだって残るわけにはいかない。

　母と娘《むすめ》が言い合ってるあいだも、皇帝《こうてい》とスターリク王の戦いはつづいてた。だけど皇帝《こうてい》の戦い方は、ちっとも皇帝《こうてい》らしくなかった。皇帝って剣《けん》で戦うんじゃなかったっけ？　おいらは、昔セルゲイが母ちゃんから聞いたっていう、魔物《まもの》をやっつける騎士《きし》の話をときどきセルゲイから聞いた

そしておいらも一度だけ、街道を行くほんものの騎士《きし》を見たことがあった。その騎士《きし》は、山羊《やぎ》を引いているおいらの行く手のはるか先から近づいてきた。剣《けん》は抜《ぬ》いてなかったけど、おいらはできるだけ長く騎士《きし》を見ていられるようにゆっくりと歩いた。ほんとうに長く見ていられた。騎士《きし》のほうもけっこうゆっくり進んでいたからだ。騎士《きし》は剣《けん》を差し、鎧《よろい》を着て、交替《こうたい》する馬と荷を運ぶ騾馬《らば》をふたりの若者に引かせてた。そんなわけで、おいらは山羊《やぎ》の世話をしながら、ときどき

自分も騎士《きし》になって戦うようになった。手に持つ剣《けん》はただの木の枝だったけど。

だから皇帝《こうてい》っていうのは、剣《けん》が大きくなって、鎧《よろい》がりっぱになるのかもしれないけど、騎士《きし》と同じようなものだって、ずっと思ってたんだ。でも目の前にいる皇帝《こうてい》は鎧《よろい》ではなく、赤いベルベットの服を着てた。すごくきれいな服なんだけど、いまは引き裂《さ》かれて、焼かれて、ぼろぼろだ。そして、剣《けん》は持ってない。

皇帝《こうてい》は両手でスターリク王を捕《つか》まえようとするけど、王はするりと逃《に》げる。皇帝《こうてい》の手が捕《つか》まえたと思った瞬間《しゅんかん》、スターリク王はもうべつの場所にいた。皇帝《こうてい》がまちがって椅子《いす》やテーブルをつかんでしまうと、そこから煙《けむり》と焦《こ》げくさい臭《にお》いが立ちのぼり、あとには手のかたちの焦《こ》げ跡《あと》が残った。おいらは、皇帝《こうてい》の顔を長く見つめていられなかった。見つめていると、あの燃える手を、頭のなかにずぶりと突《つ》っこまれそうな気がしたからだ。

いや、あいつは、ほんとは皇帝《こうてい》じゃないんだ。あいつはチェルノボグだ。スターリク王がそういう名だと言った。スターリクとちょっと似た響《ひび》きがあるな。チェルノボグも魔物《まもの》にちがいない。おいらは、スターリク王にもチェルノボグにも勝たせたくなかった。あいつらが永遠に戦ってればいいんだ。でなきゃ、せめてこの部屋の人間がみんな逃《に》げられるまで戦いつづけていてほしい。

でもどうやら、スターリク王のほうに勝ち目があった。チェルノボグは魔物《まもの》かもしれないが、生身の人間のなかにいる。チェルノボグがスターリク王をつかみそこねるたびに、王はチェルノボグをぶちのめす。右から左から、かわるがわる。皇帝《こうてい》の体は血まみれだった。顔は奇妙《きみょう》なかたちにゆがんで、腫《は》れていた。熱い粥《かゆ》をかぶった父ちゃんの顔を思い出した。そんな顔なんか見たくないのに目が離《はな》せない。スターリク王が勝つのなら、その瞬間《しゅんかん》を見逃《みのが》してはいけない。そのあと、王はマンデルスタムの奥《おく》さんと旦那《だんな》さんを殺そうとするかもしれない。だけど……見てるだけでは、それを止められそうにない。いや、そんなことになるなら、見ていたくなんかないよ。だけど、目をそらして、それが起こってしまってから、ひどい光景を見るのもいやだ。

皇后《こうごう》が、魔物《まもの》どうしの戦いをよけて、ミリエムのほうに駆《か》け寄った。「銀の鎖《くさり》を！」皇后《こうごう》は言った。「スターリク王を縛《しば》るには、銀の鎖《くさり》がいるの！」

マンデルスタムの旦那《だんな》さんが振《ふ》り返り、床《ゆか》から銀の鎖《くさり》を拾った。鎖《くさり》はまっぷたつに切れていて、スターリク王を縛《しば》るにはどっちも長さが足りない。皇后《こうごう》が両手をうなじに回し、首飾《くびかざ》りをはずした。その首飾《くびかざ》りも銀でできていて、窓をかすめて落ちる雪みたいにきらきらしてた。皇后《こうごう》は手にした首飾《くびかざ》りの右端《みぎはし》をちぎれた鎖《くさり》のはしっこの輪に通し、今度は左端《ひだりはし》をもうひとつのちぎれた鎖《くさり》のはしっこの輪に通し、もう一度、首飾《くびかざ》りの留め金を閉じた。こうして、ちぎれた鎖《くさり》はふたたび一本の長い鎖《くさり》になった。それをマンデルスタムの旦那《だんな》さんが受け取った。

皇帝《こうてい》はスターリク王に向かって、ふたたびシューッと怒《いか》りの息を吐《は》いた。その顔は血で真っ赤に染まり、もうもとのかたちをとどめていなかった。指の何本かはへんな方向に折れ曲がっている。脚《あし》は途中《とちゅう》でたわんだ枝みたいだ。それでも、皇帝《こうてい》は両腕《りょううで》を勢いよく前に突《つ》き出し、スターリク王に襲《おそ》いかかった。王はすっといなくなった。ハエを手のなかに捕《つか》まえたつもりでも、手を開いてみると、そこにはいなくて、耳もとで羽音がする、そんな感じだ。

いま、スターリク王は煖炉《だんろ》のそばに立っている。戦いがはじまったとき、スターリク王と皇帝《こうてい》は大きな部屋のまんなかにいた。スターリク王は戦いながら——たぶんなにか考えがあって——皇帝《こうてい》をじりじりと煖炉《だんろ》の近くまで追いつめた。いま、ふたりはまさに煖炉《だんろ》の前にいて、皇帝《こうてい》がスターリク王を捕《と》らえそこねると、今度はスターリク王が皇帝《こうてい》を両手でわしづかみにした。スターリク王の両手から湯気がシューッと噴《ふ》き出した。王の顔が苦しげにゆがむ。きっと痛いんだ。でも王は痛みに耐《た》えて、皇帝《こうてい》を煖炉《だんろ》のなかに投げこんだ。

「おまえはそこにいろ、チェルノボグ！　おまえの名を呼び、その名において、命ずる！」

バチバチと激しく爆《は》ぜるような恐《おそ》ろしい音が皇帝《こうてい》の口から飛び出した。皇帝《こうてい》は口を大きく開き、目も開き、その口と目の穴から炎《ほのお》が見えた。でも、体のほかの部分はぐにゃりと床《ゆか》にくずれてる。激しく爆《は》ぜる音がしだいに声に変わった。「タテ！　タテ！　タテ！」まるで自分に言い聞かせているみたいだ。でもたぶん、皇帝《こうてい》には聞こえていない。皇帝《こうてい》は立ちあがらない。煖炉《だんろ》のなかにぐったりと横たわり、ぜんぜん動かない。

スターリク王が腕《うで》を組んで、それを見おろした。皇帝《こうてい》が起きあがってこないかどうか確かめているんだろう。そしてつぎの瞬間《しゅんかん》、おいらは、マンデルスタムの旦那《だんな》さんが王に駆《か》け寄るのを見た。手にした銀の鎖《くさり》をスターリク王の体に巻きつけるつもりなんだ。

でも、おいらは目をそらしてしまった。きっとスターリク王に殺される。そんなところ、ぜったい見たくない。だから、両腕《りょううで》で頭をかかえこんだ。

「ヨーゼフ！」マンデルスタムの奥《おく》さんの叫《さけ》ぶ声がした。

「だめっ！」と、ミリエムも叫《さけ》んだ。やっぱり、見ずにはいられなくて、おいらは頭を上げた。旦那《だんな》さんは床《ゆか》に倒《たお》れて、動かなかった。死んだ、と思った。でも動いた。死んでない。けれど銀の鎖《くさり》は、スターリク王に巻きついていなかった。

鎖《くさり》は王から遠く離《はな》れた床《ゆか》に転がってた。マンデルスタムの奥《おく》さんが旦那《だんな》さんのそばに駆《か》け寄って、ひざをつく。ミリエムが走っていって、スターリク王のまん前に立ち、いきなり自分の冠《かんむり》をつかんで、床《ゆか》に投げつけた。金属が床《ゆか》にぶつかるけたたましい音がした。ミリエムは声を張りあげた。「もし、この人たちを殺したら、あたしは、あなたといっしょにもどらないから！　殺すなら、あたしから殺して！　本気よ！」

スターリク王は、そのとき片手を上げていた。たぶん、マンデルスタムの旦那《だんな》さんになにかするつもりだったんだ。でも、ミリエムに言われて、その手を止めた。たぶん、止めたくなかったんだろう。王は怒《いか》りに満ちた声で言った。「あなたは、夏の雨のようにやっかいな女だ！　いいか、この男は、鎖《くさり》でわたしを縛《しば》ろうとした。それを黙《だま》って見過ごせると思うのか？」

「あなたが先にここへ来たのよ！」ミリエムが叫《さけ》び返した。「あなたが、先にここへ来て、あたしをさらった！」

スターリク王はまだ怒《おこ》ってたけど、なにかぶつぶつ言って、片手をおろした。「よかろう！」って言ったのに、ちっともそうは思ってない。でも、マンデルスタムの旦那《だんな》さんを殺すつもりではないようだ。

王はミリエムに手を差し出した。「さあ、行こう！　もうずいぶん時間がたった。これで終わりだ。もう二度と、あなたをここへ連れてくることはない。あなたをわたしから引き離《はな》せるなどと、このような弱き者どもから侮《あなど》られるのはもうたくさんだ！」

スターリク王が片手を振《ふ》ると、扉《とびら》があいた。外は中庭じゃなくて、みんなでダンスを踊《おど》った森だった。もう星は見えない。灰色の空と、怪物《かいぶつ》のようなけものたちが引くそりがあるだけだ。そりは、王とミリエムを待っていたんだろう。

ミリエムは、王といっしょにここを去りたくないんだ。それがよくわかった。おいらがミリエムだったら、ぜったいにいやだ。ミリエムがかわいそうだった。だけどおいらは心のどこかで、ミリエムが王の手を取って出ていってくれたらいいって思った。だって、王がミリエムを連れて出ていったら、もうここにはもどってこない。チェルノボグは煖炉《だんろ》でくたばってるし、スターリク王はいなくなる。つまり、おいらたちはみんな安全だ。マンデルスタムの奥《おく》さんも旦那《だんな》さんも、死なずにすんだ。だから頼《たの》む、お願いだよ、ミリエム、出ていって！

ミリエムが振《ふ》り返って、彼女《かのじょ》の父さんと母さんを見つめた。その瞬間《しゅんかん》、おいらは心の底からほっとした。だって、ミリエムが出ていくつもりだってわかったから。ミリエムは泣いていた。かわいそうだった。見えない手がおいらの胃をきゅーっとつかんだ。ミリエムがおいらで、マンデルスタムの奥《おく》さんがおいらの母ちゃんで、スターリク王といっしょに出ていかなきゃならなかったら……そう考えちまった。ミリエムが心変わりするのが怖《こわ》かった。でもそうはならず、ミリエムは最後にゆっくりと首をめぐらして、もう一度、彼女《かのじょ》の父さんと母さんを見た。それからスターリク王のほうに首をもどした。泣きながらだったけど、王のほうに一歩踏《ふ》み出した。

「行かないで！」マンデルスタムの奥《おく》さんが叫《さけ》んだ。でも、奥《おく》さんはもうミリエムの手をつかんでない。倒《たお》れた旦那《だんな》さんの頭をひざにのせたままだったから、ミリエムから離《はな》れていた。それでも片手をせいいっぱい伸《の》ばして呼びかけた。「ミリエム！　ミリエム！」

スターリク王が怒《いか》りをほとばしらせた。「あきらめろ！」マンデルスタムの奥《おく》さんに向かって言う。「まだ引きとめられると思うのか？　今宵《こよい》、勝利はわが手に落ち、強欲なる者は倒《たお》れふした！　これより先、人の一生涯《いっしょうがい》にあたる歳月《さいげつ》、わたしは白き道を閉じ、わが王国の守りを固める。もわが妃《きさき》の名を知るおまえたちがことごとく死に絶えるまで、わが王国の門が開くことはない。もちろん、おまえたちの頭から、わが妃《きさき》を取りもどそうとする記憶《きおく》を、最後のひとかけらまで消し去ってやる」

スターリク王は手を伸《の》ばしてミリエムの手つかみ、扉《とびら》のほうに引っ張った。おいらは王が出ていくことにほっとして、ワンダの動きを見逃《みのが》した。いや、気づいてたって、恐《おそ》ろしくて目をそらしていただろう。おいらの目に飛びこんできたのは、スターリク王の体に銀の鎖《くさり》を巻きつけようとするワンダだった。

さっきマンデルスタムの旦那《だんな》さんがそうしたとき、おいらは怖《こわ》くて目をそらした。でも王はたぶん、あのときと同じことをした。つまり、体をねじって鎖《くさり》から逃《のが》れようとしたんだ。ところが、今度はミリエムが床に身を投げ出したので、手を握《にぎ》ったままだった王はちょっとだけよろめいた。そこにすかさずワンダの両手がまわり、銀の鎖《くさり》が王の体を一周した。王はすぐに体を起こしたけど、鎖《くさり》はまだしっかりと巻きついていた。怒《おこ》った王の顔が白い光を放った。王はミリエムの手をつかんだまま、もう一方の手で鎖《くさり》の端《はし》をぐいっと引いた。

その勢いでワンダが宙に浮《う》きそうになった。でもセルゲイが走ってきて、鎖《くさり》のもう一方の端《はし》をつかんだ。ワンダが一方の端《はし》を、セルゲイがもう一方の端《はし》をつかみ、ふたりで切り株を地面から引っこ抜《ぬ》くときみたいに、足を踏《ふ》んばった。ただし、王が切り株だとしたら、引っ張る力に逆らう力をもった切り株だ。おまけに引っこ抜《ぬ》くんじゃなくて、引き倒《たお》さなきゃならない。おいらは怖《こわ》かった。ものすごく怖《こわ》かった。でも待てよ、と考えた。これはダンスのときと同じだ。逃《に》げちゃだめだ！

おいらはテーブルの下から這《は》い出した。ワンダとセルゲイに駆《か》け寄るとワンダのエプロンのひもの結び目を、セルゲイが腰《こし》に巻いた古びた縄《なわ》のベルトを、後ろから両手でつかんで足を踏んばった。こうして、おいらたちきょうだいの輪ができた。

その瞬間《しゅんかん》、スターリク王が甲高《かんだか》い叫《さけ》びをあげた。冬の終わりに川の氷が割れるときみたいなすさまじい音だ。耳が痛くなる。でも、おいらは踏《ふ》んばった。王は叫《さけ》ぶのをやめて地団駄《じだんだ》を踏《ふ》み、怒《おこ》ってワンダに言った。「よし、けっこう。おまえはわたしを縛《しば》った！　そこで訊《き》くが、わたしを解放する条件として、おまえはなにを求める？」

ワンダが答えた。「ミリエムを放して、出ていって！」ミリエムはスターリク王から逃《に》げようとしてた。でも、王は手を放そうとしない。

王はワンダを見返し、歯ぎしりをして言った。「ことわる！　おまえたちは銀の鎖《くさり》でわたしを捕《と》らえた。しかし、おまえたちの非力な腕《うで》で、わたしを押《お》さえつけておくことはできまい。わが妃《きさき》を手放すつもりはない！」

王はまた体ごと鎖《くさり》を引いて、おいらたちの手から逃《のが》れようとした。でも、鎖《くさり》をつかんでいるのはもう、きょうだい三人だけじゃなかった。マンデルスタムの旦那《だんな》さんが立ちあがって、ワンダといっしょに鎖《くさり》の端《はし》を片手でつかみ、奥《おく》さんがセルゲイのほうの端《はし》を引いていた。ふたりは、残る手をおいらの後ろでがっちりとつなぎ、おいらの背中を支えた。

おいらたちは力を合わせて、スターリク王の力に負けないように銀の鎖《くさり》を引いた。王はもう少しで逃《のが》れそうになったけど、できなかった。やがてあらがうのをやめて、怒《いか》りの声でワンダに言った。「おまえは、なにがあれば、そのきずなを捨てるのか？　求めるがよい。叶《かな》えてやる。だが、この取引に応じなければ、おまえたちが力尽《つ》きたとき、恐《おそ》ろしいことが起こるぞ！」

だけど、ワンダは首を振《ふ》って叫《さけ》んだ。「ミリエムをあきらめなっ！」

スターリク王が、またあの氷の割れるような、すさまじい甲高《かんだか》い叫《さけ》びをあげた。「ありえない！　手放すわけがない、わが妻、わが黄金の妃《きさき》を。一度は愚《おろ》かにもあやまつことはある。しかし、わたしは、二度と同じあやまちを犯さぬ！」王がまたあらがいはじめ、体を強く引いた。おいらたちの足がずるずると床《ゆか》をすべった。倒《たお》れそうだ。ああ、もうだめだ。これ以上つかんでいられない。ワンダとセルゲイの手のなかで鎖《くさり》がすべっていく。ふたりは、鎖《くさり》の環《わ》に指をかけてるけど、汗《あせ》で指がすべる。指をかける環《わ》を替《か》えるとき、ちょっとでも力を抜《ぬ》くと、スターリク王は一気に逃《に》げてしまうだろう。

それでもおいらたちは、ぎりぎりのところで踏《ふ》んばった。すると、スターリク王の動きが止まった。王は苦しそうに三度、息を吐《は》いては吸った。あえぎといっしょに、白い雲のような冷気が口から噴《ふ》き出した。

そして王の体が氷で覆《おお》われはじめた。最初は体の中心から遠いところに透《す》きとおるほど薄《うす》い霜《しも》があらわれ、それがじょじょに広がった。薄《うす》い層の上にまた薄《うす》い層が重なり、その上からギザギザした氷の結晶《けっしょう》が重なった。そのギザギザは、最初こそ小さな棘《とげ》のようだったけど、しだいに大きく鋭《するど》くなった。同時に、すさまじい冷気がおいらの顔に吹《ふ》きつけた。セルゲイとワンダも体をそらして冷気をよけようとした。でもそれは鎖《くさり》をつたって、ふたりの指に襲《おそ》いかかった。

スターリク王はもうワンダに叫《さけ》ばなかった。そのかわり、やんわりとした低い声でささやいた。

降りつづいた雪がやんで外に出たときのしんとした静けさに似ていた。「手を放せ、人間よ。わたしを解放せよ。それと引き替《か》えに、なんでも願いごとを叶《かな》えてやろう。さあ、なにがほしい? 長寿《ちょうじゅ》の霊薬《れいやく》か? この世にまたとない宝石か? なんなら春をもどしてやってもいい。公正な取引だ。わたしは取引をかならず守る。なにを願ってもよい、なにを望んでもよい。しかし、わが妃《きさき》だけは渡《わた》さぬ。もしこのようなことをくり返すつもりなら、わたしは、おまえたちの生身の体に永遠の冬をもたらさねばならぬ。おまえたちの心臓をえぐり、赤い血を凍《こお》らせ、雪のなかに埋《う》める。おまえたち人間は魔力《まりょく》をもたない。真《まこと》の魔法《まほう》をあやつれない。愛のきずなだけで、わたしを押《お》さえつけることはできない」

スターリク王は、はったりをかましてるわけじゃない。みんなもそう思ったはずだ。ミリエムが立ちあがった。もうスターリク王の手から逃《のが》れようとしていなかった。ミリエムは言った。

「ワンダ……」たぶん、王の鎖《くさり》を解けって、おいらたちに言うつもりだったんだろう。でも、ワンダはミリエムを見つめて言った。「い・や・だ」

それは、父ちゃんが酒に目がくらんで結婚《けっこん》を勝手に決めてしまったとき、ミリエムが父ちゃんに言った〝いやだ〟と同じだった。

あの日、おいらは父ちゃんに〝いやだ〟って言うつもりはなかった。おいらは一度だって父ちゃんに〝いやだ〟と言ったことなんかなかった。だって、そうしたら、もっと痛い目にあう。だから、父ちゃんになにをされようが、父ちゃんに〝いやだ〟とは言わなかったんだ。

でもワンダが父ちゃんに〝いやだ〟って言ったとき、おいらも思わず〝いやだ〟と初めて言った。でもあれは覚悟《かくご》して言ったわけじゃなく、思わず言っちまっただけ。でもいまから思えば、おいらがそう言ったのは、父ちゃんが火かき棒でワンダを殴《なぐ》り殺すのを見ていることほど、おいらにとって深い痛手はないからだ。それに、もし父ちゃんがそうするなら、おいらだって殺される。だったら、そこに黙《だま》って突《つ》っ立ってるわけにはいかないじゃないか。

そしていま、ワンダが〝いやだ〟と言うのは、スターリク王になにをされようが、ワンダにとって、ミリエムを連れていかれるほど深い痛手はないからだ。それが当たってるかどうかわからないけど、おいらはそう考えた。おいらだって、マンデルスタムの奥《おく》さんと旦那《だんな》さんがあきらめないかぎり、あきらめるわけにはいかない。だって、ふたりはおいらの後ろでがんばってる。おいらがあきらめたときの奥《おく》さんの顔を、おいらは見たくない。

でも、スターリク王の言うことは嘘《うそ》でも脅《おど》しでもない。父ちゃんが火かき棒をつかんだときには、セルゲイが飛びこんできて、父ちゃんを突《つ》き飛ばした。だけどいま、セルゲイはすでに力を振《ふ》りしぼってるし、ここにいるだれひとり、スターリク王ほど大きくもなく強くもない。ってことは、おいらたち、ひとりでもあきらめたら死ぬってことだ。だとしたら、おいらたちにできるのは、あきらめないことしかないじゃないか。とにかく、あきらめちゃいけないってことだ。

そのとき、しゃがれて絡《から》みつくような、おぞましい声が聞こえた。「ギンノクサリヲ　シメアゲロ。ヒノワデ　ヤツノ　マリョクヲ　ウバエ」はっと頭を上げると、ろうそくをならべた大きな輪がおいらたちを囲んでた。ろうそくはぜんぶで十二本。ぜんぶ火が灯ってる。見まわしたとき、皇帝《こうてい》が立っているのが見えた。おいらたちがスターリク王を縛《しば》りあげようと必死になってるあいだ、皇后《こうごう》がろうそくを大きな円にならべていたんだ。それから皇后《こうごう》は煖炉《だんろ》まで行って、皇帝《こうてい》を助け起こした。

皇后《こうごう》に支えられた皇帝《こうてい》は、裂《さ》けた口からことばを発した。赤い血がぶくぶくあふれて、飛び散った。皇帝《こうてい》は腕《うで》を上げようとした。震《ふる》えていたし、何本かの指はありえない方向に曲がってたけど、人さし指を突《つ》き出すと、すべてのろうそくが熱い炎《ほのお》を噴《ふ》きあげた。炎《ほのお》の長さはろうそくの長さと同じくらいになった。

銀の鎖《くさり》に縛《しば》られたスターリク王が、喉《のど》を絞《し》められたようなうめきをあげた。体を覆《おお》った氷が剝《は》がれ、鈴《すず》のような音を響《ひび》かせて落ちた。王の全身は真っ白で、ぴくりとも動かなかった。皇帝《こうてい》がけたたましい笑いをあげた。でもそれは、皇帝《こうてい》の声じゃない。チェルノボグの、恐《おそ》ろしい魔物《まもの》の、燃えさかる炎《ほのお》がバチバチと爆《は》ぜるような不気味な声だ。皇帝《こうてい》は引きずるように足を一歩踏《ふ》み出した。その瞬間《しゅんかん》、変な方向に曲がっていた指がもとどおりになった。さらにもう一歩。崩《くず》れて内向きになっていた肩《かた》がまっすぐに立ちあがり、折れていた鼻がととのった。

こちらに近づくほどに、皇帝《こうてい》の壊《こわ》れた体が少しずつもとにもどっていく。そしてついに顔が完全にもどり、引き裂《さ》かれた赤い上着がすべてもとどおりになった。でもまだ完全じゃない。だって、皇帝《こうてい》の体に宿っているのは、とてつもなく恐《おそ》ろしい魔物《まもの》だ。そいつが皇帝《こうてい》の体を借りて、おいらたちのほうに向かってくる。

皇帝《こうてい》の姿をした魔物《まもの》は、手を上げ、宙でくるりと回した。銀の鎖《くさり》がワンダとセルゲイの手から離《はな》れ、スターリク王の両腕《りょううで》を押《お》さえこむように、いっそうきつく巻きついた。ミリエムが王の手から自分の手を引っこ抜《ぬ》き、後ろに跳《と》びのいた。おいらたちは大あわてで後ろにさがった。だけどチェルノボグは、おいらたちのことなど眼中になかった。スターリク王の前に立ち、にやりと笑う。銀の鎖《くさり》の端《はし》の環《わ》があごのように大きく開いて宙を飛び、王をさらにきつくぐるぐると締《し》めあげ、鎖《くさり》のもう一方の端《はし》の環《わ》に食らいついた。

「おまえを手に入れた。おまえを手に入れた」チェルノボグが小さく歌うように言った。人さし指を伸《の》ばし、スターリク王のほおに触《ふ》れ、ゆっくりと指先を喉《のど》もとまでおろす。指の通ったあとから蒸気が噴《ふ》きあがった。スターリク王のあごがこわばり、歯を食いしばる。きっとものすごく痛いんだ。

チェルノボグはまぶたを半ば閉じて、ククッと楽しげに笑った。なにかおぞましいことを考えて喜んでるにちがいない。おいらはまた、ろうを耳に詰《つ》めたくなったけど、それがどこへ行ったかもわからなかった。だからワンダの手をしっかり握《にぎ》った。セルゲイが、おいらとワンダを守るように立ちはだかった。ミリエムはマンデルスタムの奥《おく》さんと旦那《だんな》さんと体を寄せ合っている。

「さあ、教えろ」チェルノボグがスターリク王に言った。「おまえの名を教えろ」そう言いながらまた指を伸《の》ばし、王に触《ふ》れた。

スターリク王が全身を震《ふる》わせた。それでも王は、小さな声で言った。「まっぴらだ」

チェルノボグが怒《おこ》ってバチバチと音をたて、片手を開いて王の胸に押《お》しあてた。白い蒸気がすさまじい勢いで噴《ふ》き出し、あたりに渦巻《うずま》いた。スターリク王が大きな叫《さけ》びをあげた。「おまえの名、おまえの名！」チェルノボグがシューッと息を吐《は》く。「おまえを縛《しば》って、手に入れた。おまえをまるまる手に入れた。さあ、名前を言え！　おまえを縛《しば》りあげて、ここに命令する！」

スタークの王が殺気に満ちた目を閉じ、銀の鎖《くさり》が巻きついた体を震《ふる》わせた。けっして下を向かない顔は、眉間《みけん》も鼻もあごも、あらゆる部分が削《けず》り出されたように鋭《するど》く尖《とが》って見えた。息をするのがせいいっぱいなんだろう。もう息をすることしか考えられないみたいに……。

でも、王は息をぴたりと止めた。そして両目をかっと開き、やっと聞こえる小さな声で言った。

「チェルノボグよ、おまえにわたしを縛《しば》ることはできない。おまえはただ、わたしを縛《しば》った鎖《くさり》をつかんでいる者にすぎない。わたしはおまえに降伏《こうふく》しない。おまえの汚《きたな》い手と悪知恵《わるぢえ》で、わたしは縛《しば》れない。おまえは、この勝利になんの対価も払《はら》わなかった。これは偽《いつわ》りの、ぺてんの勝利だ。だからおまえには、いっさいなにもあたえない」

チェルノボグが熱い怒《いか》りの息を吐《は》き、首をめぐらし、皇后《こうごう》を見つめた。「イリーナ、イリーナ。きみはなにがほしい？　なんでも言ってくれ。きみに贈《おく》り物をあげよう。なんでもいい、ふたつでも、三つでもいい！　そして、ちゃんと対価を払《はら》ったことを、こいつに教えてやってくれ」

けれど、皇后《こうごう》は首を振《ふ》った。「それは無理よ。わたしは、約束したとおり、スターク王とあなたを引き合わせた。わたしがあなたに約束したのは、それだけ。あなたからなにひとつ受け取るつもりもないわ。わたしがこうしたのは、リトヴァス皇国を救うためよ。強欲からではないわ。スターク王は縛《しば》られているのでしょう？　なのにあなたには、彼《かれ》のもたらした冬を打ち破ることはできないの？」

　チェルノボグは猛烈《もうれつ》に怒《おこ》って、スターリク王のまわりをどすどすと歩きながら、ぶつぶつとつぶやき、バチバチと爆《は》ぜ、王に向かって脅《おど》しのことばを吐《は》いた。でも、王はなにも返さなかった。「おまえを、これから毎日、むさぼってやるぞ」チェルノボグは、蛇《へび》が絡《から》みつくようにスターリク王に身を寄せてささやき、片手を上げて、また指先を王のほおに這《は》わせた。蒸気が噴《ふ》き出し、前より濃《こ》いあざが残った。「ひと口飲むごとに、おまえは冷たく、甘《あま》い。ひと口飲むごとに、おまえは骨の髄《ずい》まで焼かれる。いつまで拒《こば》みつづけ、名を隠《かく》していられるだろう？」

「永遠に」スターリク王が低い声で答えた。「たとえ、わたしの命が尽《つ》きるまでむさぼろうとも、わたしはぜったいに、わが王国の門を開かない。おまえがわたしから盗《ぬす》みとれるものはなにひとつない」

「取りあげてやるさ、なにもかも！」チェルノボグが言った。「おまえを鎖《くさり》につないだ。ぜったいに逃《に》がさない。おまえの白い木の実も、ことごとく奪《うば》い、むさぼってやる。おまえの家来《けらい》も召《めし》使《つか》いも飲み干してやる。おまえの山も飲み干す。おまえの山を突《つ》きくずし、すべてを奪《うば》いとってやる！」

「たとえそうしても」と、スターリク王が言った。「たとえそうしても、わたしはおまえを拒《こば》む。わが臣民は、それぞれの名を胸の内に堅《かた》く秘めて、火のなかに飛びこんでみせるだろう。それゆえ、おまえは彼《かれ》らを支配できない。わたしを支配することもできない」

チェルノボグは吠《ほ》えるような怒《いか》りの声をあげ、スターリク王の顔を両手でつかんだ。王は、前よりもっとけたたましい声をあげた。おいらは、父ちゃんが頭から熱いそば粥《がゆ》をかぶったときの叫《さけ》びを思い出し、ワンダのスカートに顔を押《お》しつけ、耳をふさいだ。でもその声を耳から追い出すことはできなかった。ワンダがおいらの手の上から耳をふさぎ、抱《だ》き寄せてくれたけど、それでも無理だった。

スターリク王の叫《さけ》びがおさまっても、まだおいらは震《ふる》えてた。王は体に鎖《くさり》を巻きつけられたまま、床《ゆか》にひざをついた。のしかかるように立つチェルノボグの両手から、しずくがぽたりぽたりと落ちている。チェルノボルグは片手を口にやり、そのしずくを舌で舐《な》めとった。「ああ、なんという甘《あま》さ。なんという味わい。この最後まで残る冷たさはどうだ！」魔物《まもの》は言った。「冬の王よ、氷の王よ。おまえを吸いとってやる。おまえがどんどん小さくなり、最後はこの歯で嚙《か》み砕《くだ》けるかけらになるまで。そのとき、おまえの名にどれほどの価値があるだろう？　いまのうちに、おまえの名を明かしてはどうだ？　まだ偉《い》大《だい》な王のままで火のなかに飛びこめるうちに」

スターリク王が全身を震《ふる》わせ、小さな声で、たったひと言だけ言った。「まっぴらだ」

それはワンダやおいらの〝いやだ〟と同じだった。チェルノボグがなにをしようが、そんなのは関係ない。スターリク王にとって、こいつに自分の名を教えるより深い痛手はないんだ。

チェルノボグが、ブチブチと落胆《らくたん》の音を出した。「では、おまえを銀の鎖《くさり》で縛《しば》り、炎《ほのお》の輪で縛《しば》りつづけてやろう。おまえが心変わりし、名を明かすまで！　やつらを呼べ！」チェルノボグが金切り声をあげた。「やつらを呼べ！　こいつを連れていけ！　どこかに閉じこめろ！」そして突然《とつぜん》、よろめき、倒《たお》れそうになった。

よろよろと進み、椅子《いす》を何脚《きゃく》も倒《たお》し、やっとつかんだ椅子《いす》の背につかまって体を支えた。皇帝《こうてい》の体ががくがくと震《ふる》え、頭が下を向く。皇后《こうごう》が駆《か》け寄ると、チェルノボグは頭をあげて皇后《こうごう》を見つめた。でも、それは人が人を見るときのまなざしだった。そこにいるのはもうチェルノボグじゃなくて、皇帝《こうてい》だった。皇帝《こうてい》はささやくように言った。「衛兵を呼んでくれ」小さな声で話しているのに、まるで音楽の調べのような、澄《す》んだきれいな声に変わっていた。

皇帝《こうてい》が体を返し、扉《とびら》のほうを向いて片手を振《ふ》りあげ、人さし指を立てると、扉《とびら》がひとりでに開いた。ろうそくの火が燃えあがったときと同じだ。ただ、いまは折れ曲がった指がぜんぶまっすぐにもどってる。

扉《とびら》の外にそりはなかった。そこには、がらんとした中庭があるだけだ。「衛兵！」皇帝《こうてい》が声をあげると、兵士たちが中庭に駆《か》けこんできた。剣《けん》を持って鎧《よろい》を身につけていたけど、兵士たちはスターリク王に気づくと、恐《おそ》ろしそうに目を凝《こ》らし、胸の前で十字を切った。

皇帝《こうてい》は、兵士たちのほうへ手を振《ふ》りあげ、人さし指を立てようとした。ろうそくを燃えあがらせたときや、扉《とびら》を開いたときと同じだ。でも皇后《こうごう》が手をのばし、皇帝《こうてい》の腕《うで》に手を添《そ》えて、それをおろさせた。

皇后《こうごう》は、今度は兵士たちに向き直って言った。「勇気を奮《ふる》い起こしなさい！」兵士たちがいっせいに顔を上げた。「ここにいるのは、スターリクの王。この邪悪《じゃあく》な呪《のろ》わしい冬を、わたしたちの土地にもたらした元凶《げんきょう》です。そのスターリクを、神のご加護によって、捕《と》らえることができた。このリトヴァス皇国に春を取りもどすために、わたしたちはこの冬の王を幽閉《ゆうへい》しておかなければなりません。みなさんは信心深い者たちではありませんか？　十字を切り、みずからを浄《きよ》めなさい。それぞれがろうそくを手に持ち、彼《かれ》を囲みなさい！　鎖《くさり》にロープを結び、彼《かれ》を引いていくのです」

衛兵たちはみんなおびえてた。でもそのなかのうんと背の高い、セルゲイぐらい背丈《せたけ》があって、濃《こ》い口ひげを生やした兵士が答えた。「皇后《こうごう》陛下のためなら喜んで」その兵士は中庭からロープを持ってくると、スターリク王に近づき、鎖《くさり》の上から手早くロープで王の体を縛《しば》った。顔をゆがめて一歩さがった兵士の指先が、凍《こお》りついたように真っ白だった。それでも兵士はロープを持ち、ほかの兵士も近づいて手助けし、ロープを引こうとした。でもスターリク王がみずから立ちあがったので、兵士たちがロープをわざわざ引く必要はなかった。残りの衛兵たちがろうそくを持ち、王のまわりについた。

でも兵士たちが歩きだそうとしても、スターリク王はすぐには動かず、振《ふ》り返ってミリエムを見つめた。ミリエムは彼女《かのじょ》の父さんと母さんといっしょに立ち、スターリク王を見つめ返した。ミリエム一家は互《たが》いにしっかりと腕《うで》を絡《から》み合わせていた。スターリク王が縛《しば》られても、ミリエムの顔はまだおびえているように真っ青だった。

スターリク王はミリエムと距離《きょり》をおいたままで言った。「あなたをこの世界から、家族に暇乞《いとまご》いもさせず連れ去るとき、よもやあなたからこのように報復されるとは考えてもみなかった。だが、あなたを見くびっていたことに対して、わたしは真《まこと》の報復を受けた。あなたは、わたしの幾《いく》度《ど》にもわたる侮辱《ぶじょく》に公正にやり返し、みずからの価値を示してみせた。わが命より、わが王国より、わが臣民よりも高い価値を。あなたがわが民を炎《ほのお》のなかに送りこもうとも、わたしに報復する権利はない。自業自得《じごうじとく》だ」

スターリク王はミリエムに向かって深々《ふかぶか》と頭をさげた。それから体を返し、ロープを持つ衛兵のほうに歩きはじめた。ミリエムは両手で頭をかかえ、いまにも泣きそうな声で言った。「あたしになにができるの？　あたしはどうすればいいの？」

20 晴れない心

イリーナの父親が秘密の地下室をもっていたことに、ぼくはそれほど驚《おどろ》かなかった。それはヴィスニアの街の周壁《しゅうへき》の外、枯《か》れ草に覆《おお》われた地面の下にあった。ぼくのたいせつな妃《きさき》は、今回も期待どおりに手回しよくやってくれた。さすがヴィスニア公に鍛《きた》えられた娘《むすめ》だけのことはある。

ユダヤ人街を囲む壁《かべ》に、街の外に出る秘密の扉《とびら》があった。二軒《けん》の家にはさまれた狭《せま》い路地を行くと、突《つ》き当たりにある小さな扉《とびら》だ。あの結婚《けっこん》の祝宴《しゅくえん》があった屋敷《やしき》からそう遠くない。イリーナがそこに一行を導いた。ろうそくを持った衛兵に囲まれたスターリク王はひと言も発せず、まるで塩から削《けず》り出された彫像《ちょうぞう》のようだった。ぼくは隊列の最後尾《さいこうび》についた。

すでに夜も更《ふ》けて、街には酔《よ》っぱらいと物乞《ものご》いしかいないが、この隊列は、はたから見れば、まがまがしい地獄《じごく》の葬列《そうれつ》だったにちがいない。ぼくの腹のなかでは、火の魔物《まもの》が喜悦《きえつ》に身をよじり、喉《のど》を鳴らしていた。そいつの名は、チェルノボグ。長年ともに生きてきた魔物《まもの》の名がようやくわかったとは、なんと喜ばしいことか。

イリーナが路地の突き当たりの煉瓦壁《れんがかべ》に近づき、蔦《つた》の覆《おお》いをのけて、手提げ袋《ぶくろ》から取り出した鍵《かぎ》を使って扉《とびら》をあけた。彼女《かのじょ》の指示によって衛兵の半分が、われらが囚人《しゅうじん》を取り囲む火の輪を保ったまま、細心の注意を払《はら》って戸口をくぐった。そのあとに、あの長身で男前で勇敢《ゆうかん》なる若い衛兵が、囚人《しゅうじん》を縛《しば》ったロープを引いてつづいた。スターリク王は抵抗《ていこう》しなかった。

ぼくの体のいたるところで、スターリク王にぶちのめされた衝撃《しょうげき》が、幽霊《ゆうれい》のこだまのように共鳴していた。彼《かれ》の殴打《おうだ》のひとつひとつが、金床《かなとこ》の上の熱い金属となったぼくを平らに延《の》ばすハンマーだった。だがあのとき、火の魔物《まもの》はぼくに撤退《てったい》するのを許さなかった。ぼくは破壊《はかい》された両手を宙に突《つ》き出し、スターリク王につかみかかった。ぼくは何度でも、王に突進《とっしん》した——折れた肋《あばら》が肺を引き裂《さ》いても、腰《こし》の骨が砕《くだ》けて脚《あし》がもつれても、はずれたあごから小石のように歯がこぼれても。体が熟れた果実のようにつぶれていたとしてもおかしくはなかった。だがたとえそうなったとしても、チェルノボグは、つぶれた果肉のように床《ゆか》に広がったぼくをけしかけていただろう。ぼくの血が王のブーツをぬめりと光らせるのが関の山だとしても。

だからスターリク王がついにぼくたちを煖炉《だんろ》のなかに放って、〝おまえはそこにいろ〟と言い放ったとき、ぼくは安堵《あんど》し、泣きたいくらい感謝した。ああ、王が最後の温情を示し、ぼくの頭を蹴《け》り砕《くだ》き、あの地獄《じごく》の苦しみを永遠に終わらせてくれていたらよかったのだが……。

そうはならず、王はぼくと魔物《まもの》をそこに残した。そしてぼくのかわいいイリーナがやってきて、ぼくの体に腕《うで》を回した。あれこそ醜悪《しゅうあく》なる慰安《いあん》の戯画《ぎが》だった。彼女《かのじょ》がほんとうにぼくを慰《なぐさ》めたいのなら、ぼくの喉《のど》を切り裂《さ》いてくれたらよかったのだ。だが彼女《かのじょ》は、ぼくをまだ利用するつもりだった。彼女《かのじょ》も、と言い直そう。そう、ぼくは永遠に利用されつづける存在なのだ。

イリーナはぼくのそばにひざまずき、せっぱ詰《つ》まった声で言った。「炎《ほのお》の輪をつくらなければならないわ。ろうそくに火を灯せるわね？」あのときぼくは彼女《かのじょ》の前で小さな嗚咽《おえつ》をあげたのか、もしかすると笑いだしたのか……。思い出せないが、最初はせいぜいそのくらいの声しか出せなかった。もうろうとして、自分の身になにが起きたのかさえ、よくわからなかった。それでも彼《か》女《じょ》はぼくの肩《かた》をつかんで、強い口調で言った。「いまスターリク王を止めなければ、あなたは永遠にここに閉じこめられるのよ」それでようやく、ぼくはこの陰惨《いんさん》な事実に気づいた。そうだ、彼女《かのじょ》の言うことは正しい。

死よりも酷《むご》い運命がある、とはまさにこのことだ。ぼくはそれをすでに知っていると思っていた。ああ、なんて無知で愚《おろ》かで幼かったのだろう！　ぼくは死に至る一歩手前の壊《こわ》れた体で、煖《だん》炉《ろ》の灰と燃え殻《がら》のなかに横たわっていた。この屋敷《やしき》の者たちが、いや、この近隣《きんりん》の者たちが、煖《だん》炉《ろ》のなかにねじれて横たわるぼくの凄惨《せいさん》な骸《むくろ》に恐《おそ》れをなし、こぞって逃《に》げていくところを想像した。窓と戸に板が打ちつけられ、屋敷《やしき》はまるごと焼かれ、ぼくは黒焦《くろこ》げの残骸《ざんがい》のなかに葬《ほうむ》られる。

そして葬《ほうむ》られてもなお耳の底では魔物《まもの》が吠《ほ》えつづけ、もう獲物《えもの》を仕留められなくなった腹いせに、このぼくを永遠にむさぼりつづけるのだ。

だから、ぼくは立ちあがるしかなかった。そして、魔物《まもの》がぼくにあたえた、まるで従順な犬に投げられたくず肉のようなわずかな魔力《まりょく》と、かすれた弱々《よわよわ》しい呪文《じゅもん》で、わが愛する妃《きさき》と、愛するご主人のために、スターリク王を拘束《こうそく》した。そして褒美《ほうび》があたえられた。そう、体がもとどおりになった！　喉《のど》からごぼごぼと血が噴《ふ》き出すことなく、息ができた！　立って、歩けて、この目でものが見える！　それにどんなに感謝したことだろう。

ただし、ここから逃《に》げられるわけではないことも、よくわかっていた。ただ先送りしたにすぎなかった——遅《おそ》かれ早かれ、自分に降りかかる運命を。チェルノボグはぜったいにぼくを手放さないし、死なせもしない。なぜだ？　生かしておく必要などないのに。魔物《まもの》との契約《けいやく》には期間の制限がなかった。だから、これから自分にできることは、これまでに自分がしてきたことだ。つまり、打つ手なし。えさが来たらそれを捕《と》らえ、むさぼり、自分の脂《あぶら》ぎった指を舐《な》め、余力があるなら耐《た》えられる人生にするように努めつづけること。

こうして、ぼくはまた夜気を吸い、もとにもどった美しくかたちのよい自分の指を見つめる。そして、わが妃《きさき》と衛兵たちのあとにつづいて、狭《せま》い路地の奥《おく》にある小さな扉《とびら》をくぐり抜《ぬ》ける。チェルノボグがスターリクというご馳走《ちそう》にありついているかぎり、ぼくはそれほどつらい目にも遭《あ》わずにすむだろう。腹のなかで満足した魔物《まもの》がまどろみかけている。ああ、長く眠《ねむ》りつづけてくれますように。

街の周壁《しゅうへき》の外に出て、小さな丘《おか》の上まで進んだ。一本の枯《か》れ木がその場所の目印になっていた。イリーナは衛兵たちに、スタークリク王を囲んだままろうそくを地面におろすように命じ、彼《かれ》らに向かって言った。「今夜、あなたがたは、リトヴァス皇国と神のために働きました。その功績に褒賞《ほうしょう》をあたえます。さあ、いまから街にもどりなさい。ただし、宿舎にもどる前に、教会に寄って神に感謝を捧《ささ》げるのを忘れないように。そして、今夜見たことを、ぜったいに他言してはなりません」

兵士たちは蜘蛛《くも》の子を散らすようにいなくなった。実に心得た男たちだ。だがただひとり、この場から離《はな》れない勇敢《ゆうかん》なる兵士がいた。彼《かれ》は手にしていたロープをろうそくの輪のなかに慎重《しんちょう》におろし、イリーナをあおいだ。「皇后陛下《こうごうへいか》、ここに残って、あなたにお仕えしたいのですが、お許しくださいますか？」

イリーナが彼《かれ》を見て、尋《たず》ねる。「あなたの名は？」

「ティムール・カリモフです、皇后陛下《こうごうへいか》」男は答えた。ほう、ずいぶん熱心に皇后《こうごう》に仕えたがるものだ。もちろん報酬《ほうしゅう》もあてにしているのだろう。ふと、この男にはタタール人の血が流れているのではないかと考えた。浅黒い肌《はだ》、端正《たんせい》な顔だち、広い肩《かた》、濃《こ》い色の髪《かみ》に淡《あわ》い色の瞳《ひとみ》。口ひげを生やしているところからしても、そうにちがいない。彼《かれ》なら、うってつけなのではないだろうか。つまり、イリーナがぼくには世継《よつ》ぎを求めないとしても、いずれはだれかがぼくの代わりを担わなければならない日が来るのではないか。

「ティムール・カリモフ、きみはよい働きをしてくれた」ぼくがそう切り出すと、彼《かれ》ははっと身を引いた。ようやく皇后《こうごう》のとなりいるのがその夫、リトヴァス皇国皇帝《こうてい》であることに気づいてくれたようだ。問答無用で彼《かれ》を城の門の前に引きずり出し、目をくりぬき、舌を裂《さ》き、両手を切り落としてやれる権力をもつ男を前に、彼《かれ》がわずかでも対抗心《たいこうしん》を燃やしてくれたら、ぼくはささやかに報われたことだろう。ところがぼくを見る彼《かれ》の目ときたら、みじめな羨望《せんぼう》でしかなかったのだ。見返りなど期待せず、夢に描《えが》く英雄《えいゆう》のようにふるまってみたが、結局は、身のほど知らずだったと気づかされたかのように。やれやれ、この野心の足りなさはどうにかしてもらわなければ。

「その働きによって、きみを皇后《こうごう》付きの護衛隊長に任命する。今夜のような勇気をもって、わが至高の宝、皇后《こうごう》を守ってくれ」ぼくは言ったが、どう考えても、これはやりすぎだった。

ティムール・カリモフが前に進み出て、片ひざをつき、ぼくの手にキスをして言った。「皇帝《こうてい》陛下、わが命を賭《か》けてお誓《ちか》い申しあげます」舞台《ぶたい》役者のような派手なせりふ回しで、男はいまにも泣きそうだった。

「ああ、聞きとどけたぞ」ぼくはキスされた手を引っこめながら言った。イリーナが、ぼくの真意をはかりかねるように、かすかに眉《まゆ》をひそめてぼくを見つめていた。ぼくは、まだ頭《こうべ》を垂れている魅力《みりょく》的な若き勇士に鋭《するど》い一瞥《いちべつ》をくれたあと、イリーナのほうをちらりと見た。

イリーナが柄《がら》にもなくほおを染めた。ああ、やっと気づいたか。あれほど王位継承《けいしょう》の重要性についてぼくに説教しておきながら、彼女《かのじょ》はぼくの意図に最初はまったく気づいていなかったようだ。「どうかな？」と、彼女《かのじょ》のほうを向いて言っておいた。ティムールをそばにはべらせておくことは、ぼくにとってさほど不快《ふかい》ではない。彼《かれ》はぼくたちの秘密を外に洩《も》らしはしないだろう。なぜなら、それは敬愛する美しい皇后《こうごう》陛下に対する背信行為《こうい》になるのだから。

イリーナも頭のなかで納得したにちがいない。すぐにスターリク王の足もとを指さし、ティムールに命令した。「ここを掘《ほ》りなさい」

石を取りのぞき、秘密の戸を掘《ほ》り出すのに、それほど手間はかからなかった。戸があらわれると、イリーナはすぐにノックした。一瞬《いっしゅん》の間をおいて、戸が下に開き、暗がりのなかからぼくの義父、ヴィスニア公爵《こうしゃく》、エルディヴィラスが顔をのぞかせた。

公爵《こうしゃく》はイリーナにうなずき、スターリク王を下におろせるように空間をあけた。この地下で彼《かれ》はみずからツルハシを振《ふ》るい、作業に精を出していた。石に囲まれた小さな部屋に円形の溝《みぞ》が掘《ほ》られ、その溝《みぞ》が石炭で満たされている。溝《みぞ》の外には新たな十二本のろうそくの円陣《えんじん》ができていた。

スターリク王を封《ふう》じこめる二重の円陣《えんじん》だ。壁《かべ》に寄せられた一輪車には、補給用の石炭やろうそく。すべてが整然と準備されていた。

ティムールが石炭の輪のなかにスターリク王を引き入れ、自分だけ溝《みぞ》をまたいでもどると、ロープをスターリク王の足もとに放った。スターリク王はそれを無視して、輪のなかに立ち、ぼくたちを見つめた。銀の鎖《くさり》に縛《しば》られても、なお誇《ほこ》り高く、冷たいつららのように輝《かがや》く顔をもちあげていた。なんという不思議な姿だろう。地下牢《ちかろう》に、冬そのものを閉じこめてしまったかのようだ。彼《かれ》には生きものらしい感じがない。二度見したときにはもう変わっているような、奇妙《きみょう》に移ろうなにかがある。顔のとがった部分がたえず溶《と》けて、またかたちづくられていくように。美しいとは言えない。むしろ恐《おそ》ろしい。いや、やはり美しい。いや、美しくて恐《おそ》ろしい。一瞬《いっしゅん》ごとに変化するので、これだと言いきることができない。

なにかがぼくの頭のなかで引っかかっていた。彼《かれ》を絵に描《か》いてみたい、と思った。銀の鎖《くさり》と炎《ほのお》ではなく、ペンとインクによって彼《かれ》を捕《と》らえることができたらどんなにいいだろう。それから、暗がりのなかに立つイリーナのほうに目をやった。スターリク王の発する冷たい青い光に、彼女《かのじょ》のほおや銀の冠《かんむり》や、銀のドレスにちりばめられた赤いルビーが照り映えていた。ふいに、この姿こそ人々の目に見えている彼女《かのじょ》ではないのか、と思った。人々は彼女《かのじょ》のなかにスターリクを見ているのではないか。それでいながら、かぎりなく人間に近い姿かたちに、心をつかまれるのではないか。

腹のなかでチェルノボグが身じろぎし、小さなげっぷをした。これまでにない、とびきりの不《ふ》快《かい》さだった。魔物《まもの》にけしかけられて、ぼくは指を伸《の》ばし、円い溝《みぞ》を満たす石炭に火を放った。たちまち赤い炎《ほのお》が噴《ふ》きあがる。ティムールがひるんで後ずさった。スターリク王はひるまなかった。彼《かれ》がわずかでもひるんでくれたなら、それが彼《かれ》の尊厳を損なうことがなかったとしても、ぼくはぐっときただろう。思うぞんぶんおびえてくれ、と彼《かれ》に向かって言いたくなったが呑《の》みこんだ。腹のなかのチェルノボグは、人の尊厳などには、はなから興味がない。ただ自足を求めているだけだ。

「そろそろ出ていかないか？」ぼくはイリーナに言った。「残念ながら、ここは長居したくなるほど魅力《みりょく》的な場所じゃない。たしか、あしたも結婚式《けっこんしき》があるだろう？　まさに結婚《けっこん》の季節だな」

スターリク王を見つめていたイリーナが、ぼくのほうを振《ふ》り返った。

「そうね」と、彼女《かのじょ》はそっけなく返した。周到《しゅうとう》に準備した計画をやりとげたというのに、まったくうれしそうではない。目的はとどこおりなく果たされた、と思えるのだが……。もちろん、ぼくには明かしていないことがあるのなら、話はべつだ。たとえば、あの煖炉《だんろ》にぼくを捨てておくつもりだったとか、金の鎖《くさり》でつなぎ氷で囲んで封《ふう》じこめるつもりだったとか。いまと逆の結果もありえない話ではなかった。考えれば考えるほど、そんなことが予定されていたのだという疑いが濃《こ》くなった。ああ、なんて愚《おろ》かなやつなのだろう、このぼくときたら。背中にナイフを突《つ》きつけられる危険はなおもつづいているのだ。

「信用できる男か？」公爵《こうしゃく》がティムールのほうを示して、イリーナに尋《たず》ねた。彼女《かのじょ》がうなずく。

「けっこう。彼《かれ》はわたしに同行させる。隠《かく》し戸をふさぐ役目と護衛を頼《たの》もう。おまえは、この地下道をまっすぐ行け。横道には入るな。途中《とちゅう》にいくつか古い下水溝《げすいこう》を渡《わた》ることになるだろう」

なかなかすてきな散歩になりそうだ。ぼくは、心にいずる彼女《かのじょ》への真摯《しんし》な愛情を最後の一滴《いってき》までしぼりきるようにほほえみかけ、丁重《ていちょう》に彼女《かのじょ》に腕《うで》を差し出した。彼女《かのじょ》は前以上にそっけなく、ガラスのような冷ややかさでぼくを見つめ、ぼくの腕《うで》に手を添《そ》えた。ぼくたちは、炎《ほのお》で封印《ふういん》されて無言で立ちつづけるスターリク王をひとり残して、歩きはじめた。そこは暗闇《くらやみ》がどこまでもつづくネズミたちのトンネルだった。汚臭《おしゅう》が満ち、白いうじ虫のような木々の根っこが垂れさがり、きしみのようなネズミたちの鳴き声があちこちから聞こえた。明かりの代わりに、片手で包むように火を出現させると、赤い炎《ほのお》が土の壁《かべ》にゆらゆらと影《かげ》を落とした。

「なんという便利な抜《ぬ》け穴だ」ぼくは言った。「きみの父上はまさか、皇位を狙《ねら》って謀反《むほん》の企《くわだ》てをしていたのではあるまいな？　そんなことはもう起きそうもないと思っていたが……はたしてそうか？」イリーナはぼくをちらりと見ただけだった。「きみは、ぼくをばかなやつだと思っているな」ちくりと言ってやった。彼女《かのじょ》の説教より沈黙《ちんもく》のほうが腹立たしかった。こんなことを人に尋《たず》ねたことはない。そもそも、彼女《かのじょ》と結婚《けっこん》などしたくなかった。彼女《かのじょ》の生き残りのために手を貸したくなどなかった。そのために、卵の殻《から》のようにたたきつぶされたくなどなかった。呑《の》みこんでしまった熱い石炭のようにぼくの体内にいすわるチェルノボグは、いまは腹を満たし、自足している。そして、彼女《かのじょ》もまた自足している。まちがいない。ぼくにはここで彼女《かのじょ》を突《つ》き飛ばし、地下道のなかに置き去りにすることとさえできないのだ。

「あなた、だいじょうぶ？」イリーナが唐突《とうとつ》に尋《たず》ねた。

ぼくは笑いだした。ああ、なにもかもくだらない。「ああ、なんとちっぽけなものであることよ。わが苦悩《くのう》も、そこかしこに開く死に至る傷口も」彼女《かのじょ》をからかってやった。「いや、ぼくのことはいいんだ。いつでも喜んできみに仕えよう。ふむ、喜んでなのかどうかは迷うところだが。それについてはあとで考えればいい。きみは、ぼくにどうしてほしい？　ぼくはきみに感謝すべきなのか？」

彼女《かのじょ》はしばしためらってから言った。「この冬も、もう終わりよ。リトヴァス皇国には――」

「リトヴァス皇国がなんだ！」ぼくはきつく返した。「ぼくたちは虫けらどものために小芝居《こしばい》を打っているのか、それとも、これはきみにとって皇后《こうごう》としてのふるまいに磨《みが》きをかける鍛錬《たんれん》なのか？　リトヴァス皇国は、最後に残った者たちでさえ互《たが》いに殺し合う戦場も同然だ。きみはそうではないかのように装いたいのか？　ぼくに、リトヴァス皇国のなにを案じろと言うのだ？　貴族たちは、嬉々《きき》としてぼくの喉《のど》を裂《さ》くだろう。農民たちは、土地をだれが統治しているかさえ知らない。土はだれのことも案じない。そんなものに、あるいは、きみに、どうしてぼくが責任を負わなければならない？

ぼくはチェス盤《ばん》の上できみがぼくとダンスを踊《おど》ろうとするのを止めることはできない。でも、きみに感謝するつもりはない。わが妃《きさき》よ、ぼくを利用してくれてありがとう、などと卑屈《ひくつ》な猿《さる》のように恐《おそ》れ入って、きみに感謝するつもりはないぞ。ぼくを血まみれの肉片に変えてこの地下道に捨てられたら、きみはうれしいか？　そんなことはつゆ考えていないかのように装うな。舞台《ぶたい》の袖《そで》には、つぎの皇帝《こうてい》が控《ひか》えているのだろう？　きみならそんなことは、とっくにお膳立《ぜんだ》てのはずだろう？」

ありがたくも、彼女《かのじょ》はしばらく黙《だま》ってくれた。だが、その沈黙《ちんもく》はぼくを満足させるほど長くはつづかなかった。ぼくたちは地下道の行き止まりに着いたのだ。天井《てんじょう》がアーチ形の通路を抜《ぬ》けると、その先にあるのは窮屈《きゅうくつ》なクローゼットのような空間で、目の前に煉瓦《れんが》の壁《かべ》が立ちふさがった。その一部に巧妙《こうみょう》に扉《とびら》が隠《かく》されており、押《お》しあけると、そこは地下のワイン庫だった。扉《とびら》を抜けて、また扉《とびら》を押《お》しもどした。そうすると、もうどこに扉《とびら》があるのかわからない。煉瓦《れんが》に指先をはわせると、かろうじて扉《とびら》の端《はし》を見つけることができた。そこだけ漆喰《しっくい》が欠けているからだ。チェルノボグが腹のなかで、満足げにのんびりと鼻歌を歌っていた。明日も行くからな、明日もまた飲み干してやるからな、と。

イリーナが闇《やみ》のなかからぼくを見つめていた。ぼくは手のひらを閉じて、炎《ほのお》を消した。階段にはかすかなランプの明かりが灯っている。彼女《かのじょ》の黒い池のような瞳《ひとみ》にその明かりが映っていた。

「あなたにとっては、すべてがどうでもいいのね」彼女《かのじょ》は言った。「でも、皇帝《こうてい》になるために取引を結んだのはあなた。義兄を玉座から蹴落《けお》とし――」

イリーナのことばは、肋《あばら》から心臓に達する魔物《まもの》の殴打《おうだ》のように、ぼくを打ちのめした。彼女《かのじょ》への憎《にく》しみがふつふつと沸《わ》いた。「残念ながら、きみは義兄のカロリスを好きになれなかったろうな」ぼくは、食いしばった歯のあいだからささやいた。「リスを殺すことをぼくに教えてくれたのは、だれだと思う？　カロリスだよ。彼《かれ》のほかはだれひとり、魔女《まじょ》の息子なんか相手にしなかった。態度を変えたのは、その魔女《まじょ》の息子がついに……………」

ぼくは口をつぐんだ。うっかりしていた。まだ、この問題についてぼくは賢《かしこ》さが足りない。チェルノボグが腹のなかでかすかに身じろぎし、舌をぼくの頭蓋《ずがい》の裏にものうげに這《は》わせ、しぼり出される苦痛を思いがけないご馳走《ちそう》のようにむさぼった。こんなに腹を満たしたやつを、まだこのぼくが満足させられるとは……。

イリーナがこちらをじっと見つめている。「あなたはお義兄《にい》さまを愛していたのね。それでも、魔物《まもの》と契約《けいやく》を結んだというわけ？」

「いいや、ちがうな」怒《いか》りで声がかすれた。「ぼくには一度たりとも、契約《けいやく》を結ぶ機会はなかった。ぼくの母は、きみほど幸運ではなかったんだよ、かわいいイリーナ。母には最初から用意された冠《かんむり》も、魔法《まほう》が生みだす美しさもなかった。そういったものを手に入れるためにスターリクの王を利用することもなかった。そのかわり、母は魔物《まもの》に約束手形を切った。このぼくが母の腹から産み落とされたのは、その契約書《けいやくしょ》のインクがもはや乾《かわ》ききったあとだったのさ」

イリーナがもどってきたとき、わたくしは寝室《しんしつ》の片隅《かたすみ》で、急ぎの縫《ぬ》い物に精を出しておりました。その前にパルミラのところへ行って、イリーナは皇帝《こうてい》の命《めい》により同じドレスを二度と着られないので、もし彼女《かのじょ》のために仕立て直せるドレスがあるなら、それと引き替《か》えに、ルビーをちりばめた青いドレスをガリナのために仕立て直そう、そのような提案をしたのでした。公爵《こうしゃく》夫人ガリナは、ドレスのルビーの出所など知りたがらないでしょう。侍女《じじょ》のパルミラもです。宝石は美しくて贅沢《ぜいたく》な貴石、それで充分《じゅうぶん》。だれかが血ではなく金貨で購《あがな》ったものであればいい。そう、残《ざん》虐《ぎゃく》さとは無縁《むえん》な、ひたすら美しいものであってほしいのです。

もし替《か》えのドレスが手に入れば、それを仕立て直すために夜なべ仕事がはじまるはずでした。

ランプのそばで縫《ぬ》い物をしながら、イリーナを待つ長い夜になるだろうと、わたくしは思っていました。

「けれども、とびきり美しいドレスでないとだめなのです」わたくしは、パルミラに言いました。「ごらんになったでしょう？　皇帝陛下《こうてい》がどんなに美しく装っておられるか。それにふさわしい装いが、イリーナさまにも求められているのですよ」パルミラは、深いエメラルドグリーンの錦《にしき》織《おり》と若葉色の絹地で仕立て、銀糸で刺繡《ししゅう》したドレスを出してきました。部屋まで運ぶのに若いメイドの手を借りねばならないほど、ずっしりと重いドレスでした。銀糸の刺繡《ししゅう》に加えて、小粒《こつぶ》のエメラルドまでちりばめられています。エメラルドはルビーほど高価でないものの、ふんだんに使われて、まばゆく輝《かがや》いています。それはガリナが最初の結婚《けっこん》をする前、娘時代《むすめじだい》に着ていたものでした。いまの彼女《かのじょ》には小さすぎて着られませんが、いずれ娘《むすめ》か息子の嫁《よめ》――すぐそばにいる義理の娘《むすめ》ではなく！――に譲《ゆず》ろうと、しまっておいたということです。

そのドレスをイリーナのために仕立て直すとしたら、かなり手間がかかりそうでした。イリーナの胸まわりは、このドレスよりかなり細いのです。そんなわけで、イリーナがもどってきたのは、わたくしがドレスの胴着部分《どうぎ》の直しをやっと終えたころでした。彼女《かのじょ》の顔はうつろで、血の気が失せて、ドレスのルビーがまるで飛び散った血のように見えました。

皇帝《こうてい》はすぐに煖炉《だんろ》のそばに行き、召使《めしつか》いたちを呼び、ホットワインを持ってくるよう命じまし

愛読者カード

ご購読ありがとうございました。今後の参考とさせていただきますので、ご協力をお願いいたします。また、新刊案内等をお送りさせていただくことがあります。

【1】本のタイトルをお書きください。

【2】この本を何でお知りになりましたか。

1.新聞広告(　　　　　　　　　　新聞)　2.書店で実物を見て
3.図書館・図書室で　4.人にすすめられて　5.インターネット
6.その他(　　　　　　　　　　　　　　　　)

【3】お買い求めになった理由をお聞かせください。

1.タイトルにひかれて　2.テーマやジャンルに興味があるので
3.作家・画家のファン　4.カバーデザインが良かったから
5.その他(　　　　　　　　　　　　　　　　)

【4】毎号読んでいる新聞・雑誌を教えてください。

【5】最近読んで面白かった本や、これから読んでみたい作家、テーマをお書きください。

【6】本書についてのご意見、ご感想をお聞かせください。

●ご記入のご感想を、広告等、本のPRに使わせていただいてもよろしいですか。
下の□に✓をご記入ください。　□ 実名で可　□ 匿名で可　□ 不可

ご協力ありがとうございまし

郵便はがき

料金受取人払郵便

麹町局承認

72

差出有効期間
2020年11月
30日まで
（切手をはらずに
ご投函ください）

102-8790

206

東京都千代田区九段北
一―十五―十五
瑞鳥ビル五階

（受取人）

静山社 行

住所	〒 都道府県		
フリガナ		年齢	歳
氏名			
		性別	男　女
TEL	（　　）		
E-Mail			

山社ウェブサイト　www.sayzansha.com

た。そして両手を宙に突《つ》き出し、召使《めしつか》いたちが赤いベルベットの上着を脱《ぬ》がせるのにまかせます。まるでなにごともなかったかのように。

わたくしは、イリーナの細い手を取りました。けれど、彼女《かのじょ》はわたくしに手を調べさせることも、外套《がいとう》を脱《ぬ》ぐことも拒《こば》みました。それでもわたくしは腕《うで》を回して彼女《かのじょ》の体を支え、椅子《いす》にすわらせました。体が冷えきっているわけでも、震《ふる》えているわけでもありません。ですが、彼女《かのじょ》の顔は雪原のように白く、髪《かみ》にはおぞましい煙《けむり》の臭《にお》いが染みついていました。そして、青いドレスには血が……。乾《かわ》いて黒ずんでいますが、血にまちがいありません。よく見れば、血は彼女《かのじょ》の爪《つめ》や手のひらにもついています。わたくしは頭をなでて、「お風呂《ふろ》にいたしましょう」とささやきました。「わたくしが髪《かみ》を洗ってさしあげます」イリーナは返事をしませんでしたが、わたくしは召使《めしつか》いに命じて湯浴《ゆあ》みと、ドレスを洗うための水を用意させました。

皇帝《こうてい》はすでに部屋着姿になって、ベッドを暖めさせているあいだ、ホットワインを飲んでいます。浴槽《よくそう》が持ちこまれ、湯浴《ゆあ》みの準備ができるころ、皇帝《こうてい》はベッドに入り、カーテンを引きました。わたくしは部屋にいた召使《めしつか》いたちを外に出し、イリーナの頭から冠《かんむり》を取りのぞきました。彼女《かのじょ》は一瞬《いっしゅん》おびえたように頭に手をやりましたが、ベッドのほうを見て皇帝《こうてい》が眠《ねむ》っていることを確かめると、あとはわたくしのなすがままにさせてくれました。首飾《くびかざ》りがなくなっているのに気づきましたが、なにも尋《たず》ねませんでした。

最初は洗面器のなかで、彼女《かのじょ》の手と腕《うで》を洗いました。水は汚《よご》れましたが、ほとんど土のせいで、赤く染まってはいません。洗面器を持ちあげ、震《ふる》えながらバルコニーに出て、水を捨てました。はるか下は石畳《いしだたみ》。公爵《こうしゃく》おかかえの軍隊が訓練をする広場ですから、少々《しょうしょう》血を落としたところで、だれも気づかないでしょう。わたくしは青いドレスも脱《ぬ》がせ、新たに水を差した洗面器に浸《ひた》しました。血の染みは古いものではなかったので、すぐに水に溶《と》け出しました。

そのあと、イリーナが浴槽《よくそう》に入るのを助けました。以前の部屋から持ち出してきた、乾燥《かんそう》させたミトラを湯に浸《ひた》し、彼女《かのじょ》の髪《かみ》を洗いました。ミトラの葉と枝のかぐわしい香《かお》りが立ちのぼります。髪《かみ》を三度洗い、鼻を近づけてみると、ようやく煙《けむり》の臭《にお》いが消えていました。イリーナを浴槽《よくそう》から出し、シーツで体をふいて、煖炉《だんろ》のそばにすわらせ、髪《かみ》をくしけずりました。煖炉《だんろ》の火は弱くなっていましたが、新しい薪《まき》は加えませんでした。部屋のなかは、もうそんなに寒くなかったのです。

イリーナは椅子《いす》にすわったまま、眠《ねむ》ってしまいそうでした。わたくしが彼女《かのじょ》のために歌いながら髪《かみ》を梳《と》かし、最後の仕上げとして頭のてっぺんから毛先まで櫛《くし》を通したときには、すでに椅子《いす》の背に頭をあずけて眠《ねむ》っていました。

洗面器のなかで青いドレスから血が溶《と》け出したので、ドレスだけ取り出し、ふたたびバルコニーから汚《よご》れた水を捨てました。でも今回は、外に出ても寒くありませんでした。暖かい大気がほおに触《ふ》れ、みずみずしい木々と土の匂《にお》いがしました。あまりに冬が長かったので、忘れかけていた春の匂《にお》いです。わたくしは赤い水が満ちた洗面器をかかえたまま、春の息吹《いぶき》を吸いこみました。洗面器の重さに手が震《ふる》えているのに気づき、汚《よご》れた水を少しずつ下の石畳《いしだたみ》に捨てて、部屋のなかにもどりました。バルコニーの扉《とびら》を閉めなかったので、春の息吹《いぶき》は部屋のなかにも流れこんできました。

ああ、こうして冬を終わらせたのは、愛《いと》しいイリーナ、わたくしの勇敢《ゆうかん》なる女主人です。彼女《かのじょ》は出ていき、血にまみれて帰ってきました。そして、わたくしたちに春をもちかえったのです。イリーナは無事に帰ってきました。それは、わたくしにとって、春の訪れと同じくらい、いいえ、それ以上に価値のあることでした。

何度も水を替《か》えて青いドレスを洗い、やっと染みを落とすことができました。とても慎重《しんちょう》に扱《あつか》ったので、縫《ぬ》いつけられたビーズが落ちることはありませんでした。ドレスを椅子《いす》の背にかけ、バルコニーに干しました。あとでパルミラに渡《わた》しても、彼女《かのじょ》はこれに血の染みがついていたことなど知るよしもありません。

室内にもどると、イリーナは椅子《いす》のそばにシーツですっぽり体を包んで立ち、窓の外をながめていました。長く垂らした髪《かみ》はほとんど乾《かわ》いています。空が白みはじめていました。イリーナが裸足《はだし》のままバルコニーに出ました。わたくしは、お風邪《かぜ》を召《め》しますよ、イリーナさま、と言いかけて口をつぐみました。そのかわり、彼女《かのじょ》が手すりまで近づけるように、干したドレスと椅子《いす》を動かしました。彼女《かのじょ》が手すりのそばに立つと、わたくしも横に行き、彼女《かのじょ》の細い体が冷えないように腕《うで》を背中に回しました。鳥たちの騒《さわ》がしいさえずりが、けものたちの呼び交わす声が、遠くから聞こえます。それらは刻々《こっこく》とこちらに近づき、ついにはわたくしたちを取り囲みました。リスたちが庭園の木陰《こかげ》から飛び出してくると、ほどなく朝日が木々の葉に、やわらかな若葉に降りそそぎました。イリーナとわたくしは、うれしげな小鳥たちといっしょに、朝の太陽が雪原ではなく緑広がる世界にのぼるのを見とどけました。

わたくしはイリーナの頭をなでて、ささやきました。「うまくいきましたね、イリーナさま。すべてがうまくいきましたね」

「マグレータ」と、彼女《かのじょ》はわたくしのほうは見ずに言いました。「あの人は……ミルナティウスは、いつもあんなに美しかったの？　子どものときからずっと？」

「ええ、ずっとです」ほとんど考える必要もありませんでした。よく憶《おぼ》えていたのです。「揺《ゆ》りかごのなかにいるときから、とても美しい子でした。彼《かれ》の洗礼式に出席したことも憶《おぼ》えています。その瞳《ひとみ》は宝石のようでした。あなたのお父さまは、彼《かれ》の里親になろうとお考えでした。あなたのお母さまとのあいだに、まだ子がいませんでしたから。お父さまは、多くの子息がいる家よりは子のない自分のもとで育てたほうがよいと考え、前皇帝《こうてい》を説得なさろうとしたのです。でも、あなたのお母さまは、その赤《あか》ん坊《ぼう》を抱《だ》こうとなさいません。ただ、石のように赤《あか》ん坊《ぼう》のベッドのかたわらに立つばかりでした。乳母《うば》たちもその子をあなたのお母さまの腕《うで》にあずけることはできませんでした。ああ、お父さまがどれほど立腹なさったことか」

そのときのことがよみがえり、わたくしは思わず首を振《ふ》りました。公爵《こうしゃく》が声を荒《あら》らげて、ある朝、その子のところに行って腕《うで》に抱《だ》くようにと、イリーナの母親であるシルヴィアに命じたのでした。公爵《こうしゃく》はその子の美しさについて語り、妻とのあいだに子ができないことを憂《うれ》いてみせました。シルヴィアは目を伏《ふ》せたまま黙《だま》って聞いていました。ひと言もなにも言わず……。

いいえ、いま、ふいに——一滴《いってき》の油が水面《みなも》に広がるような速さで——思い出しました。公爵《こうしゃく》がさんざん怒鳴《どな》り散らしたあとに、シルヴィアはあの銀色の瞳《ひとみ》で彼《かれ》を見あげ、とても静かにこう言ったのです。「承服できません。いずれべつの子がこの家に生まれ、その子は冬の冠《かんむり》を頭にのせることになるでしょう」公爵《こうしゃく》はもう怒鳴《どな》りませんでした。彼女《かのじょ》の両手を取って、接吻《せっぷん》しました。それからは二度と、皇帝《こうてい》の子の里親になろうとは言わなくなりました。シルヴィアがイリーナを生んだのは、それから四年後のこと。イリーナが生まれたあと、わたくしはそれをすっかり忘れておりました。

イリーナはいまわたくしの横にいて、父親から受け継《つ》いだ鷹《たか》のように鋭《するど》いまなざしで、春の景色をながめています。冬の冠《かんむり》をのせた、わたくしの愛する皇后《こうごう》。その顔にはいまも血の気がもどりません。わたくしは、少しでも慰《なぐさ》めたくて、彼女《かのじょ》を抱《だ》きしめました。でもなにがこれほどまで彼女《かのじょ》を傷つけたのでしょう。「なかに入りましょう、イリーナさま。もうお髪《かみ》が乾《かわ》いています。結ってさしあげますから、そのあとは少しお休みなさいまし。あの寝椅子《ねいす》に横になって。だれもこの部屋に入らせません。あの方のいるベッドに行く必要はありませんよ」

「ええ、わかっているわ。わたしは、彼《かれ》の横で眠《ねむ》る必要はないの」

わたくしはそのあと、イリーナの髪《かみ》を三つ編みに結いました。寝椅子《ねいす》に寝《ね》かせ、上掛《うわが》けをかけてあげました。それから廊下《ろうか》に出て、そこにいた従者に、皇帝《こうてい》と皇后《こうごう》はたいへんお疲《つか》れなので、眠《ねむ》りをさまたげないように、と伝えました。そして、あのエメラルドグリーンのドレスを窓辺へ持っていき、春の大気のなかで最後の仕上げに取りかかったのです。

翌朝、祖父の家で目覚めると、寝室《しんしつ》のなかが息苦しいほど暑くなっていた。まだ半ば眠《ねむ》ったまま、あたしは新しい空気を入れようと窓辺に近づいた。父さんと母さんは、同じ部屋のベッドで眠《ねむ》っていた。

窓辺に近づくとき、黄金をちりばめた白いドレスをまたぎ越《こ》えた。昨夜は蛇《へび》が皮を脱《ぬ》ぐようにこのドレスを脱《ぬ》ぎ捨て、這《は》うようにベッドに入った。両親から話しかけられても、もうろうとして、なにを尋《たず》ねられているかさえわからなかった。そのうちふたりはあきらめて、あたしの頭に手を添《そ》えた。ふたりが小さな声で歌ってくれるのを聞きながら、眠《ねむ》りに落ちた。なつかしい薪《まき》の燃える匂《にお》い、毛織物の匂《にお》い。ああ、また温もりのある世界にもどってきた。とうとう、もどってくることができた……。

窓をあけると、暖かい風が顔に吹《ふ》きつけた。そこは屋敷《やしき》の高い階だったので、ヴィスニアの街の周壁《しゅうへき》と、その向こうの平原と森を見わたすことができた。平原は緑一色だった。緑、緑、緑……。緑のライ麦畑も見えた。ライ麦は、春が来て四ヵ月が過ぎたころの高さまで育っていた。木々の葉は新緑の緑ではなくて、少し暗い夏の緑。野に花が咲《さ》き乱れ、下に見える祖母の果樹園も花盛りだった。プラム、サクランボ、林檎《りんご》の花が一度に花を咲《さ》かせ、窓辺にならぶ木箱にも花があふれていた。世界じゅうの蜂《はち》がいっせいに仕事をはじめたかのように、大気が低い羽音で満たされていた。雪の痕跡《こんせき》は地上のどこをさがしても見つからない。

朝食は、あたしの舌にはどんな味もしなかった。そのあと、金をちりばめた白いドレスをたたみ、紙で包んだ。それを持って外に出ると、通りには人があふれていた。シナゴーグの前を通り過ぎるとき、歌声が聞こえた。週の半ばでまだ午前中だというのに、シナゴーグは人でいっぱいだった。市場ではみんな仕事を放り出して、なにが起きたかを語り合うのに夢中だった。神の手がどのようにスターリク王を皇帝《こうてい》のもとに送りこんだのか、そしてどのように魔術《まじゅつ》で引き延ばされていた冬を終わらせたのか。

あたしが公爵邸《こうしゃくてい》の門を通過できたのは、召使《めしつか》いのひとりに美しいドレスの端《はし》っこを見せたからだった。それでも通用口の前でしばらく待たされた。一時間ほどしてやっと伝言が届いたらしく、イリーナからお呼びがかかった。もちろん、時間がかかるのは当然だ。イリーナはリトヴァス皇国皇后《こうごう》。あたしは、ユダヤ人街から茶色の地味なドレスでやってきた、ただの金貸しの娘《むすめ》なのだから。それでも伝言が届くとすぐに、イリーナの使いとして、あの老婦人の付き添い《シャペロン》、マグレータがあらわれた。上の階まで案内しながら、マグレータは、あたしの質素な茶色のドレスと三つ編みを、なぜそんな変装をしているのかといぶかしむように、つらつらと見つめた。

イリーナの寝室《しんしつ》に入ると、四人の女性が煖炉《だんろ》のそばでせっせと縫《ぬ》い物をしていた。あたしが持ってきたドレスに負けず劣《おと》らず豪華《ごうか》で美しいドレスを仕立て直している。きょうも新たな結婚《けっこん》式《しき》があるとイリーナが言っていたから、たぶんそこに着ていくドレスなのだろう。

イリーナはバルコニーにいて、パンのかけらを小鳥やリスにやっていた。人が通りにあふれるように、鳥やけものもいっせいに姿をあらわした。長い冬のあいだに飢《う》えて痩《や》せ細り、たとえ人間に近づくことになっても食べ物をほしがった。イリーナがパンのかけらをひとつかみ投げると、リスたちは大あわてでかけらを持ち去り、遠くでそれを食べながら、つぎのパンが投げられるのに備えた。

「彼《かれ》に会わせてほしいの」あたしはイリーナに言った。

「どうして？」イリーナがゆっくりと尋《たず》ねる。

「あたしたち、彼《かれ》を押《お》しとどめる以上のことをしてしまったわ！　もし彼《かれ》を地下に閉じこめたま、あの――」肩越《かたご》しに室内のにぎやかさを見やり、名前を出すのを控《ひか》えた。「あの飢《う》えた者の餌食《えじき》にさせつづけるとしたら、それは冬を終わらせるだけじゃない。スターリク王国を滅《ほろ》ぼすことになるわ。すべてのスターリクが死んでしまうのよ、彼《かれ》だけじゃなく！」

イリーナがパンをまくのをやめて、手のひらを開いてみせた。その手には、スターリク銀の指輪のほかになんの飾《かざ》りもない。明るい日差しのなかでも指輪は冷ややかな輝《かがや》きを放っていた。

「でも、ほかになにをしろと？」イリーナが言った。あたしは彼女《かのじょ》を見つめ返した。「ねえ、ミリエム。スターリクたちは、人間がこの地に住みつくようになって以来、ずっと襲撃《しゅうげき》をくり返してきたわ。彼《かれ》らは、あたしたち人間を、まるで彼《かれ》らの木に巣くった虫のように扱《あつか》ってきた。いいえ、虫けらを扱《あつか》う以上に残酷《ざんこく》に」

「でも、それは、スターリクのなかのひと握《にぎ》りの者がしたことだわ。大半のスターリクは、ここまで来られない。あたしたちが好き勝手に彼《かれ》らの王国に入っていけないのと同じように。スターリクのなかの力をもつ者たちだけが、道を開いて……」あたしははっと口をつぐんだ。問題を解決するどころか、これじゃあ、より悪いほうに向かわせている。

「そのひと握《にぎ》りの者たちが、ほかのスターリクを支配しているのでしょう？　だったら、同じことよ」イリーナが言った。「スターリクの滅亡《めつぼう》を喜ばしいことだとは思っているわけではないわ。でも、戦争をはじめたのは、彼《かれ》らの王なのよ。彼《かれ》が春を盗《ぬす》んだ。彼《かれ》が、わたしたちの民を、このリトヴァス皇国のすべての臣民を、飢《う》え死にさせようとした。まさか、彼《かれ》には自分のしていることがわかっていなかった、などと言うつもりはないでしょう？」

「いいえ」と、答える。「彼《かれ》はわかってた」

イリーナが小さくうなずく。「わたしだって手を汚《よご》したと感じているわ。昨夜、あのようなことがあったあとではとくに。でもわたしは、その汚《よご》れを民の血で洗うわけにはいかないわ。そう、こうするしか選択肢《せんたくし》がないの」

「もしスターリクたちが、王の命《いのち》と引き替《か》えに、取引をもちかけたとしたら？　スターリクは、約束はかならず守るわ」

「スターリクのだれが契約《けいやく》を結びにくるの？」イリーナが言った。「たとえだれかが来たとしても……」彼女《かのじょ》は、その先を言うかわりに寝室《しんしつ》のほうを振《ふ》り返った。そこは彼女《かのじょ》の寝室《しんしつ》であり、皇《こう》帝《てい》の寝室《しんしつ》、そして皇帝《こうてい》に取り憑《つ》いた、飢《う》えた黒い魔物《まもの》がいる場所でもある。イリーナの表情は厳しかった。「あなたとの取引がすべてうまくいったとは言わないわ。それでも、リトヴァス皇国には春が訪れた。そして今年の冬、どの農家の食卓《しょくたく》からもパンが消えることはないでしょう」彼《かの》女《じょ》はあたしに視線をもどした。「わたしは民のために、これからもそれを購《あがな》うつもりよ。たとえその対価が、支払《しはら》うつもりだった額より高くついたとしても」

結局、なんの成果も上げられず、あたしは胃に重苦しいものをかかえて、そこから立ち去った。去りぎわにマグレータがあたしを引きとめ、ドレスと交換《こうかん》でなにかほしいものはないかと尋《たず》ねた。あたしは首を振《ふ》った。ドレスを手放しても、心は晴れなかった。スターリク王妃《おうひ》のドレスを捨てることはできても、すべてを忘れてしまうには長くそこにいすぎたのだ。

あたしには、イリーナはまちがっているなんて言えない。自分勝手だ、とも言えない。彼女《かのじょ》は、あたしにはとてもできない犠牲《ぎせい》を払《はら》った。それが彼女《かのじょ》の支払《しはら》い。魔物《まもの》と同じベッドに寝《ね》ること。たとえ、魔物《まもの》の手が彼女《かのじょ》の魂《たましい》にかかることがあったとしても、その指が彼女《かのじょ》の皮膚《ひふ》の上を這《は》うことがあったとしても、魔物《まもの》とともに生きていくこと。

その支払《しはら》いによって、イリーナが購《あがな》ったのは春だけではなかった。彼女《かのじょ》が買おうとしたのは春、夏、秋。そして冬――。

スターリクの道が木《こ》の間にきらめくことのない冬。白い服を着たスターリクの騎士《きし》たちが黄金を奪《うば》いにやってこない冬。スターリクの襲撃《しゅうげき》がなくなれば、きこりや狩人《かりゅうど》や農民たちは、斧《おの》や罠《わな》を持って森に入り、白いけものさえ狩《か》ることができる。イリーナは森と凍《こお》った川も購《あがな》った。これからはいつでも森から伐《き》り出した木材を川で運べるようになる。十年たてば、リトヴァス皇国は、もう貧しい小国じゃなく、豊かで富んだ国になっているだろう。けれど、その繁栄《はんえい》の陰《かげ》で、チェルノボグがどこかの暗い地下室に閉じこめたスタークの子どもたちをむさぼっているかもしれない。そう、あたしたち人間が暖かな気候のなかで暮らしていくために。

あたしは祖父の屋敷《やしき》にもどった。母さんが外階段にすわって心配そうに待っていた。母は、わずかな時間でもあたしの姿が見えなくなることに耐《た》えられないようだ。あたしは母に近づき、となりにすわった。母はあたしを抱《だ》きしめて、ひたいにキスすると、あたしの頭を自分の肩《かた》に引き寄せ髪《かみ》をなでた。屋敷《やしき》にはおおぜいの人が出入りしていた。結婚式《けっこんしき》の招待客たちは、いつもどおりの笑顔で立ち去っていく。昨夜白い木々の下でダンスを踊《おど》ったことなんか、すっかり忘れて。冬の化身《けしん》のような異界の王と、飢《う》えた炎《ほのお》の魔物《まもの》がこの屋敷《やしき》のなかに入ってきたことなど、すっかり記憶《きおく》から抜《ぬ》け落ちているのだ。

祖父には少しだけ、その記憶《きおく》が残っているようだった。その朝、まだ眠《ねむ》っている両親を残して寝室《しんしつ》からふらふらと下におりると、あたしは台所で一杯《ぱい》のお茶とひとかけらのパンの朝食をとった。なにをすればよいかもわからず、ただ自分のなかにある冷たい空洞《くうどう》をなにかで満たしたかったから。まだ早朝だったので、屋敷《やしき》のなかで働いているのは、やがて起きてくる客たちの朝食を準備する召使《めしつか》いふたりだけだった。しばらくすると、その召使《めしつか》いのひとりが、祖父があたしを呼んでいると伝えにきた。

あたしは書斎《しょさい》に行った。祖父は窓辺に立ち、厳しい顔で春の景色をながめていたが、あたしに気づくと、いつものようにいきなり言った。「さて、どうする？　ミリエム」それは、あたしの帳簿《ちょうぼ》を見てくれるときと同じ言い方だった。祖父は帳簿《ちょうぼ》の収支にまちがいがないことをいつもあたしに求め、それについて尋《たず》ねた。あたしはいま、その問いかけに、胸を張って答えられない。

そう、だからあたしは公爵邸《こうしゃくてい》に行った。でも、出かけていったときと同じように、答えは見つけられずに帰ってきた。もっと気楽になってもいいはずだ。だって、スターリク王自身が、これでいい、とあたしに言ったのだから。彼《かれ》はあたしに頭をさげた。そこに憎《にく》しみはなく、非難さえなかった。まるで彼《かれ》のしたことに対する報復として、あたしにはそうする権利があったみたいに。日の照る世界を氷に埋《う》もれさせようとした報いとして、彼《かれ》の王国に火が放たれるのだとでもいうみたいに。ああ、みたいにじゃなくて、ほんとうにそうなってしまうかも……。でも、あたしはスターリクじゃない。スターリクじゃないから、フレクとソップとソーファにありがとうを言った。あの小さな女の子に名前をつけた……。ああ、考えたくない。少なくとも、あの子にはあたしを恨《うら》む権利がある。たとえほかのスターリクたちが恨《うら》まなかったとしても。

「故郷の町に帰りましょうね、ミリエム」あたしの髪《かみ》にくちびるを寄せて、母さんが言った。「明日、みんなでパヴィスに帰りましょう」それが、あたしの切なる望み、あたしに勇気を振《ふ》りしぼらせてきた唯一《ゆいいつ》の希望だった。でももう、故郷に帰る自分を想像できない。故郷はいまのあたしにとって、ガラス山と銀の門と同じくらい、現実から遠いものに思えた。

あの小さなパヴィスの町に、あたしはほんとうにもどるの？　そこで鶏《にわとり》と山羊《やぎ》にえさをやるの？　あたしが助けた人たちの嫌悪《けんお》の視線を毎日背中に感じながら？　彼《かれ》らには、あたしを憎《にく》む権利なんかない。だけど、彼《かれ》らはあたしを憎《にく》む。スターリク王のことは冬の夜に語られる物語。むしろ、彼《かれ》らにとってはあたしが魔物《まもの》だ。いつも目の前にいて、理解できて、傷つけ方もわかっている存在。たとえ噂《うわさ》が流れてきても、彼《かれ》らを助けるためにあたしがなにかしたなんて、けっして信じないだろう。

でも、ある意味で、彼《かれ》らは正しい。なぜって、あたしは彼《かれ》らのためにやったわけじゃないから。彼《かれ》らを救ったのは、イリーナだ。だからこそ、イリーナは人々から愛される。あたしは、あたし自身のためにやっただけ。あたし自身と、あたしの父さんと母さんのため、そして、同胞《どうほう》の人々のため。おじいちゃんもそのひとり。バシアもそう。そして、たったいま屋敷《やしき》の玄関《げんかん》から階段をおりてくる、またいとこのイレナも。イレナはあたしと母のほおにキスをし、待っていた馬車に乗りこんだ。彼女《かのじょ》はこれから家に帰っていく。そこはとても小さな集落で、八家族のユダヤ人が暮らしている。でも、その周辺の人々は、その八軒《けん》だけの小さな集落を嫌《きら》っている。

そう、あたしは、祖父の屋敷《やしき》の前の通りを行き交う人々のために身を捧《ささ》げたかった。リトヴァス皇国は、あたしの故国じゃない。あたしたちが暮らす土地を流れる川のようなものだ。あたしたちの同胞《どうほう》はその川辺に身を寄せ合って暮らしている。でもときどき川から大波が押《お》し寄せ、何人かの仲間がさらわれ、深みに引きずりこまれて魚の餌食《えじき》になる。

あたしには身を捧《ささ》げるような祖国がない。ただ同胞《どうほう》がいるだけ。じゃあ、あの人たちはいったいなんなの？　フレクやソップやソーファは？　あたしと生涯《しょうがい》のきずなを結んだ彼《かれ》らは……なに？　あたしがユダヤ人の名前を贈《おく》り物としてあたえた少女は？　あたしは逃《に》げてきたあげく、あの小さな子の家を、故郷を、破壊《はかい》してしまうの？

でも、もう遅《おそ》い。これをもとにもどすなんて、あたしの力を超《こ》えている。ここでは、あたしはあまりにも無力な、ちっぽけな存在だ。小さな町からやってきた金貸しの娘《むすめ》。銀行には金貨がちょっぴり。かつてはそれがひと財産に思えたけれど、それはひと握《にぎ》りにもならないコインだ。スターリク王の保管室にあった小さな収納箱《チェスト》の中身にもとうてい及《およ》ばない。

その朝、あたしは食卓《しょくたく》から一本の銀のフォークを取りあげ、握《にぎ》りしめてみた。自分がなにを望んでいるかもわからないままに。でも結局、なにも起こらなかった。フォークは銀のまま。それがなんだったにせよ、かつて使えた魔法《まほう》は、もう二度ともどることのない、あの冬の王国においてきてしまったのだ。そして、その王国もまもなく、永遠に消え去ってしまう――川から大波が押《お》し寄せるときのように。それについて、あたしはもうなにもなすすべがない。

母さんといっしょに屋敷《やしき》のなかにもどった。寝室《しんしつ》に上がり、両親が家から持ってきたものを、もう一度、旅荷にまとめた。それから下におりて、家事を手伝った。屋敷《やしき》にはまだおおぜいの人がいた。会ったことのない人たちもいる。でも、みんな同胞《どうほう》……家族であり仲間でもある。仕事もたくさんあった。料理、皿洗い、テーブルに皿をならべて、また片づける。子どもたちに食べさせ、泣く子がいればだっこする。何人もの女の人がその山のような仕事をこなしていた。けっしてなくならない、変わらない仕事。ひたすら時間を呑《の》みこんでいく、女たちにとっての、べつの大波。

あたしは、浄《きよ》めの沐浴《もくよく》をするように、その波のなかに自分を沈《しず》めた。考えなくてもすむのがありがたかった。見ない、聞かない、話さない——仕事だけに集中した。気にかけるのは、料理が充分《じゅうぶん》にあるか、パンがうまくふくらんでいるか、肉はよく焼けているか、テーブルに椅子《いす》は足りているか。いつもなにかしら自分にできることがあった。

あたしを見ても、だれも驚《おどろ》かなかった。どこに行ってたの？　と訊《き》く人もいなかった。久しぶりに会う人は、みんなあたしにキスをして、背が伸《の》びたわね、と言った。そして、何人かは、いつあなたの結婚式《けっこんしき》でダンスを踊《おど》らせてくれるの？　と尋《たず》ねた。みんな、あたしがそこにいて幸せそうだし、あたしもみんなを手伝えて幸せだった。でも同時に、あたしはここにいなくてもよかった。ここにいるのは、あたしじゃなくて、いとこのだれかでもよかったのだ。あたしにしかできないことはなにもない。あたしがうれしかった、いえ、ものすごくうれしかったのは、日常にもどれたような気がしたからだった。

とうとう疲《つか》れきって、もうなにも考えなくてもすむまでへとへとになって、あたしは広間のテーブルにつき、自分で皿によそった料理を前にした。多くの客が去り、食事時間もそろそろ終わろうとしていた。客が出ていくときは、みんなで玄関《げんかん》まで行って見送った。そのあいだもずっと、あたしはまだ水の底にいた——区別がつかない魚の群れのなかにまぎれていた。

ところが突然《とつぜん》、水の流れが変わった。広間の扉口《とびらぐち》にいた人々がさっと脇《わき》によけ、皇帝《こうてい》の従者のしるしである金と黒の服を着た男があらわれた。皇帝《こうてい》の使者は薄《うす》っぺらな威厳《いげん》をただよわせ、あたしたちを見まわした。

彼《かれ》がなかに入ってきたので、あたしは立ちあがった。ここは、祖父の屋敷《やしき》に来ている若い孫娘《まごむすめ》の出る幕じゃないかもしれない。でも、あたしは立ちあがり、テーブルをはさんできつい口調で尋《たず》ねた「ここになんのご用?」

皇帝《こうてい》の使者は立ち止まって、あたしを見つめ、眉《まゆ》をひそめた。そして、とても冷ややかに言った。「ワンダ・ヴィトコスに手紙をお持ちした。きみがワンダか?」

その午後のあいだ、ワンダは女たちの群れのなかで、あたしの横を泳いでいた。何枚も重ねた重い皿を運んだり、大きな桶《おけ》で水を汲《く》んだり、身に危険が及《およ》ぶことのない平凡《へいぼん》な日常の仕事をこなしながら、ことばを交わすことはなかったけれど、あたしたちはときどきお互《たが》いを目の端《はし》でとらえていた。

ワンダが広間の奥《おく》の台所につづく戸口にあらわれた。彼女《かのじょ》はちょっとためらったあと、赤らんだ両手をエプロンでふきながら前に出てきた。使者が彼女《かのじょ》に一通の手紙を差し出した。厚い羊皮紙が折りたたまれ、端《はし》が重なるところに、煙《けむり》で黒ずんだ赤い蠟《ろう》の印がおされている。その封蠟《ふうろう》のまわりに、まだ熱いうちにしたたりおちた蠟《ろう》が、血のように点々《てんてん》とついていた。

ワンダは手紙を両手で受け取って、開いた。そして長いあいだ、それを見つめていた。そのうち片手でエプロンをつかんで、口もとをおおった。エプロンにくちびるを押《お》しあて、うんうんと二度うなずき、羊皮紙をもとのようにたたむと、それを握《にぎ》りしめて胸に押《お》し当て、家の奥《おく》へ、階段のほうへと走り去った。使者は侮《あなど》るように、あたしたちを見た。取るに足らないもの、いくらでも替《か》えがきくものを見るまなざしで。それから、来たときと同じようにそそくさと立ち去った。

あたしはまだテーブルのそばに立っていた。まわりでは会話が再開した。もとどおりの水の流れ。つぎはいつ会える？　上の子は何歳《さい》になったの？　旦那《だんな》の仕事はどう？　岸辺にぴちゃぴちゃと寄せる規則正しい波――。でももう、この流れにもどれない。椅子《いす》をテーブルの下におさめ、二階に上がり、祖父の書斎《しょさい》へ行った。祖父は、何人かの老人といっしょにいた。パイプや葉巻をくゆらし、低い声で仕事の話をしている最中だった。老人たちはしかめっ面であたしを見た。

ここは、ブランデーかお茶か食べ物を持ってくるとき以外、あたしが来るべき場所ではないのだ。

でも祖父だけは、しかめっ面をしなかった。祖父はあたしを見ると、グラスと葉巻をおろして言った。「入っておいで」あたしは書斎《しょさい》とつづきの小さな部屋に通された。祖父はたいせつな書類を、この部屋のガラス戸棚《とだな》に鍵《かぎ》をかけて保管している。扉《とびら》を閉めると、あたしを見おろした。

「あたし、借りをつくってしまったの」あたしは話しはじめた。「だから、その借りをきっちり返す手段を見つけなくてはならないの」

21 地下トンネル

朝起きると、手のひらを横切るように赤い水ぶくれができていた。セルゲイとステフォンといっしょに銀の鎖《くさり》をつかんだとき、ちょうどを鎖《くさり》が当たっていた部分だ。きのうの夜、リトヴァス皇后《こうごう》が、立ち去る前に尋《たず》ねてきた。「あなたにどんなお返しをすればいい？」どう答えていいか、わからなかった。だって、お返しをしたいのはこっちのほうだから。

あたいは、みんなにお返しがしたかった。ミリエムは、あたいを父ちゃんの家から連れ出してくれた。銀貨六枚の借金を返すためだったけど、その借金を父ちゃんは踏《ふ》み倒《たお》す気まんまんだったし、父ちゃんにとって、あたいは豚《ぶた》三頭の値打ちしかなかった。ミリエムの母さんは、あたいの皿にパンをおいてくれた。そして、あたいの心には愛を――。ミリエムの父さんは、あたいが食べるパンまで歌で祝福してくれた。その歌のことばをあたいが知らなくても気にしなかった。なんで歌うのかわからなくて、この一家は悪魔《あくま》かもしれないと思うこともあったというのに、そんなあたいにも、ふたりはパンを分けあたえてくれた。ミリエムは、あたいに賃金を払《はら》ってくれた。手を差し出し、あたいの手を握《にぎ》った。あたいのことを、父ちゃんに嘘《うそ》をついて金を隠《かく》してる娘《むすめ》じゃなくて、取引できる一人前の人間として見てくれた。ミリエムの家には、いつもあたいの分まで食べ物が用意されていた。

だけど、あのスターリク王は、なんの見返りもあたえず、彼女《かのじょ》を連れ去ろうとした。生き延びたければ、金貨を差し出すように要求した。彼女《かのじょ》が自分の所有物みたいに。それは、彼女《かのじょ》を殺せるくらい、あいつが強いからだ。父ちゃんもあたいを殺せるほど強かった。でもだからって、あたいは父ちゃんの所有物じゃない。父ちゃんは銀貨六枚で、豚《ぶた》三頭で、クルプニク酒の壺《つぼ》で、あたいを売ろうとした。何度売ろうが、それでもまだあたいが自分のものみたいに考えてたんだ。スターリク王の考えだって、それと同じだよ。王はミリエムをそばにおいて、永遠に黄金をつくらせようと考えた。彼女《かのじょ》がなにを望んでるかなんて問題じゃなかった。なぜかっていうと、自分が強いからだ。

でもね、あたいだって強い。マンデルスタムの奥《おく》さんの病気を快復させるくらい強い。ミリエムの数字の魔法《まほう》を学べるくらい強い。その魔法《まほう》を使って、あたいはエプロン三枚を銀貨六枚に替《か》えた。セルゲイとステフォンがいれば、父ちゃんに売られずにすむし、殺されずにすむ、それくらい強い。

でものうの夜は、たとえ銀の鎖《くさり》があっても、セルゲイとステフォンがいても、ミリエムの母さんと父さんがいても、あたいはスターリク王を止められるほど自分が強いかどうかわからなかった。でもあたいはそれまでだって、どんなことをするときも、それを最後までやりとげるほど自分が強いかどうか、わかっていなかったんだ。だから、わからなくたって、まず取りかからなきゃ。

あのあと、まだ怖《こわ》くてあたいのエプロンに顔をうずめて泣いてたステフォンが、あたいに尋《たず》ねた。どうして皇后《こうごう》が魔法《まほう》を使ってスターリク王をやっつけるってわかってたんだ？　なんで殺されないってわかってたんだ？　あたいは答えた。そんなの初めからわかるわけないよ、わかってるのは、やってみなきゃはじまらないっていうことだけ。

それで皇后《こうごう》からどんなお返しがほしいかって訊《き》かれても、あたいはどう言っていいかわからなかった。あたいは皇后《こうごう》のためにやったわけじゃないし、皇后《こうごう》のことをよく知らない。彼女《かのじょ》が皇后《こうごう》だってことはわかるけど、あたいは彼女《かのじょ》の名前も知らない。

あたいが十歳《さい》のとき、近くに住む人がうちにやってきて、皇帝《こうてい》が死んだって言った。どういうことって尋《たず》ねると、皇帝《こうてい》が新しくなるんだって教えてくれた。だから、皇帝《こうてい》がどうしてそんなにだいじなのか、あたいにはよくわからなかったんだけど、きのうついに、あたいは皇帝《こうてい》だっていう人を見た。どうにも関わり合いになりたくない感じの人だった。あれは恐《おそ》ろしい炎《ほのお》の化け物だ。

だから、お返しをもししてもらえるなら、皇帝《こうてい》を追いはらってって言えばよかったんだけど、皇《こう》帝《てい》は、スターリク王を引いていく衛兵たちといっしょに屋敷《やしき》を出たあとだった。

でも、マンデルスタムの旦那《だんな》さんが、皇后《こうごう》に質問されても、あたいが答えられないでいるのに気づいてくれた。旦那《だんな》さんのほおには大きな青あざができていた。両手は震《ふる》えっぱなしで、傷だらけ。あたいといっしょに銀の鎖《くさり》にしがみついてたからだ。旦那《だんな》さんは、まんなかにミリエムをはさんで、奥《おく》さんとすわってた。ふたりで銀貨よりも金貨よりも、どんなものよりもだいじな娘《むすめ》を抱《だ》きしめて、頭にキスをし、ほおをなでながら。でも、答えに困ってるあたいに気づくと、旦《だん》那《な》さんはミリエムのひたいにキスをして立ちあがり、足を引きずりながら皇后《こうごう》に近づいて言った。「この勇敢《ゆうかん》な娘《むすめ》とその弟ふたりは、わたしたちといっしょにこの街に来ました。故郷で厄介《やっかい》なことがあって……」旦那《だんな》さんはあたいの肩《かた》に手を添《そ》え、声を抑《おさ》えて言った。「向こうへ行って、すわっていなさい、ワンダ。わたしが説明しておくから」

そんなわけで、あたいはその場から離《はな》れて、セルゲイとステフォンのところに行き、いっしょにすわった。ふたりの肩《かた》に腕《うで》を回すと、ふたりも同じように腕《うで》を回した。旦那《だんな》さんの低い声を聞きとるには遠すぎたけど、彼《かれ》はしばらく皇后《こうごう》と話したあと、あたいらのほうに足を引きずってやってきて、すべてうまくいったよ、と言った。あたいらは旦那《だんな》さんのことばを信じた。皇后《こうごう》はそのあと屋敷《やしき》から出ていった。あの大きな扉《とびら》の外には、さらにたくさんの衛兵が彼女《かのじょ》を待っていた。ふたりの衛兵が手を伸《の》ばし、左右の扉《とびら》の把手《とって》をつかんで扉《とびら》を閉じた。こうしてあたいらは屋《や》敷《しき》のなかに残された。

広間のなかはめちゃくちゃだった。隅《すみ》っこにはまだ料理が残り、色が悪くなり、ハエがたかってた。あちこちに椅子《いす》が倒《たお》れ、煖炉《だんろ》から灰や燃え殻《がら》が飛び出し、雪の上に残された頑丈《がんじょう》なブーツの足跡《あしあと》みたいに、床《ゆか》のあらゆるところに黒い焼け焦《こ》げができていた。ミリエムがかぶってた黄金の大きな冠《かんむり》が、煖炉《だんろ》のきわに転がり、あちこち熔《と》けて、ゆがんでた。だれかが火のそばから離《はな》せばよかったのに。でももう、それもたいしたことじゃない。

あたいらきょうだいは、ミリエムの一家を見つめた。向こうもあたいらを見つめてた。みんなで立ちあがり、セルゲイがマンデルスタムの旦那《だんな》さんの背中に腕《うで》を回して支え、あたいは奥《おく》さんを支えた。こうして六人で輪になった。あたいらは家族だ。これまでもそうしてきたように、あたいらはもう一度、狼《おおかみ》を追いはらったんだ。

それから上の階に行って眠《ねむ》りについた。めちゃくちゃになった広間は片づけなかった。階段のいちばん上のきれいで静かで大きな部屋で、長いあいだ眠《ねむ》った。つぎに目覚めたら、外は春だった、どこもかしこも春。自分のなかにまで春が来たような気がした。手に水ぶくれができてたけど、なんだか力が湧《わ》いて、これからあたいらになにが起こるかなんて心配しなかった。

セルゲイとステフォンにキスして、下におりて、この屋敷《やしき》の女の人たちを手伝った。ことばがわからなくても平気だった。だれかが話しかけてきて、なにを言ってるかわからなくても、ほほえみ返せばよかった。相手もほほえんで、「あらま、忘れてた！」と言い、もう一度、今度はあたいらの使うことばで話してくれる。

あたいは料理の皿を運んだ。いくつかの部屋にテーブルが用意されて、そのテーブルでお客たちが食事をしてた。きのうほどお客はたくさんじゃないけど、それでもおおぜいの人が肩《かた》をならべて食べていた。あの広間にも何卓《たく》かのテーブルがあった。あのぐちゃぐちゃはだれかが片づけたみたいだ。床《ゆか》の黒い焼け焦《こ》げも大きな絨毯《じゅうたん》でうまく隠《かく》され、その上にテーブルがおいてあった。暖かくなったので煖炉《だんろ》に火はなく、窓が開かれている。煙《けむり》の臭《にお》いは消えていた。

どのテーブルも料理の皿でいっぱいだった。新しい皿をおく場所が見つけられないほど、食べ物があふれてた。あたいも腹ぺこだったから、テーブルについて腹を満たした。それからまた仕事にもどり、たくさんの料理をたくさんの人に運んだ。途中《とちゅう》からミリエムとマンデルスタムの奥《おく》さんも加わって、いっしょに働いた。

だけど、街のまんなかにある泉から水を汲《く》んでもどってきたとき、二個の桶《おけ》をおろすと、広間からざわめく声がして、ミリエムが「ここになんのご用？」と鋭《するど》くきっぱりと問いかけるのが聞こえた。まるでまただれかがあたいらを痛めつけにきたみたいに。あたいは台所を抜《ぬ》けて広間の戸口に来た。剣《けん》を差してりっぱな身なりをした男が立っていて、あたいの名前を言った。それから、あたいに渡《わた》す手紙を持ってるって。その瞬間《しゅんかん》、震《ふる》えあがった。でも、あたいはこの屋敷《やしき》のなかに、ここの人たちといっしょにいる。こういうことにだって、あたいは強くなってるんだ、と自分に言い聞かせた。あたいは前に進み出て、両手を差し出し、男から手紙を受け取った。

手紙には、血のように赤い蠟《ろう》の印がおしてあり、りっぱな王冠《おうかん》のかたちが蠟《ろう》のなかに浮《う》きあがっていた。印を裂《さ》いて手紙を開き、そこに書いてある文字を見た。なにが書いてあるか、あたいには読めるようになっていた。ミリエムが字を教えてくれたから。だから、口のなかで舌を動かしながら、ゆっくりと文字を目で追った。

「リトヴァス皇国の臣民とその領土に立ち入るすべての者に告ぐ。皇帝《こうてい》の命《めい》により、ワンダ・ヴィトコスとその弟、セルゲイ・ヴィトコスとステフォン・ヴィトコスは、彼《かれ》らにかかるあらゆる罪への裁きをまぬがれるものとする。彼《かれ》らにいかなる暴力もふるってはならない。あらゆる臣民が、彼《かれ》らが偉大《いだい》なる勇気をもって皇国と臣民のために尽力《じんりょく》したことを讃《たた》えなければならない。また、ヴィトコスきょうだいは、今後三年のうちに大森林に入り、彼《かれ》らの所有地を選びとることが許される。空き家であれば、その家と土地を所有し、放牧の柵《さく》をつくり、作物を植えつけることを許される。その所有権はヴィトコスきょうだいとその子孫に代々《だいだい》受け継《つ》がれるものとする」

そのあとにつづく、走り書きのような大きな文字は、文章じゃなくて、名前だった。ミルナティウスと読めた。それにつづいて「リトヴァスとローザン皇国皇帝《こうてい》、コロン及《およ》び、イルクン、トモニエッツ、セルヴェノ大公、マレイリア及《およ》びロヴェルナ、サマトニア国君主、マルカン及《およ》び東の沼地《ぬまち》領主」とあり、最後に書いてあるのが「北の大森林領主」だった。

　あたいはその手紙を読んで、皇帝《こうてい》というのがなぜだいじな存在なのかをようやく理解した。これも、ミリエムの魔法《まほう》とおんなじように魔法《まほう》だ。あの恐《おそ》ろしい皇帝《こうてい》が、この手紙をくれた。そして、あたいらは救われた。もう恐《おそ》れなくてもいいんだ。町の人に手紙を見せたら、だれもあたいとセルゲイを縛《しば》り首にできないだろう。この手紙の皇帝《こうてい》の名を見たら、彼《かれ》が遠くにいようが、みんな皇帝《こうてい》を恐《おそ》れるはずだ。

　だけど、あたいらはあの町に帰らなくてもいい。あの父ちゃんの家にも帰らなくていい。あの家の床《ゆか》には、いまもたぶん父ちゃんの骸《むくろ》が横たわってるだろう。だけど、あのなんにも大きく育たない、なのに毎年、役人が税を取り立てにやってくるあの農園に帰らなくてもいいんだ。手紙には、森に入って、好きな土地を選んでいいって書いてあった。きっといい土地が見つけられる。大きな木がたくさん生えてる土地なら、それを売って儲《もう》けられる。大きな木に高い値がつくことは、あたいにもわかる。母ちゃんが死ぬ一年前、となりの土地で一本の木が倒《たお》れた。となりの人は、ボヤールの下働きが来る前に、その木をせっせと断裁し、そのなかから太い木材二本を抜《ぬ》いて森のなかに隠《かく》した。それを見てきた父ちゃんが夕食のとき、妬《ねた》ましげに言った。「賢《かしこ》いやつだ。隠《かく》した木材だけで、銀貨十枚は稼《かせ》げるだろう」でも母ちゃんが首を振《ふ》って言った。「あの木は、あの人のものじゃないよ。きっと厄介《やっかい》なことになる」父ちゃんは母ちゃんをぶって黙《だま》らせて言った。「おまえになにがわかるか」

でも、つぎの日、ボヤールの下働きたちが大きな荷馬車でやってきて、断裁された木材を荷台に積んだ。下働きの男たちのひとりが、その荷を見て、もとの木の一部がなくなっているのに気づいた。男たちはとなりの人を袋《ふくろ》だたきにし、とうとう抜《ぬ》き取った木材の隠《かく》し場所を吐《は》かせた。そして、隠《かく》してあった木材も荷馬車に積んで、血まみれになったとなりの人を放り出したまま、去っていった。となりの人はこの怪我《けが》がもとで長いこと寝《ね》こんだ。歩けない夫に代わって奥《おく》さんが畑仕事をやってたけど、冬のある日、奥《おく》さんはうちに食べ物を求めにきた。母ちゃんが少し分けてあげたから、そのことで夜になってまた父ちゃんが母ちゃんをぶった。もう母ちゃんの腹が大きくなりかけてるときだったのに。

でも、あたいらは木を伐《き》り倒《たお》しても、もうだれにもぶたれないだろう。皇帝《こうてい》のお許しがあるんだから。皇帝《こうてい》があたいらのものだって言ってくれる。あたいらが世話できる土地ぜんぶ、あたいらのものだって。山羊《やぎ》も鶏《にわとり》も飼える。ライ麦も育てられるだろう。あたいらは、家を建てる必要もない。あの小さな家に行こう。あたいらを救ってくれた、あの家。あそこには、もう庭があるし、納屋もある。あのまわりに農園をつくればいい。この手紙には、だれも住んでない家ならいいって書いてある。あたいは、あの家へ行って、ここの面倒《めんどう》を見ますって約束することを考えた。もし、前にあの家に住んでいただれかがもどってきたいのなら、あの最高のベッドを譲《ゆず》って、好きなだけ食べてもらって、好きなだけ長くあたいらと暮らせばいい。

でももし、あの家にだれも帰ってこなくて、それで、腹をすかせて困ってるだれかが訪ねてきたら、その人を泊《と》めてあげよう。家にある食べ物をあげることができたら、あたいらだってうれしい。そう、マンデルスタムの奥《おく》さんのように。あの手紙が言ってるのはそういうことだ。マンデルスタム家のような家をあたいらはつくることができる。そこにくる人に食べ物を分けあたえられる家を。

あたいは手紙を持って、上の階にいるセルゲイとステファンのところに行った。セルゲイが馬の世話を手伝っていたから、ステファンはしばらくそれを助けてたけど、そこもやっぱり騒《さわ》がしいから、また上にもどりたくなって、セルゲイが弟に付き添《そ》っていたのだ。あたいは階段を上がって部屋に入ると、手紙をふたりに見せた。ふたりは字が読めないけど、大きな赤い蠟《ろう》の封印《ふういん》をつらつらと見て、やわらかな羊皮紙に触《ふ》れた。あたいはゆっくりと声に出して読んだ。それから、あたいが考えてることに、ふたりが賛成かどうかを尋《たず》ねた。つまり、あの森のなかの小さな家に住んで、まわりに農園をつくり、困ってる人がいたら泊《と》めてあげるような暮らしをしたいかどうかって。もちろん、それがあたいの望みなんだけど、こうするべき、っていう言い方はしなかった。ふたりの弟もそれを望んでくれるかどうかを知りたかったから。

セルゲイがそっと手を伸《の》ばしてきたから、あたいは手紙を手渡《てわた》した。セルゲイはそれを両手で受け取った。そして文字のひとつひとつに、それらが剝《は》がれ落ちてしまわないかを確かめるみたいに、指先で触《ふ》れた。もちろん、剝《は》がれ落ちることはなかったけど。「いいね」と、低い声で言った。「とてもいいね」

ステフォンが言った。「おいらたちといっしょに住まないかって、訊《き》いてみてもいいかな」ミリエムの一家のことだってすぐにわかった。「いっしょに来ないか訊《き》いていいかな？　おいらはそこに白い実を植える。だから母ちゃんもいっしょだ。みんながいっしょにいられる。それがいちばんいいよ」

ステフォンがそう言うのを聞いて、あたいは泣きだした。だって、ステフォンの言うとおりだ。それがいちばんいい。どうしてそんないいことを、あたいは思いつけなかったんだろう。セルゲイが腕《うで》をあたいの肩《かた》に回し、ステフォンに言った。「うん、それがいい。来ないかどうか訊《き》いてみよう」あたいは手紙を汚《よご》してしまわないように、ほおを流れる涙《なみだ》を指でぬぐった。

祖父の書斎《しょさい》を出たあと、あたしは父さんと母さんのいる部屋に行った。ふたりは煖炉《だんろ》のそばにすわっていた。ワンダとその弟たちもいっしょで、ワンダに届いた皇帝《こうてい》の手紙を見せられて、父さんが驚《おどろ》いているところだった。「山羊《やぎ》も連れていける」と、ワンダが父さんと母さんに言った。「鶏《にわとり》も。いまは暖かいから、冬までに家を建て増しすればいいよ。木も伐《き》っていいんだって。それで新しい部屋をつくりたい」あたしもそばに行って、手紙を読んだ。皇帝《こうてい》の署名のあとに〝北の大森林領主〟としるされている。ああ、きっとイリーナが手を回したのだ。これから森に入り、木を伐《き》り、作物を植え、家や納屋を建てる多くの人々の先発隊として、ワンダとその弟たちの腕《うで》っぷしに期待して土地をあたえることにしたのだろう。

「わたしたちの家をおいていくの？」母さんが思案げに尋《たず》ねる。「わたしたちは、あそこに長く暮らしてきたのよ」それを聞いて、ワンダがあたしの両親にもいっしょに来ないかと、皇帝《こうてい》からあたえられた農場で暮らさないかと誘《さそ》っているのだと気づいた。ワンダはあたしの両親をあのパヴィスの町に、あの家に、いつ洪水《こうずい》が来て大波があふれてこないともかぎらないあの小さな陸地のようなところに残しておきたくないのだ。

「でも、あの町にとどまってなんになるの？」あたしは母に言った。「あの町はあたしたちのものじゃない。ボヤールのものだわ。町を繁栄《はんえい》させたところで、ボヤールを潤《うるお》すだけで、あたしたちに見返りはない。でも、森のなかでワンダたちが見つけたその家に行けば、セルゲイやワンダを助けて、もっと多くの土地を拓《ひら》いて、農園を豊かにできる。父さんも母さんも、いっしょに行ったほうがいいと思うわ」

　母はじっと聞いていた。それから両親そろってあたしを見つめた。ふたりは、あたしがことばにしなかったことをすでに悟《さと》っていた。母はあたしの手をつかんで言った。「ねえ、ミリエム！あなたは……」

　あたしはごくりとつばを呑《の》んだ。明日にしましょう、もう一日いっしょにいられるから――そう言いたかった。でも、リベカのことを思った。青い氷のかけらのようにほっそりした、スターリクの少女。彼女《かのじょ》が溶《と》けてしまうまでに、あとどれくらい時間が残されているんだろう？

「みんなですぐにも出発したほうがいいわ」と、あたしは言った。「きょう、日が沈《しず》む前に」

「なにを言うか！」父さんがぴしゃりと返した。思いやり深くてやさしい父さんが、とうとう怒《おこ》りだした。「ミリエム、そんなのは許さんぞ！　スターリク王が――あいつが言ったことは正しい。報いを受けるのは当然だ。悪いやつだから、こうなったんだ」

「スターリクの王国にも、小さな子どもがいるの」と、あたしはしぼり出すように言った。母があたしの手をつかんだ手に力を込《こ》めた。「あたし、その子に名前をつけてあげたの。スターリク王が悪いやつだからって、あの子まで炎《ほのお》の魔物《まもの》の餌食《えじき》にしてしまってもいいの？」

「毎年冬が来るたびに、あの氷の王国から騎士《きし》たちがやってきて、黄金を奪《うば》い、罪のない人々を殺してきた」父さんは短い沈黙《ちんもく》のあとで言った。イリーナの言ったことと同じ。でもそのあと、父さんはわずかな希望にすがるように尋《たず》ねた。「あの氷の王国に、義のある者が十人はいるのかね?」

あたしははっと息を呑《の》んだ。恐《おそ》れながらも信じようとしていることがある。きっぱりと答えた。

「義のある者を三人知ってるわ」あたしは母の手を強く握《にぎ》り返した。「行かなきゃならないの。行かなきゃならないって、わかってるの」

そのあとあたしは、熔《と》けてゆがんだ黄金の冠《かんむり》を持って、アイザックの店に行った。アイザックに代わって彼《かれ》の弟が店番をしていた。その弟が冠《かんむり》を慎重《しんちょう》に熔《と》かして、何本かの金の延べ棒にしてくれた。あたしはそれを目立たないよう手提げ袋《ぶくろ》に入れて、ヴィスニアの街の中心にある大きな市場へ持っていった。

そしてつぎつぎに、その延べ棒で買い物をした。即決《そっけつ》であれば、得な取引かどうかにはあまりこだわらなかった。あたしは荷馬車を買い、それを引く二頭の丈夫《じょうぶ》な馬を買った。それから箱いっぱいの鶏《にわとり》、斧《おの》、のこぎり、ハンマー、釘《くぎ》。鋤《すき》や鍬《くわ》も、二丁の鋭《するど》い大鎌《おおがま》も。袋《ふくろ》に入ったライ麦の種もみ、豆……。セルゲイとワンダがついてきてくれて、買ったものすべてを荷馬車の荷台に積んでくれた。そして最後に、フード付きで丈《たけ》の長いマントを買った。くすんだ灰色の、まったく同じものを二着。これはお得な買い物だった。いきなり春が来たので、露台《ろだい》にならぶたくさんのマントが一気に値下がりしていた。

荷を満載《まんさい》した荷馬車で祖父の屋敷《やしき》に帰り着くには、かなり時間がかかりそうだった。通りに馬車があふれて、ほとんど動けなくなっていた。それでもなんとか前に進もうとしているとき、ワンダが、「どうやら結婚式《けっこんしき》みたいだね」と言った。彼女《かのじょ》の視線を追って、脇道《わきみち》の先にある教会の大聖堂《だいせいどう》を見ると、教会の階段をおりてくる花嫁《はなよめ》の姿があった。その人は、あたしが着ていたスターリクのドレスを、あの白と黄金のドレスを着て、頭に小さな冠《かんむり》をのせ、誇《ほこ》らしげな笑みを浮《う》かべていた。花嫁《はなよめ》も花婿《はなむこ》も、彼《かれ》らを取り囲む人々もおそらくは貴族階級だった。あのドレスは、祖父の屋敷《やしき》にあるより、あの場所にあるほうがふさわしい。

あたしは、イリーナの姿をさがした。彼女《かのじょ》はすでに教会の階段の下までおりていた。銀の冠《かんむり》が日差しに輝《かがや》いている。彼女《かのじょ》のとなりで、皇帝《こうてい》が屋根なしの馬車に乗りこもうとしていた。皇帝《こうてい》は座席にすわると、馬車の側面にひじをついて寄りかかった。退屈《たいくつ》にいらだっているように見えるけれど、まさか彼《かれ》のなかに魔物《まもの》が身をひそめているとは、だれも気づかないだろう。あたしはすばやく彼《かれ》から目をそらした。

祖父の屋敷《やしき》にもどったのは昼の遅《おそ》い時刻だったけど、日はまだ翳《かげ》っていなかった。もうほとんど夏だ。夕食をとって出発の時間を延ばすのはやめた。多くの客が去っていったけど、いよいよ、あたしたちがここを発《た》つ番だ。この屋敷《やしき》に残り少なくなった人たちに、別れの挨拶《あいさつ》をした。テーブルについていた祖父と祖母にキスをした。祖父はあたしを引き寄せてひたいにキスをすると、声をひそめて言った。「覚えたな？」

「ええ」と、あたしは答える。「アムタル家の奥《おく》にある通り、シナゴーグのとなりね」祖父が黙《だま》ってうなずいた。

あたしたちは荷馬車に乗りこみ、屋敷《やしき》の前で見送る人々に別れの手を振《ふ》りながら出発した。御《ぎょ》者席《しゃせき》にはセルゲイと父さんがいた。二頭の馬はとても値が張ったけど、よくしつけられていた。あたしは後ろの席にすわり、マントをはおり、フードをかぶった。通りはまだ騒《さわ》がしかった。大通りではあちこちの食堂がテーブルと椅子《いす》を外に出し、暖かな大気のなかで人々が食事を楽しんでいた。

あたしたちは混雑を避《さ》けて、店がなく住居だけが建ちならぶ裏道を選んで進んだ。外で遊んでいる子どもたちに、家々《いえいえ》から夕食だと告げる声が聞こえる。通りを半分ほど進んだところで、人っ子ひとりいない場所にきた。母さんがもう一着のマントでふたつの穀物袋《ぶくろ》をくるんだ。あたかもそこにだれかが寝《ね》ているように見える。ステフォンが彼《かれ》のブーツ――あたしのおさがりだ――を、マントから足が出ているようにおいた。そして、あたしは荷馬車からするりとおりた。

こうしてあたしは、二軒《けん》の家のあいだの陰《かげ》に身を隠《かく》した。馬車はあたしを残して進み、角を曲がった。その先にはユダヤ人街を出る門がある。その門とヴィスニアの街の門を通るとき、父は同行人の名を訊《き》かれ、荷馬車に乗った全員とあたしの名を答えるはずだ。そして、手続きを早くするために、わずかに上乗せして通行料を払《はら》う。もしイリーナが不審《ふしん》をいだき、あたしがスターリク王の居場所を知っているかどうかをさぐるために兵士を派遣《はけん》したとしても、だれもが口をそろえて言うだろう。日が落ちる前に、あたしとその家族はヴィスニアの街を出ていった、と。そして、門の通行者の記録にもあたしの名が残されている。門番は、わずかな賄賂《わいろ》をふところにおさめて馬車を手早く通してしまったことを、わざわざ明かしはしないだろう。

荷馬車が見えなくなると、あたしはフードを深くかぶり直し、背中を曲げておばあさんを装い、狭《せま》い通りをシナゴーグまで歩いた。そして、シナゴーグにお祈《いの》りに入ろうとする青年に、アムタル家はどこかと訊《き》いた。青年はアムタル家を指さした。あたしはその家の裏に回り、丸い小石を敷《し》きつめた道を進んだ。古い道で、敷石《しきいし》はすり減って、荷車の轍《わだち》がつき、石が剝《は》がれて穴だけ残ったところもたくさんあった。その道の途中《とちゅう》に、アムタル家をえぐるように、人ひとりがやっと入れるくらいの小さなくぼみがあった。足を踏《ふ》み入れることを拒《こば》むように古いごみ袋《ぶくろ》がふたつおいてある。それをどけて奥《おく》へ進むと、地面に下水道の入口とおぼしき格子《こうし》ぶたがあった。格子《こうし》ぶたは楽に持ちあげることができ、下へおりるためのはしごがあった。ここはシナゴーグに近い。斧《おの》とたいまつを持った兵士らがユダヤ人街の壁《かべ》を越《こ》えて襲《おそ》ってくるかもしれない日に備えて、この地下室がつくられたのだと聞いた。西の国に住んでいたという、あたしのおばあさんのそのまたおばあさんが少女だったころ、建物の地下にひそんで生き延びたように。

あたしは穴のなかに体をもぐりこませ、格子《こうし》ぶたをしっかりと閉じた。それから、じめじめした下水道のトンネルに向かって、はしごをおりた。頭上には夕暮れの光がぼんやりとした円をつくっている。おりるにつれて、その円がどんどん小さくなった。ランプもたいまつも持ってこなかった。明かりを持てば、ほかのだれかがいた場合、遠くからでも人が近づいてくることを知られてしまう。暗闇《くらやみ》を進んでいくしかないのだ。

下までおりると、はしごを背にして立って、両手を壁《かべ》に伸《の》ばした。手探りをつづけるとついに星形に壁《かべ》をくりぬいた小さな穴が見つかった。指先で星の六つのとがった角を確かめた。その星形の高さに手を保ち、指を大きく開いて壁《かべ》にゆっくりと這《は》わせながら、闇《やみ》のなかを進んだ。十歩数えたところで、指先がまたべつの星形の穴に触《ふ》れた。

星形の穴をたどって、前に進んだ。実際にはそれほど長くはなかったかもしれないけれど、うんと長い道のりのように感じた。シナゴーグから街の壁《かべ》まではそんなに遠くない。だけどあの格子ぶたから洩《も》れる光が早々《そうそう》に消えてしまったあとは、ひたすら暗闇《くらやみ》がつづき、息苦しく、自分の息づかいだけがやけに大きく聞こえた。

十歩進んで、星形の穴が見つからなければ、その場で見つかるまで壁《かべ》をさぐるか、一歩さがってまたさぐった。あるときは、二歩さがらなければならなかった。それでもまだ見つからず、結局、びくびくしながら四歩進んで、そこでようやく新たな星を見つけた。やがて星形が見つけられなくなり、突然《とつぜん》、壁《かべ》から手が離《はな》れ、あたしは地面の盛り上がりにつまずいて、両手をついた。地面はねばねばと濡《ぬ》れていた。立ちあがり、マントで手をぬぐい、手さぐりしながら闇《やみ》のなかを後退した。やっと指先が壁《かべ》の曲がり角とおぼしき場所に触《ふ》れた。曲がり角から先は土壁《つちかべ》のトンネルだった。

「かつては街の壁《かべ》の一部に塔《とう》が築かれていた。この街が包囲攻撃《こうげき》を受ける前のことだ」祖父は、書斎《しょさい》のつづきにあるあの小さな部屋で、声をひそめてあたしに言った。「ヴィスニアに攻《せ》め入るとき、公爵《こうしゃく》の軍団がその塔《とう》を破壊《はかい》した。その後、公爵《こうしゃく》は街の壁《かべ》を修復したが、塔《とう》の再建は望まなかった。塔《とう》の土台部分は頑丈《がんじょう》で、再建するだけの金も充分《じゅうぶん》にあった。しかし、公爵《こうしゃく》はそれを望まなかった。なぜか？」祖父は両手を広げると、肩《かた》を少しすくめて、くちびるを曲げた。「そこに塔《とう》があれば、街の裏手の護りになる。なのに、なぜ再建しなかったのか？　街の壁《かべ》が修復され、すべての人夫が立ち去ったあと、わたしは弟のヨシュアとあの下水道におりてみた。暗渠《あんきょ》のなかで道に迷わないようロープを使い、なかを調べて、公爵《こうしゃく》が掘《ほ》ったとおぼしきトンネルを発見した。

これを知っている者は、わたしとおまえの大伯父《おおおじ》と祖母、そしてアムタルとラビだけだ。アムタルには、下水道への入口を掃除《そうじ》し、わたしはその賃金と彼《かれ》の家の家賃も払《はら》っている。アムタルが老いれば、彼《かれ》は秘密を息子に打ち明け、役目を譲《ゆず》るだろう。わたしたちは、日常ではけっしてこの抜《ぬ》け道を使わない。これを使って密輸もしなければ、通行料をまぬがれることもない。だれにも知られぬ場所だ。そして、あの男は――おまえの夫は――そこに閉じこめられている。トンネルの行き着くところ、塔《とう》の地下室に。

さあ、これでわかったろう、ミリエム。地下道のもつ意味が。あの地下道は、われわれの生命線だ。もし囚人《しゅうじん》が消えたとなれば、たとえおまえが捕《つか》まらなくとも、あの権力者たち、公爵《こうしゃく》と皇《こう》帝《てい》がどうするかはわかるはずだ。肩《かた》をすくめてやれやれ、か？　そんなはずがない。彼《かれ》らはとことん調べる。当然、足跡《あしあと》を追うだろう。地下道を閉鎖《へいさ》するかもしれない。地下道をくまなくさぐり、あの格子《こうし》ぶたを発見するかもしれない。そこから地上に出て、アムタルの家を疑う。アムタルは、子どもたちの喉《のど》にナイフを突《つ》きつけられたら、だれがあの格子《こうし》ぶたを維持《いじ》する金を払《はら》ってきたかを言うしかないだろう。

どうなるか、確実なことはなにもわからない。ただ、アムタルがわたしの名を出したとしても、一巻の終わりということはない。わたしには大きな資産があり、公爵《こうしゃく》にとっては有用な存在だ。公爵《こうしゃく》が怒《いか》りにまかせてわたしをつぶしにかかることはないだろう。公爵《こうしゃく》はそういう性格ではないからな。一方、なにごとも起こらない可能性もないわけではない。あいつは魔法《まほう》を使う異界の者、飛んでいってしまったんだ！　彼《かれ》を幽閉《ゆうへい》していた者たちは、そう考えるかもしれない。下水道を抜《ぬ》けて逃《に》げたと思われなければ、すべては現状のままだろう。

だから、おまえの祖父の命を、祖母の命を危険にさらすな、と言うつもりはない。ただ、危険はある、と伝えておこう。どれくらい危険かは場合によりけりだ。それを見抜《みぬ》くことが肝心《かんじん》だ。すべてを考え合わせ、払《はら》うことになる代償《だいしょう》を見積もるべきだ。そのうえで、まだおまえは、スターリク王に借りがあると見なすだろうか？　おまえの同意なく、わたしたちの同意もなく、この世界の法も無視して、おまえを連れ去った男に対して果たすべき義務があると考えるだろうか？　彼《かれ》のおこないが招いた結果が降りかかるとしたら、それはおまえではなく、彼《かれ》の頭の上だ。盗《ぬす》んだ刃物《はもの》で指を切った男が、その刃物《はもの》を研いだ女を責めることはできない」

祖父は、あたしが答えるのを待たず、片手であたしのほおに触《ふ》れた。そして、あたしの決意を見てとると、その手を引いた。

そうしていま、あたしは地下道の曲がり角に立っている。指先が触《ふ》れているのは、公爵《こうしゃく》の掘《ほ》ったトンネルの土壁《つちかべ》だ。うまくいけば、このトンネルの先にいるスターリク王を逃《に》がすことができる。でもそれによって、あたしは自分のたいせつな人々のもとから永遠に去ることになるかもしれない。一方、もしそこに衛兵がいて、あたしが捕《つか》まってしまえば、たいせつなすべての人に災いが降りかかる。もう覚悟《かくご》は固めたつもりだった。それでも一歩進むごとに、最後の最後まで、あたしはその覚悟《かくご》を自分に問い直さなければならなかった。

21　地下トンネル

ミリエムが荷馬車から降りると、おいらはブーツを脱《ぬ》いで、穀物袋《ぶくろ》を包んだマントから人間の足が突《つ》き出しているみたいにおいた。もう暖かくなったから、ブーツを脱《ぬ》いでも平気だ。それにどのみち、荷台にすわってるんだから、ブーツをはいてなくてもいい。とにかく、この恐《おそ》ろしい街から出ていけるのがうれしかった。街はここに着いたときよりもっとひどくなっている。

通りはどこもかしこも人だらけ。雪が溶《と》けて、みんなが外に出てきて、いっせいにしゃべりだしたから、とんでもなくうるさいことになっていた。おいらは、ミリエムのふりをしてる穀物袋《ぶくろ》の横に寝《ね》そべり、自分も穀物袋《ぶくろ》のふりをしようと考えた。でも、おいらは穀物袋《ぶくろ》じゃないから、やっぱり音が気になる。荷台の底で耳をふさいで、でかい音が消えていくのを待った。ずいぶん長い時間が過ぎて、荷馬車はこの大きな街の門にたどり着いた。マンデルスタムの旦那《だんな》さんが御《ぎょ》者席《しゃせき》からおりて、男に金を手渡《てわた》した。恐《おそ》ろしい街から逃《に》げ出すにも金が必要なんだ。

それでもセルゲイが本物の御者《ぎょしゃ》みたいに手綱《たづな》を揺《ゆ》すって舌を鳴らすと、馬たちが勢いよく歩きだし、やっと街から離《はな》れることができた。ひとまず安心だった。荷馬車はそのまま街道を進んだ。そのうち道が大きく曲がって、荷台に身を起こして街のほうを振《ふ》り返っても、門が見えなくなった。セルゲイが荷馬車を止めた。門は見えず、街の壁《かべ》とそのなかにあるたくさんの家々《いえいえ》から立ちのぼる煙《けむり》が見えるだけだった。セルゲイが手綱《たづな》をマンデルスタムの旦那《だんな》さんに渡《わた》し、荷馬車からおりた。これからセルゲイは街の壁《かべ》の裏にまわり、ミリエムが出てくるまで隠《かく》れて待つことになっている。

おいらはセルゲイを残していきたくなかった。もしミリエムが出てこなかったら、どうなる？ もしスターリク王だけ出てきたら、どうなる？ 王はきっとセルゲイを殺す。前みたいに魂《たましい》を抜《ぬ》いて地面に転がしたまま、いなくなるだろう。待てよ、スターリク王じゃなくて、皇帝《こうてい》が出てきたら、どうなる？ それもまずい。いや、もっとまずいかもしれない。

マンデルスタムの旦那《だんな》さんは最初、ミリエムじゃなくて自分が行くって言った。つぎは、ミリエムといっしょに行くって言った。ミリエムは無理だって言いつづけた。最初は、スターリク王が自分を傷つけることはないからと言って。つぎは、衛兵がいたときに、ひとりきりのほうが見つかりにくいからと言って。最後は、ふたりもいなくなっては街の門番が怪《あや》しむからと言って。でも、どれもほんとの理由じゃない。ほんとの理由は、マンデルスタムの旦那《だんな》さんが怪我《けが》をしてたから。旦那《だんな》さんの体はあざだらけだった。

シャツから出てる首の上が紫色《むらさきいろ》なんだけど、そこはスターリク王が殴《なぐ》ったところじゃない。こんなふうにあざが広がるのは、うんと強く殴《なぐ》られたときだけだ。つまり、スターリク王がどんなに強く殴《なぐ》ったかってことだよ。だから服の下にも、きっとあざがたくさんあるはずだった。わざわざ確かめなくたって、ひどい怪我《けが》をしてることはまるわかりだ。歩くときに足を引きずるし、ときどき脇腹《わきばら》に手をやって、体を痛くしないように少しずつゆっくりと息をしてる。それに、昼のあいだに、二度も眠《ねむ》りに落ちた。

でも、ミリエムはそのことは言わず、ほかの理由をならべた。とうとう、マンデルスタムの旦《だん》那《な》さんが言った。「それじゃあ、街の外でおまえを待とう」ミリエムは、それもだめだって返した。旦那《だんな》さんは頑固《がんこ》に首を振《ふ》った。そして、もうこれ以上はだめだと言わせないという決意をにじませ、だいたいおまえはあの森の家がどこにあるかも、そこへの行き方も知らないじゃないか、と言った。

そのとき、セルゲイが言った。「おれがミリエムを待つ。旦那《だんな》さんは早く歩けないから、おれがミリエムをあの家に連れていくよ」旦那《だんな》さんはまだ心配そうだったけど、セルゲイはもう旦那《だんな》さんより体が大きいし、力も強い。それに怪我《けが》もしていない。ミリエムが言った。「セルゲイの言うとおりよ。なるべく時間をかけないほうがいいわ」

こうして、セルゲイが街の壁《かべ》の裏まで行って、ミリエムを待つことになった。そのあいだに、残りの者は荷馬車で進みつづける。それでもし、ミリエムとセルゲイがあの森の家に着く前に、だれかがおいらたちのことをさがしに来たら、みんなやることがあって忙《いそが》しいから、セルゲイとミリエムが山羊《やぎ》を連れにまたもどったって言えばいい。

ミリエムが言った。「でも、そんなに遅《おそ》くならないわよ」当たり前だって言うような、ただセルゲイといっしょに街から森の家まで歩いていくだけの話みたいな口ぶりだ。でも、それはミリエムの本心じゃないって、おいらにはわかった。ミリエムにも自分が出てこられるかどうかわかってないんだ。そんなこともわからないなんて、この人は頭が悪いのかなって最初は思った。でも、そうじゃない。ミリエムは覚悟《かくご》してるんだ。なぜそれがわかったかっていうと、そのあとミリエムがセルゲイのところに来て言った。「ありがとう。でも、街の壁《かべ》まで近づかなくていいわ。荷馬車からおりたら、街道のそばの木立のなかで待ってて。あたしがあなたをさがしにいくから」

それを聞いたとき、ミリエムにはもどらない覚悟《かくご》があるんだって、おいらにはわかった。セルゲイが待つって言ったのに感謝したのは、自分の父親を苦しめたくないからなんだ。そして、マンデルスタムの旦那《だんな》さんだったら、木立のなかで待つことにぜったい首を縦にふらないとわかっていたからだ。

ミリエムはセルゲイに木立で待っててと言った。おいらもそのほうがいいと思った。でも、セルゲイはミリエムをじっと見て言った。「街の壁《かべ》の近くで待つ。たぶん、あなたには助けが必要になるだろうから」

ミリエムはそのとき、両手を振《ふ》りあげて言った。「助けが必要なら、もっとたくさん頼《たの》むわ。助っ人なんて必要ない」

でも、セルゲイは肩《かた》をすくめてまた言った。「とにかく壁《かべ》の近くで待つよ」それでおしまいだった。結局、セルゲイは壁《かべ》の近くで待つことになった。そこには、スターリクか魔物《まもの》か、剣《けん》を持った兵士が出てくるかもしれないっていうのに。スターリク王を連れ去った兵士たちは、どいつもこいつもセルゲイみたいに大きくて強そうだった。皇帝《こうてい》よりはましだとしても、スターリクと同じくらい危険だ。あんなやつらに、セルゲイを殺されるのはいやだ。ミリエムが殺されるのだっていやだ。おいらはミリエムのことをよく知らないけど、マンデルスタムの奥《おく》さんを悲しませたくないから、ミリエムに死んでほしくない。でも、それは奥《おく》さんのためであって、自分のためにじゃない。自分のために願うなら、とにかく、おいらはセルゲイに生きてほしい。

おいらは心配しすぎて疲《つか》れてしまった。つぎからつぎへと心配が生まれて、終わりがなかった。これまでどんなに心配ばっかりしてきたか。でも、けさ、ワンダが皇帝《こうてい》からの、あの魔法《まほう》のような手紙を持ってきたときは、ちょっとのあいだ、どんな心配も吹《ふ》っ飛んでた。もうぜんぶ終わった、もう心配しなくていい、もうなにも怖《こわ》がらなくていい。おいらはすごくいい気分で、幸せだった。だけど、どうだ。また心配しはじめてる。

でもいま心配なのは、自分のことじゃなくて、セルゲイのこと。マンデルスタムの旦那《だんな》さんが荷馬車を出発させ、おいらは荷台の上に体を起こして、セルゲイを見つめた。セルゲイは街道からはずれて木立のほうに近づいていく。でも、木立に入ったら、街の壁《かべ》の裏手までぐるっと回る道をとるんだろう。そのうちセルゲイの後ろ姿が見えなくなると、おいらは荷台の穀物袋《ぶくろ》のとなりに寝《ね》そべった。もう穀物袋《ぶくろ》にマントをかぶせてミリエムのふりをさせておかなくてもいい。マンデルスタムの奥《おく》さんが、マントをおいらの上にかけてくれた。そして穀物袋《ぶくろ》はおいらの枕《まくら》になった。おいらは片手をポケットに突《つ》っこんで、母ちゃんがくれた木の実をさわりながら、きっとだいじょうぶだ、と自分に言い聞かせた。あの森の家に着いて、セルゲイもあとからやってきたら、あの家のそばにこれを植えよう。母ちゃんの木が育って、おいらたちとずっといっしょに暮らしていけるようになるから。

人でごった返した街のなかではあんなにゆっくりとしか進まなかったのに、街道ではうんと早く荷馬車を走らせることができた。道に雪がないのが、なんだか変な感じだった。雪はもうどこにもない。リスや鳥、鹿《しか》やウサギ……たくさんの動物を見た。みんな春になったのがうれしくて、跳《は》ねまわってる。草や葉っぱやドングリを食べてる姿も見た。すごくはしゃいでて、人間を怖《こわ》がらない。ウサギだって道の端《はた》で草を食べながら、こっちを見てる。腹ぺこすぎて、怖《こわ》がってる場合じゃないのかもしれないな。そんな景色を見てたら、おいらまでうきうきしてきた。よし、動物も助けよう。おいらはそう思った。ワンダは、困ってる人を助ける家にしたいって言った。おいらは動物も助けたい。

そのうち街道沿いに見覚えのある家を見つけて、あの小さな家にだいぶ近づいたのがわかった。納屋の入口に大きな荷馬車の車輪がかけてあって、その壁《かべ》に花がいっぱい描《えが》かれてる農家だ。前に来たときは雪が積もってたから、花の絵は上のほうしか見られなかったけど、雪が消えたいまはぜんぶ見られる。すごく大きくてきれいな、赤と青の花の絵だ。家の人が納屋の横に立って、緑のライ麦畑をながめてる。おいらたちのほうを振《ふ》り返ったから、おいらが手を振《ふ》ると、その人も笑顔で手を振《ふ》り返した。

「あの家まで荷馬車で行くのは無理だな」マンデルスタムの旦那《だんな》さんが言った。つまり、その家までつづく道はないってことだ。木々のあいだが狭《せま》いから、馬車をおいて歩くしかない。でも、それは思いちがいだって、すぐあとでわかった。前に森を抜《ぬ》け出たときの道が見つかったんだ。それは二本の大きな木のあいだからはじまっていて、二頭の馬が抜《ぬ》けていけるだけの幅《はば》があった。おいらたちはその道を進みつづけた。荷馬車はそんなに大きくないから、どうにかこうにか通り抜《ぬ》けていけた。そのうち暗くなってきた。マンデルスタムの奥《おく》さんが言った。「このあたりで野宿したほうがいいんじゃないかしら。家を見逃《みのが》すようなことになっては困るわ」

でもそのとき、ワンダが「あの家が見える」って言った。うん、おいらの目にも見えた。旦那《だんな》さんはまだ荷馬車を進めてたけど、おいらは荷台の後ろから飛びおりた。そして荷馬車と馬を追い越《こ》し、あの小さな家と庭に向かって走った。家がおいらたちを待ってるような気がした。

もちろんセルゲイもいたら最高だったんだけど、それでもすごくうれしかった。旦那《だんな》さんが馬たちから馬具をはずすのを手伝った。馬たちをきれいにしてやって、えさもやった。おいらの背丈《たけ》は馬の背に届きそうでまだ届かない。だけど、背伸《せの》びしてブラシをかけてやるときも、馬はおとなしくしてた。庭からニンジンを二本引き抜《ぬ》いて、馬たちにやった。馬はニンジンが好きだ。そのあと荷おろしを手伝い、大事なものはみんな家のなかに運びこんで片づけた。ワンダは鶏《にわとり》を庭に放った。鶏《にわとり》たちはすぐに地面を掻《か》いて、えさをさがしはじめた。明日になったら、鶏小《とりご》屋《や》をつくろう。マンデルスタムの奥《おく》さんが家のなかで料理をはじめて、いい匂《にお》いがただよってきた。家の窓や開け放した扉《とびら》からなかなかの明かりが洩《も》れている。

「夕食の前に手を洗っておいで、ステフォン」マンデルスタムの旦那《だんな》さんに言われて、おいらは家の裏にある大きな洗い桶《おけ》まで行った。おいらは、水がいっぱいに張られた洗い桶《おけ》にひしゃくを沈《しず》めて、手を洗おうとした。そのとき、ふと考えた。ここで手を洗って、また汚《よご》すのはいやだな。夕飯を食べたら、すぐに寝《ね》る時間だ。そのときじゃあ、もう遅《おそ》い。おいらは待ちきれなかった。

手を洗うのをやめて、家の前にもどり、扉《とびら》のそばの地面に穴を掘《ほ》った。ポケットから木の実を取り出し、穴のなかにそっとおいて、言った。「ここなら安心だよ、母ちゃん。ここで育つといいよ。おいらたちといっしょに」あとは土をかけて水を注ぐだけだ。だけど……あれ、なんかちがうぞ。おいらは、白い木の実を見おろした。ふかふかした茶色の土と、白い木の実。ぜんぜんしっくりしない。コインを土に植えて、コインのなる木が育つのを待ってるみたいな、ありえない感じがする。

おいらは木の実を穴から取り出し、土を払《はら》い、両手で包んだ。「母ちゃん?」と木の実に呼びかけてみた。一瞬《いっしゅん》だけ、だれかがおいらの頭にそっと手をおいた感じがした。ほんの軽く、触《ふ》れたか触《ふ》れないかぐらいなんだけど。でも、おいらの耳には、どんな返事も聞こえてこなかった。

22 チェルノボグの怒《いか》り

ヴァシリアは、自分の結婚式《けっこんしき》がお膳立《ぜんだ》てされているとは知らず、たいそう怒《おこ》ってヴィスニアに到着《とうちゃく》した。父親のウーリシュ公にも引けを取らない立腹ぶりだった。無理もない。以前の彼女《かのじょ》は、皇帝《こうてい》の堂々《どうどう》たる花嫁《はなよめ》候補。ところがその皇后《こうごう》の座にはわたしがおさまり、持ち札にある次なる結《けっ》婚《こん》相手の候補は、見栄《みば》えのしない、すでに前妻ふたりを亡くした、三十七歳《さい》の大公なのだから、頭に王冠《おうかん》を頂いた若き美貌《びぼう》の皇帝《こうてい》とはあまりにもちがう。

それだけでも腹立たしいところに、わたしから呼び出され、雪と氷の道をはるばるヴィスニアまで——彼女《かのじょ》の父親が治める赤煉瓦《あかれんが》の頑丈《がんじょう》な壁《かべ》に囲まれた西の都市には及《およ》ぶべくもない——この鄙《ひな》びた街まで旅をするはめになった。ヴァシリアは、わたしから呼び出された理由を、彼女《かのじょ》なりに考えているだろう。なぜなら、もし自分がわたしの立場だったら、つまり皇后《こうごう》だったら、どのようにふるまうか、ありありと想像できるからだ。冠《かんむり》を頭にのせ、この国の諸公の令嬢《れいじょう》たちの前を誇《ほこ》らしげに歩いていただろう。宴《うたげ》に到着《とうちゃく》した者たちに軽くうなずき、超然《ちょうぜん》と応対し、宴席《えんせき》ではは声を落として、お追従《ついしょう》に長《た》けた一部の者としか会話しないだろう。もちろん、わたしなどには目もくれずに。だから、立場が逆なら、わたしが彼女《かのじょ》に対して頭をさげさせ、皇后《こうごう》陛下と呼ばせ、これまでにわたしが受けてきた冷笑や嘲笑《ちょうしょう》の借りを返そうするはずだ。彼女《かのじょ》はそう考えていたにちがいない。

銀の冠《かんむり》を頂くわたしを、階段をのぼりながら見あげるとき、侮辱《ぶじょく》され恥《はじ》をかかされるのを覚《かく》悟《ご》するように、ヴァシリアの両手は固く握《にぎ》られていた。だからわたしが彼女《かのじょ》を出迎《でむか》えるために階段をおりはじめると、彼女《かのじょ》は一瞬《いっしゅん》うろたえ、両のこぶしのやり場に困った。

わたしはすばやく彼女《かのじょ》の肩《かた》に手をおき、ほおにキスして言った。「親愛なるヴァシリア、お久しぶりね。来てくださってうれしいわ。そして、ウーリシュ公も」わたしは、彼女《かのじょ》の父親のほうに向き直って言った。

すでにわたしを追い越《こ》し、上の段でわたしの父とともにミルナティウスに向き合っていたウーリシュ公は、驚《おどろ》いたようすで振《ふ》り返った。彼《かれ》のほうに手を差し出すわたしを、穴のあくほど見つめ、一瞬《いっしゅん》にして怒《いか》りを忘れたようだ。

わたしはウーリシュ公に言った。「ご挨拶《あいさつ》があとになったことはどうかお許しを。若い女にとって友と遠く離《はな》れているのは、つらいことなのです。さあ、堅苦《かたくる》しい挨拶《あいさつ》は抜《ぬ》きにいたしませんか？　どうぞ、なかに入っておくつろぎください。そのあいだ、ヴァシリアとわたしをふたりきりにしてくださいますか？」

　わたしはヴァシリアを上の階にある、バルコニー付きの大きな寝室《しんしつ》に招き、人払《ひとばら》いをした。そして、やんわりとした口調で、リトヴァス皇国には近い将来に世継《よつ》ぎが必要で、そのためにはミルナティウス帝の結婚《けっこん》だけでは充分《じゅうぶん》ではない、という話をした。あとは、彼女《かのじょ》自身が考え、結論を導き出してくれるだろう。頃合《ころあ》いを見計らって、ミルナティウスとわたしの父が部屋に入ってきた。ふたりのあとに、イーリアスがむっつりした顔でついてくる。わたしがヴァシリアの手を握《にぎ》ると、ミルナティウスが灰と化した燃え殻《がら》のような熱のこもらない口調で言った。「結婚《けっこん》のもたらす大いなる喜びを、より多くの人に知ってもらいたいと、わたしたちは考えた。わがいとこ、イーリアスよ、きみの花嫁《はなよめ》を紹介《しょうかい》させていただこう」

　結婚式《けっこんしき》の行われる教会で、ミルナティウスはわたしの横に立ち、嘲《あざけ》るように唇《くちびる》をねじ曲げて、出席者をながめわたしていた。ヴァシリアは幸せそうに見えた。わたしは、ミリエムが着ていた黄金をちりばめた白いドレスを彼女《かのじょ》に贈《おく》った。それを着た彼女《かのじょ》はわたしなどよりよほど皇后《こうごう》らしく見える。事態が急変し、将来の世継《よつ》ぎの父親になるかもしれない若い美男との結婚《けっこん》が決まったのだ。せめてその男が今夜の寝室《しんしつ》で、彼女《かのじょ》にいくらかのやさしさを示してくれればいいのだけれど……。

先刻、イーリアスの不機嫌《ふきげん》を見てとった父が、彼《かれ》をバルコニーに連れ出して言った。いつまでも聞き分けのない子どもをやっているつもりなら、きみの代わりをさがすぞ。分別をもちたまえ。きみの結婚《けっこん》相手は、りっぱな女相続人だ。母親の愛玩犬《あいがんけん》になるのはもうやめるんだな。ウーリシュ公の正統なる後継者《こうけいしゃ》としての自覚をもて――。そのようなことを、父はイーリアスに語って聞かせた。その後、バルコニーからもどってくると、イーリアスはヴァシリアの手を取ってくちびるを寄せ、まずまず合格と言ってよい称賛《しょうさん》を口にした。彼《かれ》の大いなる熱情はべつの方法で満たしてもらうほかないだろう。

一方、ウーリシュ公の怒《いか》りはおさまらず、ヴァシリアの分までもらい受けたように激怒《げきど》していたが、ここまでくると彼《かれ》にはなすすべもなかった。わたしたちは、間髪容《かんはつい》れず彼《かれ》らを教会に連れ出した。ミルナティウスが花嫁《はなよめ》を花婿《はなむこ》に引き渡《わた》す役を務めるとやや強引に宣言し、わたしはウーリシュ公の腕《うで》をとって、彼《かれ》を説得した。ウーリシュ公はおかかえの軍団を使ってでも娘《むすめ》を教会から連れ去りたいと思っていたかもしれないが、わたしのひたいの上で輝《かがや》く銀を見るたびに、怒《いか》りを忘れていった。またそのころにはうわさが街に広がり、ウーリシュ公の兵士らの耳にも届いていた。そう、ミルナティウス帝の恐《おそ》ろしい魔法《まほう》によって冬が打ち砕《くだ》かれたといううわさが。

祝宴《しゅくえん》はそれなりにすばらしいものだった。万全だったわけではないが、緑の野菜がテーブルに山をなし、客たちを大いに満足させた。この数ヵ月間は貴族たちも新鮮《しんせん》な青い野菜にありついていなかった。父が急いで人を集めて収穫《しゅうかく》させた野イチゴが、塔《とう》のように積まれている。実《み》はまだ小さいが、赤く色づき、舌にのせると甘《あま》くて、果汁《かじゅう》もたっぷりあった。ミルナティウスは給仕にボウルごとイチゴを持ってこさせて、ひとつひとつていねいにつまんで口に入れながら、むっつりとあたりを見まわしている。わたしには話しかけようとしない。わたしも彼《かれ》に話しかけなかった。彼《かれ》の顔を見るたびに、あの地下道での悲痛な告白と、あのときの声の鋭《するど》く高い調子がよみがえり、それしか考えられなくなるからだ。

わたしには母の記憶《きおく》がほとんどない。母の手の感触《かんしょく》も、声の響《ひび》きも憶《おぼ》えていない。そういった記憶《きおく》は、すべてマグレータのものだ。それでも亡き母は、わたしを守ってくれたといまになって思う。まず、産み落とすまでその胎内《たいない》でわたしを守ってくれた。そして、わたしたちの血からほぼ消えかけていた魔力《まりょく》の最後の一滴《いってき》をわたしに授けてくれた。その魔力《まりょく》の一滴《いってき》があったからこそ、わたしは鏡を通り抜《ぬ》けて冬の王国に至る道を見つけることができた。それは母からの贈《おく》り物。でも以前は、母に感謝することを知らなかった。だから、なにも起こらなかったのかもしれない。

切れ者で野心家でもある父――わたしを残忍《ざんにん》な皇帝《こうてい》、あるいは魔法使《まほうつか》いのもとへ躊躇《ちゅうちょ》なく送りこんだ父――に対しても、わたしの感謝は薄《うす》かった。父はわたしをコマとして使いつくすだろうと思っていた。それでも、煖炉《だんろ》のなかに倒《たお》れて叫《さけ》んでいたチェルノボグを、その赤い炎《ほのお》と煙《けむり》を思い出すとき、わたしのなかには揺《ゆ》るぎない確信が生まれる。父は……そう、わたしを誇《ほこ》りに思うと言ってくれた父は、けっして皇位ほしさにわたしの魂《たましい》を魔物《まもの》に差し出そうとしたわけではなかった、と。

ただ、日常のなかで父親としてのやさしさを見つけることはむずかしかった。それがいつしか、わたしの心のなかに冷ややかさを植えつけた。それでも、ミルナティウスに比べればずっとましだ。彼《かれ》の思いやりのなさを、わたしはもう責められない。彼《かれ》が思いやりをかけられたことなどあっただろうか？　〝カロリスのほかはだれひとり、魔女《まじょ》の息子なんか相手にしなかった〟と、ミルナティウスは言った。彼《かれ》のことばに、だれかに対するやさしさを感じたのは、あの一度きり。義兄カロリスとの思い出だけが、彼《かれ》にとって唯一《ゆいいつ》のやさしくされた経験だったのだ。

たとえ皇帝《こうてい》の息子でも、その母親が処刑《しょけい》されたとなれば、どこかの裕福《ゆうふく》な修道院にあずけられるのがふつうだ。まして義兄が無事に皇位を継承《けいしょう》したときには、予備候補としての価値も落ちることになる。わたしは、ミルナティウス自身が修道院に行かずにすんだのは、彼《かれ》自身がそれを強く拒《こば》んだからだと思っていた。野心ある人間にとって修道院行きは懲罰《ちょうばつ》と同じだ。でも、ミルナティウスはけっして野心家ではない。炎《ほのお》の怪物《かいぶつ》の魔力《まりょく》を湯水のように使い、自分のために金メッキの檻《おり》をつくって、そこに閉じこもった。税の徴収《ちょうしゅう》について考えるより、スケッチブックに絵を描《か》くことに時間を費やした。そんな人なのだから、悔《く》いなく修道院での隠遁《いんとん》生活を送れたかもしれない。ペンとインクと金メッキを友とし、美しいものを生み出し、それに満足できたかもしれない。けれども、彼《かれ》に取り憑《つ》いた魔物《まもの》は、彼《かれ》の愛する義兄を殺し、彼《かれ》が望んだわけでもない王冠《おうかん》を彼《かれ》の頭にのせた。

そしていまは、このわたしが、壊《こわ》れた人形をぞんざいに扱《あつか》う子どものように、ミルナティウスを無理やり引きずりまわし、彼《かれ》に取り憑《つ》いた魔物《まもの》と取引している——それも、彼《かれ》がまったくかまうことのなかったこの皇国を守るために。まるで彼《かれ》などいないかのように、だれにとっても意味のない存在であるかのように。彼《かれ》がわたしを憎《にく》むのも当然だ。

でも、わたしは悪いことをしているとは思っていない。そういう気持ちはもう充分《じゅうぶん》味わった。ミリエムは、あの塔《とう》の地下室で鎖《くさり》に縛《しば》られた生《い》け贄《にえ》を火の魔物《まもの》にむさぼり食わせる残虐《ざんぎゃく》さについてわたしに訴《うった》えた。でもそれくらい、彼女《かのじょ》に言われなくてもわかる。父が戦いのあとに感じるような悔《く》いも知っている。スターリクの子どもたちをかわいそうだと思う。冬の王を、できるなら、べつの方法で食い止めたかった。できるなら、ミルナティウスを、みじめな奴隷《どれい》にするのではなく、解放してあげたかった。けれど、わたしが望む世界は、わたしがいまいる世界とはちがう。すべての残酷《ざんこく》な事態を一気に修復できる日まで待っていたら、永遠になにもできずに終わってしまうだろう。

ミルナティウスにあやまるつもりもない。彼《かれ》はわたしを信じようとしなかったし、信じるべきだとも思っていなかった。リトヴァス皇国にはいまもなお、修復しなければならない断層があり、魔物《まもの》が皇位に居すわっている。手段を選ばなかったが、冬を追いはらえてよかった。でも、チェルノボグのような魔物《まもの》を味方につけられると考えるほど、わたしは愚《おろ》かではない。昨夜はふたつにひとつの選択《せんたく》しかなかった。ミルナティウスを助けるのか、スターリク王の手で氷のなかに埋《う》められるのか。わたしが選んだのは、より残虐《ざんぎゃく》でないほうではなく、より切迫《せっぱく》していないほうだった。もちろん、チェルノボグは、スターリク王の命を飲み干したのち、ふたたびわたしたちに襲《おそ》いかかってくるだろう。だがこのリトヴァス皇国を魔物《まもの》の餌食《えじき》にするのはごめんだ。

そのために、明日、カジミール公が——おそらくウーリシュ公以上に立腹して——到着《とうちゃく》したとき、わたしの父が、彼《かれ》の耳に謀反《むほん》の企《くわだ》てをささやくことになっている。そしてスターリク王がついにあの地下室で食いつくされて無に帰したとき、父とカジミール公、そしてウーリシュ公の三人が教会におもむき、司祭と話をつけ、かつてミルナティウスの母を火刑《かけい》にするときに使った〈聖なる鎖《くさり》〉をコロンの大聖堂《だいせいどう》から持ち出すことだろう。そして夜明けを待ち、魔物《まもの》が太陽から隠《かく》れるとき、三人はわが夫を広場に引き出し、鎖《くさり》で縛《しば》りあげ、その母親と同じように火あぶりにするだろう。リトヴァス皇国の民を、おそろしい魔物《まもの》から解放するために。

わたしにはいずれ、それが起きるとわかっている。それをやめさせようとは思わない。ミルナティウス自身に罪はないことはわかっているけれど、彼《かれ》を救うつもりはない。彼《かれ》の代わりに、リトヴァス皇国を火の海にすることはできない。それは、皇国の人々の命を危険にさらしてまで、スターリクの子どもたちを救うつもりがないのと同じだ。わたしは、リトヴァス皇国を救うために、自分がやらなければならないことをやりとげるだけの冷酷《れいこく》さをもっているつもりだ。

その冷たさはわたし自身をも凍《こお》らせる。わたしは、ヴァシリアとイーリアスのほうを見た。イーリアスが身を寄せてなにかを耳もとでささやき、ヴァシリアがほおを染める。かつて彼女《かのじょ》が望んだように、わたしはいま彼女《かのじょ》をうらやんでいる。でももう、自分自身の結婚《けっこん》に、情の通い合う夫婦の契《ちぎ》りを夢見ることはあきらめた。ミルナティウスのためにしてあげられることがあるとすれば、彼に期待しないこと。それくらいしかない。わたしは彼《かれ》にやさしいふりをするつもりはないし、彼《かれ》に対してもはや感謝や寛容《かんよう》や礼節を求めようとも思っていない。わたしは彼《かれ》に期待しない。なにかを求めることもない。剝《む》き出しになった赤い骨から、なおも肉をしゃぶろうとする狼《おおかみ》にはなりたくない。

晩餐《ばんさん》のあいだ、わたしはミルナティウスとはほとんど会話しなかった。ただし、もう一方のとなりにいるウーリシュ公には、せいいっぱいのお世辞と慰《なぐさ》めとでもてなした。そのうち日が沈《しず》みはじめると、ミルナティウスが立ちあがり、それを合図に出席者たちが列になって新郎新婦《しんろうしんぷ》の寝《しん》室《しつ》まで彼《かれ》らを送った。ウーリシュ公のまなざしが、新婚《しんこん》夫婦と反対側の部屋に落ちつくミルナティウスの親族に、それからまた新婚《しんこん》夫婦のほうに向けられた。ヴァシリアがイーリアスの腕《うで》に手を回し、自分の指が一本ずつ彼《かれ》にキスされていくのをほほえみながら見守っている。ふたりとも、ワインと高揚感《こうようかん》とでほおがピンク色に染まっている。ウーリシュ公は歯ぎしりしたが、わたしの父から書斎《しょさい》に誘《さそ》われ、その場から立ち去った。書斎《しょさい》では、上等のブランデーを飲み交わしながら、皇位をめぐるお互《たが》いの孫の将来について語り合うことになるのだろう。いずれにせよ、ウーリシュ公は権勢《けんせい》の欲を捨ててはいない。

「だがきみは――ぼくの親愛なる花嫁《はなよめ》であるきみは――冷たいベッドに甘《あま》んじなければならないわけだな」寝室《しんしつ》でふたりきりになると、ミルナティウスが殺伐《さつばつ》としたわたしたちの夫婦関係を冷笑してみせた。そう言いながら、彼《かれ》は腕輪《うでわ》や指輪をつぎつぎにはずし、化粧台《けしょうだい》の上においていく。バルコニーのガラス扉《とびら》から日没《にちぼつ》が見える。「なんなら、きみにご執心《しゅうしん》の、あの衛兵を呼び出してやろうか。愉悦《ゆえつ》のひとときが過ごせると思うがな。そのあいだ、ぼくはうんざりするほど散歩をしてやるよ。ぼくのお友だちがご馳走《ちそう》を心ゆくまで味わえるように」

勝手に言ってなさいと心で思い、なにも返さなかった。彼《かれ》はわたしに顔をしかめてみせた。が、突然《とつぜん》にやりと笑い、目が赤く光った。「イリーナ、イリーナ」歌うような節回しでチェルノボグが呼びかけ、煙《けむり》の臭《にお》いがただよった。「モウイチド　タズネル。フユノオウトヒキカエニ　オレノツヨイチカラ　ホシクナイカ？　アイツヲ　オレニクレ。ソシタラ　オマエニ　ナンデモ　ヤルゾ！　イクラデモ　ヤルゾ！」

魔物《まもの》の誘惑《ゆうわく》には、まったく心をそそられなかった。その点は前例を見せてくれたミルナティウスに感謝しなければならない。ミルナティウスの顔を借り、空洞《くうどう》のような顔の奥《おく》でめらめらと燃えながら、魔物《まもの》が笑いかけてくる。どんなものだろうと、こいつの手からなにかを受け取ろうとは、これっぽっちも思わない。もし、頼《たの》みごとをするとしたら、どんなときだろう、と考えてみた。いつか子をもち、その子がわたしの腕《うで》のなかで死にかけているとき？　リトヴァス皇国が戦乱の地と化し、地平線の向こうからわたしたちを滅《ほろ》ぼそうと大軍が近づいてくるとき？　いいえ、それでもたぶん、わたしは拒否《きょひ》する。あらゆることには終わりがある。わたしは首を振《ふ》った。

「いいえ。もうかまわないで。放っておいて。わたしは、あなたに、なにひとつ求めない。さっさと失せるがいい！」

彼《かれ》はシューッと息を吐《は》き、なにかぶつぶつ言った。それから赤い目でわたしをにらみつけたが、それ以上はなにも言わず、煮《に》えくりかえりながら部屋から出ていった。すかさず、マグレータが部屋に入ってきた。廊下《ろうか》にひそみ、ミルナティウスが出ていくのを待っていたようだ。

マグレータはわたしがドレスを脱《ぬ》ぐのを手伝い、冠《かんむり》をはずしてくれた。それからお茶の手配をした。お茶が来ると、わたしは、椅子《いす》にすわったマグレータの横で床《ゆか》にすわり、彼女《かのじょ》のひざに頭をあずけた。小さな少女だったころも、こんなことはけっしてしなかった。なぜなら、マグレータはいつもなにか手仕事をしていた。でも、今夜のマグレータは裁縫《さいほう》も編み物もしていない。彼女《かのじょ》はわたしの頭をなでて、やさしい声で言った。「イリーナさま、わたしの勇敢《ゆうかん》なお方。そんなに悲しまないでくださいまし。ようやく冬が終わったのですよ」

「そうね」と答えた。魔物《まもの》がまき散らした煙《けむり》のせいで喉《のど》が痛かった。「でも、それは、あの火の魔物《まもの》に薪《まき》をくべてやったからよ、マグレータ。あの魔物《まもの》はもっとくべろと要求しているわ」

マグレータはわたしの頭にキスをした。「お茶にいたしましょう、イリーナさま」そう言って、とても甘《あま》いお茶を淹《い》れてくれた。

土壁《つちかべ》のトンネルに入ると、これまで壁《かべ》に一定間隔《かんかく》でつづいていた星形の穴がなくなった。ここからはただ前に進むだけ。でも、足を速めはしなかった。できるだけトンネルのまんなかを歩き、足音を忍《しの》ばせた。マントの裾《すそ》を引きずり、足跡《あしあと》を消した。丈《たけ》の長いマントだったし、暗渠《あんきょ》を歩いてきたから、濡《ぬ》れていて適度な重さがあった。それほど歩かないうちに暗闇《くらやみ》は終わった。かすかな光が、遠方のゆるい湾曲《わんきょく》の向こうから洩《も》れて、トンネルのかたちをほのかに照らし出した。土《つち》壁《かべ》の表面は小石や木の根っこでいっぱいだった。もう手さぐりで歩かなくてもいい。鼻が強い煙《けむり》の臭《にお》いをとらえた。あと百歩くらい先だろうか、行く手にろうそくの黄色い明かりが星のかたちになって見えた。

それが闇《やみ》のなかではあまりにまぶしくて、ほかのものが見えなくなった。光に向かって歩いた。光が大きくなるにつれ、足の歩みが遅《おそ》くなった。一歩進むごとに、これでいいのだろうかという疑いがふくらんだ。家族がいる安全な家のなかで母に手を握《にぎ》られながら、勇敢《ゆうかん》に自分の決意を語ることは、それほどむずかしくなかった。スターリク王を前にして屈服《くっぷく》を拒《こば》むことだって、それほどむずかしくなかった。少なくともあのとき、あたしのなかには怒《いか》りがあった。復讐心《ふくしゅうしん》と絶望はこっち側にあった。たいせつなものはすべて奪《うば》われ、失って惜《お》しいものはなにもなかった。

でもいまはちがう。天秤《てんびん》ばかりの傾《かたむ》きが変わった。あたしには、たいせつな人たちがいる。あたしの祖父、家族、あたしを助けてくれたワンダ、その弟たち。あたしの人生、戦ってこの手に奪《うば》い返した日々の暮らし……。そう、べつにいま、これをやらなくたっていいんだ。引き返してこのトンネルから抜《ぬ》け出して、ふつうの人生を営んでいくこともできる。なにが賢《かしこ》いか、勇敢《ゆうかん》であるかは、自分が決めればいいこと。

それでも、あたしは歩みを止めなかった。ゆっくりとだけど前に進みつづけた。やがて、トンネルの行き止まりにある地下室の石壁《いしかべ》が見えてきた。ろうそくはその壁《かべ》に灯されている。ふいに背後から、熱い息のような疾風《しっぷう》が吹《ふ》きつけ、前方の部屋の明かりが揺《ゆ》れた。全身が総毛立った。背後のはるか遠い場所にある扉《とびら》を開き、いま、地下道をこちらに向かいはじめたものがいるのだ。その正体があたしにはわかった。

ここでまた、どうしようかと考えた。いまいるのは街のはずれ。暗渠《あんきょ》の入口にもどるのは、そんなに遠い道のりじゃない。そして、ここから公爵邸《こうしゃくてい》まではかなり距離《きょり》がある。いまなら引き返せる。いまもどれば、あたしがここにいたことは、だれにもわからない。

でも、あたしは引き返さなかった。そうする代わりに足を速めた。天井《てんじょう》がアーチ形になった通路に入った。なるべく足音を忍《しの》ばせた。壁《かべ》に身を寄せて部屋のなかを一瞬《いっしゅん》うかがったが、衛兵はいなかった。ろうそくの輪の一部が見えた。蠟《ろう》が垂れて短くなっている。ろうそくの輪の外には、赤く燃える石炭の輪。煙《けむり》がただよっているが、思っていたほどじゃない。上に抜《ぬ》ける空気の流れがあるようだ。

あたしは息を深く吸いこみ、地下室に足を踏《ふ》み入れた。スターリク王が振《ふ》り返り、あたしを見つめた。一瞬《いっしゅん》、動きを止めたけれど、彼《かれ》はかすかに首を傾《かたむ》けてから言った。「あなたが、なぜここに？」

ろうそくと石炭がつくる二重の炎《ほのお》の輪のなかに、彼《かれ》はひとりきりで立っていた。銀の鎖《くさり》が体にきつく巻きつき、白い衣に食いこんでいる。彼《かれ》を憎《にく》みたかったけれど、鎖《くさり》に縛《しば》られた人を憎《にく》むのはむずかしい。彼《かれ》がこのトンネルを通ってやってくるものを待つしかない身であればなおさらだった。あたしは言った。「あなたにはまだあたしの三つの質問に答える義務があるわ」

少し間をおいて、彼《かれ》が言った。「あなたがそう思うのなら、答えてもいい」

「もしも、あたしがここからあなたを逃《に》がしたとしても」と、あたしは最初の質問を切り出した。「もう二度と冬にもどさないと約束してくれる？　あたしたちを放っておいてほしいの。もう二度と多くの人を飢《う》えさせないように」

彼《かれ》はわずかに顔をゆがませたあと、背すじを伸《の》ばし、冷ややかに言った。「無理だ。そんな約束はしない」

あたしは彼《かれ》を見つめた。暗闇《くらやみ》のなかを歩きながら質問を考えてきた。彼《かれ》が冬を終わらせ、あたしたちから手を引き、永遠に略奪《りゃくだつ》しないと答えるような質問はなんだろうか。取引をするのにあたしは優位な立場にいるはずなのに、それをどう利用すればいいのか、わからなかった。いまもわからない。彼《かれ》は拘束《こうそく》され、死を待つ運命にある。彼《かれ》の王国の民も、彼《かれ》と同じ運命をたどるかもしれない。それでも彼《かれ》はまだ首を縦に振《ふ》らない。

「つまり、あなたは、あたしたちが死に絶えればいいと思ってるのね」ことばにする恐《おそ》ろしさで声がつぶれた。「あなたの民を救うことよりも、あたしたちを滅《ほろ》ぼしたい気持ちのほうが強い。あなたはあたしたちを憎悪《ぞうお》するあまり、ここで死ぬことを選ぼうとしてる。たとえ魔物《まもの》の餌食《えじき》になっても――」

「わが民を救うことよりも？」彼《かれ》の声がうわずった。「わたしが死力を尽《つ》くし、王国の財宝を使いきり、取るに足らぬ人間どもまで助けるとしたら――」怒《いか》りに震《ふる》える声をいったん止めて、彼《かれ》はあたしのほうに半身を傾《かたむ》けて言った。「その目的が、わが民を救うこと以外にあると思うのか？」

あたしはなにも言えなくなった。胸が苦しい。スターリク王があたしをにらみ、悲痛な声でつづけた。「わたしはそのために力を使いきった。そしていま、あなたがやってきて、そのような姑息《こそく》な問いかけをする。わが命を救うのと引き替《か》えに、わたしに手を引けと言うのか？　あいつのやりたい放題にさせろ、あいつにすべてを明け渡《わた》せと？　まっぴらだ」怒《いか》りとともに言い放たれたことばが、あたしの心を石つぶてのように打った。「わたしは、最後まで屈《くっ》しない。しかしそれでも力尽《つ》き、あのガラス山をやつの炎《ほのお》から守りきれなくなったとしても、わが民には、彼《かれ》らより先にわたしが倒《たお》れたこと、彼《かれ》らの名を最期まで胸に秘めて逝《い》ったことがわかるだろう」彼《かれ》は荒々《あらあら》しく首を振《ふ》った。「あなたは、わたしが、あなたがたを憎悪《ぞうお》していると言う。しかし、わたしたちに対する仕打ちを先に選んだのは、あなたがたのほうだ！　あの強欲な魔物《まもの》の頭に王冠《おうかん》をのせ、皇帝《こうてい》と呼んだのはあなたがた人間だ！　チェルノボグは、人間の後ろ盾《だて》がなければ、わたしたちの山を破壊《はかい》するような力をもちえなかった！」

「知らなかったのよ！」あたしは恐怖《きょうふ》に打たれ、思わず叫《さけ》んでいた。「皇帝《こうてい》が魔物《まもの》と取引していることなんか、だれひとり知らなかったのよ！」

「人間というのは、そこまで愚《おろ》かなのか？　チェルノボグに自分たちを統治する力を、気づかずにあたえてしまうとは」彼《かれ》は蔑《さげす》みを込《こ》めて言った。「あなたがたは、やつのよきしもべとなる。やつの真《まこと》の名を知ることもなく――。やつはつねに守りの殻《から》に閉じこもっているが、渇《かわ》きを癒《い》やすチャンスと見れば、守りの殻《から》を捨て、一瞬《いっしゅん》にして襲《おそ》いかかる。わたしたちを飲みつくしたあと、やつはふたたびあなたがたを襲《おそ》うのだ。日照りの夏が訪れ、不毛の大地が広がるだろう。わが民のように、あなたがたも衰《おとろ》えゆくと思えばいささかは溜飲《りゅういん》がさがる」

あたしはこめかみに両手をあてがい、手のひらで強く押《お》した。煙《けむり》と恐怖《きょうふ》とで頭がずきずきした。「あたしたちは愚《おろ》かなんじゃないわ！」あたしは言った。「あたしたちは、ただの人間なの。それを喉《のど》から突《つ》っこまれでもしないかぎり、魔力《まりょく》なんてもちようがない。ミルナティウスが皇帝《こうてい》になったのは、彼《かれ》の父親が皇帝《こうてい》だったから。彼《かれ》の兄が死んで、つぎの候補が彼《かれ》だったからよ。あたしたちには、皇帝《こうてい》のなかにひそむ魔物《まもの》が見えるわけじゃないもの。自分の身を守る高位魔法《まほう》ももってない。真《まこと》の名であろうとなかろうと、そんなの関係ないのよ！　あなたたちとはちがうもの。あたしを脅《おど》して家から連れ去るのに、あなたはあたしの名前を知らなくてもよかった。だから、あなたはあたしを価値のないものと決めつけたんでしょう？」

あたしが一発殴《なぐ》ったかのように、彼《かれ》が顔をゆがめた。顔立ちがいっそうきつく、とげとげしく変化した。「あなたは三たび、偽《いつわ》りをわたしに見せたわけだな」川の氷がぶつかり合うような歯ぎしりの音がした。「それでも、わたしにはあなたを嘘《うそ》つきとは呼べない。しかし、あなたの問いに対する答えは変わらない。ことわる。わたしは約束しない」

あたしは必死に知恵《ちえ》をしぼり、どうにか質問を口にした。「もし、あなたをここから逃《に》がし、なおかつチェルノボグを皇帝《こうてい》の座からおろすことを条件にしたら、冬をもうもどさないと約束してくれる？　そして、彼《かれ》を倒《たお》す戦いに知恵《ちえ》を貸してくれる？　皇后《こうごう》もあたしたちの味方よ！」あたしは付け加えた。「皇后《こうごう》もあの魔物《まもの》を倒《たお》すことを望んでるわ。彼女《かのじょ》があいつからなにも受け取ってないのは、あなたも知ってるはずよ。この国の民が凍《こお》りついてしまわないかぎり、皇后《こうごう》はかならず味方につくわ！　あたしたちがあの魔物《まもの》と戦うのを助けて！　あたしたちを見殺しにしないで！」

スターリク王は銀の鎖《くさり》に縛《しば》られて動くことはできなかったが、片足でどんと石の床《ゆか》を踏《ふ》みつけ、声を張りあげた。「わたしはあいつに勝ったではないか！　やつを打ち負かし、その名とともに拘束《こうそく》した！　やつをふたたび解き放ったのは、あなたがただ！」

「それはあなたが、あたしを無理やり連れ去ろうとしたからよ。そうなったら、あたしは死ぬまで銀を金に変えて、あなたたちのために冬をつくりつづけることになる。それは、あたしの愛するすべての人に死を宣告するのと同じだわ！」あたしは彼《かれ》に怒鳴《どな》り返していた。「そうなるのも、あたしのせいだって、あたしたち人間のせいだって言うの？　いまの皇帝《こうてい》が即位《そくい》したのは、わずか七年前。でも、あなたたちスターリクは、人間がこの地に住みついたときから、騎士《きし》を送りこんで黄金を奪《うば》ってきた。人間を殺し、娘《むすめ》を襲《おそ》った。あなたたちを止められるほど、人間は強くなかった。だからあなたは、あのガラス山から人間を見くだし、あたしたちなんか取るに足らない存在だと決めつけた！　あなたがここに縛《しば》りつけられ、魔物《まもの》の餌食《えじき》にされるのは、当然の報いだわ。あなた自身のせいよ！　でも、フレクの娘《むすめ》がこんな仕打ちを受けるいわれはない！　あたしは、あの子のためにあなたを救い出そうとしているの――あなたがこの日の照る世界の子どもたちのことも助けてくれることを条件にね！」

彼《かれ》はなにか言おうとしてためらい、トンネルのほうに目を向けた。あたしも振《ふ》り返り、漆黒《しっこく》の闇《やみ》に目を凝《こ》らした。小さな赤い輝《かがや》きが、燃える炎《ほのお》のようなものが近づいてくるのが見えた。彼《かれ》があたしのほうを向いて言った。「よかろう！　わたしの拘束《こうそく》を解け。冬を長引かせないと約束しよう。やつを倒《たお》すのにも手を貸そう。ただし、チェルノボグを倒《たお》し、わが民が彼《かれ》の餌食《えじき》にならないことがはっきりするまで、約束はしない！」

「それでけっこうよ！」あたしは即答《そくとう》した。「もしあなたの拘束《こうそく》を解いても、あなたは――」そこで口をつぐんだ。質問があとひとつしか残されていないことに気づいたのだ。あわてて頭のなかで質問を改めた。「あなたは、あなたとすべてのスターリクを守ることを条件に、あたしとあたしの世界のすべての人を、リトヴァスの民をもうかまわないでくれるのね？　もう襲撃《しゅうげき》はさせないで、人間を殺さないで、女を襲《おそ》わないで、黄金のためだろうとなんだろうと――」

彼《かれ》があたしを見つめて言った。「わたしの拘束《こうそく》を解け。約束しよう、二度と冬の風のなかで、あなたがたの民を襲《おそ》うようなことはしない。わたしたちはこの世界に来て、森や雪原を走り、白いけものを狩《か》ることはあるだろう。そのときもし、わたしたちの道に立ち入る、あるいは狩《か》りの掟《おきて》を破る愚《おろ》か者がいれば、手荒《てあら》く扱《あつか》うことになるかもしれない。しかし、わたしたちは人間の血を求めない、宝を奪《うば》わない——たとえ太陽の輝《かがや》きを放つ黄金であっても、だ。やられたらやり返すが、それ以上の報復はしない。女を無理やり連れ去るようなこともしない」

「それは、あなたもよ」あたしはきつい調子で言った。

「だからそう言った！」彼《かれ》は地下室の入口のほうをまた振《ふ》り返った。暗闇《くらやみ》のなかの赤い輝《かがや》きがさらに強くなり、近づいてくる速さも増した。「火の輪を壊《こわ》せ！」

あたしはひざまずき、ろうそくを吹《ふ》き消そうとしたが、炎《ほのお》が揺《ゆ》れるだけで消えてくれない。蠟《ろう》が厚く垂れて固まって、床《ゆか》からろうそくごと剝《は》がし落とすこともできない。だからトンネルのほうにもどり、両手いっぱいに土をすくった。台所の熱い油に移った火を消すときのように、土でろうそくを消そうとした。両手を火傷《やけど》しながら、どうにか輪をつくるろうそくをぜんぶ消したが、燃える石炭はあまりに熱くて、両手いっぱいの土をかけたくらいではどうにもならなかった。あたしはマントを脱《ぬ》いで、湿《しめ》った部分が下になるようにたたみ、石炭の一部にかぶせた。

「わたしをここから出せ！」スターリク王が叫《さけ》んだ。あたしはくすぶる熱い輪の上に手を伸《の》ばし、彼《かれ》を拘束《こうそく》する鎖《くさり》につながったロープをつかみ、思い切り引いた。間一髪《かんいっぱつ》。マントに火がつく瞬間、彼《かれ》はその上をまたぎ越《こ》えた。猛《たけ》る炎《ほのお》がブーツのくるりと上に曲がった長いつま先を舐《な》めあげ、一瞬《いっしゅん》にして彼《かれ》の足もとから靴《くつ》と服が焼け落ちた。彼《かれ》はよろめき、あたしにぶつかり、うめきをあげた。あたしは倒《たお》されそうになったが、どうにかもちこたえ、体の向きを変えて、彼《かれ》が壁《かべ》に体をあずけられるようにした。彼《かれ》の全身が震《ふる》えていた。痛みのためなのか、半ば閉じた目は色を失い、半透明《はんとうめい》になった。くるぶしからひざまで、うっすらと赤いすじが蜘蛛《くも》の巣のように広がっている。ズボンはひざまで焼け落ち、その端《はし》がまだくすぶっていた。

あたしは銀の鎖《くさり》をつかんで、上に引っ張ろうとしたり、横に引き抜《ぬ》こうとしたりしてみたが、力を振《ふ》りしぼっても、鎖《くさり》はびくともしなかった。せっぱ詰《つ》まってあたりを見まわすと、一輪車に積まれた石炭の山に一本のシャベルが突《つ》き立っていた。あたしは彼《かれ》の肩《かた》を両手でかかえ、石の床《ゆか》に寝《ね》るように促《うなが》し、鎖《くさり》の一個の環《わ》にシャベルの刃先《はさき》をあてがった。それから土を掘《ほ》るときのように刃《は》に片足をのせ、体重をかけた。鉄の硬《かた》い刃《は》先《さき》と石の床《ゆか》にはさまれた銀の環《わ》は、あたしの小指ほどの太さもないのに、こじあけることができない。だめだ、そう思ったとき、突然《とつぜん》、背後の遠いどこかで怒声《どせい》が響《ひび》いた。

あたしは振《ふ》り返らなかった。振《ふ》り返ってなんになる？　あたしはシャベルの刃先《はさき》を持ちあげ、もう一度、満身の力を込《こ》めて押《お》した。が、だめだった。シャベルを放り出し、ひざまずき、銀の鎖《くさり》を両手でつかんだ。これを金に変えてやる。目を閉じ、あの保管室の収納箱《チェスト》を頭のなかに思い描《えが》いた。あたしの手のなかで銀がじわじわと金に変わっていくときの感覚を思い出そうとした。意識を集中させると、世界があたしの手のなかに吸いこまれていくような感覚がよみがえり、銀の鎖《くさり》が火傷《やけど》するほど熱くなった。でも、それだけだった。トンネルのなかをこちらに向かって走ってくる足音が聞こえた。突然《とつぜん》、石炭の円陣《えんじん》がごおっと燃えあがり、一輪車に積まれた石炭まで火を噴《ふ》いた。黒煙《こくえん》がもうもうと立ちこめ、大波のようにあたしたちを襲《おそ》った。

ふいに、あたしがつかんだ鎖《くさり》のなかで彼《かれ》が身じろぎし、ささやいた。「シャベルを……早く。刃先《はさき》でわたしの喉《のど》を突《つ》け。わたしを殺せ。あの魔物《まもの》が、わたしを介《かい》して、わが民の命まで吸い取ってしまわないように」

あたしはぞくりとして、彼《かれ》を見つめた。かつては彼《かれ》の死を願っていた。でも自分の手を血に染めてまで、彼《かれ》の命を奪《うば》おうとは思っていなかった。あたしは、敵将の首を切り落としたユディトになりたかったわけじゃない。「できない……」声がひしゃげた。「無理……首をシャベルで突《つ》くなんてぜったいに無理！」

「あなたは、救いたい子がいると言った！」彼《かれ》はあたしをなじるように言った。「確かに言った！まもなくあの炎《ほのお》がわたしたちを焼く。あなたは嘘《うそ》つきになって死を迎《むか》えたいのか？」

煙《けむり》で息ができない。焦《こ》げ臭《くさ》い黒煙《こくえん》があたしの喉《のど》と鼻を焼いた。両目から涙《なみだ》が噴《ふ》き出した。死にたくない。殺したくない。この手を殺しの血に染めて死んでいきたくない。それは嘘《うそ》つきになるよりも、ずっとずっといやなことだった。ああ、でも、彼《かれ》は死ぬつもりだ。魔物《まもの》に彼《かれ》を渡《わた》せば、彼《かれ》を介《かい》して、スターリクたちの命が吸い取られてしまうから。死に方は数えきれないほどあるけれど、そんなに酷《ひど》い死に方はない。あたしは彼《かれ》にささやいた。「あお向けになって」そしてまたシャベルに手を伸《の》ばす。シャベルをつかんで、立ちあがった。涙《なみだ》が止まらない。彼《かれ》が床《ゆか》の上で体を返すと、煙《けむり》が彼《かれ》を包み――

はっと目を凝《こ》らした。煙《けむり》の向こうに、彼《かれ》を縛《しば》った鎖《くさり》のなかできらりと光るものが見えた。鎖《くさり》のちょうどまんなかあたりの、月光のような冷たい光。雪上の青い光のような……。そうだ、イリーナが彼女《かのじょ》の首飾《くびかざ》りで、ちぎれた鎖《くさり》をつないでいた。その首飾《くびかざ》りが、スターリク銀が光っているのだ。あたしはシャベルを捨てて、鎖《くさり》に手を伸《の》ばした。その瞬間《しゅんかん》、後ろからなにかがあたしの髪《かみ》をわしづかみにして、ぐいっと引いた。髪《かみ》に火がつくのがわかった。髪《かみ》の燃えるおぞましい臭《にお》いがする。でもあたしはひたすら目を凝《こ》らし、首飾《くびかざ》りを指先でとらえた。触《ふ》れた瞬間《しゅんかん》、それは黄金に変わった。

髪《かみ》をつかんでいたものが離《はな》れていった。あたしは咳《せ》きこみながら床《ゆか》に倒《たお》れた。胸が苦しい。髪《かみ》がくすぶっている。背後でまた怒《いか》りの叫《さけ》びがあがったが、それは急に甲高《かんだか》く、か細くなった。そして、突風《とっぷう》が吹《ふ》き抜《ぬ》けた。炎《ほのお》にあぶられるのと同じくらい痛烈《つうれつ》な、身を切るような冬の突風《とっぷう》だった。地下室のすべての炎《ほのお》が一瞬《いっしゅん》にして消えた。石炭は冷えて黒くなり、ろうそくはすべて闇《やみ》のなかに吹《ふ》き飛び、闇《やみ》のなかで光るものは、あたしの背よりも高いところで鈍《にぶ》く輝《かがや》くふたつの赤い光、猛々《たけだけ》しい目だけになった。

息を吸いこむと、吹雪《ふぶき》のあとのような、すがすがしい冷気が肺に入った。それが火にあぶられた皮膚《ひふ》と焼けた喉《のど》を冷やした。スターリク王の声がした。「チェルノボグよ、おまえの呪縛《じゅばく》は、高位魔《ま》法《ほう》と公正な取引によって破られた。わたしは解放された！」声が石壁《いしかべ》に反響《はんきょう》した。「おまえに、いまのわたしを制することはできない。逃《に》げるか？　それとも、おまえの火を永遠に消して、この地中に埋《う》めてやろうか？」

しぼり出すような怒《いか》りのうめきとともに、ふたつの赤い光がすうっと消え、トンネルのなかを駆《か》けていく足跡《あしあと》が響《ひび》いた。あたしは目を閉じ、冷たい石壁《いしかべ》に体をあずけ、あえぎながら新鮮《しんせん》な空気を取りこんだ。

マグレータから横になるよう再三うながされて、わたしはしばらく眠《ねむ》った。疲《つか》れていたし、体じゅうが痛かった。でも突然《とつぜん》、バルコニーの開いた戸から吹《ふ》きこんでくる騒《さわ》がしい風の音に目を覚ました。起きあがり、バルコニーまで行った。屋敷《やしき》の壁《かべ》に灯るたいまつの向こうは暗闇《くらやみ》でなにも見えなかったが、ほおに当たる風がまた冷たくなっていた。わたしは唐突《とうとつ》に、スターリク王が拘束《こうそく》を解かれたことを確信した。同時に、それをやったのがミリエムだということも確信した。なにをどうしたのかはわからない。でも、彼女《かのじょ》がそれをやったにちがいない。

心のなかに怒《いか》りはなかった。恐《おそ》れもなかった。わたしの選択肢《せんたくし》にはないけれど、ミリエムがそれを選ぶことは理解できた。彼女《かのじょ》は、火の魔物《まもの》にこれ以上えさをやりたくなかったのだ。わたしだってそうだ。でも、彼女《かのじょ》は、自分の手を汚《よご》すやましさに耐《た》えられず、冬の王を解き放った。遅《おそ》かれ早かれ雪が降るだろう。今夜ではないかもしれないが、明朝にはきっと。そして育ったすべての緑が死に絶える。

飢《う》えて死ぬ者が大量に出るだろう。今朝《けさ》、バルコニーにパンを求めてあらわれたリスたちは、脇腹《わきばら》がへこむほど痩《や》せ細っていた。生き延びていけるほどには充分《じゅうぶん》に食べていない。あのリスたちもやがては死ぬだろう。緑の野菜とイチゴという突然《とつぜん》の恵《めぐ》みは、せいいっぱいのもてなしと相《あい》まって、今夜父が催《もよお》した祝宴《しゅくえん》のテーブルを父の地位にふさわしいものにしたが、場を盛りあげるような豚《ぶた》や牛の丸焼きはなかった。狩《か》ったけものも家畜《かちく》もひどく痩《や》せているので、見栄《みば》えがしないからだ。以前の倍の頭数を用意しないと料理できる肉がとれなかった。音楽を奏でる楽師たちが、パンの皮を薄《うす》いスープに浸《ひた》して食べていた。出されたパンがすっかり硬《かた》くなっていたからだ。

公爵《こうしゃく》の催《もよお》す祝宴《しゅくえん》の食事でさえこれなのだ。街の壁《かべ》の外に暮らす貧しい人々の食卓《しょくたく》がどんなものかは、おおよそ想像がつく。

けれど、わたしになにができるだろう？　わたしたちはミリエムの手を借りて、どうにかこうにかスターリク王を捕《と》らえることができた。あのとき敗北していてもおかしくなかった。スターリク王は二度と同じ失敗を犯さないだろう。だとしたら、あとは、ミリエムが彼《かれ》と契約《けいやく》を交わしたことを祈《いの》るしかない。解放するのと引き替《か》えに、冬を終わらせることを彼《かれ》に約束させた、と。

けれども寒風が運んでくる雪の気配は、そんな取引などなかったことを伝えている。交渉《こうしょう》するにはもう遅《おそ》い。もし明日ふたたび雪が降りはじめ、ライ麦畑が全滅《ぜんめつ》すれば、きょう街にあふれた喜びも、やがては――ひとたび街の通りから雪が溶《と》けたとき――暴動に変わるだろう。二度と雪が溶《と》けなければ、わたしたちは屋敷《やしき》や家や小屋に閉じこもり、飢《う》えて死んでいくしかない。もしかしたら、わが軍団が通り抜《ぬ》けられるくらい大きな鏡をつくることは可能だろうか？　もしそうやってスターリク王国に進軍できたとしたら？　スターリクの狩人《かりゅうど》たちは銀の剣《けん》をきらめかせ、麦でも刈《か》るように人間の兵士を斬《き》り殺すにちがいない。冬の王国に戦いを挑《いど》んだ英雄《えいゆう》の歌は残るかもしれないが、民はその歌を食べて生きていくことはできない。

マグレータが毛皮のマントを肩《かた》にかけてくれた。わたしは目を伏《ふ》せた。マグレータの顔に悲しみと恐《おそ》れが浮《う》かんでいた。彼女《かのじょ》も冬の再来に気づいたのだ。「お義母《かあ》さまはあなたがお部屋を訪ねてさしあげれば、さぞやお喜びになるはずですよ」彼女《かのじょ》はやんわりと言った。

皇帝《こうてい》がもどってくる前に、この部屋から出たほうがいいと暗に勧《すす》めているのだ。もちろん、チェルノボグはもどってくる――熱く、猛々《たけだけ》しく、怒《いか》りをまき散らしながら。この小さな皇国は、炎《ほのお》と氷というふたつの脅威《きょうい》のはざまで震《ふる》えるリスのようなものだ。それでもチェルノボグは、わたしにとって、この皇国を救うためのたったひとつの希望でもある。

「お父さまのところに行って、伝えてほしいの」わたしは言った。「ガリナと弟たちを街から出すように――西の国へ保養に行かせるように。馬車をそりに仕立てて、今夜、すぐにも出発するようにと言って。そしてマグレータ、あなたもいっしょに行くことをわたしが望んでいると、お父さまに伝えて」

マグレータがわたしの手を取った。「イリーナさま、あなたもごいっしょに」

「無理だわ」わたしは答えた。「わたしは皇后《こうごう》だもの。ここに残らなければ」

「皇后《こうごう》の冠《かんむり》など捨てていきましょう」マグレータは言った。「それは悲しみしか生み出しません」

わたしは身をかがめて、マグレータのほおにキスをした。「冠《かんむり》をかぶるのを手伝って」静かな声で言った。マグレータは目を潤《うる》ませながら冠《かんむり》を手に取り、わたしの頭にのせた。わたしは部屋の扉《とびら》のほうに彼女《かのじょ》を促《うなが》した。マグレータは背中を丸めて、足早に立ち去った。

冷気がさらに強くなり、背すじが震《ふる》えた。煖炉《だんろ》の火は消えているのに、どこからか煙《けむり》の臭《にお》いがした。それは最初、部屋のなかの反響《はんきょう》のように空《くう》をただよって消えてしまったが、ふいに、火を熾《おこ》すときのような強い臭《にお》いが鼻を突《つ》いた。廊下《ろうか》から重い足音が響《ひび》き、扉《とびら》が勢いよく開いて、チェルノボグが部屋に入ってきた。消えかけた火のように赤い目はどす黒く、ミルナティウスの皮膚《ひふ》を焦《こ》がした炎《ほのお》の痕《あと》がいくすじか残っていた。彼《かれ》は後ろ手に扉《とびら》を閉じると、とどろくような声で言った。その喉《のど》の奥《おく》に、黄色い炎《ほのお》がちらちらと見える。「ヤツガ　ニゲタ！　イッテシマッタ！　イリーナ！　オマエ八　ヤクソクヲ　ヤブッテ　ヤツヲ　ニガシタ！」

「約束を破ったわけではないわ」わたしは言った。「わたしはスターリク王を連れてくると約束し、それを守った！　彼《かれ》を逃《に》がしたのは、わたしではないわ。わたしは、彼《かれ》を解き放ってリトヴァス皇国に冬をもどすようなことを望んでいない。どうすればもう一度彼《かれ》を拘束《こうそく》できるの？　止められるの？　わたしにできることを教えてほしいくらいだわ」

「ヤツ八　モウイナイ。イッテシマッタ。オレニ八イケナイ　トオイトコロニ！　アイツ八　アイツノ　オオコクニ　トジコモル。ユキト　コオリノ　クニ。オレニ　ゴチソウ　クレナイ！」

チェルノボグはバチバチと爆《は》ぜながら、わたしに怒《いか》りをぶつけた。それから部屋を行ったり来たりしはじめた。前かがみになって、いらだつように体をよじり、炎《ほのお》の揺《ゆ》らめく速度で歩きつづける。「ヤツ八　モウ　ジユウニウゴケル。ソノウエ　オレノナマエ　シッテル。スデニイチド　オレヲ　ウゴケナクシタ……オレ八　ツメタイイシノウエデ　シヌトコロダッタ。ウエテ　ホネ

トカワ　ダケニナッテ……アア　オレハ　ヤツノクニニ　イケナイ！」彼《かれ》はそこで立ち止まると、体を震《ふる》わせ、煖炉《だんろ》の薪《まき》が割れるような音で怒《いか》りをぶちまけた。「イチドハ　アイツヲ　ムサボッテヤッタノニ！　アイツハ　ツヨスギル。チカラヲ　ツケスギタ。オウゴンヲ　タンマリ　モッテルカラダ！　アイツハ　ツメタサデ　オレヲ　シメコロス。エイエンノフユデ　ヒヲ　ケシテシマウ！」

わたしを振《ふ》り返った魔物《まもの》の目が、ぎらりと光った。「イリーナ……」と、今度はささやくように言う。「イリーナ……アマクテ　ギンノヨウニ　ツメタイ　イリーナ……。オマエニハ　ガッカリシタ。オマエハ　オレニ　フユノゴチソウ　クレナカッタ」魔物《まもの》は一歩わたしに近づいた。「ダカラ　オレモ　ヤクソク　ハタス。オマエガ　オレノ　エジキ。オマエト　オマエノ　アイスルモノタチヲ　ノミツクシテヤル。オマエノアマサヲ　オレノシタデ　アジワウ。オマエデハラヲミタシテ　チカラヲツケル！」

「待って！」思わず声を張りあげた。魔物《まもの》がまた一歩近づいた。わたしは、制するように片手を上げた。「待って！　もしあなたをスターリク王国に連れていったら、あなたは王を打ち負かすことができる？」

魔物《まもの》がぴたりと動きを止めた。まるでわら束《たば》を放りこまれた炉《ろ》のように、目に赤い炎《ほのお》が燃えあがった。「オオ　イリーナ。トウトウ　オレニ　ヒミツヲ　ウチアケルキニ　ナッタカ？」魔物《まもの》はささやくように言った。「オマエノ　ヒミツノミチ　オレニ　オシエルノダナ？　ミチヲ　ヒラケ。オレヲ　ツレテイケ。タカガ　オウ　ヒトリ　オレヒトリデ　カタヅケル。タンマリ　ノンデヤル。ヤツノ　シロデ　ヤツノチカラ　オトロエルマデ　サイゴノイッテキマデ　ノミホシテヤル！」

わたしは深く息を吸い、壁《かべ》に立てかけられた鏡を見た。前回もあの鏡から冬の王国へ逃《に》げた。ひとたび彼《かれ》がこの秘密を知れば、わたしは永遠に、逃《に》げ場所をなくすことになる。でも、わたしにはふたつにひとつの選択《せんたく》しかない。ひとりで逃《に》げて、あとに残した人すべてを魔物《まもの》の餌食《えじき》にするか。あるいは、魔物《まもの》を冬の王国に送りこむか。彼《かれ》がまた飢《う》えて、わたしを目当てにもどってこようとするかもしれないが、それができるかどうかは天にまかせよう。わたしは手を差し出した。

「では来て」と、魔物《まもの》に言った。「あなたを連れていくわ」

わたしに向かって差し出されたのは、まぎれもなくミルナティウスの手だった。長く美しい指が、わたしの指をつかんだ。皮膚《ひふ》は温かく、手首のまわりに煙《けむり》がたゆたっていた。わたしは鏡のほうを向いた。ミルナティウスも首をめぐらし、はっと息を呑《の》んだ。わたしと同じものを見ているのだ。鏡のなかに輝《かがや》く冬の王国、黒い松の森に、降り積もる雪……。わたしは鏡に近づき、彼《かれ》の手を引いた。そして鏡を通り抜《ぬ》け、雪深い森におりたった。

鏡を通り抜《ぬ》けた瞬間《しゅんかん》、ミルナティウスはふたたび、灰をまき散らす炎《ほのお》の魔物《まもの》に変わっていた。

歯と歯のあいだに、赤く燃える火と、焦《こ》げたように黒ずんだ舌が見えた。まるでミルナティウスが脱《ぬ》ぎ捨てることができる一枚の皮のように剝《は》がれ落ち、いまは全身が煙《けむり》に包まれ、生きて動く石炭の塊《かたまり》のような怪物《かいぶつ》の姿になっている。

冷たい突風《とっぷう》が顔を打った。猛吹雪《もうふぶき》の風だ。となりでチェルノボグが小さく声をあげ、湿《しめ》って黒くなった石炭と灰が、荒々《あらあら》しい風に吹《ふ》き飛ばされていくのが見えた。魔物《まもの》はしばらくもがいたが、すぐに皮膚《ひふ》の下に灼熱《しゃくねつ》の赤い輝《かがや》きがよみがえり、みるみる大きくなった。魔物《まもの》の深部で燃えつづけている炎《ほのお》は、たやすくは消えなそうだ。冷気が魔物《まもの》のまわりから引いていき、そこだけ雪の降らない、かなり広い空間ができた。わたしたちは、あの森の小さな家の裏手に立っていた。前にここから脱出《だっしゅつ》したときの洗い桶《おけ》をのぞきこんだが、魔物《まもの》の熱気で溶《と》けたのか、氷が割れて水に浮《う》かんでいた。

チェルノボグがうっとりした顔で、大気をむさぼるように吸いこんだ。「アア　ツメタイ……」ため息をついて言う。「アア　コノツメタサヲ　ノミツクシテヤル。ココニハ　ドンナゴチソウガ　マッテルンダロウナ。イリーナ……イリーナ。ココカラ　オレハ　ヒトリデ　イク。ソノマエニ　オマエニ　ホウビヲ　アゲヨウ！」

「けっこうよ」わたしは、冷ややかな蔑《さげす》みを込《こ》めて言った。魔物《まもの》は何度でも手のひらを返せると、それにだれも気づかないと思っているのだろうか。ミルナティウスの母親は、求めてやまなかった王冠《おうかん》をその息子が頭にのせることを魔物《まもの》に約束させた。けれども彼女自身《かのじょ》は、その契約《けいやく》からほとんど得るところはなかった。「わたしはなにも受け取らないわ。ただ、わたしとわたしの愛する人たちに手を出さないでほしいだけ」

魔物《まもの》はまたも不満そうな声をあげたが、それにかかずらう間《ま》も惜《お》しそうだった。寒風がうなりをあげてナイフの切っ先のように彼《かれ》のほおを襲《おそ》った。魔物《まもの》は風上を振《ふ》り返ると、風を両手で取り押《お》さえられるかのように跳《と》びあがった。ひょっとしたら、ほんとうにできたのかもしれない。両腕《りょううで》で空《くう》をかかえこんだとき、その風下にいたわたしに当たる風がなま暖かくなった。魔物《まもの》は木々のあいだを走り、川に向かった。雪の下に埋《う》もれた緑の草まで達する大きな足跡《あしあと》を残し、そこから湿《しめ》った春の香《か》が噴《ふ》き出した。魔物《まもの》の姿が見えなくなっても、その足跡《あしあと》はまわりの雪を溶《と》かしながら、さらに大きくなっていった。

23 日の照る世界と冬の王国のはざま

スターリク王の両腕《りょううで》にかかえられていた。もしかしたら、冬の風に運ばれていたのかもしれない。どちらにしても、雪のひとひらが風に吹《ふ》かれるように、あたしは四角い隠《かく》し戸から地上に出た。そこは丘《おか》の上で、街を囲む壁《かべ》から歩いて百歩もなかった。壁《かべ》の向こうに空を照らす街の輝《かがや》きがうっすらと見えた。ここまであたしを運んできたものがなんだったにせよ、あまり優雅《ゆうが》とは言えないやり方で、地面にどさりおろされた。横たわったまま、荒《あら》い息をついた。喉《のど》がまだ痛い。

地面には温もりがあり、やわらかな緑の草が茂《しげ》っていた。それでも、ひざまずいたスターリク王のまわりだけ草に霜《しも》がつき、銀白色に染まっていた。彼《かれ》の皮膚《ひふ》が濡《ぬ》れて、いたるところがきらめいていた。まるで彼《かれ》が氷で、みるみる溶《と》けてしまいそうだった。

彼《かれ》は、片足だけ裸足《はだし》のまま、よろめきながら立ちあがり、両手を上げた。瞳《ひとみ》も光っていた。彼《かれ》のまわりに霜《しも》がさらに広がり、草の葉が丸くなり、氷晶《ひょうしょう》に覆《おお》われて凍《こお》りついた。地面が硬《かた》く、冷たくなった。解放されたスターリク王が、一気に冬を呼びもどそうとしているように見えた。

「待って！」あたしは叫《さけ》んだ。このままではいけない。怒《いか》りが込《こ》みあげ、ひざ立ちになった。

スターリク王はあたしを見おろし、断固とした口調で言った。「あいつはすでに、わたしを介《かい》して、わが民からも命を吸いあげた！　これ以上あの魔物《まもの》に――」

そこで気づいてことばを切り、彼《かれ》はかわそうとした。だが間に合わなかった。剣《けん》が一閃《いっせん》し、彼《かれ》の体を貫《つらぬ》いた瞬間《しゅんかん》、あたしは悲鳴をあげた。肋《あばら》の下から背中へと突《つ》き抜《ぬ》けた刀身が、霜《しも》で白く光り、体から噴《ふ》き出す冷気が霧《きり》になった。襲《おそ》いかかったのは、皇帝《こうてい》の衛兵のひとり。あたしの祖父の屋敷《やしき》からスターリク王を連れ去るとき、果敢《かかん》にもロープを引く役を買って出た、あの口ひげのある兵士だった。街の壁《かべ》の外につくられた、この隠《かく》し戸の見張りについていたにちがいない。恐怖《きょうふ》で青ざめているが、彼《かれ》は目を見開き、歯をくいしばり、両手で剣《けん》の柄《つか》を握《にぎ》りしめていた。

兵士はスターリク王の体から剣《けん》を引き抜《ぬ》こうとした。が、剣《けん》は微動《びどう》だにせず、白い霜《しも》が剣《けん》から兵士の両手に向かってじわじわと伸《の》び、両手に達した瞬間《しゅんかん》、剣《けん》を握《にぎ》った指が弾《はじ》かれるように離《はな》れた。スターリク王は体を深く折り曲げた。その瞳《ひとみ》は雲がかかった空のように白濁《はくだく》している。兵士はがたがたと震《ふる》え、両手をこすり合わせながら、スターリク王を見おろした。籠手《こて》から出た指先が白く染まっていた。あたしも両手で口を押《お》さえ、新たな叫《さけ》びをこらえ、スターリク王を見おろした。剣《けん》が体を貫《つらぬ》いているのに、どうして生きていられるのかわからない。まるで現実じゃないみたい。この傷……広がっていく奇妙《きみょう》な白さ……。頭のなかまで真っ白になり、なにも考えられなくなった。

スターリク王が手さぐりで、体に突《つ》き立った剣《けん》の柄《つか》を捕《と》らえた。彼《かれ》の手が触《ふ》れると、剣《けん》の上に霜《しも》がつぎつぎに層を重ねて、真っ白に凍《こお》りついた。あたしと兵士がほぼ同時に、呪縛《じゅばく》を解かれたようにわれに返った。兵士が腰《こし》からナイフを抜《ぬ》くのを見て、「やめて！」と叫《さけ》んだ。よろめきながら立ちあがり、兵士の腕《うで》をつかんだ。「ねえ聞いて！　あたしたちは、あの魔物《まもの》を止めなきゃいけない。彼《かれ》じゃなくて――」

「黙《だま》れ、この魔女《まじょ》！」兵士が叫《さけ》び返した。「おまえがやったんだな。おまえがこいつを逃《に》がしたんだな。皇后《こうごう》陛下に謀反《むほん》をはたらくために」兵士はそう言うと、あいたほうの手であたしを殴《なぐ》りつけた。こぶしが顔を捕《と》らえ、歯がガクガクと鳴り、衝撃《しょうげき》が体を駆《か》け抜《ぬ》けた。あたしは目眩《めまい》を起こして地面に倒《たお》れた。胃がむかむかした。兵士がナイフをかまえ、スターリク王のほうに向き直った。

まさにそのとき、セルゲイが暗闇《くらやみ》から飛び出してきて、兵士の腕《うで》をつかんだ。ふたりの男がスターリク王の横でつかみ合った。セルゲイは背が高くて屈強《くっきょう》な青年だ。あたしはいまになって、母さんが彼《かれ》にあたえた卵と山羊《やぎ》の乳とローストチキンに感謝した。いつも心のなかで食費を計算して、文句を言っていたのを申し訳《わけ》なく思った。

いまさら遅《おそ》すぎるけれど、もっと気前よくごちそうしていればよかった。セルゲイの皿に料理をもっとたくさんよそって、ぜんぶ平らげさせればよかった。そうしたらセルゲイはもっと強くなっていたかもしれない。大きく育ったとはいえ、公爵《こうしゃく》の軍隊で鍛《きた》えられ、鎧《よろい》をつけたおとなの兵士と互角《ごかく》に戦えるほど、セルゲイは強くはなかった。兵士は頑丈《がんじょう》なブーツで、わら靴《ぐつ》をはいたセルゲイの足を踏《ふ》みつけ、体をひねって彼《かれ》を地面に押《お》し倒《たお》し、ナイフを振《ふ》りあげた。

けれどそのまま、兵士は固まったように動かなくなった。奇妙《きみょう》な青白い光が兵士の鎧《よろい》から上へ、首へ、顔へと這《は》いあがった。と同時に、スターリク王の胸に突《つ》き立った剣《けん》が粉々《こなごな》に砕《くだ》け、凍《こお》りついた鋼《はがね》の青や白のかけらとなって、草の上に飛び散った。スターリク王は地面に仰向《あおむ》けに倒《たお》れ、目を閉じた。まつげに氷の粒《つぶ》が張りつき、ほおは淡《あわ》い紫色《むらさきいろ》だった。それでも彼《かれ》は片手を伸《の》ばし、そこにあった兵士の足をつかんだ。彼《かれ》の手が触《ふ》れたところから、みるみる氷晶《ひょうしょう》が広がり、ブーツ、ひざ、さらに上へと伸《の》びて、ついには兵士の全身が氷に覆《おお》われてしまった。

兵士の顔が黒ずみ、凍傷《とうしょう》のようにほおの皮膚《ひふ》が裂《さ》けた。あたしは目をつぶり、両手で顔を覆《おお》った。つぎに目をあけたときには、すべてが終わっていた。そこには氷のかけらが散らばるだけで兵士の姿はなく、唯一《ゆいいつ》残されたナイフが草の上できらめいていた。

あたしは、もがきながらひざ立ちになった。殴《なぐ》られた顔半分がずきずきと痛み、触《ふ》れるとなおさら痛かった。セルゲイも顔をゆがめて半身を起こし、足を両手でさすった。スターリク王は地面に横たわり、濡《ぬ》れて光っていた。白い霜《しも》が彼《かれ》の周囲の草に、繊細《せんさい》な羽根のような模様を描《えが》いて広がった。彼《かれ》はどうにか息をしていた。剣《けん》が貫通《かんつう》した傷を霜《しも》と氷塊《ひょうかい》がふさいでいた。一瞬《いっしゅん》のことだったが、彼《かれ》が自分の手で傷口に氷を押《お》しこんだように見えた。

でも、スターリク王は起きあがらなかった。セルゲイが彼《かれ》を見つめ、それからあたしに視線を向けた。「どうしよう……?」蚊《か》の鳴くような声で尋《たず》ねる。あたしは彼《かれ》を見つめ返した。なにも考えが浮《う》かばない。スターリク王は地面に横たわっており、水にインクを一滴《いってき》落としたように、冬が彼《かれ》の周囲に広がっていく。ああもう、どうしたらいいんだろう?

身をかがめて顔をのぞきこむと、彼《かれ》の両目があいた。でも、その瞳《ひとみ》は霧《きり》がかかったようにぼんやりしていた。「あなたの道を、ここに呼べる?」あたしは尋《たず》ねた。「そりは? あの道とそりがあれば、あなたはもといた世界にもどれるんじゃないの?」

「遠すぎる……」彼《かれ》はかすれた声で言った。「遠すぎる。わたしの道は、緑の木々の下を通れない」また目を閉じ、動かなくなった。打つ手がない。彼《かれ》は傷を負って、ひょっとしたら、このまま死んでしまうかもしれない。いまはもう、彼《かれ》に死んでほしいなんて思っていない。死なれては困る。彼《かれ》にはまだたいせつな役割がある。彼《かれ》の肩《かた》をつかんで揺《ゆ》さぶりたかった。彼《かれ》にもう一度立ちあがってほしかった。剣《けん》が貫通《かんつう》した傷からひび割れるように、彼《かれ》が砕《くだ》けてしまうんじゃないか、粉々《こなごな》になってしまうんじゃないか、そう考えて恐《おそ》ろしくなった。まだあたしを見つめていたセルゲイが、観念したように言った。「運ぶしかないな」

セルゲイがスターリク王に直接触《ふ》れようとしなかったことを、あたしは責められない。湿《しめ》って灰だらけになったマントを地面に広げて、スターリク王の脚《あし》を片脚《かたあし》ずつ慎重《しんちょう》にマントにのせた。それから肩《かた》。最後は胴《どう》のまんなかを両手でかかえ、どうにか全身をマントにのせることができた。彼《かれ》はぴくりとも動かなかった。「これでいいわ」あたしは言った。「セルゲイ、あなたは頭のほうを持って。あたしは足のほうを持つから」突然《とつぜん》、スターリク王が身じろぎし、マントの端《はし》を持とうと近づいたセルゲイに向かって——消え入りそうな声だったにせよ——悪《あ》しざまに毒づいた。

セルゲイはびっくりして逃《に》げ出した。あたしは持っていたマントの端《はし》をどさりと落として、スターリク王にきつく言った。「ちょっと、どういうつもり?」

スターリク王はあたしのほうに顔を向け、かすれた声で言った。「あいつがわたしを助けようとするからだ！　こちらから頼《たの》んでもいない、求めてもいないのに！　あの臆病《おくびょう》な人間に、意気地のないコソ泥《どろ》に、わたしが限りない恩義を受ける理由がどこにある?　わたしを助けるのなら、まず、あいつからわたしになにかを求めるのが、すじというものではないのか?」

あたしは落ちているナイフをつかんで彼《かれ》を刺《さ》してやろうかと思った。「チェルノボグがまだ公《こう》爵邸《しゃくてい》にいて、あたしたちを飲みつくそうとしてるのよ。そして、あなたは死にかけて地面に転がってる。よくもまあそんなときに、誇《ほこ》り高くいられるものね。自分を誇《ほこ》るなら、あの魔物《まもの》を倒《たお》してからにして！」

スターリク王はあたしを恨《うら》みがましく見つめて言った。「もちろんそのときは自分を誇《ほこ》ろう。しかし、それ以前も同じだ。みずから誇《ほこ》るのを控《ひか》えるいわれなどない」

あたしは歯ぎしりして、セルゲイに言った。「彼《かれ》になにか頼《たの》みごとをして！」セルゲイは、頭がおかしくなったのではないかと疑うように、あたしを見つめた。「あなたが彼《かれ》を助ける見返りに、彼《かれ》になにかを求めて。なにかない？　うんとたくさん言っていいから」腹の虫がおさまらないので、最後に言い添《そ》えた。「このお方《かた》は、つねに誇《ほこ》り高くありたいそうだから」

セルゲイはしばらく考えてから、あたしの言うことを完全には信じていないみたいに、おそるおそる切り出した。「ええと……おれの畑の、作物を、霜《しも》でだめにしない……こと？」あたしはうなずいた。スターリク王がすぐにも襲《おそ》いかかってこないのを見て、勇気を得たセルゲイがさらに付け加える。「おれの家畜《かちく》が……吹雪《ふぶき》で死なないこと。それから――」あたしは力強くうなずいて見せた。「森の白いけものを狩《か》ること、も……？」

スターリク王の眉根《まゆね》がかすかに寄ったのを見て、セルゲイがぴたりと口を閉ざす。でもどうやら、三つ目の頼《たの》みごとも通ったようだ。「さあ、これでいいわね！」あたしはスターリク王に言った。「あなたを安全なところに連れていくために、この契約《けいやく》を結ぶ？　それとも、春の雨があなたをすっかり溶《と》かすまで、ここに転がってるつもり？」

「ずいぶん高くつく契約《けいやく》をしてくれるな、若造のコソ泥《どろ》のくせに」スターリク王はぶつぶつ言った。「だが、運のいい若造だ。よかろう。この契約《けいやく》に同意する」そのあとまた頭をマントにおろし、ぐったりと動かなくなった。セルゲイが慎重《しんちょう》に近づき、さらに慎重《しんちょう》にマントの端《はし》に手を伸《の》ばした。そのあいだ、スターリク王から片時も目を離《はな》さなかった。「もうだいじょうぶよ」と、あたしは言った。「彼《かれ》はそれでいいって」けれども、彼《かれ》はあたしをちらっと見やり、時間をかけてようすを見てからでないとまだ礼は言えない、という顔をした。

こうして、あたしとセルゲイは、ふたりしてスターリク王を持ちあげ、マントのハンモックの前と後ろでその重さによろめきながら、夜道を進んだ。どうにも運びづらい荷だった。しばらくそうやって歩いたが、スターリク王は雪嵐《ゆきあらし》を呼ぶでもなく、新たな犠牲《ぎせいしゃ》者を生むでもなく、それどころかひと言も発しなかった。セルゲイが低い声であたしに言った。「おれ、背負ってみるよ」スターリク王を支えて地面に立たせ、セルゲイが背負うのにあたしが手を貸した。王の体はマントでくるんだままにしておいた。セルゲイは、最初はその重さによろめき、体を震《ふる》わせたが、そのあとは前より速く進むことができた。

もはや暖かい春ではなかった。あたしたちの周囲の空気は、身を切るように冷たかった。だがそれでも凍《こお》りつくほどではない。来た道を振《ふ》り返ると白い霜《しも》がおり、頭上の木々の芽吹《めぶ》いた葉は寒さでしおれ、縮んでいた。

背後からあたしたちを追ってくる者がいてもおかしくなかった。あたしはあの魔物《まもの》か、新たな衛兵が追ってくるんじゃないかと恐《おそ》れた。あるいは、冬を根絶やしにしたいごくふつうの人たちが凶行《きょうこう》に走るかもしれない。でも、あたしたちの後ろには人っ子ひとりいなかった。その代わり、行く手から荷馬車が近づいてくる音が聞こえた。あたしたちは急いで道から離《はな》れ、木立のなかに隠《かく》れた。とはいえ、完璧《かんぺき》に身を隠《かく》すのは無理だった。なにしろ、あたしたちのまわりには花が咲《さ》くように白い霜《しも》が広がり、きらめいていたのだから。夜の闇《やみ》に包まれていることがせめてもだった。

荷馬車が近づき、あたしたちのかたわらを通り過ぎた。木の間《こ》からたいまつの明かりが見えた。突然《とつぜん》、荷馬車が止まった。そして闇《やみ》に向かってそっと呼びかける父さんの声がした。「ミリエムか？」

あたしたちは木立から出て、スターリク王を荷台にのせた。あたしは王のとなりにすわった。父さんとセルゲイが荷馬車を返し、それからは交替《こうたい》で手綱《たづな》を握《にぎ》った。車輪がきしみ、霜《しも》が車輪を白く染め、荷台の厚板にも広がった。馬たちは落ちつきなく耳を動かし、車輪のきしみにおびえて足を速めるが、その音から逃《に》げることはできない。あたしたちは冬を運んでいるのだから。

それでも、道のりはそんなに遠くなかった。父さんから話を聞いたときはヴィスニアからもっと距離《きょり》があるのだと思っていたが、その夜のうちに森のなかに建つ、一軒《けん》の小さな家に到着《とうちゃく》した。

家のまわりに庭があり、その庭を石の塀《へい》が囲んでいる。荷馬車はその家の門の前に停《と》まった。ワンダが出てきて、門を開いてくれた。セルゲイが御者席《ぎょしゃせき》からおりて、馬を小さな納屋につなぎにいった。あたしはスターリク王を揺《ゆ》すって起こした。「さあ、さっきと同じ契約《けいやく》を、ここに住んでいる人たち全員として。これからみんなであなたを助けるから」

彼《かれ》は白濁《はくだく》した目をうっすらとあけて、ぼそりと言った。「同意した」そしてまた意識をなくした。

「さて、ベッドに寝《ね》かしたものかな？」荷台の後ろにまわった父さんが、あたしたちを見あげて尋《たず》ねた。あたしは首を振《ふ》った。

「いいえ。いちばん寒い場所がいいわ。地下室とか……」

納屋からもどってきたセルゲイが、それを聞きつけて肩《かた》をすくめた。「さがしてみると、いいんじゃないかな」そうすれば、突然《とつぜん》それがあらわれるとでも思っているんだろうか。彼《かれ》はランタンを手に、家の裏手へまわった。やがて納屋の向こうから彼《かれ》のくぐもった声が聞こえた。「地面に戸があった」

父さんがランタンをあずかり、セルゲイが薄《うす》い板でできた戸を引きあけると、冷気が吹《ふ》きあがり、凍《こお》った土の匂《にお》いを運んできた。あたしたちははしごをつたって、スターリク王をおろした。はしごの下には、土壁《つちかべ》に囲まれた広い空間があった。床《ゆか》は石敷《いしじ》きで、触《ふ》れてみると痛いほど冷たい。あたしたちはスターリク王を石の床《ゆか》に寝《ね》かし、マントを取り去った。たちまち霜《しも》が彼《かれ》のまわりに広がった。動いているときにはわからなかったが、こうして一カ所にとどまると、霜《しも》はさらに厚みを増して、白い氷の層になった。父さんが、マントから手を離《はな》し、感嘆《かんたん》の声を洩《も》らした。

あたしたちは立ったまま、スターリク王を見おろした。その顔は、痛みでやつれて細くなり、とがったほお骨のあたりがまだ濡《ぬ》れて光っていた。でもほどなく、あたしたちが見ている前で、光っていた水が氷に変わった。と同時に、彼《かれ》の呼吸が少し落ちついた。

「水を飲ませたほうがいいかもしれない」しばらくして、あたしは言った。ワンダが水の入った桶《おけ》を、木のカップといっしょに、はしごの上からおろしてくれた。スターリク王の頭を起こし、水を入れたカップを口に近づけた。彼《かれ》はかすかに動き、ほんの少しだけ水を飲んだ。カップには彼《かれ》のくちびるが触《ふ》れた部分に霜《しも》が付き、水の表面に氷が張った。カップをもどすと、炎《ほのお》に焼かれた剝《む》き出しの片足に目をやった。足のあちこちがゆがんで、妙《みょう》なかたちになっている。溶《と》けかけて、もはや見る影《かげ》もない雪だるまのようだ。

あたしはカップから氷片をつまみあげ、損傷がいちばんひどいところにおいた。氷はすぐに肉のなかにめりこんでいき、内部から少しだけ肉を押《お》しあげた。あたしは、上からようすをうかがっているワンダに言った。「どこかに氷はない？　川にまだ氷があるかもしれないわ」

ワンダは川へ水くみに行ったばかりだったので、すぐに首を振《ふ》った。「ぜんぶ溶《と》けてた。こっちの川岸から向こうの川岸まで、ぜんぶ水が流れてるよ」

「わらでくるむというのは、どうかな」父さんが半信半疑《はんしんはんぎ》の面もちで言った。「夏に氷を保存するときのように」

「とにかく、彼《かれ》を彼《かれ》の王国にもどさなくちゃ」あたしは言った。もしここをチェルノボグに発見されたら、魔物《まもの》はもう銀の鎖《くさり》も火の輪の封印《ふういん》も必要とせずに、今度こそスターリク王を仕留めるだろう。そしておそらく、スターリク王の、そして彼《かれ》の民の真《まこと》の名を無理やり言わせようとする。どうしたらいいいんだろう？　彼《かれ》の道――スターリクの道は、緑の木々の下を通れない、と彼《かれ》は言った。そして、このリトヴァス皇国で冬がまだ残っているのは、この地下室のなかだけだ。

あたしたちは、はしごをのぼった。ワンダが上から手を伸《の》ばし、地上に出るのを助けてくれた。はしごの釘《くぎ》や戸のまわりの鉄枠《てつわく》に霜《しも》が張りつき、指が触《ふ》れると痛いほど冷たかった。地下室の上の草はすべて枯《か》れて、凍《こお》りついていた。足もとの地面の土も、冷たく硬《かた》い凍土《とうど》になっている。

あたしたちは闇《やみ》のなかに立ち、地面にあいた入口から、地下室の床《ゆか》に横たわるスターリク王を見おろした。彼《かれ》の周囲に広がる白い霜《しも》が、まるで棺《ひつぎ》のようなかたちに見えた。ふいに、木々のあいだから、なま暖かい風が吹《ふ》きつけ、あたしの髪《かみ》を乱した。荷馬車で来た道のほうを振《ふ》り返ると、轍《わだち》のあとにつづいていた霜《しも》が消えている。夜が明け、日がのぼろうとしているのだ。

あたしには、スターリク王の死を願ったときもあった。いまも、彼《かれ》があたしにしたすべてに怒《いか》りをぶつけてやりたいと思う。彼《かれ》は自分のしたことを悪いなんて少しも思っていない。悪いと思っているのは、あたしなんかには報復できないだろうと見くびっていたことだけだ。それでもあたしは、リベカを、フレクを、ソップを、ソーファを救いたくて、あの秘密の地下道におりた。そして彼《かれ》もまた、あたしと同じ目的のために、あの闇《やみ》のなかへとおりたのだ。そう、彼《かれ》の民を救うため、みずからを生《い》け贄《にえ》として差し出すために。鉄のプライドをねじ曲げてまで、彼《かれ》は人間の娘《むすめ》と結婚《けっこん》した。それは宝や富をためこむためでも征服《せいふく》のためでもなく、恐《おそ》ろしい敵から彼《かれ》の王国の民を救うためだった。その結果として、彼《かれ》は半死半生となり、この地下室に横たわっている。先のことを考えると、胃がよじれて痛くなった。彼《かれ》の体は溶《と》けつづけ、最後には消えてしまうの？　スターリクの民も消えてしまうの？　冬の王国が闇《やみ》から逃《のが》れられないように、それも彼《かれ》らの運命《さだめ》なんだろうか。

銀の冠《かんむり》が頭の上で奇妙《きみょう》な温もりをもっていた。わたしは白い毛皮の前をかき合わせ、遠ざかっていくチェルノボグの小さな後ろ姿とかすかな赤い輝《かがや》きを見つめていた。いっときはわたしをかくまってくれた氷の王国に、あの火の魔物《まもの》を解き放ってしまった。ほおに吹《ふ》きつける風には、雪ではなく、白い灰が混じっている。木の燃える匂《にお》いがする。わたしもミリエムと同じくらい後ろめたさを感じていた。

それでも、自分がなにをやらなければならないかはわかっていた。わたしにはまだ、果たすべき役割がある。リトヴァス皇国にもどること、そして父を訪ね、大司教と話をつけて、〈聖なる鎖《くさり》〉を手に入れること。スターリク王国のすべての命がいつまでチェルノボグを満たすかは予測もつかないが、すべてを奪《うば》いつくしたあとに、あの魔物《まもの》はかならずもどってくる。そうなったら昼のうちに、魔物《まもの》がミルナティウスの腹のなかで惰眠《だみん》をむさぼっているうちに、〈聖なる鎖《くさり》〉で縛《しば》りあげ、火を放たなければならない。魔物《まもの》が死に絶えるまでけっして火を絶やさぬようにして。

リトヴァス皇国に帰るのは、早ければ早いほどいい。魔物《まもの》がもどってきたときに備えなくてはならない。でもまだ、遠くの炎《ほのお》を見つめながら、わたしは立ちつくしている。「許して……」声に出して言ってみた。あやまるべき人がそばにいるわけでもないのに……。

わたしは庭にひとり立っている。庭の半分が雪、半分が緑の草。目の前にわたしを恨《うら》めしく見つめるスターリクの子どもはいない。魔物《まもの》に取り憑《つ》かれたわが夫もいない。目に見える生き物は一匹《ぴき》のリスだけ。数日前にまいたパンのかけらを求めてやってきたリスだ。もしここにだれかがいたとしても、きっとわたしは黙《だま》っているだろう。わたしが案じていることなんて、わたしが許しを請《こ》うていることなんて、重要なことではない。重要なのは、わたしがなにをしたか、そしてこれからなにをするかだ。

「できるものなら、あなたの王国も救いたいと思っているわ」わたしはリスに話しかけた。リスはわたしのことなどかまっていない。パンのかけらをさがすだけ。この小さな生き物にとって必要なのは生きる糧《かて》であり、わたしの謝罪ではない。わたしの謝罪など、なんの役にも立たない。わたしは家の裏手にある洗い桶《おけ》までもどった。水のなかに、わたしの寝室《しんしつ》が見えた。化粧台《けしょうだい》があり、鏡の前にミルナテティウスのはずした指輪が散らばっている。ぞんざいに脱《ぬ》ぎ捨てられた美しい上着。こちらの世界には、あたしが燃料をくべてしまった、おぞましい火の魔物《まもの》がいて、水の向こうにも煖炉《だんろ》の火が見える。わたしは目を閉じた。なんの役にも立たない涙《なみだ》がほおを流れ落ちて、洗い桶《おけ》の水に落ちた。

わたしはゆっくりと片手を水のなかに入れた。でも、そこに寝室《しんしつ》の暖かい空気はなかった。わたしの手は痛いほど冷たい水のなかにあった。そしてその手に、だれかの手が触《ふ》れた。その手が、わたしの手のなかに、なにかをすべりこませる。びっくりして跳《と》びすさり、自分の手のなかにあるものを見つめた。

それは一個の木の実だ。見たこともない、わたしの知らない樹木の実。楕円形《だえんけい》で、なめらかで、少し土がついているけれど、ミルクのような淡《あわ》い白色の、みずみずしい木の実。わたしはもう一度水面を見た。そこにはまだ寝室《しんしつ》が映っている。わたしはおそるおそる、もう一方の手を入れてみた。今度は水の感触《かんしょく》はなかった。水面を突《つ》き抜《ぬ》けて、向こう側の世界に手が伸《の》びているのがわかった。

でも、全身で向こうの世界に突《つ》き抜《ぬ》けるのをやめて、わたしはその手を引いた。そしてふたたび、手のなかにある木の実を見つめた。おもむろに体を返し、わたしは家の前にもどった。扉《とびら》の近くに、なにも植えられていない平らな地面がある。ちょうど薄明《はくめい》と闇《やみ》の境界がそこを通っている。雪が溶《と》けた地面は、だれかが穴を掘《ほ》り、そこにまた土をかぶせたように見えた。もしかしたら、ここに、この木の実を植えることには何か意味があるかもしれない、という考えがふいに頭をかすめた。それでどんなよいことがあるのかはわからない。でも、この実はだれかによって、ここに届けられたのだ、このスターリク王国に。これを自分の世界に持ち帰る気にはなれなかった。

わたしは木の実を地面において、そこにしゃがみ、小さな穴を掘《ほ》りはじめた。でもそれがまだ終わらないうちに、突然《とつぜん》、あのリスが大きな跳躍《ちょうやく》をふたつして近づき、木の実をつかんだ。「だめよ！」と叫んだ。この実をここに植えることが正しいのかどうかはわからない。でも、これはリスに食べられるために送りこまれてきたわけではないはずだ。リスのしっぽを捕《つか》まえようとした。リスがまたぴょんと大きく跳《と》んだ。ああ、ばかだ。逃《に》げられてしまった。ところが、リスは雪に半分埋《う》もれた庭の門まで走ると、雪だまりを掘《ほ》りはじめた。

わたしは立ちあがり、リスを驚《おどろ》かせないように近づこうとした。雪だまりを進んでいくのは骨が折れた。そこはまだ雪が溶《と》けていない場所で、雪は湿《しめ》って重くて、ドレスの裾《すそ》や毛皮にまとわりついた。門のそばの雪は、わたしのひざより高く積もっていた。それでもやっと近づいたとき、リスは雪に掘《ほ》った穴に木の実を落とし、森のなかに逃《に》げてしまった。わたしはリスの掘《ほ》った、それほど大きくもない穴を見た。雪のなかにできたくぼみで、木の実がまるで月光のような、スターリク銀のような輝《かがや》きを放っていた。その実のなかには、確かに生命が宿っていると思わせる輝《かがや》きだった。

わたしは、今度は用心のために木の実をポケットにしまい、リスが穴を掘《ほ》った雪だまりをさらに掘《ほ》り返した。指先が冷たさでひりひり痛み、脚《あし》やひざが溶《と》けた雪でびしょ濡《ぬ》れになった。掘《ほ》りつづけるほどに、寒さが皮膚《ひふ》までしみこんだ。自分の両手を毛皮のマントで包もうとしてみたが、それでは仕事が遅《おそ》くなる。あきらめて素手で掘《ほ》りつづけるうちに、感覚が麻痺《まひ》してきた。見た目では氷のように青白くなっているだけだが、指が腫《は》れて太くなった感じがした。

それでもどうにか、地面があらわれた。土は硬《かた》く凍《こお》って、石だらけだった。家に入って薪箱《まき》から取ってきた枝を使って、大きめの石をつぎつぎに掘《ほ》り返したが、枝はすぐに折れてしまった。指の爪《つめ》が割れ、血が流れても、掘《ほ》りつづけた。そしてついに、そんなに深くはないが、凍土《とうど》に小さな穴をあけることができた。わたしは血のにじんだ手で白い木の実をポケットから取り出し、それを穴に落とし、上から凍《こお》った土と雪をかけた。

わたしは立ちあがり、なにかが起こるのを待った。けれど、なにも起こらなかった。森はふたたびしんとして、リスも鳥も姿をあらわさなかった。チェルノボグの赤い輝《かがや》きでさえ、もう見えない遠くに行ってしまった。いましたことには、どんな意味があったのだろう？　なにかの意味があってほしいと願った。わたしの謝罪を聞きつけただれかが——あるいはなにかが——罪を償《つぐな》う方法を教えてくれたのであってほしいと願った。せめて、あのリス一匹《ぴき》だけでも満足させたのであれば……。でもおそらく、あのリスが求めるのは、木の実から一本の木が生長し、いつかその木になった実を食べることだけ。いや、おそらく、わたしがなにをしたかをいずれ知るのは、わたしではないだろう。この世界を侵略《しんりゃく》する怪物《かいぶつ》を連れてきたわたしに、答えや説明を求める権利などあるはずがない。

手も足も痛くて凍えていた。もうこれ以上は此処《ここ》にはいられない。びしょびしょの服で、足を引きずって、家の裏手に行った。洗い桶《おけ》の水に足から入る。たちまち、わたしはもう一方の世界の鏡から抜《ぬ》け出した。マグレータがすぐに走り寄ってきた。わたしの汚《よご》れた血だらけの凍《こお》りついた手を見て悲鳴をあげ、彼女《かのじょ》はわたしを洗面器のそばに連れていった。そして、何度も、何度も、わたしの手から土と血がすっかり落ちるまで、水を注ぎつづけた。

上から地下室をのぞき、眠《ねむ》りつづけるスターリク王を見つめていると、ワンダがあたしの肩《かた》にそっと手を添《そ》えた。「家のなかに入って、なにか食べて。それから、顔も冷やしたほうがいいみたいだね。少しはましになるよ」

みんなでそろって家の表側に向かった。あたしは、なにをしたらいいか考えようとした。でも歩みがしだいに遅《おそ》くなり、ついに庭のなかで止まってしまった。あたしは、庭をつらつらと見た。それから体を返して納屋――見覚えのある、小さな納屋！――を見た。それからまた体を返して、家を見た。傾斜《けいしゃ》のあるわら葺《ぶ》き屋根に、雪はもうそれほど積もっていない。でも、この屋根のかたちは……同じ。ここにおいでと招くような、家から洩《も》れる明かりも……同じ。

数歩先を歩いていたほかの人たちが、あたしがいないのに気づき、いぶかしむように振《ふ》り返った。でもあたしはみんなとは反対のほうに、家の裏手に向かって駆《か》けだした。そして、あの水をいっぱいに張った大きな洗い桶《おけ》を見つけた。そう、イリーナが水をくぐり抜《ぬ》けて、あたしを日の照る世界へと連れていこうとした、あの洗い桶《おけ》だ。水をのぞくと、自分の顔が映っていた。「やっぱり、同じ家なんだ……」思わず声が出た。ワンダが近づいてきて、水をのぞき、それからあたしを見た。あたしは言った。「この家は、スターリク王国にも建ってるわ。この家は、どっちの世界にもあるの」

ワンダはしばらく黙《だま》って考えてから言った。「ここでは毎日、いろんなものが見つかるんだよ。それも、前の日にはなかったのに、あるとすごく助かるものが。そして、だれかが毛糸を紡《つむ》いでくれて、あたいのつくった料理を食べた」

イリーナの付き添い《シャペロン》、マグレータのことが頭に浮《う》かんだ。あたしたちは、彼女《かのじょ》を魔物《まもの》から遠ざけておくために、この家にひとり残したのだ。「あなたがつくった料理って、お粥《かゆ》じゃない？」

あたしが尋《たず》ねると、ワンダがうなずいた。

どうして、こんなことになっているんだろう？　たぶん、あっちの世界では雪が降り、つららが家の軒《のき》からたくさんさがっているだろう。だけど、あたしが手を伸《の》ばし、向こうの世界のつららをつかむことはできない……。あたしはふたたび地下室におりた。スターリク王のほおから濁《にご》った色が消えて、少しだけよくなったように見えた。

「これ、あの家よ」あたしが話しかけると、彼《かれ》は目をぱちりとあけた。「ここは、あなたが話していた魔女《まじょ》の家よ。この家は、どっちの世界にも建っている。ここからあちらの世界に行く道はないの？」

彼《かれ》はしばらくあたしを見つめ、ようやく理解したように、かすれた声で言った。「人間がうっかり入ってこないように、わたしがその道を封印《ふういん》した。いまはただの裂《さ》け目が残っているだけだ。

その道をふたたび開くには……」

「どうすればいい？」あたしは尋《たず》ねた。「なにが必要？」

彼《かれ》は目を閉じ、深く息を吸いこみ、また目を開いて言った。「立ちあがるのを助けてくれ」

あたしは彼《かれ》を支えて、いっしょにはしごに近づいた。彼《かれ》は頭上にあいた四角い出口と、星の輝《かがや》く夜空を見あげ、体をかすかに震《ふる》わせた。「ここから出たら、また悪くなるんじゃない？」あたしは尋《たず》ねた。「外は暖かいわ」

「すぐに、もっと暖かくなるだろう」彼《かれ》が言った。「わたしの力はどんどん衰《おとろ》えている。よくなることはないだろう。力がまだあるうちに、やれることは、どんなささいなことでもやっておかなければ」

彼《かれ》はゆっくりとはしごをのぼり、足を引きずって、片手を脇腹《わきばら》にあてがいながら家に近づいた。ところが扉《とびら》から入ろうとして立ち止まり、煖炉《だんろ》で燃えるオレンジ色の炎《ほのお》を見たとたん、顔がうつろになった。あたしは、ソーファがどんなに火を恐《おそ》れていたかを思い出した。「待ってて」そう言って、あたしだけ家のなかに入り、急いで熱い灰をかけて火を消し、煖炉《だんろ》の扉《とびら》を閉めた。

それから振《ふ》り返って、家のなかを見まわした。母さんと父さんが互《たが》いの手をしっかり握《にぎ》り合って立ち、戸口に立つスターリク王を見つめていた。ワンダがそのとなり。セルゲイは火かき棒をつかんでいた。ステフォンは煖炉《だんろ》の上の寝床《ねどこ》でマントをかぶっていたけど、気配を察して頭だけもたげた。全員が見つめるなか、スターリク王は首をすくめて戸口をくぐり、家のなかに入った。

彼《かれ》はだれをも見つめ返すことなく、部屋のなかをぐるりと見わたした。両手をあげ、なにかに落胆《らくたん》したように、だらりと落とした。そのあと戸口から見て左側の角にある戸棚《とだな》に近づき、扉《とびら》に手をかけた。母さんが戸棚《とだな》をじいっと見つめてから、父さんに尋《たず》ねた。「戸棚《とだな》なんて、あった……？」スターリク王は、すでに戸棚《とだな》の左右の扉《とびら》を大きくあけて、なかのものをあさっていた。そのあとは、抽斗《ひきだし》をつぎつぎにあけて、もどかしげに中身を床《ゆか》に放り出した。緑のビーズの首飾《くびかざ》り、暗赤色の引き裂《さ》かれて血の染みがついたマント、色あせた薔薇《ばら》の花束。乾《ほ》し豆を入れた小さな袋《ふくろ》が破れて、豆が床一面《ゆかいちめん》に散らばった。

スターリク王が振《ふ》り返り、あたしたちを見て、噛《か》みつくように言った。「わたしを手伝え！　契約《けいやく》を交わしたかぎりは、助けてもらう！」

「なにをさがしてるの？」あたしは尋《たず》ねた。

「わが王国のなにかだ！　冬のなにか、わたしに道を開かせるなにか！」

ワンダが少しためらってから、煖炉《だんろ》の横を見にいった。そこにある棚《たな》をさがしても、それらしいものは見あたらなかったようだ。「ほかには調べるところもないようだけど」と彼女《かのじょ》は言った。

スターリク王は、いらだたしげにハッと息を吐《は》いた。「そこ！」と言い、「そこもだ！」とつづける。彼《かれ》の指が指し示す煖炉《だんろ》の右と左に、いつのまにかドアが出現していた。

あたしたちは呆気《あっけ》にとられてドアを見つめた。見過ごしていたとは思えない。だがスタークリク王はまた戸棚《とだな》に向き直って、カップやらハンカチーフやらスプーンやらを、取り憑《つ》かれたような性急さでつぎつぎに床《ゆか》に放り出していった。しばらくして、ワンダが左のドアに近づき、それをあけた。ドアの向こうには寝室《しんしつ》があった。家の外観からすると、ここにこんな部屋があるはずがないのだけれど。

寝室《しんしつ》のなかには、カーテン付きの大きな木製ベッドがあり、その両側に重厚な衣裳《いしょう》だんすがあった。そしてもうひとつのドアの奥《おく》で、なにかがぶつかる小さな音がした。父さんがおそるおそるドアをあけると、そこは納戸《なんど》だった。古い乾《かわ》ききったニンニクの束がいくつもロープで天井《てんじょう》から吊《つる》され、そのあいだを、いまにもくずれそうなラベンダーの花束が埋《う》めつくしている。部屋のまんなかには、どっしりした木製のテーブル。乳鉢《にゅうばち》と乳棒がおかれ、いまのいままで使われていたように、乳鉢《にゅうばち》のなかで乳棒がそっと揺《ゆ》れていた。すりつぶされた薬草のかすかな匂《にお》いもした。

「だれかがドアをしっかり持っていたほうがいいわ」ふたつの部屋を調べようとすると、母さんが心配そうに言った。ワンダが寝室《しんしつ》のドアを手で押《お》さえ、あたしと母さんはふたつの衣裳《いしょう》だんすと、ベッドの足もと側にある収納箱《チェスト》のなかを調べた。もう使えそうにない虫食いだらけのリネンや、ポケットに埃《ほこり》くずが詰《つ》まったドレス、ぼろぼろのブーツ、マント、毛布……そんなものばかりだった。一着のドレスがとても重いので、調べてみると、ポケットから奇妙《きみょう》な輝《かがや》きを放つ黒くて丸い石が大量に出てきた。あたしはその小石をつかんでスターリク王のところまで走った。彼《かれ》はかりかりしながら言った。「ちがう！　こんなものが、なんの役に立つ？　悪鬼《ゴブリン》の森を一万年さまよっても、道ひとつ見つからぬわ。早く片づけろ！」

母さんが枕《まくら》の下から、鈍《にぶ》く輝《かがや》く古い銅貨を見つけたが、「こんなもので故郷の夢が見られるか！」と一蹴《いっしゅう》された。納戸《なんど》からは、美しいガラスの小さな香水瓶《こうすいびん》がいくつも見つかった。瓶《びん》の底にはまだ何滴《てき》か残っている。スターリク王は肩《かた》をすくめた。「毒薬か霊薬《れいやく》か……どうでもよい」新たな抽斗《ひきだし》をあけながら言った。抽斗《ひきだし》から三匹《びき》の灰色のネズミが飛び出し、床《ゆか》を走り抜《ぬ》け、扉《とびら》から逃《に》げていった。遠くの空が白みはじめ、スターリク王の剝《む》き出しの傷ついた脚《あし》が、床板《ゆかいた》の上でまた濡《ぬ》れて光りはじめた。

「たぶん、ここにはないのよ！」あたしは言った。

スターリク王がうなだれ、手を止めて、ドアにもたれかかった。「なにかある！」彼《かれ》は言った。「あるんだ。わが王国の風をほおに感じる。わたしの耳にささやきかけてくる。どこからくるかはわからないが……見つけなければ」

「感じるのは、なんだか暑いってことだけ」あたしは言った。「火はぜんぶ消したのに」

彼《かれ》は黙《だま》って、片手を上げた。その顔が、なにかに打たれたように、にわかに険しくなった。

「確かに……」うつろな声で言う。「風が温かい」

あたしは彼《かれ》を見つめた。「どういうこと？」胸がざわついた。

「チェルノボグがいる、わが王国に」スターリク王が言った。「やつが、わが王国に浸入《しんにゅう》した。やつがいる！」いきなり体を返して、なにかに取り憑《つ》かれたように、戸棚《とだな》のいちばん上から小さな抽斗《ひきだし》をつぎつぎに引き抜《ぬ》き、床《ゆか》に放りはじめた。半分は壊《こわ》れ、こまごまとしたものがあたりに飛び散った。おはじき、ペン先、ハンカチーフ、ぼろきれの人形、もつれた糸、ひと握《にぎ》りの小さなコイン、袋《ふくろ》に入った大昔のキャンディー、梳《す》いた毛糸のかせ……小さな容《い》れ物に乱雑に詰《つ》めこまれた、ありとあらゆる小さなものがつぎからつぎへと飛び散った。でもどれひとつ、冬の王国のものではなかった。

「さがせるところは、ほとんどさがしたわ」埃《ほこり》まみれになって寝室《しんしつ》から出てきた母さんが、あたしにそっと言った。「隅《すみ》っこまで三度も見たのよ。もうこれ以上、ほかにさがすところがなくて……」

「ここにある！」母さんの声を聞きつけたスターリク王が、恐《おそ》ろしい形相《ぎょうそう》で振《ふ》り返った。「この家のどこかに、かならず、ある！」

母さんがおびえてあとずさり、あたしはやってられないと両手を振《ふ》りあげた。そのとき、煖炉《だんろ》の上の寝床《ねどこ》からステフォンが、消え入るような声で言った。「おいら、そいつを持ってるよ。まだ育てられないけど」

あたしたち全員がステフォンを振《ふ》り返った。ワンダとセルゲイがぴたりと動きを止めて、弟を見つめた。ステフォンの手のなかに、淡《あわ》い乳白色の木の実があった。その実のかたちは、木になっているときの緑のクルミに似ていた。スターリク王はそれを見た瞬間《しゅんかん》、叫《さけ》びをあげ、前に踏《ふ》み出し、「それをどこで手に入れた？」と、厳しい声音で尋《たず》ねた。「だれからもらった？」

スターリク王がそれをステフォンからひったくろうとするように手を伸《の》ばすと、ステフォンは指をぎゅっと閉じ、手を引っこめた。ワンダがさえぎるようにそのあいだに入って、強く返した。

「母ちゃんがこの子にくれたんだよ！　母ちゃんの木になった実だから、母ちゃんのものだし、いまはステフォンのものなんだ。あんたのものじゃないよ！」

スターリク王はひたとワンダを見つめた。「たかが人間ひとりの魂《たましい》で、雪の木に実を結ばせるのは無理だな！　ひとつ、ふたつ、三つと魂《たましい》を重ねても、かろうじて葉が出るか出ないかだ。おまえの言うのが真《まこと》なら、いったいどれだけの血と命をその木に注いだ？」

「父ちゃんが、五人の赤《あか》ん坊《ぼう》を、埋《う》めた」血の気の失せたワンダの顔は、初めて会ったときのように険しくて、怒《おこ》っていた。「あたいの死んだ弟が五人。それから最後に、母ちゃん。母ちゃんがそれをステフォンにあげた！　だから、この実はこの子のもんだ！」

スターリク王はワンダを見て、それからセルゲイ、ステフォンを見た。六人の赤《あか》ん坊《ぼう》の失われた魂《たましい》を、その大きさを、この三人から推《お》し量《はか》るように。大きくなれなかった赤《あか》ん坊《ぼう》、そのかたわらに眠《ねむ》る母親……。スターリク王は、勢いをくじかれた苦しげな顔で、片手を脇《わき》におろし、ステフォンの指の隙間《すきま》にのぞく白い実を見つめた。「この実はこの子のものだ」まるで自分の死を受け入れるように、かすれた声で同意する。

その非の打ちどころのない撤退《てったい》ぶりに、ワンダの顔から怒《いか》りが消えた。あたしたちは白い実のまわりに小さく集まった。薄暗《うすぐら》い家のなかでも、木の実はスターリク銀のような淡《あわ》い輝《かがや》きを放っていた。スターリク王は打ちひしがれたまま、ひと言も発しなかった。この件については、どんな契約《けいやく》をもちだしたらよいか想像もつかないのだろう。いったいなにをもって、このかけがえのない命が負ったすべての苦しみに、埋《う》められた子らの悲しみの歳月《さいげつ》に、公正な対価をつけられるだろう？　あたしは、千の王国を差し出されてたって、自分の母さんとは交換《こうかん》しない。

ステフォンはふたたび自分の手のなかの木の実を見おろすと、それを黙《だま》って差し出した。スターリク王ははっとしたようすで木の実を見て、つぎにステフォンを見た。でも、彼《かれ》は手を伸《の》ばさなかった。たぶん、あげると言われたって、受け取らないはずだ。

すると、母さんがステフォンに体を寄せて、ひたいにキスをした。「あなたのお母さんは、あなたを誇《ほこ》りに思うでしょうね」ステフォンにそう言うと、その手から木の実を取り、振《ふ》り返ってスターリク王に差し出した。「これを受け取って。スターリクの子どもたちを救ってください。この実にとって、それ以上の使い途《みち》はないと思うの」

スターリク王はじっと母さんを見つめていたが、とうとう手を伸《の》ばし、木の実を取った。それから途方《とほう》に暮れたような顔であたしを振《ふ》り向いた。あたしは尋《たず》ねた。「どうするの？　これをどう使えばいいの？」

「あなたの思うとおりにすればいい。これは、わたしのものではない」

あたしはむっとして彼《かれ》をにらんだ。「では、訊《き》くわ。これがあなたのものだったとしたら、あなたはこれをどうするの？」

「土に埋《う》めて、呼び起こすだろう」彼《かれ》は言った。「そして、そこから育つ木の枝の下に、わたしの道を開く。だが、わたしにはできない。この実の所有者ではないからだ。この実はわたしの声に応《こた》えない。あなたにもそれができるかどうかは、わからない。雪の木は、春には根を張らないし、あなたの手がつくるのは日光のような黄金であり、冬ではない」

彼《かれ》はあたしを見つめつづけた。なにかを待っているみたいに。あたしが何度でも彼《かれ》を驚《おどろ》かせてきたものだから、今度もなにかやるんじゃないかと期待するみたいに。でも、どうすればいいんだろう？　まったく考えが浮《う》かばなかった。「では、これを植えてみましょう」あたしは言った。それぐらいしか思いつかなかったから。「あなたもいっしょに来て、地面を凍《こお》らせてくれる？」

彼《かれ》はうなずいた。でも、いざ扉《とびら》から外へ出ようとすると、ぶるっと震《ふる》えて身を引いた。暖かい空気が流れこんできてほとんど倒《たお》れそうになっている。外気は家のなかより暖かく、湿《しめ》ったやわらかい土と春の匂《にお》いがした。スターリク王は、肩《かた》をすぼめて猛吹雪《もうふぶき》のなかを突《つ》き進んでいく人のように、悪戦苦闘《あくせんくとう》しながら家から外に出た。

家の扉《とびら》の横に、ステフォンが一度穴を掘《ほ》って木の実を植えようとした穴を見つけた。いずれは家に日陰《ひかげ》をつくってくれそうな、木を育てるにはうってつけの場所だ。けれどスターリク王が土に触《ふ》れても、霜《しも》は冷えたグラスに吹《ふ》きかけられた息のくもりのように消えてしまった。あたしは白い実をその穴に入れ、上から彼《かれ》の手で押《お》さえてもらった。指の輪郭《りんかく》がつかの間だけ淡《あわ》く光り、すぐに消えた。

彼《かれ》は手を引いた。あたしたちはしばらく地面を見つめていた。彼《かれ》が首を横に振《ふ》った。あたしは木の実をまた土から掘《ほ》り出し、それを持ったまま、懸命《けんめい》に考えた。この白い実は、春には育たない、だから……。ふいに、チェルノボグはどうやってスターリク王国に入ったんだろうという疑問が頭をよぎった。以前は、遠くから破壊《はかい》していただけじゃなかったの？

あたしは立ちあがり、家の裏手に回った。そう、あの洗い桶《おけ》……。あたしはそれをのぞきこんだ。大きな木桶《きおけ》に水が張ってあるだけ。でも、この水面の向こう側になにかあるかもしれない。もし、もし、イリーナが向こう側にいたら……。リトヴァス皇国を解放されたスターリク王から守ろうと、銀の冠《かんむり》をかぶって、チェルノボグを連れて、冬の王国へするりと抜《ぬ》けたあとだったとしたら……。

イリーナがそこにいるかどうかはわからない。いたとしても、あたしを助けてくれるかどうかもわからない。たとえ、いたとしても、あたしは彼女《かのじょ》にしてほしいことを説明することができない。でもだけど、こちら側にいるかぎり、あたしにはこうするしかない。以前にはなかったふたつのドアと部屋、どこからともなく出現した戸棚《とだな》のことを考えた。もしかしたら、奇蹟《きせき》が起こるかもしれない。目をつぶり、木の実をつかんだ片手を水に突《つ》っこんだ。希望を込《こ》めて、手をさらに奥《おく》へ。助けて……。

あたしのこぶしは桶《おけ》の底に当たらなかった。あたしはさらに深みに向かって手を伸《の》ばした。つぎの瞬間《しゅんかん》、だれかの手があたしの手に触《ふ》れた。あたしはその手をつかみ、白い実をその手のなかに押《お》しこんだ。腕《うで》を引き抜《ぬ》き、からっぽになった手のひらを見つめた。つぎに洗い桶《おけ》をのぞきこんだ。白い実は消えていた。水を透《す》かして桶《おけ》の底が見える。底にはなにもなかった。

起きたことがまだ信じられず、しばらく桶《おけ》の底を見つめていた。それから走って家の前にもどった。みんながスターリク王のまわりに輪をつくり、王は家の壁《かべ》によりかかっていた。すっかり細くなり、汗《あせ》をかいたように皮膚《ひふ》が濡《ぬ》れて光り、苦しげに目を閉じて、いまにも気を失いそうだ。あたしは両腕《りょううで》で彼《かれ》をつかんで言った。「あの白い実は、向こうの世界に行ったわ！　通り抜《ぬ》けたのよ！　つぎはなにをしたらいい？」

彼《かれ》は目を開いたが、霧《きり》がかかったように白と青が混じり合った瞳《ひとみ》は、なにかが見えているとは思えなかった。彼《かれ》はかすれた声で言った。「呼び起こせ。呼び起こして前へ進め、できるものなら」「どうやって？」と、訊《き》いたけれど、彼《かれ》は目を閉じて、なにも言わなくなった。あたしは途方《とほう》に暮れて、すわりこんだ。

父さんが、ぼそりと言った。「ミリエム……」あたしは父さんのほうを、すがるように振《ふ》り返った。「いまは、あの祈《いの》りの月とはちがう。だがあの祈《いの》りを唱えて、これまで木々が花を咲《さ》かせなかったこと、実を結ばなかったことは、一度もなかった。神の祝福というほかはない」父さんはステフォンを、ワンダを、セルゲイを見つめ、おだやかに言い添《そ》えた。「そして、こんなふうに言う人もいる。この世界に樹木やその実に姿を変えてもどってくる人たちがいる。その人たちの魂《たましい》を救うのは……前に進むことだ、と」

父さんは、あたしに片手を、もう一方の手を母さんに差し出した。あたしたちは毎年春になると、こんなふうに三人で手をつなぎ、庭の一本の小さな林檎《りんご》の木の前で、声をそろえて祈《いの》りを唱えた。「あなたがたは幸いである。万物の統治者、神たる主《しゅ》のつくりたまいし世界に、欠けるものはなにもない。神はすべての人々の喜びのために、よきものを、木々を、その実をつくりたまいて……」

それは春に花を咲《さ》かせた果樹への祝福の祈《いの》りだった。あたしは小さなころからこの祈《いの》りを唱えるのが好きだった。それは希望を、安堵《あんど》の深呼吸《しんこきゅう》をもたらした。冬が終わったことを、これから実がなり、色づき、食べられるようになることを、世界が豊かな収穫《しゅうかく》で満たされることを教えてくれた。幼い少女のころから、初春になると、毎朝庭に出て、林檎《りんご》の枝に花の咲《さ》くしるしをさがした。つぼみを見つけ、祈《いの》りが唱えられる日が来たことがわかると、父さんのところまで走って知らせにいった。

でも今度ばかりは、あのころよりももっと強い気持ちで、ひとつひとつのことばを胸に刻むように、銀の文字で書かれたことばが黄金に変わるところを想像しながら、声を大きくして祈《いの》りを唱えた。唱え終わると、あたしたちは沈黙《ちんもく》した。最初は、なにも起こらなかった……あたしたちの目に見えるところでは。ところが突然《とつぜん》、ステフォンが叫《さけ》びをあげて走りだし、家の門のそばで両手を振《ふ》って、地面に舞《ま》いおりてなにかをついばもうとした小鳥を追いはらった。ステフォンは両手をこぶしに握《にぎ》って、地面を見おろしていた。先にワンダとセルゲイが、追いつくようにあたしたちが、ステフォンのところに行った。小さな白い芽が、地面から生《は》えていた。身をくねらせながら頭を突《つ》き出した白い小さくてやわらかな虫のようだった。

あたしたちは、それをまじまじと見つめた。これまでにも、種子や豆の皮をかぶった芽が土からぴょこんと飛び出すのを見たことはあった。でも、この芽の生長はもっと早くて、あたしたちの見ている前で、一瞬《いっしゅん》にしてひと春が過ぎたみたいだった。芽はほっそりした小さな若木になり、ときおり休んでは、またわずかに伸《の》びる速度を上げた。小さな白い葉が集まった樹冠《じゅかん》は、かすかに青白く、旗のように広がり、ひるがえり、さらに上に向かってぐんっと伸《の》びた。あたしのひざぐらいの高さまで伸《の》びると、細い枝が小さな鞭《むち》のようにつぎつぎに飛び出し、さらにたくさんの白い葉を芽吹《めぶ》かせた。あたしたちは後ろにさがって、その木が大きくなるための空間をあけなければならなかった。木はなおも育っていた。いまは休むこともなく、すくすくと。

あたしは体を返して、スターリク王のところに走ってもどった。彼《かれ》は目覚めても動いてもいなかった。家の壁《かべ》にもたれかかり、体がうんと細くなり、肌《はだ》が濃《こ》い青に変わっている。まるで氷の殻《から》から彼《かれ》の芯《しん》が剝《む》き出しになったみたいに。彼《かれ》に触《ふ》れると、あたしの手が濡《ぬ》れた。ワンダがやってきて、あたしを助けてくれた。ふたりで彼《かれ》を支えて、あの木のそばまで連れていき、木の下の地面に寝《ね》かせた。すると突然《とつぜん》、バリバリと音がして地面に霜《しも》が広がった、霜《しも》と氷が白い樹皮に、そして彼《かれ》の皮膚《ひふ》に広がった。氷晶《ひょうしょう》の層の下で、皮膚《ひふ》を覆《おお》っていた濃《こ》い青が消えた。彼《かれ》が冬の大気を吐《は》き出し、目をあけ、上に広がる白い葉むらと枝を見あげた。そして、かろうじて聞きとれるくらい小さく、嗚咽《おえつ》を洩《も》らした。まちがいじゃないかと思ったが、彼《かれ》の目からこぼれ落ちた涙《なみだ》がほおに凍《こお》りつき輝《かがや》いていた。

スターリク王は立ちあがった。白い木は、枝が彼《かれ》の頭上を覆《おお》うぐらい大きくなっていた。けれど、まだ生長をつづけていた。彼《かれ》が両手をその幹にあてがうと、木の枝々にいっせいに花が咲《さ》きだした。白に金色が交じった花だった。彼《かれ》は手を伸《の》ばし、指先で花に触《ふ》れ、心を奪《うば》われたように花を見つめた。

　ステフォンが、「育った！　育った！」と叫《さけ》び、しゃくりあげて泣いていた。うれしいのか悲しいのか自分でもわからないみたいな顔をして。母さんが彼《かれ》のそばにひざまずき、腕《うで》を回して細い肩《かた》を抱き、頭《だ》をなでた。

　スターリク王がその光景から顔をそむけ、片手を家の門に添《そ》えた。そして門扉《もんぴ》を開いたとき、その向こうには、白い道があった。道の両脇《りょうわき》には新たな白い木々がつづいていた。けれどそれは、以前のように永遠の冬に向かっているわけではなかった。道のはるかかなたには黒煙《こくえん》と炎《ほのお》があった。彼《かれ》は顔をこわばらせ、それを見つめた。足を踏《ふ》み出し、白い道を少し歩いた。すると、木々のあいだから、白い牡鹿《おじか》が大きな跳躍《ちょうやく》とともにあらわれた。あたしたちはまだ門のそばにいたけれど、両親は、牡鹿《おじか》が出てきたとたん、庭のほうへ後ずさった。あたしは一瞬《いっしゅん》、彼《かれ》らの目で牡鹿《おじか》を見た。鋭《するど》いかぎ爪《づめ》、異様に大きな牙《きば》、口からのぞく赤い舌……。でも、あたしにとってはもう慣れてしまった存在だ。スターリク王が牡鹿《おじか》に近づき、またがった。もう裸足《はだし》ではなく、銀のブーツが両足を包んでいる。鎧《よろい》と白い毛皮をまとい、鎧《よろい》の下の服は銀一色だった。彼《かれ》は牡鹿《おじか》の上からあたしを見おろした。

　そして、あたしに向かって手を差し出した。「チェルノボグがわが王国にいる。わたしは、あなたに約束したことを果たそう。もしあの魔物《まもの》を追放し、わが民を守ることができたなら、もう二度とこの世界を冬にもどさない。あなたはそれを見とどけるために同盟を求めた。チェルノボグはもはや日の照る世界にはいないが、今度はあなたがわが王国に来て、力を貸してくれないだろうか？」

あたしは彼《かれ》を見あげた。なんだか腹が立ってきて、問い詰《つ》めたくなった。あの恐《おそ》ろしい炎《ほのお》の魔《ま》物《もの》との戦いで、このあたしがなんの役に立つって言うの？　あたしの爪《つめ》は泥《どろ》だらけ。顔は、あの兵士に殴《なぐ》られたところがまだ痛くて、赤く腫《は》れている。身も心もへとへと。あたしは、異界の王の前で、ほんとうはできるかどうかもわからないのに、大見得を切ってみせた人間の小娘《こむすめ》にすぎない。

でも……。あたしは、白い木を見つめた。その枝々はすでに高く伸《の》びて、白い花に覆《おお》われていた。彼《かれ》に尋《たず》ねてみたところでしょうがない。それもわかっている。彼《かれ》はきっと肩《かた》をすくめて、また期待を込《こ》めてあたしを見つめるだろう。あたしから高位魔法《まほう》が出てくるのを待っているように。あたしにとって魔法《まほう》とは、請《う》け合ったり約束したり、いつもより自分という器を大きくしなければならないときに出てくるもの。そのなかに飛びこみ、どうにかして内部を満たし、力を振《ふ》りしぼって成長しようとするときに出てくるもの。

「いいわ」と、あたしは答えた。「いっしょに行く。そして自分にできることをする――ただし、あなたがあとであたしをこの世界に送り返してくれるなら！」

「わたしの道は、緑の木々の下を通れない」彼《かれ》は言った。「もしわたしたちが勝利したら、この世界に冬をもどすことはない。それはすでに約束した。しかし、わたしが手を引いたとしても、夏が永遠につづくわけではない。これではどうだろう？　つぎに初雪が降る日、あなたをこの世界にもどすために、わたしの道を開く。そして、あなたを家族のもとへ帰す」

あたしは、庭に立つ母さんと父さんを振《ふ》り返った。娘《むすめ》がいないと、両親ふたりきりになってしまう。でもこれからは、ワンダとセルゲイとステフォンがいっしょにいてくれる。あの家にはいまでは部屋が増えて、みんなで安心して暮らしていくことができる。たとえあたしが冬の道を突《つ》き進んでいった果てに、二度と帰れなくなったとしても。お互《たが》いに愛し合い、支え合い、悲しみも分け合い、助け合ってこれからも生きていけるだろう。

ほんの数歩離《はな》れているだけなのに、みんながもうすでに遠くにいるような気がした。あたしを見つめる目が、ほとんど夢を見るような目になっている。それでもあたしは駆《か》け寄って、みんなにキスをした。母さんにささやいた。「冬の最初の日に、あたしをさがして」あたしの指を追いかける母さんの指を宙に残して、あたしは身をひるがえし、庭の門に向かった。スターリク王の差し出す手を取り、牡鹿《おじか》の背に引きあげられ、彼《かれ》の後ろにまたがった。

24 ガラス山の戦い

牡鹿《おじか》の背に乗って、白い道をひた走った。雪と灰まじりの風が顔に吹《ふ》きつけ、熱い燃え殻《がら》が腕《うで》をひりひりさせた。牡鹿《おじか》が跳躍《ちょうやく》するたびに、道はあたしたちの下で銀色のかすみになった。牡鹿《おじか》はスターリク王の望みのままに、限界まで速力を上げた。ひと跳《と》びしたかと思うと、轟音《ごうおん》をあげて燃えさかる松の木の下に入り、またひと跳《と》びしたかと思うと、燃える木々を抜《ぬ》けて、いつしかガラス山から流れる川沿いの道を走っていた。

川はすでに春の川だった。砕《くだ》けた氷がぶつかり合いながらごうごうと流れ、その流れのなかに銀貨がきらめいていた。山腹の滝《たき》が復活しているのを見て、スターリク王が戦慄《せんりつ》の叫《さけ》びをあげた。滝《たき》はとどろきをあげてガラス山の山肌《やまはだ》を流れ落ち、白い霧《きり》を舞《ま》いあげている。滝壺《たきつぼ》でチェルノボグが、歓喜《かんき》の叫《さけ》びをあげながら、両手を振《ふ》りまわして踊《おど》っていた。魔物《まもの》の体は、人間をひとまわり超《こ》えた大きさに嵩《かさ》が増し、灰と石炭にびっしりと覆《おお》われていた。その体に網目《あみめ》のように走る割れ目から、赤く燃える内部がのぞき、ところどころで炎《ほのお》が噴《ふ》き出している。

チェルノボグは滝《たき》に顔を突《つ》っこみ、すさまじい勢いで水を飲み、また少し大きくなった。水を飲むことで体がさらに嵩《かさ》を増し、火が勢いづいていくようだ。滝《たき》とともに流れ落ちてきたスターリク銀貨が、魔物《まもの》の体にくっつき、うろこのように光っていた。

スターリクの騎士《きし》たちが銀の槍《やり》を振《ふ》りかざし、しぶきを上げる滝壺《たきつぼ》の池の周囲から懸命《けんめい》に攻撃《こうげき》を仕掛《しか》けていた。けれども騎士《きし》たちはそれ以上は魔物《まもの》に近づけない。焦《こ》げた槍《やり》が折り重なって川を流れてきた。魔物《まもの》は滝《たき》の水を飲むのに夢中で、騎士《きし》たちを振《ふ》り返ろうとさえしなかった。

スターリク王が牡鹿《おじか》から飛びおり、あたしに叫《さけ》んだ。「この山だけはあいつから守らなければ。できることはなんでもやってくれ！」銀の剣《けん》を抜《ぬ》き、滝壺《たきつぼ》に足を踏《ふ》み入れる。彼《かれ》が足を入れたところから水が凍《こお》りはじめ、王は白く輝《かがや》く氷の道を走って魔物《まもの》に近づいた。恍惚《こうこつ》として水をあおるチェルノボグは、王が近づいたことに気づかなかった。王は剣《けん》をふりかざして魔物《まもの》の脚《あし》に斬《き》りかかり、肉を深くえぐった。チェルノボグが怒《いか》りの雄叫《おたけ》びをあげるのと同時に、巨体《きょたい》の表面にバリバリと音をたてて氷晶《ひょうしょう》が広がった。

あたしは道を駆《か》けあがって、ガラス山の斜面《しゃめん》にある銀の門の扉《とびら》をたたいた。両開きの扉《とびら》は固く閉じられており、かんぬきがおりているようだった。「入れて！」扉《とびら》をたたきながら声を張りあげた。

ほどなく向こう側でギギギと音がして、扉《とびら》の隙間《すきま》からソーファが顔をのぞかせた。彼《かれ》は扉《とびら》をふさいでいる大きな銀の横木を持ちあげ、扉《とびら》をわずかに押《お》しあけ、あたしがどうにかすり抜《ぬ》けられる細い隙間《すきま》をつくってくれた。内部の冷気が洩《も》れてきて、外がどんなに暑くなっているかを思い知らされた。わずかに外気に触《ふ》れただけなのに、ソーファの顔は青ざめ、氷が溶《と》けるように濡《ぬ》れて光りはじめた。扉《とびら》をしっかり閉じて、かんぬきをもどすと、彼《かれ》はいまにも倒《たお》れそうになった。

「ソーファ！」あたしは彼《かれ》を支えようとした。その場で扉《とびら》を守っているのはソーファひとりではなかった。スターリク王の騎士団《きしだん》と貴族たちが横にずらりとならび、青く透《す》きとおった氷に覆《おお》われた銀の長い盾《たて》を構え、盾《たて》の端《はし》と端《はし》を重ねながら壁《かべ》をつくっていた。彼《かれ》らは扉《とびら》をあけるときには後退していたが、扉《とびら》が閉じると、いっせいに前にもどってきた。盾《たて》の壁《かべ》の奥《おく》から伸《の》びてきた手が、ソーファとあたしを引きこんだ。その壁《かべ》に守られ、ソーファは濡《ぬ》れた顔をぬぐい、なんとか体を立て直した。

あたしは彼《かれ》の腕《うで》をつかんで言った。「ソーファ、この山に……壊《こわ》れている場所があったわね。滝《たき》が噴《ふ》き出しているところよ。どこだか、わかる？　そこまで案内して」

ソーファは湿《しめ》ってまだ少しぼんやりした顔で見つめ返してきたけれど、あたしの求めを理解してうなずいた。彼《かれ》といっしょに、山の内部を貫《つらぬ》くトンネルを中心部に向かって走った。足もとが濡《ぬ》れてすべりやすくなり、ところどころに細い水の流れができていた。やっと丸天井《まるてんじょう》の大きな空《くう》洞《どう》に出たが、そこは前より小さくなったように、天井《てんじょう》が低くなったように見えた。白い木の林にスターリクの女性たちが集まり、身を寄せ合っていた。その奥《おく》には、青い芯《しん》が透《す》けて見えるスターリクの子どもたちがいて、おとなたちのつくる砦《とりで》によって暑気から守られていた。

ソーファといっしょに横を通り過ぎるとき、彼女《かのじょ》らがすがるような目をあたしに向けた。足もとの地面はすでにやわらかく、白い木々の枝がしおれはじめている。中心にある泉からごぼごぼと水が湧《わ》き、細い流れとなって木立のなかから壁《かべ》のほうへと向かっていた。

ソーファは、その流れに沿ってつづくトンネルにあたしを導いた。どこまでもつづく水晶《すいしょう》の壁《かべ》にかすかに霧《きり》がまとわりつき、春になって池の氷が割れはじめるときのようなきしみがそこかしこから聞こえてくる。

やがて水晶《すいしょう》のトンネルが終わり、そこから先は壁《かべ》がなめらかになって、トンネルの幅《はば》いっぱいに水が流れていた。ソーファが流れの手前で立ち止まり、無念と恐怖《きょうふ》がにじむ表情で水を見つめた。あたしは言った。「ここからは、この流れをたどってひとりでいくわ！ あなたはもどって！」

靴《くつ》を脱《ぬ》ぎ捨て、水の流れに足を踏《ふ》み入れた。暗いトンネルのなかを、しぶきを上げながら走った。トンネルを抜《ぬ》けると、そこには巨大《きょだい》なからっぽの保管室があった。そこを通過し、またトンネルに入り、水流といくつもの銀貨の山のあいだを走り抜《ぬ》けた。銀貨の山が水流に削《けず》りとられ、水とともに流されていく。

行く手で滝《たき》が轟音《ごうおん》をあげていた。さらに進むと、山肌《やまはだ》にそって流れ落ちる滝《たき》の下でチェルノボグの飛び跳《は》ねる姿が、燃える石炭の塊《かたまり》のような、まがまがしい赤い影《かげ》が見えた。あたしは銀貨がつくる大きな山を懸命《けんめい》によじのぼった。これがトンネル内で最後の銀貨の山で、その先には、ガラス山の裂《さ》け目がぱっくりと口をあけていた。山の斜面《しゃめん》が破壊《はかい》されてできた、おぞましくも恐《おそ》ろしい大きな口。周囲を埋《う》めつくす割れガラスが、突《つ》き立った歯のようだ。歯の先端《せんたん》がいくぶん丸くなっているのは、ミルナティウスが皇位についた七年前、ここが初めて破壊《はかい》されたときから月日とともに少しずつ削《けず》りとられてきたからなのだろう。

スターリク王国に襲《おそ》いかかった地震《じしん》を、その衝撃《しょうげき》をあたしは思い描《えが》いた。夏の暑気を防ぎきれなくなったその亀裂《きれつ》を、スターリクたちが必死に直したりふさいだりしようとするようすが想像できた。直したところを何度も水が打ち壊《こわ》し、亀裂《きれつ》はさらに広がっていったにちがいない。それと同時に、チェルノボグがその玉座からぴちゃぴちゃと舌で舐《な》めとるように、彼《かれ》らの力を奪《うば》いとってきた。だから彼《かれ》らの王は、力の及《およ》ぶかぎり、夏を撃退《げきたい》しようと試みた。日の照る世界から太陽の日差しを奪《うば》いとるために、黄金にますます執着《しゅうちゃく》し、秋や春にまで猛吹雪《もうふぶき》を呼びこみ、川を凍《こお》らせた。それというのも、ガラス山を完全に閉じることができなかったからだ。そしてとうとう彼《かれ》はあたしを、銀を金に変えられると大口をたたいた人間の娘《むすめ》を連れ去った。彼《かれ》の保管室にあふれる銀貨を、彼《かれ》らにとって無敵の財宝、黄金に変えさせようともくろんで……。

銀貨は流水とともにガラスの歯の隙間《すきま》から下に落ちていった。けれども、こぼれ落ちている宝は、銀貨ではなく、むしろ水のほうだろう。この澄《す》んだ水こそ、スターリクの命なのだ。すべてのスターリクの命も同然の宝が、魔物《まもの》の果てしない渇《かわ》きを癒《い》やすために、山からこぼれ落ちていく。チェルノボグは、この山すべてを、そのなかに生きるすべてのスターリクを飲みつくしてしまうつもりだ。

そしてそのあとはきっと、新たな餌食《えじき》を求めて、リトヴァス皇国にもどっていく。たとえスターリク王に教えられなくても、あたしにはその渇《かわ》きが手にとるようにわかった。嘘《うそ》やごまかしを許さない大きな力の存在を心にもたず、嬉々《きき》として人々の命をむさぼり、法も正義も重んじるふりをするだけの強欲の者、けっして満足を知らない欲にまみれた存在……。

スターリク王が滝《たき》の下にいた。すべての騎士《きし》もそこに結集し、王がチェルノボグを囲むようにつくった氷の輪から魔物《まもの》に戦いを挑《いど》んでいた。一歩も引かない決死の戦いで、銀の剣《けん》がチェルノボグの体を突《つ》くたびに、そこから白い霜《しも》が広がった。けれど、魔物《まもの》の火を消すまでには至らない。チェルノボグが怒《いか》りの金切り声をあげると、霜《しも》が一瞬《いっしゅん》にして蒸発し、魔物《まもの》の傷口から噴《ふ》き出す炎《ほのお》に呑《の》まれた。傷はあたえても、魔物《まもの》の奥《おく》にある芯《しん》まで届かないのだ。

チェルノボグの巨体《きょたい》はなおも成長をつづけていた。戦いを挑《いど》んでくる騎士《きし》たちからも、力を吸い取っているようだ。落ちてくる滝《たき》の水を両手で受け、それを口に運ぶと、頭をのけぞらせてゴボリゴボリと喉《のど》に送り、けたたましい笑い声をあげた。こうしてひと飲みするたびに、体が少しずつ大きくなっていく。

あたしは山の裂《さ》け目に慎重《しんちょう》に手をかけ、下をのぞきこんで叫《さけ》んだ。「チェルノボグ！　チェルノボグ！」魔物《まもの》が、炉《ろ》のなかで熔《と》けた金属のように光る眼《まなこ》で、あたしを見あげた。「チェルノボグ、おまえに約束するわ！　あたしは高位魔法《まほう》で、この山の裂《さ》け目を、閉じる！　そして、おまえを永遠に閉め出しやる！」

魔物《まもの》が目を大きく見開いた。「ヤメロ！　ゼッタイニ　ヤメロ！」あたしに向かって、金切り声で叫《さけ》んだ。「オレノモノダ！　オレノモノダ！　コレハ　オレノ　イドダ！」魔物《まもの》が山の斜面《しゃめん》に跳《と》びつき、よじのぼってきた。

あたしは裂《さ》け目から離《はな》れ、トンネルの奥《おく》へ、銀貨がつくる山と谷のほうへ駆《か》けもどり、チェルノボグが上までのぼってくるのを待った。とうとう魔物《まもの》の目があたしを求めて闇《やみ》のトンネルをのぞいた。山腹の亀裂《きれつ》からおぞましい顔があらわれ、高らかに笑う。魔物《まもの》は突《つ》き立ったガラスをつぎつぎにこぶしで殴《なぐ》った。ガラスの歯が砕《くだ》け、穴がさらに大きく広がっていく。「サアキテヤッタゾ！　オマエヲ　タラフク　ノンデヤルゾ！」

魔物《まもの》は破壊《はかい》した裂《さ》け目に体を押《お》しこみ、通り抜《ぬ》け、あたしを追ってこようとした。両手と腹から蒸気を噴《ふ》きあげ、身をよじるようにトンネル内を這《は》い進んできた。流れに口をつけ、水をたっぷり口に含《ふく》み、首をのけぞらせてあおり、あたしを見てにやりと笑った。口から水をしたたらせ、魔物《まもの》はさらに迫《せま》ってきた。

あたしはトンネルを後退し、とうとう最後の銀貨の山のそばまで来た。背後には、保管室の開放された扉《とびら》。トンネルの闇《やみ》を、チェルノボグの赤い輝《かがや》きが照らす。水が魔物《まもの》のまわりで沸《わ》き返り、蒸気が壁《かべ》を這《は》いあがる。いまや魔物《まもの》の下には銀貨の川だけが残され、這《は》い進む体に、その胸や腹や足に、大量の銀貨が付着している。銀貨はふちのほうが変色しているが、まだ熔《と》けてはいない。魔物《まもの》はまたも笑い声をあげ、その声がトンネルの壁《かべ》に反響《はんきょう》した。魔物《まもの》は銀貨に覆《おお》われた片手をあげ、からかうように振《ふ》り動かしてみせた。「**スターリクノ　オウヒヨ。ニンゲンノ　ムスメヨ。ギンノクサリ　ゴトキデ　オレヲ　トメラレルト　オモウノカ？**」

「銀じゃ無理のようね。でも、友だちから聞いたの、あなたは太陽が苦手だってね」あたしはそう言いながら片手をおろし、そばにある銀貨の山に触《ふ》れた。銀はまだかろうじて冷たかった。そのひと山の銀貨は、ここに大量にたくわえられた銀貨の一部だ。だけどあたしは、ここにある銀貨の山をことごとく、最後の一枚まで余すところなく、一瞬《いっしゅん》にして輝《かがや》く黄金に変えた。

チェルノボグが、まわりの銀貨が金に変わっていくのを見て、すさまじい悲鳴をあげた。その巨体《きょたい》の下でコインが熔《と》けはじめている。熔《と》けた金は、水のしずくが集まって川になるように黄金の流れとなり、トンネル内は太陽の日差しのような炎《ほのお》で満たされた。あまりのまぶしさに、あたしの両目が潤《うる》んだ。黄金の光はこの山の水晶《すいしょう》の壁《かべ》を透《す》かし、山全体が光り輝《かがや》いた。チェルノボグはふたたび悲鳴をあげて、身を守るように両腕《りょううで》を重ね、すくみあがり、もがきながらトンネルを後ずさり、必死に逃《に》げようとした。

　けれど、もはやどこにいても、まぶしい光が魔物《まもの》を照らした。灰と石炭でできた体が崩《くず》れはじめ、灼熱《しゃくねつ》の炎《ほのお》が割れ目から噴《ふ》きあがる。魔物《まもの》の頭や肩《かた》に積もった金貨が熔《と》けて、蜘蛛《くも》の巣のような細かな流れが体じゅうに広がり、さらにまぶしい光を放った。熔《と》けた黄金は魔物《まもの》の腹にも張りついていた。光のなかで、魔物《まもの》の巨体《きょたい》に亀裂《きれつ》が走り、手足がひび割れた。身をよじり、手足をばたつかせ、トンネルのなかを後ずさっていく体がしだいに縮んでいく。水はまだ山の深部から流れてくる。あたしの足をかすめて流れすぎていくが、もう魔物《まもの》に力をあたえることはない。水流は、トンネルのなかにチェルノボグが残していった熔《と》けた黄金の広い帯をゆっくりと冷やす。水は蒸気となって立ちこめ、壁《かべ》に水滴《すいてき》をつくり、もう魔物《まもの》のもとに届くことはない。

　もうもうと立ちこめる蒸気のなかに、魔物《まもの》の姿がうっすらと浮《う》かびあがった。すでにトンネル内で体を返せるほど小さくなり、腕《うで》も脚《あし》もひょろ長くなっている。体から、ぼろぼろと石炭の塊《かたまり》が剝《は》がれ落ちると、その末端《まったん》からまた新しい指やつま先があらわれる。けれどそれさえも、あらわれると同時にひび割れ、砕《くだ》け、その破片を小さな爆発《ばくはつ》のような炎《ほのお》が呑《の》みこんでいく。

チェルノボグはいまにもトンネルの出口に、ガラス山の裂《さ》け目にたどり着こうとしている。ほどなく、裂《さ》け目の手前にそそり立つ黄金の山を見つけた魔物《まもの》が、悲嘆《ひたん》のうめきをあげるのが聞こえた。トンネル内は目も眩《くら》むような光で満たされていた。百年の夏の日差しが一気にもどってきたかのように、光はガラス山の深部まで照らし出し、まばゆく反射した。

チェルノボグは意を決したように黄金の山に跳《と》びつき、必死に這《は》いのぼろうとした。山腹の亀《き》裂《れつ》に近づこうとするほどに黄金が熔《と》けだし、魔物《まもの》のまわりに光の海をつくった。魔物《まもの》は、ギザギザのガラスの裂《さ》け目から身もだえしながら出ようとしたものの、結局、そこに引っかかってしまった。ガラスの刃《やいば》によって、熔《と》けた黄金の大きな塊《かたまり》が魔物《まもの》の脇腹《わきばら》からこそげ落とされ、さらに大きな体の一部も削《けず》りとられ、炎《ほのお》に呑《の》みこまれた。ガラスの壁《かべ》が熔《と》けはじめ、白熱するどろりとした液体と化して、裂《さ》け目にしたたり落ち、穴をふさいでいく。そしてまたしても体から大きな塊《かたまり》が落ちた瞬間《しゅんかん》、魔物《まもの》の体が亀裂《きれつ》の穴からすっぽりと抜《ぬ》けた。小さな残骸《ざんがい》となったチェルノボグは、甲高《かんだか》い悲鳴をあげながら、ガラス山の山腹を転がり落ちていった。

あたしは、冷えはじめた黄金が横わたる川床《かわどこ》に立って、ぜいぜいと息をついた。そこらじゅうに熔《と》けきらなかった黄金の塊《かたまり》が転がり、トンネルの壁《かべ》から雨のように水が降りそそいでいた。黄金の日の光が衰《おとろ》えていく。あたしはその光が、本来あるべき世界にもどっていくことを心から祈《いの》った。トンネル内を流れる水は、しだいに水嵩《みずかさ》を増し、蒸気をもくもくと上げる山の亀裂《きれつ》に達した。その水が、ガラスと金属を冷やし、固めていった。こうして山腹の亀裂《きれつ》は、透明《とうめい》なガラスに金と銀のすじが入り交じった壁《かべ》によって、ぴったりと閉じられた。

トンネルのなかは急速に冷えていき、噴《ふ》き出した汗《あせ》が冷えて寒気がした。トンネルの壁《かべ》をつたい落ちる水はすでに白く凍《こお》りつき、天井《てんじょう》からは早くもつららがさがり、きらきらと光っている。足もとの川も凍《こお》りはじめている。あたしは体を返し、みるみる凍《こお》っていく流れに苦労しながら、からっぽの保管室に向かった。そこへたどり着くころには、あたしのまわりで氷が割れガラスのように突《つ》き立ち、浮《う》きあがっては沈《しず》む波のかたちをつくっていた。突然《とつぜん》、巨大《きょだい》な保管室の扉《とびら》が勢いよく開いて、スターリク王がなかに駆《か》けこんできた。

彼《かれ》は荒い息のまま、あたしに向かって両手を伸《の》ばし、腰《こし》をとらえて氷のなかから体を引きあげてくれた。戦いのなかで体つきや顔だちからとがったものが溶《と》け落ち、なめらかな曲線が彼《かれ》をかたちづくっていた。体の青い芯《しん》が透《す》けて見えるが、川面《かわも》に氷が張るように、厚い氷の層が皮膚《ひふ》の表面を覆《おお》いはじめていた。両肩《りょうかた》にはつららのような氷が突《つ》き立ち、最初こそそれは霜《しも》のように白かったが、すぐに透明《とうめい》な氷に変わった。

彼《かれ》はあたしを引きあげても、まだ手を離《はな》さなかった。トンネルのほうを見やり、ガラスに金と銀が透《す》かし模様のように入った透明《とうめい》な壁《かべ》が山腹の亀裂《きれつ》をふさいでいるのを見て、驚《おどろ》きに打たれた。それからまたあたしに視線をもどすと、あたしの両手を自分の両手で包んだ。その手に力がこもる。彼《かれ》があたしを見つめている。ガラス山の壁《かべ》を通り抜《ぬ》けてきた日の光が、その目のなかにも宿っている。あたしは彼《かれ》を見つめ返した。お互《たが》いの目と目が合う。ふいにある考えが頭をかすめた。もしかしたらこれって……もしかしたらあたしたちはこれから……。でもそうじゃなかった。彼《かれ》はあたしの両手をさっと放し、一歩後ろにさがり、深々《ふかぶか》と優雅《ゆうが》でていねいなお辞儀《じぎ》をした。そして、あたしの前にひざまずき、頭をさげて言った。「わが妃《きさき》よ、あなたがたとえ日の照る世界に帰る家をもったとしても、あなたは永遠《とこしえ》に、スターリク王国の真《まこと》の王妃《おうひ》だ」

かわいそうなことに、イリーナの髪《かみ》はその半分が失われてしまいました。残った髪《かみ》がもつれてからまり、冷たく湿《しめ》っています。髪《かみ》についた土は、割れた爪《つめ》や青あざができて冷えきった手を汚《よご》していたのと同じ土でした。わたくしは彼女《かのじょ》の頭から銀の冠《かんむり》をはずし、脇《わき》のテーブルにおくと、土と血で汚《よご》れた手を水が濁《にご》らなくなるまで、丹念《たんねん》に洗いました。イリーナは肩《かた》を落とし、意気消《いきしょう》沈《ちん》していました。わたくしは彼女《かのじょ》の傷を手当てし、繃帯《ほうたい》を巻きました。そのとき急に彼女《かのじょ》が顔を上げ、鏡のほうに青ざめた顔を向けたのです。

「イリーナさま、どうなさったのです?」わたくしは声をひそめて尋《たず》ねました。

「火よ」と、彼女《かのじょ》は言いました。「火の魔物《まもの》がもどってくるわ。マグレータ、あなたは早く逃《に》げて――」

でももう手遅《ておく》れでした。静かな水面《みなも》に一匹《ぴき》の魚が姿をあらわすように、鏡のなかからおぞましい片手が突《つ》き出し、鏡の縁《ふち》をその指先がつかみました。その手はまるで、くすぶって燃える薪《まき》のようでした。灰に覆《おお》われ、その下は黒く焦《こ》げていますが、芯《しん》にはまだ炎《ほのお》の赤さが残っています。さらに片方の手もあらわれたかと思うと、つづいて魔物《まもの》の頭と肩《かた》が出てきました。わたくしは動けなくなりました。恐《おそ》ろしさに凍《こお》りついてしまう森のウサギや鹿《しか》も同然です。体をすくめて、見つかりませんようにと、ただ祈《いの》るばかりです。そう、遠い昔、暗い地下室の隠《かく》し扉《とびら》の奥《おく》で、じっと身をひそめていた、あのときと同じです。喉《のど》をわしづかみにされたように、声が出なくなりました。

魔物《まもの》の全身がみるみる鏡からあらわれました。人間の幻《まぼろし》をまとってみせることすらしないのです。魔物《まもの》は鏡から転がり出ると、床《ゆか》に倒《たお》れこみました。その背中から渦《うず》を巻いて煙《けむり》が立ちのぼります。そのまま床を黒いすすで汚《よご》しながら這《は》い進み、手さぐりでつかんだテーブルを支えにして立ちあがりました。あの魔力《まりょく》を秘めた冠《かんむり》をおいたテーブルです。「イリーナ　カワイイ　イリーナ。ナントイウ　ウラギリヲ　シテクレタンダ！」魔物《まもの》はイリーナに近づきながら、脅《おど》すように言いました。「オレハ　フユノシロヲ　ニドト　ノミツクセナクナッタ！　ヤツガ　キタ。

ソウ　フユノオウガ　キタンダ。ソシテ　フユノオウヒガ　ヤマヲ　フウインシテ　オレヲ　シメダシタ！　オレノ　チカラヲ　ウバイ　ヤマノカベ　ナオスタメニ　オレノ　ホノオ　ツカイヤガッタ！」

　魔物《まもの》は身をひるがえし、くすぶった腕《うで》を大きく振《ふ》りあげ、鏡とテーブルを乱暴になぎ払《はら》いました。鏡が粉々《こなごな》に砕《くだ》け、銀の冠《かんむり》が床《ゆか》に放り出され、ベッドの下まで転がりました。イリーナがわたくしの体を部屋の扉《とびら》のほうに押《お》しやりましたが、魔物《まもの》は足を引きずっているにもかかわらず、とてもすばやく、わたくしたちの行く手をふさいでしまいました。

　魔物《まもの》は地団駄《じだんだ》を踏《ふ》みました。ふとももあたりから小さな赤い炎《ほのお》があがり、火花を散らします。魔物《まもの》の体を覆《おお》う熱い石炭の塊《かたまり》がまた目覚め、火を噴《ふ》きました。「オレハ　ノドガ　カワイテル。カラカラニ　ヒアガッテルンダ！」魔物《まもの》はそう言いながら、バチバチと音をたてて怒《おこ》ります。

「モウイチド　グット　ノミホシタインダ。ソウシナイト　キガスマナインダ！　イリーナ、オマエヲ　エジキニスルノハ　サキニノバシテヤッテイタ！　モウトックニ　ノミホシテイタッテヨカッタノニ！　カワイイ　イリーナ。セメテサイゴニ　オレノタメニ　ナイテクレヨ。ナイテドレクライ　クルシイカ　オレニ　オシエテクレ」

　泣いていたのは、わたくしでした。恐《おそ》ろしかったのです。しかしながらイリーナは、わたくしと魔物《まもの》のあいだに立ちはだかり、氷のような冷ややかさで言い放ちました。「チェルノボグよ、あなたに約束したとおり、わたしはあなたをスターリク王に引き合わせた。スターリク王国にも導いた。わたしはあなたにおびえて、もう、充分《じゅうぶん》に泣いた。あなたが求めるものは、なんでもあたえた。もう、あなたにあたえられるものは、いっさいないわ」

魔物《まもの》はイリーナに歯を剝《む》いてうなり、わたくしたちに近づきました。わたくしは怖《こわ》くて立っていられず、そばの長椅子《ながいす》にすわりこみました。それでも、魔物《まもの》から目をそらせませんでした。魔《ま》物《もの》は部屋を横切り、イリーナの腕《うで》をつかみました。熱い息が吹《ふ》きかかり、わたくしは戦慄《せんりつ》しました。ところが、魔物《まもの》は突然《とつぜん》、まるで熱いものにさわった人のように、叫《さけ》び声をあげ、跳《と》びすさり、両手をこすり合わせたのです。

魔物《まもの》の手は、石炭箱から出てきたばかりの、冷たくて真っ黒な、まだ火を知らない石炭のようになっていました。両手が相当に痛むのでしょう。魔物《まもの》はうめき、毒づき、まるで一日の重労働のあとの手をいたわるように、両手を開いたり閉じたりしています。そして指を伸《の》ばしきったとき、蒸気がシュッと立ちのぼり、手のひらで火花が散って、両手はかまどのなかの炎《ほのお》のような輝《かがや》きを取りもどしました。

魔物《まもの》は自分の両手から視線を上げると、怒《いか》りに燃える目をかっと見開き、イリーナを見つめて、吠《ほ》えました。「バカナ　バカナ！　コンナコトガアルカ！　オマエハ　オレノモノ！　オレノエジキ！」ドンッと足を踏《ふ》み鳴らして怒《おこ》ります。そしてあろうことか……あろうことか、わたくしのほうに向かってきたのです。魔物《まもの》の手が伸《の》びてきたとき、ようやく喉《のど》が開いて、わたくしは悲鳴をあげました。

おぞましい指が顔に触《ふ》れた瞬間《しゅんかん》、苦しみ、もがく熱病患者《かんじゃ》の指を思い出しました。しかしそれはあくまでも、わたくしに伝わってくる他人の熱で、わたくしを火傷《やけど》させることはありませんでした。魔物《まもの》はまたもや叫《さけ》びをあげて、後ろに飛びのきました。指先がさっきと同じように、黒く冷たい石炭の色に変わっています。魔物《まもの》は、噛《か》みつかんばかりに口を大きくあけて、わたくしを見つめました。口の奥《おく》に地獄《じごく》の業火《ごうか》のような炎《ほのお》が見えました。でも、それは深い炉《ろ》のなかの火で、飛び出してくることはありません。イリーナがわたくしの肩《かた》に片手を添《そ》えて言いました。「わたし。そして、わたしのもの……」噛《か》んで含《ふく》めるようにゆっくりと、魔物《まもの》に語りかけます。「チェルノボグよ、わたしと、わたしのものに手を出してはならない。あなたはそれを約束した。それが契約《けいやく》だった。そして、わたしはあなたからなにひとつ受け取ってはいない」

チェルノボグが呆然《ぼうぜん》とイリーナを見つめ返しているとき、部屋の扉《とびら》が開きました。わたくしの悲鳴を聞きつけたのでしょう、下働きのメイドがおずおずとなかをのぞきこんでいます。メイドは魔物《まもの》を見ると、ぽかんと口をあけて、そのまま固まってしまいました。かわいそうに、最悪です。まるで蛇《へび》ににらまれた蛙《かえる》。魔物《まもの》が振《ふ》り向き、彼女《かのじょ》に突進《とっしん》しました。ところが今度は用心したのか、魔物《まもの》はいったん立ち止まり、指一本だけで彼女《かのじょ》の若いやわ肌《はだ》に触《ふ》れたのです。その瞬間《しゅんかん》、メイドは恐怖《きょうふ》に顔をそむけ、身を守るように両手を上げました。

わたくしは両手で口をふさぎました。またあられもない声をあげてしまいそうでした。けれども、となりにいるイリーナは、ぴくりとも動きません。静かに誇《ほこ》り高く、すっくと立って、冷たく澄《す》んだ瞳《ひとみ》で、部屋の戸口にいる魔物《まもの》を見つめています。魔物《まもの》が指を引っこめ、うなっているのを見ても、彼女《かのじょ》は少しも驚《おどろ》きませんでした。魔物《まもの》はさっと身を返し、怒《おこ》りながら、わたくしたちのほうにまたやって来ました。しかし、魔物《まもの》には不本意のはずですが、先ほどのような激しい勢いはありません。立ち止まり、ドンッと足を踏《ふ》みならしました。「バカナ！」金切り声で叫《さけ》びます。「**バカナ！　オレハ　オマエト　オマエノモノニハ　テダシシナイ　ト　ヤクソクシタンダ！**」

「そのとおりよ」と、イリーナは返しました。「彼女《かのじょ》は、わたしのものだわ。みんな、わたしのものなの。わたしの民は、リトヴァス皇国の国民は、最後のひとりまで、このわたしのものなの。もう二度と、だれにも手を触《ふ》れないで」

魔物《まもの》は、肩《かた》を波打たせ、彼女《かのじょ》を見つめて立ちつくしました。目玉の奥《おく》の炎《ほのお》はちろちろとしか燃えず、その歯は火の勢いを失った石炭のよう。魔物《まもの》は歯ぎしりし、食ってかかりました。「**オマエハ　ウソツキ！　ペテンシ！　オレノ　エジキ　ウバイヤガッテ！　オレノ　ギョクザ　ウバイヤガッテ！　ダガ　コレデ　オワラセテ　ナルモノカ！　オレハ　アタラシイ　オウコクヲ**

ミツケテヤル！　アタラシイ　ダンロヲ　ミツケテヤル！　ニンゲンドモヲ　マタ　エジキニシテヤル！」

魔物《まもの》は全身を震《ふる》わせました。炎《ほのお》は体のなかに吸いこまれ、新たな皮膚《ひふ》が体の表面を覆《おお》っていきます。皇帝《こうてい》ミルナティウスの顔が、まるで覆《おお》いをかけるように、おぞましい魔物《まもの》の顔の上に広がり、皇帝《こうてい》の美しい衣、絹とベルベットとレースの服まで、みるみるかたちづくられていきました。わたくしはそれ以上見ないように両手で顔を覆《おお》い、長椅子《いす》の背に身を寄せました。皇帝《こうてい》が扉《とびら》に向かう気配がして、わたくしの肩《かた》にあったイリーナの手が離《はな》れていきました。イリーナの決然とした声が聞こえます。「彼も、わたしのものだわ。手出しをしないで。ここにおいていきなさい」

わたくしは恐怖《きょうふ》に打たれ、思わず顔を上げました。イリーナが、魔物《まもの》の前に立ちはだかっています。魔物《まもの》がイリーナをにらみつけていました。ただし、その瞳《ひとみ》は、ミルナティウスの宝石のように輝《かがや》く瞳《ひとみ》です。「バカナ！」魔物《まもの》は吐《は》き捨てるように言いました。「ゼッタイニ　オイテイクモノカ！　ヤツハ　ケイヤクヲシテ　オレノモノニナッタ。コウセイナ　ケイヤクダッタ。コイツヲ　オマエニ　ワタス　イワレハ　ナイ！」

「でも、それはもう、すんだこと」イリーナは言いました。「あなたが、ミルナティウスをわたしと結婚《けっこん》させたときに、その契約は終わったのよ。妻の権利のほうが、母親の権利に優先することを忘れないで」イリーナは自分の指から銀の指輪を抜《ぬ》き、魔物《まもの》の指にはめようとしました。魔《ま》

指輪は魔物《まもの》の指が一瞬早《いっしゅん》かったのです。指輪は魔物《まもの》の指

物《もの》は手を引っこめようとしたのですが、イリーナのほうが一瞬《いっしゅん》早かったのです。指輪は魔物《まもの》の指の関節まで、すっぽりとおさまりました。

魔物《まもの》は顔をゆがませ、真っ赤になって怒《おこ》りました。口が開いて、新たな叫《さけ》びをあげようとします。けれど、声は出てくることなく、魔物《まもの》の全身が弓のようにしなりました。腹のなかになにか輝《かがや》くものが透《す》けて見え、それがしだいに上へ上へとせりあがってきます。それと同時に赤い光が暗闇《くらやみ》からあらわれるろうそくの明かりのように、どんどん輝《かがや》きを増していきます。突然《とつぜん》、ミルナティウスの体が激しくけいれんし、前につんのめり、つぎの瞬間《しゅんかん》、赤熱した大きな石炭が喉《のど》からごろんと飛び出し、煖炉《だんろ》の前の絨毯《じゅうたん》に転がりました。石炭の塊《かたまり》はすぐさま弾《はじ》け、そこからオレンジ色の炎《ほのお》が渦《うず》を巻きながら、煙《けむり》とともに立ちのぼりました。逆巻《さかま》く炎《ほのお》のなかに真っ赤な口があらわれ、火花を吐《は》き散らし、シューッとうなり、バチバチと爆《は》ぜ、激しい怒《いか》りをほとばしらせました。

それまで壁《かべ》に身を寄せてうずくまっていたメイドが、絨毯《じゅうたん》が燃えるのを見て、とっさに反応しました。メイドは煖炉《だんろ》の横におかれた灰の入った鉄バケツをつかみ、その中身を燃えさかる炎《ほのお》の上からぶちまけ、さらにバケツをかぶせたのです。

そしてメイドはさっと身を引きました。煙《けむり》がうっすらとバケツのふちから洩《も》れ、黒い焼け焦《こ》げが絨毯《じゅうたん》に広がっていきます。しかし焼け焦《こ》げは、それほど大きくはなりませんでした。ほどなく、

煙《けむり》も出てこなくなりました。メイドは荒《あら》い息をつきながら、それを見つめていましたが、ふとわたくしと目が合うと、驚《おどろ》いたように目を見開き、自分のほおに手を伸《の》ばしました。そこには魔物《まもの》がつけた小さな黒い汚《よご》れがついていましたが、彼女《かのじょ》の手もすすで汚《よご》れていたので、触《ふ》れたあとではどれが魔物《まもの》のつけた汚《よご》れかもわからなくなりました。

わたくしはがたがたと震《ふる》えていました。また魔物《まもの》が出てくるのではないかと、長いあいだバケツから目をそらせませんでした。それでも、とうとう最後の煙《けむり》が消えるのを見とどけたところで、わが最愛の女主人、イリーナのほうに首をめぐらしました。皇帝《こうてい》ミルナティウスが、彼女《かのじょ》の手を両手で包み、自分の胸に引き寄せていました。皇帝《こうてい》の指には、銀色の指輪が淡《あわ》く光っています。彼《かれ》のほおにも、淡《あわ》く光るものがつたい落ちていました。彼《かれ》は宝石のように輝《かがや》く緑の瞳《ひとみ》で、イリーナを見つめつづけておりました。それは、人がこの世でいちばん美しいものを見つめるときのまなざしであるように、わたくしには思えたのでした。

25 冬の到来《とうらい》

セルゲイとあたいが故郷パヴィスに帰ったのは、森の家に落ちついて三週間後のことだった。マンデルスタムの父さんが快復し、あたいらがいなくても、ステファンとふたりで果樹の世話ができるようになったからだった。これまでのところ、どの木もうまく育っている。その果樹園をつくるために、セルゲイが土地を開墾《かいこん》した。まず街道まで出て、あの納屋に花の絵が描《か》かれた農家に行き、森の木を伐《き》るのを手伝ってくれるように頼《たの》んだ。農家の人にはお礼として伐《き》り出した木の一部を分けた。あたいらはヴィスニアの街の市場へ木材を売りにいき、苗木《なえぎ》を買って帰った。林檎《りんご》と、スモモと、サクランボの苗木《なえぎ》。そのぜんぶに、いまは花が咲《さ》いている。

マンデルスタムの父さんは、体調がもどるまで、彼《かれ》にまだ借金が残ってるパヴィスの人たちに宛《あ》てて、手紙を書きつづけた。その手紙をぜんぶ、あたいらがパヴィスにもどるときに託《たく》すつもりだったのだ。「わたしたちは、運がよかったんだよ」と、マンデルスタムの父さんは言った。

「だから、寛容《かんよう》にならなければな。だれにとっても、厳しい冬だった」たぶん、借金を帳消しにする手紙を持っていけば、パヴィスの町の人たちは大喜《おおよろこ》びして、あたいらを縛《しば》り首にする気にもならないだろうって、考えてくれたんだと思う。

あたいらは皇帝《こうてい》からの手紙も持っていくつもりだったけど、どのみち皇帝《こうてい》っていうのは遠いところにいる人で、あたいらの生活とはあんまり関係がない。ただ、町の人たちがセルゲイとあたいを捕《つか》まえて縛《しば》り首にするっていうのも、いまは考えにくい。そんな暇《ひま》があるわけなかった。みんなが春にやっておかなきゃならない仕事にかかりきりで、おまけに夏がすぐそこまで来ていたんだから。

でもパヴィスの町に着くと、だれもがあたいらを見て驚《おどろ》いた。庭を掃《は》いていたリュドミラの奥《おく》さんが、最初は気づかず、声をかけてきた。「こんにちは、旅人さん！　旅路のおともにする食べ物はいかが？」それであたいらが振《ふ》り返ると、ようやく気づいて、金切り声とともに両手を上げた。男たちが何人か走ってきた。そして全員があたいらをつらつらとながめ、そのうちのひとりが言った。「生きてたのかよ！」あたいらはとっくに死んだと思われてたみたいだ。

「生きてます」と、あたいは言った。「死んじゃいないし、皇帝《こうてい》からもお許しが出たんだよ」皇《こう》帝《てい》からの手紙を取り出して、みんなに見せた。

しばらく大騒《おおさわ》ぎがつづいた。ステフォンを連れてこなくてよかったって思った。司祭や役人もやってきた。役人は手紙を手に取り、大声で読んだ。町の人たちがそれに聞き入った。役人は手紙をあたいに返すと、一礼して言った。「さて、きみたちの幸運に、みなで乾杯《かんぱい》をせねばなるまいな！」宿屋もやってるリュドミラの奥《おく》さんの家から、テーブルと椅子《いす》が外に持ち出され、クルプニク酒や林檎《りんご》酒のジャグも出てきた。町のみんなが、あたいらの健康のために乾杯《かんぱい》してくれた。カイユスとその息子は出てこなかったけどね。

どうしてみんな、あたいらが死んだと思っていたのか不思議だったけど、尋《たず》ねるのはやめた。あたいはマンデルスタムの父さんの手紙を取り出し、そこにいる人たちに渡《わた》した。そこにいない人には、司祭から手渡《てわた》してもらうように頼《たの》んだ。みんな借金が帳消しになったことをすごく喜んで、今度はマンデルスタム家の人々の健康のために乾杯《かんぱい》して飲んだ。

あたいらはそのあとマンデルスタム家に行って、あらゆるものを荷馬車に積むことにした。となりのガヴェリテの奥《おく》さんだけが、あたいらを見て、おもしろくないという顔をした。たぶん、マンデルスタム家の山羊《やぎ》も鶏《にわとり》もいまじゃ自分のもので、返す気はないと言いたかったんだろう。でも、あたいとセルゲイが家に行くころには、彼女《かのじょ》にも皇帝《こうてい》からの手紙のことが伝わっていた。だから、しぶしぶのようすで言った。「ああ、そうかい。あの人たちのはね、あれと、あれと……」彼女《かのじょ》が指さしたのは、痩《や》せ細って元気のない山羊《やぎ》ばかりだった。

あたいは、ガヴェリテの奥《おく》さんの顔をじろりと見て言った。「恥知《はじし》らず」それからきちんと、マンデルスタムさんとあたいらの山羊《やぎ》を選んで、荷馬車の後ろにつないだ。鶏《にわとり》もぜんぶ木箱に詰《つ》めた。家具や棚《たな》におかれたいろんなものも、ていねいに荷造りした。だいじな帳簿《ちょうぼ》は、毛布でくるんで荷馬車の座席の下にしまった。

こうしてすべてがすんで、帰るばかりになった。でも、御者席《ぎょしゃせき》にすわったセルゲイが黙《だま》りこくって、荷馬車を出そうとしない。あたいと目が合うと、弟は言った。「だれか、埋《う》めてくれたのかな」あたいはなにも返さなかった。父ちゃんのことは考えたくなかった。でも、セルゲイはいつも考えてたし、あたいも考えてた。父ちゃんはあのまま床《ゆか》に横たわって、埋《う》められてないんだろうって考えてた。ステフォンも考えはじめてたかもしれない。そうやって、父ちゃんはもういないけど、頭のなかにはいつも、あの家の床《ゆか》に横たわってる父ちゃんがいた。「行ってみよう」ついに、あたいは言った。

あたいらの家まで荷馬車で向かった。うちの畑でライ麦が育ってた。だれも手入れしないから、雑草だらけだけど、ちゃんと伸《の》びて青々《あおあお》としてた。荷馬車を停めて、山羊《やぎ》と馬にライ麦を食べさせた。それから白い木のところに行った。ふたりで木の幹に手を添《そ》えた。木は静かなままだった。母ちゃんはもうここにいないかもしれない。でも、森のあたいらの家に育った木も、あたいらに話しかけてはくれない。もしかしたら、母ちゃんはもう、木からあたいらに話しかけなくてもいいと思ってるのかもしれない。いまは、マンデルスタムの母さんがいて、あたいらに話しかけてくれるから。

木の枝に銀の花が咲《さ》いていた。花を六つ摘《つ》んで、ひとつを母ちゃんのお墓に、残りをひとつずつ赤《あか》ん坊《ぼう》のお墓に供えた。それから、家のなかに入った。父ちゃんは埋《う》められてなかった。でも、そんなにひどい見た目じゃなかった。たぶん、けものが入ってきたんだろう。床《ゆか》に残っているのは、骨と引き裂《さ》かれた服だけだった。戸が開けっぱなしだったから、ひどい臭《にお》いもなかった。袋《ふくろ》を取り出して、骨を拾った。セルゲイがシャベルを出してきた。あたいらは袋《ふくろ》を白い木の下まで運び、父ちゃんが掘《ほ》ったみんなのお墓のとなりに、新しい墓穴を掘《ほ》り、そこに父ちゃんの骨を埋《う》めた。そして土まんじゅうの上に、石をひとつ——。

自分たちの家から、ほかにはなにひとつ持ち出さなかった。あたいらは荷馬車にもどり、街道に出るために町まで行った。遅《おそ》い時刻だったけど、とにかくこのまま進もうとふたりで決めた。パヴィスのつぎの町で泊《と》まることになるだろう。そこまでだいたい十哩《マイル》。街道は見通しがよくて、心地よい夕暮れだった。日はまだ沈《しず》みきっていなかった。

パヴィスを過ぎたところで、向こうから一頭立ての荷馬車が近づいてきた。荷台がからっぽだったので、その荷馬車は脇《わき》へ寄って、あたいらを通そうとしてくれた。なにしろ遠目にもわかるほど、あたいらの荷馬車は荷物であふれ返ってた。あたいらは道の脇《わき》に停《と》まった荷馬車の横を通り過ぎようとして、御者席《ぎょしゃせき》にすわっているのがアルギスだって気づいた。死んだオレグの息子、森の家から馬で逃《に》げたアルギスだ。あたいらは一瞬《いっしゅん》停《と》まって、彼《かれ》を見つめた。アルギスも見つめ返してきた。あたいらはひと言もことばを交わさなかった。だけど、アルギスはあたいらの居場所をだれにも明かさなかったんだなって、察しがついた。アルギスはひとりで家に帰り着き、森の家であたいらを見たことは町のだれにも話さず、胸にしまいこんだんだ。あたいらはアルギスにうなずきを送った。セルゲイが鞭《むち》を振《ふ》り、荷馬車を前に動かした。こうして、あたいらは森のわが家を目ざした。

ガラス山の壁《かべ》は、いまは安全に保たれている。それでも山の内部には、うっすらと感じられるほどの夏と秋が訪れた。チェルノボグの攻撃《こうげき》によって多くの池が干上がり、さらに広い範囲《はんい》のぶどう畑と果樹園が枯《か》れてしまった。それでも、まず子どもたちに食べ物をあたえ、残ったものをおとなたちが分け合った。スターリク王があたしに、「冬が来れば、池もまた満たされるだろう」と言った。ふたりで、下層の被害《ひがい》を調べるために、通路を歩いていたときのことだった。

あたしたちは戦いの死者を弔《とむら》い、負傷者を手当てした。傷を負った者たちを白い木の林にならべて寝《ね》かせ、スターリク王が流れの源である泉からていねいに削《けず》りとった氷を、彼《かれ》らの傷の上にそっとおいていった。王が傷の両脇《りょうわき》に手を添《そ》えると、氷が傷口をふさぎ、新しい肉が生まれた。いくつかの大きな洞窟《どうくつ》は、亀《かめ》が危険に際して手足をこうらにしまうようにみずから入口を閉じていたけれど、それもふたたび開きはじめた。畑では枯《か》れたぶどうの木や果樹が取りのぞかれ、まだ生きている木から採取した枝が、挿《さ》し木として植えられるのを待っていた。

いまはあたしも、ガラス山のなかを歩きまわるのに不自由はない。気づかないうちにその仕組みを学んだのか、あるいは、山そのものがあたしを受け入れたのか、どこかの部屋や洞窟《どうくつ》に行きたいと思うと、自然にそこへ向かうための扉《とびら》が開き、通路が静かに入口をあけるようになった。いろんなことを手伝ううちに、あたしは自分にうってつけの仕事を見つけた。スターリクたちは記録をとることに、まったく無頓着《むとんちゃく》だ。記録というのは、約束をたがえ、どこへ行くにも道を見失って迷い猫《ねこ》のようになってしまう人間にだけ必要とされるものなのかもしれない。

それでも、無秩序《むちつじょ》であるよりは、整然としていたほうがいい。あたしは、すべての畑と池の記録をつけるために、スターリクの詩人からペンと紙をいたしかたなく徴集《ちょうしゅう》した。それぞれの池と畑がどんな状態か、どれほどの収穫《しゅうかく》が見込《みこ》めるのか、冬が来るまでその収穫《しゅうかく》でもちこたえられるのかどうか。供給品目を仕分けし、一日の必要量を計算し、飢《う》える者が出ないように配分した。

それは全体として見ればとても長い日々だったけれど、一日一日が充実《じゅうじつ》していた。最後のあたりは毎日が飛ぶように過ぎていったので、ある朝目覚め、山の外の森に霜《しも》がおり、初雪がちらついているのを見て、ぽかんとしてしまった。王の道が、スターリクの道が開く季節がまた訪れたのだ。父さんや母さんが恋《こい》しくて、自分が元気だということを伝えたくてうずうずした。それでもかなり長いあいだ外をながめつづけ、ようやくベルを鳴らして、準備を手伝ってもらうために召使《めしつか》いを呼んだ。

準備にはそんなに手間どらなかった。前もってフレクとソップに書類の仕分けや帳簿《ちょうぼ》を正しく書くことを教え、祖父が調べたってどんな間違《まちが》いも見つからないくらい、きちんと記録できるようにしておいた。あたしは自分で小さな荷物をまとめた。ほんとうにたいせつなものだけを選んだ。銀の花の押《お》し花や、リベカがあたしのために拙《つたな》いながらも一生懸命《いっしょうけんめい》に編んでくれた手袋《てぶくろ》や、真夏のダンスのときに着たドレス。

そのドレスは、けっして贅沢《ぜいたく》なものじゃなかった。生き延びたことを言祝《ことほ》ぐ行事のときに着たもので、戦いの死者を弔《とむら》ってから日も浅かったし、あたしたちには贅沢《ぜいたく》できるような時間も余裕《よゆう》もなかった。それはとても簡素な、すとんとしたドレスだけれど、水のようになめらかな感触《かんしょく》の涼《すず》やかな銀の絹地で仕立てられていて、ガラス山の壁《かべ》を透《とお》り抜《ぬ》ける光を集めて輝《かがや》いた。

真夏のダンスの日、あたしはこの銀のドレスを着て、三つ編みに結った髪《かみ》を頭に巻きつけ、花《はな》冠《かんむり》をかぶった。そして、みんなと手をつないで踊《おど》った。友人たちと踊《おど》った。新しい友人もいれば前からの友人もいて、みんな、あたしといっしょに働いてくれる仲間たちだった。そして最後には、スターリク王があたしに近づき、ひざを折ってお辞儀《じぎ》をした。こうして王も加わって、みんなで手と手をつなぎ、白い木の林で二重の輪をつくって踊《おど》った。白い木はその日、最後の花を散らし、また雪が降るまでの休息に入った。

スターリク王はもちろん、あたしとの約束を守ってくれた。彼《かれ》はもう、あたしのやることにいちいち異を唱えなくなった。白い木の林のそばには、すでにそりが準備されていた。あたしは大きく息を吸い、自分の部屋をあとにし、狭《せま》い階段をおりた。この朝、白い木々がまた花を咲《さ》かせた。白い葉が豊かに茂《しげ》り、花は一気に満開になった。

上から見ると、幾重《いくえ》もの同心円を描《えが》いて広がる白い木の林に、ところどころ欠けているところがあるのがよくわかる。チェルノボグの襲来《しゅうらい》で枯《か》れてしまった木が取りのぞかれたところだ。それぞれの場所に、戦いに倒《たお》れた騎士《きし》たちが胸に銀の実をのせて埋葬《まいそう》された。いまは、それぞれの場所で、土から白い若木が顔を出している。あたしはその一本一本に、花を咲《さ》かせ実を結ぶための祈《いの》りを唱えた。あたしがいなくなっても、それぞれの木はここで生長しつづけるだろう。自分が去ったあとに、生きつづけるものを残していけることが、うれしかった。それを考えると、心が満たされた。

けれども、階段の半ば、木々の葉むらの下が見えるようになったところで、あたしは思わず足を止めた。涙《なみだ》があふれ目がちくちくした。そりの後ろに、燦然《さんぜん》と輝《かがや》く隊列を見つけたからだ。スターリクの仲間たちが、鋭《するど》い枝角《えだづの》をもつ鹿《しか》にまたがって、大勢集まっていた。騎士《きし》や貴族は、宝石をちりばめた籠手《こて》に白い鷹《たか》を留まらせていた。鹿《しか》たちの脚《あし》もとには白い猟犬《りょうけん》の群れがいた。スターリクたちのまとった淡《あわ》い色合いの革製の衣に、銀と宝石がまばゆく光っている。彼《かれ》らのほとんどは、銀の門を守っていた者たち、あるいは白い木々の世話をともにしてきた者たちだった。けれども、そのなかには騎士《きし》でも貴族でもない、何人かの農民もまじっていた。彼《かれ》らは日の照る世界にこれから向かうことに心を乱され、高ぶりながらも不安そうな表情を浮《う》かべていた。それでも、髪《かみ》から銀の飾《かざ》りを垂らし、精いっぱいの晴れ着をまとって、あたしを見送ってくれようとしている。列の最前列、そりのすぐ後ろにいるのは、鹿《しか》にまたがったフレクとソップとソーファだった。幼いリベカの姿もあった。リベカは、不安そうに目を見開いて母の前にまたがり、長い指を手綱《たづな》に巻きつけていた。

冬の夜のあらゆる美しいものと危険なものを、その生きている体から放つスターリクたち……。階段の下までおりると、スターリク王があらわれて手を差し出し、あたしがそりに乗るのを助けた。しばらく彼《かれ》の手に支えられてそりの床《ゆか》に立ち、すべてのスターリクを、最後にスターリク王を見つめた。冬の王国の扉《とびら》があたしの背後で閉ざされたあとも、この光景をいつまでも心の目に焼きつけておけるように。

まばたきして涙《なみだ》を払《はら》い、そりの座席に腰《こし》をおろした。スターリク王がとなりにすわると、そりは雪の上を進みはじめた。あっという間にガラス山を出て、白い木々が左右に分かれると、目の前に輝《かがや》く道があらわれた。頭上にかかる枝から無数のつららが垂れていた。寒風を顔に受けながら、そりは飛ぶように走った。

見送りの隊列があとにつづき、冬の鳥の歌を思わせる高らかな角笛を響《ひび》かせた。リトヴァス皇国の人々はこれから先、スターリクの奏でる調べを恐《おそ》れることはないだろう。スターリクが日の照る世界を訪れるとしても、雪の積もった木々の下でささやくだけで、それさえも人々はぼんやりと忘れてしまう。いつかあたしに娘《むすめ》が生まれ、冬の夜、風のなかになにかを伝えたそうなささやき声を聞いたら、そのときには、輝《かがや》くガラス山とそのなかに暮らすスターリクの物語を話してあげよう——どうやってあたしが、彼《かれ》らの王とともに、恐《おそ》ろしい魔物《まもの》に立ち向かったかを。

あたしは横にすわるスターリク王を見つめた。この数ヵ月間、彼《かれ》は、いっしょに働く者たちと同じように——色だけは純白だったけれど——簡素な服を身につけていた。深い層にあって崩《くず》れてしまった部屋やトンネルを復活させるために働き、スターリクの民の傷を癒《い》やすように山の傷も癒《い》やした。でもきょうの彼《かれ》は、見送りのスターリクたちと同じように、きらびやかに輝《かがや》く服を着て、そりの手すりをしっかりと握《にぎ》り、誇《ほこ》らしげに前を向いている。座席に身を沈《しず》めることもなかった。そう、道のりはあまりにも短かったのだ。出発したばかりだと思っていたのに、早くも松の香《かお》りが混じったさわやかな風が顔に吹《ふ》きつけた。白い木々のあいだがより大きく開いて、それぞれが林になり、行く手に一本の木が見えた。まだ若い木だけれど、淡《あわ》く白い葉が豊かに茂《しげ》り、その横には木製の門と雪の毛布をかぶった一軒《けん》の家がある。

その光景を目にして、あたしは思わずほほえんだ。彼《かれ》らはもうここまでやったのだ。目が涙《なみだ》で潤《うる》み、窓や扉《とびら》の隙間《すきま》から洩《も》れる金色の明かりがにじんだ。なつかしい煙《けむり》の匂《にお》いが三本の煙突《えんとつ》から流れてくる。両脇《りょうわき》につながったふたつの部屋にも煖炉《だんろ》ができたのだ。物置小屋が、もとからあった納屋とつなげられていた。大きな鶏小屋《とりごや》ができて、穀物箱がならび、庭には数頭の山羊《やぎ》がいた。家の裏手には果樹の若木がならんでいる。家の入口の柱にランタンが吊《つる》され、門からつづく雪が払《はら》いのけられた石敷《いしじき》の道を温かく照らしていた。

そりは、家の門の白い木のそばで停《と》まった。スターリク王が先にそりからおり、手を差し出して、あたしがおりるのを助けた。見送りの隊列がそりの後ろにつづいていた。フレクとソップとソーファはすでに鹿《しか》からおりて、ほかのひとりが彼《かれ》らの鹿《しか》の手綱《たづな》をあずかっていた。三人はあたしにお辞儀《じぎ》をした。あたしは息を深く吸い、ひとりひとりに近づき、ほおにキスをした。それから金の首飾《くびかざ》りをはずし、リベカの首にかけた。リベカはその首飾《くびかざ》りに手のひらをあて、あたしを見あげて、小さな声でためらいつつ言った。「こういうときは、ありがとう……でいい？　モロテヒラキテ」フレクがたしなめるようにかすかに眉根《まゆね》を寄せたけれど、あたしは腰《こし》をかがめて、リベカにキスをして言った。「どういたしまして、小雪ちゃん」それから体を返し、家の門に近づき、手を添《そ》えた。

門扉《もんぴ》を開くと、明かりと雪の下で草を食《は》んでいた一頭の山羊《やぎ》が驚《おどろ》き、不満そうにメエェェと鳴いて、納屋のほうに向かった。のどかな庭に突然《とつぜん》入りこんできた訪問者が気に入らなかったのだろう。家の扉《とびら》がすぐに開き、そこに母さんが立っていた。ショールを肩《かた》に巻きつけ、ずっとそこで待ちつづけていたかのように顔には期待が満ちていた。母さんは叫《さけ》びをあげ、あたしのほうに走ってきた。肩《かた》から赤いショールが飛んで、雪の上に落ちた。あたしも母さんのもとに駆《か》け寄って、腕《うで》のなかに飛びこみ、笑い、そして泣いた。あふれる喜びが、悲しみを吹《ふ》き払《はら》った。

父さんが、母さんのすぐ後ろにいた。ワンダ、セルゲイ、ステフォンがつぎつぎにあらわれた。みんなが、あたしのまわりに集まった。あたしの両親、あたしの妹、あたしの弟たち。そのまわりを、新顔のふかふかの毛並みの牧羊犬がうれしそうに跳《は》ねて、みんなを舐《な》めようとした。そのあと犬は腰《こし》を落として二回吠《ほ》え、セルゲイのもとに不安げな声をあげてもどり、脚《あし》にくっついてなにかをじっと見た。

振《ふ》り返ると、まばゆいスターリクたちはさっきと同じところにいたけれど、スターリク王だけが庭に入り、あたしの後ろまで来ていた。冬のお伽《とぎ》ばなしの登場人物が、ランタンの暖かな明かりの下に立っている姿は、なんだか夢を見ているようだった。でも、彼《かれ》の背後に広がる雪原の冷ややかな青い輝《かがや》きが、もう一度、あたしを現実に引きもどす。

あたしの腕《うで》をつかんだ母さんと父さんの手に少しだけ力が加わり、ふたりは不安そうにスターリク王を見つめた。けれど、あたしは恐《おそ》れてない。彼《かれ》は約束を守ってくれる。あたしはひと呼吸おき、彼《かれ》を見あげてほほえんだ。「あなたは、あたしをこの世界に帰してくれた。今回だけは、それに、ありがとうって言っていい？」

彼《かれ》は首を横に振《ふ》って言った。「そのような薄《うす》っぺらいごまかしであなたを縛《しば》ることを、わたしは潔《いさぎよ》しとしない」彼《かれ》が後ろを振《ふ》り向いてうなずくと、フレクとソップとソーファが、それぞれの箱を掲《かか》げて庭に入ってきた。その後ろに、小さな箱をかかえたリベカがついてくる。彼《かれ》らは箱を地面におろし、ふたをあけた。

ふたつの箱に銀貨、ひとつの箱に金貨。そして小さな箱にはさまざまな色の透明《とうめい》な宝石が入っていた。スターリク王があたしの両親のほうに向き直る。王は、見つめ返すあたしの両親に向かって言った。「あなたがた一族には、未婚《みこん》の娘《むすめ》がひとりいる。その娘《むすめ》こそ、わたしが妻にしたいと願う女性だ。わたしは白い森とガラス山を統《す》べる王。ここにわが臣民が、わたしの宣言を見とどける証人として集った。これらは、あなたがた一族への贈《おく》り物であり、わたしの価値を示す証《あかし》である。これをもって結婚《けっこん》の申し込《こ》みをお許し願いたい」

両親がびっくりして、あたしを見つめた。あたしは、なにも言えず、彼《かれ》をにらみつけるしかなかった。ああもう、半年間もあったのに！　彼《かれ》はこんなこと、あたしには、ひと言も言わなかった！　なぜかっていうと、とことん自分のやり方で事を進めたかったからだ。それがどんなに奇《き》妙《みょう》な作法だろうと、スターリク王が淑《しゅく》女《じょ》に結《けっ》婚《こん》を申し込《こ》むときの正式なやり方を、ぜったいに曲げたくなかったのだ。王のもったいぶった結《けっ》婚《こん》の申し出は、ドラゴン退治や不死身の勇者の冒《ぼう》険《けん》物語を思い起こさせた。そういうのって、結局、どこかで戦《いくさ》のひとつやふたつに巻きこまれるんじゃなかったっけ？　そんな戦《いくさ》は、もうたくさん。

「あなたが、本気であたしに求《きゅう》婚《こん》したいのなら」と、あたしは言った。「あたしの一族のしきたりどおりにやってくれなくちゃだめ。結《けっ》婚《こん》式《しき》も同じよ。これだけは、あたしになにを言っても聞く耳をもたないから！」

彼《かれ》はきょとんとあたしを見た。それから、突《とつ》然《ぜん》、目をきらりと光らせて、あたしに一歩近寄り、急《せ》かすように片手を突《つ》き出した。「ならば、そのしきたりがなんだろうと、やってみせよう。それで希望がもてるのなら……」

「へえ、ほんとうに？」あたしはそう言うと、両《りょう》腕《うで》を前で組んだ。もしかしたら、これでもうおしまいかもしれない、と心のなかで思いながら。だけど、残念じゃないし、この気持ちはこれからも変わらない。あたしたちのしきたりを守ってくれない男の人なら、結ばれなくても惜《お》しいとは思わない。その人がどんな人で、なにをくれるかなんて、問題じゃない。これだけは、幼いころから、ずっと心のなかにあったこと。あたしとあたしの同《どう》胞《ほう》との約束。あたしの子どもたちがこの世界のどこに身をおこうとも、ずっとユダヤの民でありつづけるための、たいせつな約束。

これまで心の小さな片隅《かたすみ》で、一度か二度、ほんの一瞬《いっしゅん》だけ、結婚《けっこん》相手はぜったいあたしに嘘《うそ》をつかない、あたしをだまさない人だったら、それでいいと思ったことはある。でもやっぱり、それだけじゃだめだ。自分自身を高く誇《ほこ》るなら、それと同じくらい、相手のことも評価できなければ。自分の所有物を愛するとしても、相手への愛がそれより劣《おと》るようではだめだ。そんな人と結《けっ》婚《こん》するみじめさに、あたしはきっと耐《た》えられないだろう。たとえ、相手が冬の王国を統《す》べる王であったとしても。

だから、あたしはそういう話を彼《かれ》に話した。話しながら悲しくなることもなかった。話し終えると、彼《かれ》はしばらく黙《だま》って、あたしを見つめていた。すると、母さんが突然《とつぜん》言った。「それとね。うちの娘《むすめ》が家族を訪ねたいと思ったら、いつでも家に帰れるようにしてもらわないと！」あたしは驚《おどろ》いて母さんを見つめた。母さんはあたしの手をしっかりと握《にぎ》り、一歩も引かぬ覚悟《かくご》でスターリク王をにらみつけていた。

王が母さんのほうを向いて言った。「わたしの道は、冬しか開かない。しかし、冬が訪れたらかならず帰す。彼女《かのじょ》が帰りたいときには、いつであろうとかならず。それで、満足していただけるだろうか？」

「娘《むすめ》を帰したくないからって、冬をさっさと終わらせるようなことをしたら、ぜったいに許しませんからね！」母さんは噛《か》みつかんばかりに言った。それを見ていたら、突然《とつぜん》、目から涙《なみだ》が噴《ふ》き出し、あたしは思わず母さんにしがみついた。それと同時に、いきなり歌いだしたっておかしくないくらい、とてつもなく幸福な気持ちが胸の底から込《こ》みあげた。あたしはもう一度、彼《かれ》のほうを見つめ、手を差しのべ、彼《かれ》の手を取った。

それから二週間後、あたしたちは結婚《けっこん》した。森の小さな家で小さな結婚式《けっこんしき》をとりおこなった。祖父と祖母とラビが、ヴィスニアから公爵《こうしゃく》の手配した馬車で来てくれた。その公爵《こうしゃく》の馬車といっしょに、黄金の額縁《がくぶち》に入った銀の鏡もやってきた。コロンの宮廷《きゅうてい》からの贈《おく》り物だということだった。あたしたちは伝統どおりに、四本の柱を建てて、上に布を張った天蓋《てんがい》をつくった。その天蓋《てんがい》の下で、夫となる人はあたしの手を握《にぎ》った。そして、しきたりどおりに、ふたりでワインを飲み、そのグラスを割った。

そのあとは、結婚《けっこん》の契約《けいやく》を交わした。あたしとあたしの両親とラビ、さらに証人となるワンダとセルゲイを前にして、彼《かれ》は銀のインクで、彼《かれ》の真《まこと》の名をしるした。

でもその名については、これを読んでいるあなたにも教えるわけにはいかない。

訳者あとがき

本書『銀をつむぐ者』*Spinning Silver*, 2018は、『テメレア戦記』シリーズ*Temeraire*, 2006-16で人気を博し、前作『ドラゴンの塔』*Uprooted*, 2015で米国の二大SF賞のひとつ、ネビュラ賞を受賞し、いまや押しも押されもせぬベストセラー作家となったナオミ・ノヴィクの最新作です。作者は、とあるお伽《とぎ》ばなしに着想を得て、人間世界と冬の異界とを行き来する、この魅力あふれる美しいファンタジーをつむぎだしました。

この物語には、同じ年頃（十六、七歳）の娘三人が、おもな語り手として登場します。

最初に語りはじめるのは、ユダヤ人の金貸し一家に生まれたミリエム。父親が商売べたなばかりに家の食糧は底を尽き、長い冬のあいだに母親は病気になって寝こんでしまいます。

二番目の語り手は、働き者のワンダ。貧しい農家の娘で、死んだ母親に代わって家を切り盛りしますが、父親は酒に酔ってはワンダや弟たちに暴力をふるいます。

そして三人目のイリーナは、公爵令嬢……なのですが、十人並みの器量だから政治の道具には使えそうもないと、成りあがり公爵である父親からうとまれ、結婚のお膳立《ぜんだ》てすらしてもらえそうにありません。彼女にとっては結婚だけが家から逃れられる唯一の手段なのに……。

三人の娘は、なんとか苦境から抜けだそうともがきます。ミリエムは、気弱で心やさしすぎて金を返してくれと言えない父親に代わり、心を凍らせて、借金の取り立てに町の家々をまわります。蔑《さげす》まれても怒鳴《どな》られても一歩も引きません。それをつづけるうちに、「銀を金に変える娘」という評判をとるほど商才を発揮するようになっていきます。ミリエムからすれば、ワンダは、そんなミリエムのもとで、父親の借金を返すために働きはじめます。ミリエムからすれば、無口で反応の鈍いワンダは牛のよう。ところがどっこいワンダだって頭のなかでは、したたかに算段をめぐらしています。一方、イリーナは、ミリエムが持ちこんだ異界の銀を身につけることで、皇帝さえもとりこにする神秘的な美しさを手に入れるのですが……どうやら皇帝には恐ろしい魔物が取り憑《つ》いているようです。

三人の娘は、お互いをさぐり、手を結び、心を通わせ、ときに対立しながらも助け合って難局を乗りきっていきます。こうして娘たちの運命の糸が絡み合うことで、物語はいっそう大きなうねりを生み、冬を終わらせるための火と氷の戦いがはじまります。お話のリアリティを支える日常生活のこまやかな描写と、物語全体を貫く奇想天外な仕掛けは、本書の大きな魅力のひとつにちがいありません。ニューヨークタイムズの書評者をして、「トールキンのような世界の広がり、ル＝グウィンのような日々の喜びと共感。完全無欠の物語」とうならせたのも納得がいくところです。

物語の舞台は、中世の東欧にある小さな皇国――。貧しい人々は、年を追うごとに長く厳しくなっていく冬に苦しんでいます。それに追い討ちをかけるように、異界の冬の王国に暮らす人間ならざる生きもの、スターリクたちが、きらめくスターリクの道を開いて、黄金を奪いにやってきます。「銀を金に変える娘」とうわさされるミリエムに、スターリクが目をつけないはずがなく、とうとうスターリクの王がミリエムに銀貨を手渡し、すべてを黄金に変えよと要求します。

なぜ、彼らはそこまで黄金に執着するのでしょう？　なぜ、冬は年々ひどくなっていくのでしょう？

人々は、スターリクの記憶を長くとどめていられません。森のなかに輝くスターリクの道を見つけても、スターリクの騎士たちが駆け抜けるのを目撃しても、断片的な夢のようなぼんやりした記憶しか残らないか、あるいはすっかり忘れてしまいます。恐ろしいものを見たくない、いやなことを忘れてしまいたい、そんな気持ちが無意識にはたらくのでしょうか。それでも、語り手を替えながら物語が進むにつれて、スターリク王国のようすと彼らの秘密が明かされていきます。

ガラス山の輝きや、その透明な壁のなかで明滅する光、虹色の淡い光が降りそそぐ宝石のような丸天井……。恐ろしいはずなのに、そこはとても美しい世界です。白い冬の王国の摩訶不思議《まかふしぎ》な美しさに浸るのも、この小説を読む楽しみのひとつに数えられるでしょう。

また、先に三人の語り手を紹介しましたが、読めばおわかりのように、ミリエム、ワンダ、イリーナのほかに、まださらに三人の語り手が存在します。つまり全部で六人！　あとの三人がだれかは、この訳者あとがきを先に読んでいる人がいるかもしれないので明かしませんが、意外な人物が一人称で語り出すときの驚きとうれしさは、なかなかのものではありませんか？　私は初めて原書を読んだとき、そこで思わずおおおっと声をあげました。

この本にかぎらず、ナオミ・ノヴィクの作品を読み返すたびに、登場人物ひとりひとりが――たとえ脇役であっても――とてもたいせつに扱われていることに胸を打たれます。いわゆる「キャラ立ちがよい」ということなのですが、主人公たちを支える脇役キャラまで生きいきと動き、読むほどに愛着が増していくのは、作者がひとりひとりにまんべんなく愛情を注ぎながら書きこんでいるからにほかなりません。

ナオミ・ノヴィクは、ポーランド移民の二世としてニューヨークに生まれ、母親の語り聞かせる東欧の民話に親しんで育ちました。本書の舞台が東欧のどこかになっているのも、そんな背景があってのことでしょう。父方のルーツがリトアニアのユダヤ人家系ということなので、架空の皇国、リトヴァスの名も、そのあたりに由来しているのかもしれません。ただし、本書ではリトアニアだけでなく、ポーランドやロシアなどの文化や風習が混じり合い、この作品独特の濃密な世界をつくっています。

作者はむしろ、その国を祖国と思えないユダヤ人の娘を通して、第二次大戦時にナチスがおこなったユダヤ人に対する大量虐殺、ホロコーストよりもさらに昔からつづいていた迫害を本書のなかに刻みたい、それが現代の読者にも響くはずだから、と考えました。「自分が住んでいる町のなかで、いつも警戒していなければならない、自分がまわりから好かれていないと思ってしまう、それがどういう感じであるかを、この本のなかに取り入れようとしました。自分たちとは異なる人々に壁をつくる傾向がますます強くなる、いまの時代と響き合う物語にしたかったのです」（二〇一八年八月、英国の書籍販売店〈ウォーターストーンズ〉のネットサイトにおけるインタビュー記事から抄訳）。ワンダが初めてユダヤ人たちに囲まれたとき、住んでいる町でいつもよそ者だったミリエムの立場にはっと思いいたるところは、とても印象的な場面です。

話を最初にもどしますと、この本を書くために作者が着想を得たお伽ばなしとは、グリム童話に収録された「ルンペルシュティルツヒェン」。貧しい粉ひきの家に生まれた、わらを金に変えることができるというふれこみの娘と、その娘を助ける小人のお話です。

お伽ばなしの世界では、美しくて清らかな娘が困っていれば、小人や妖精や魔法使いが助けてくれるし、たいていは王子さまがあらわれ、娘と結ばれてめでたしめでたし、となるものです。ですが、『銀をつむぐ者』に、万難《ばんなん》から救ってくれる白馬の王子さまは登場しません。娘たちはそれぞれに、だれのお仕着せでもない新しい人生を自力で見つけなければならないのです。だれもが美しく生まれつくわけではないし、人は苦しいとき、そうそう清らかではいられない、やさしくなれないことだってあるものです。それでも三人は、知恵をしぼって困難に立ち向かい、互いの立場について思いやることを学び、成長していきます。

物語を楽しんでもらえて、読み終えたあとに、登場人物のだれに共感したか、だれに愛着をもったか、そんなことを人と分かち合いたくなるような本であるのなら、そして本のなかに日々の暮らしをほんのちょっとでも励ますなにかを見つけてもらえるなら、訳者としてとても幸せに思います。

二〇二〇年一月　　　　那波かおり

【著者】

ナオミ・ノヴィク
1973年ニューヨーク生まれ。ポーランド移民の二世として、ポーランド民話に親しんで育つ。ブラウン大学で英文学を学んだ後、コロンビア大学でコンピューター・サイエンスを学び、『ネヴァーウィンター・ナイツ』などのRPGゲームの開発に携わる。

2006年『テメレア戦記I 気高き王家の翼』で作家デビュー。もっとも優秀なSFファンタジーの新人作家に贈られるジョン・W・キャンベル賞や、コンプトン・クルック新人賞を受賞、その後ベストセラー・シリーズとなった。

2016年『ドラゴンの塔』が、投票によってその年最高のSFファンタジー小説に贈られるネビュラ賞を受賞。同時にヒューゴー賞にもノミネートされた。

現在、ニューヨーク市に暮らす。

【訳者】
那波かおり（なわ・かおり）
翻訳家。上智大学文学部卒業。主な訳書にナオミ・ノヴィク『テメレア戦記』シリーズ（ヴィレッジブックス）、『ドラゴンの塔』（静山社）、ジョン・ケインメーカー『メアリー・ブレア――ある芸術家の燦きと、その作品』（岩波書店）、エヴァ・スローニム『13歳のホロコースト――少女が見たアウシュヴィッツ』（亜紀書房）、マット・ヘイグ『#生きていく理由――うつ抜けの道を、見つけよう』（早川書房）など。

銀をつむぐ者〈下〉 スターリクの王妃

著者　ナオミ・ノヴィク
訳者　那波かおり

2020年3月19日　第1刷発行

発行者　松岡佑子
発行所　株式会社静山社
〒102-0073　東京都千代田区九段北1-15-15
電話・営業　03-5210-7221
https://www.sayzansha.com

カバーイラスト　河合真維
ブックデザイン　藤田知子
組版・本文デザイン　アジュール
印刷・製本　中央精版印刷株式会社

Published by Say-zan-sha Publications, Ltd.
ISBN978-4-86389-555-3 Printed in Japan

ナオミ・ノヴィク作品

那波かおり 訳

ドラゴンの塔 上　魔女の娘

東欧のとある谷間の村には、奇妙な風習があった。10年に一度、17歳の少女を一人〈ドラゴンの塔〉に差し出すこと。平凡でなんの取り柄もないアグニシュカは、まさか自分が選ばれることはないと思っていた…。

ドラゴンの塔 下　森の秘密

穢れの〈森〉に入ったものは、二度とまともな姿で出てこられない。アグニシュカは、〈森〉に囚われていた王妃を奪還したが、人形のように何も反応しない。果たして〈森〉の進撃を食い止めることはできるのか…。